James Patterson

RUN

Thriller

Aus dem Amerikanischen
von Leo Strohm

blanvalet

Die amerikanische Originalausgabe erschien 2013
unter dem Titel *Alex Cross, Run* bei Little, Brown and
Company, Hachette Book Group, New York

MIX
Papier aus verantwortungsvollen Quellen
FSC® C014496
FSC
www.fsc.org

Verlagsgruppe Random House FSC® N001967
Das für dieses Buch verwendete FSC®-zertifizierte Papier
Holmen Book Cream liefert Holmen Paper, Hallstavik, Schweden.

1. Auflage
Taschenbuchausgabe Februar 2016 bei Blanvalet,
einem Unternehmen der Verlagsgruppe Random House GmbH, München

Umschlaggestaltung: © Johannes Wiebel | punchdesign
Umschlagmotiv: © Silas Manhood Photography
Redaktion: Gerhard Seidl, text in form
Herstellung: sam
Satz: Uhl + Massopust, Aalen
Druck und Einband: GGP Media GmbH, Pößneck
Printed in Germany
ISBN: 978-3-7341-0180-9

www.blanvalet.de

Prolog

Jung sterben und gut aussehen

1

Es passiert mir nicht so oft, dass ich an eine Tür klopfe und mir ein nacktes Mädchen öffnet.

Verstehen Sie mich nicht falsch – ich habe zwanzig Jahre Polizeiarbeit auf dem Buckel, da kommt so etwas gelegentlich schon mal vor. Nur eben nicht so oft.

»Seid ihr die Kellner?«, erkundigte sich das Mädchen. Ihre Augen glänzten, aber ihr Blick war leer. Für mich war die Sache klar: Ecstasy. Außerdem roch es in der ganzen Wohnung nach Gras. Dazu die wummernde Musik, dieser erbarmungslose Techno-Stampf, der, wenn ich ihn längere Zeit hören müsste, in mir den dringenden Wunsch wecken würde, mir die Pulsadern aufzuschlitzen.

»Nein, wir sind nicht die Kellner«, erwiderte ich und zeigte ihr meine Dienstmarke. »Metro Police. Sie sollten sich etwas anziehen, und zwar sofort!«

Sie ließ sich nicht aus dem Konzept bringen. »Eigentlich sollten doch jetzt Kellner kommen«, brabbelte sie vor sich hin. Es machte mich traurig und ekelte mich gleichzeitig an. Dieses Mädchen sah so aus, als würde sie noch auf die Highschool gehen, aber die Männer, die wir hier festnehmen wollten, waren alt genug, um ihr Vater zu sein.

»Sehen Sie sich ihre Kleider an, bevor sie sich anzieht«, sagte ich zu einer der Beamtinnen, die ich mitgebracht hatte. Das ganze Team bestand aus mir selbst, fünf Streifenbeamtinnen und -beamten, einer Vertreterin des Jugendamts, drei Detectives aus dem Sittendezernat und drei aus dem zweiten Bezirk, darunter auch mein Freund John Sampson.

Der zweite Bezirk, das ist Georgetown, also für die Sitte ein eher ungewöhnlicher Einsatzort. Es ging um eine weiß getünchte Backsteinvilla in der N Street, wie es hier in dieser Gegend viele gab. Der Marktwert lag schätzungsweise bei etwas über fünf Millionen. Die Villa war vermietet und die Miete für sechs Monate im Voraus bezahlt worden – das war so üblich –, aber die diversen Dokumente hatten uns zu einem gewissen Dr. Elijah Creem geführt, einem der derzeit gefragtesten Schönheitschirurgen in Washington, D.C. Soweit wir es bisher beurteilen konnten, war Creem der Finanzier dieser »Kennenlernpartys«, während sein Partner, Josh Bergman, den Augenschmaus beisteuerte.

Bergman war der Besitzer von Cap City Dolls, einer legalen Modelagentur mit Sitz in der M Street. Allerdings gab es zahlreiche Gerüchte, die besagten, dass er im illegalen Mädchenhandel ein zweites Standbein hatte. Die ermittelnden Behörden waren sich ziemlich sicher, dass Bergman nicht nur seine Agentur unterhielt, sondern gleichzeitig auch Stripteasetänzerinnen, Escortdamen, Masseusen und »Pornotalente« vermittelte. So wie ich es momentan einschätzte, war das Haus im Augenblick voller »Talente«, alle mehr oder weniger achtzehn Jahre alt. Eher weniger.

Ich konnte es kaum erwarten, die beiden Drecksäcke auffliegen zu lassen.

Unsere Überwachungsteams hatten Creem und Bergman heute Abend gegen sieben Uhr in der Minibar in der Innenstadt von Washington gesichtet. Ab halb zehn waren sie dann hier im Partyhaus gewesen. Jetzt mussten wir sie nur noch ausräuchern.

Hinter dem abgeschlossenen Foyer war die Party in vollem Gang. Flur und Wohnzimmer waren dicht gefüllt.

Queen-Anne-Möbel und Parkettfußböden einerseits und andererseits halb nackte, völlig durchgeknallte Jugendliche, die zur Musik tanzten und aus Plastikbechern tranken.

»Ich will, dass ihr alle hier im Zimmer festnehmt«, rief Sampson einem der Streifenbeamten zu. »Wir haben eine Durchsuchungsanordnung für dieses Haus, also sucht. Nach Drogen, Bargeld, Kontoauszügen, Terminkalendern, Handys, einfach nach allem. Und schaltet endlich diesen gottverdammten Krach aus!«

Wir ließen das halbe Team im vorderen Teil des Hauses und nahmen den Rest mit nach hinten, wo die Party noch weiterging.

In der offenen Küche wurde an einer riesigen Kücheninsel mit Marmorplatte anscheinend gerade Strip-Poker gespielt. Jedenfalls standen dort ein halbes Dutzend gut gebauter Männer und ungefähr doppelt so viele Mädchen in Unterwäsche herum, hielten Karten in der Hand, tranken und ließen den einen oder anderen Joint kreisen.

Als wir eintraten, zuckten einige zusammen. Ein paar Mädchen versuchten, kreischend zu flüchten, doch wir hatten die Ausgänge bereits blockiert.

Irgendwann schaltete jemand die Musik aus.

»Wo stecken Elijah Creem und Joshua Bergman?«, fragte Sampson mit lauter Stimme. »Der Erste, der mir eine ehrliche Antwort gibt, kriegt einen Freifahrtschein nach draußen.«

Ein mageres Mädchen in einem schwarzen Spitzen-BH und einer abgeschnittenen Jeans deutete auf die Treppe. Ihr Brustumfang legte, wenn man sich den Rest ihres Körpers betrachtete, den Schluss nahe, dass sie schon mindestens einmal unter Dr. Creems Messer gelegen hatte.

»Da oben«, sagte sie.

»Blöde Ziege«, knurrte jemand mit gedämpfter Stimme.

Sampson winkte mir mit dem gekrümmten Zeigefinger zu, und wir gingen nach oben.

»Kann ich jetzt gehen?«, rief uns das Mädchen hinterher.

»Wir sehen erst mal nach, ob es auch stimmt«, erwiderte Sampson.

Der Flur im ersten Stock war leer. Die einzige Lichtquelle war eine einsame Sturmlampe mit einer elektrischen Glühbirne auf einem glänzenden, alten Tisch nahe der Treppe. An der Wand hingen Reiterporträts. Ein langer Orientläufer führte bis zu einer geschlossenen Doppeltür am hinteren Ende des Flurs. Dahinter dröhnte ebenfalls laut wummernde Musik, die allerdings etwas älter war als unten. Talking Heads, »Burning Down the House«:

Watch out, you might get what you're after.
Cool babies, stranger but no stranger.

Außerdem war Gelächter zu hören. Und zwei verschiedene Männerstimmen.

»Genau so, Süßer. Noch ein bisschen näher. Und jetzt zieh ihr das Höschen runter.«

»Oh Mann, ja, genau, das nenne ich mal hervorragende Perspektiven.«

Sampson sah mich an, als müsste er gleich entweder kotzen oder jemanden umbringen.

»Los geht's«, sagte er, und wir machten uns auf den Weg den Flur entlang.

2

»Polizei! Wir kommen jetzt rein!«

Sampsons Stimme übertönte alles andere. Er hieb einmal fest mit der Faust gegen die getäfelte Mahagonitür – das war seine Interpretation der Dienstvorschriften über die ordnungsgemäße Ankündigung vor dem Betreten eines Zimmers – und stieß sie auf.

Elijah Creem stand direkt hinter der Tür. Er sah genauso beherrscht aus wie auf den Bildern, die ich von ihm gesehen hatte – zurückgegelte blonde Haare, kantiges Kinn mit Grübchen, makelloses Erscheinungsbild.

Er und Bergman waren angezogen. Die drei anderen eher nicht. Bergman hatte ein iPhone in der Hand und filmte die kleine Ménage-à-trois, die sie auf dem riesigen Bauernbett arrangiert hatten.

Ein Mädchen lag flach auf dem Rücken. Ihr BH war vorn offen, und der pinkfarbene Stringtanga baumelte ihr um die Knöchel. Außerdem trug sie eine durchsichtige Atemmaske, die über einen Schlauch mit einer großen grauen Metallflasche neben dem Bett verbunden war. Der Junge, der auf ihr lag, war abgesehen von der schwarzen Augenbinde splitterfasernackt, während das zweite Mädchen über ihm stand und das Ganze mit einer kleinen Digitalkamera ebenfalls filmte.

»Was zum Teufel soll denn das?«, fragte Creem.

»Genau das wollte ich Sie auch gerade fragen«, sagte ich. »Keine Bewegung.«

Jetzt starrten uns alle mit großen Augen an, nur das Mädchen mit der Maske nicht. Sie schien insgesamt nicht mehr allzu viel mitzubekommen.

»Was ist in der Gasflasche?«, wollte ich wissen, während Sampson zu ihr ans Bett trat.

»Lachgas«, antwortete Creem. »Regen Sie sich nicht auf. Ihr geht es gut.«

»Arschloch«, sagte John und nahm dem Mädchen die Maske ab.

Die Wirkung von Lachgas hält normalerweise nicht sehr lange an, aber ich ging felsenfest davon aus, dass diese Teenager noch ganz andere Sachen geschluckt hatten. Auf dem Nachttisch lagen etliche blaue Tabletten – schätzungsweise XTC. Daneben standen ein paar braune Glasfläschchen, vermutlich Amylnitrit, und eine halb leere Flasche Cuervo Reserva.

»Hören Sie«, sagte Creem gelassen und blickte mir in die Augen. Es deutete alles darauf hin, dass er der Chef des Ganzen war. »Sehen Sie den Aktenkoffer da hinten in der Ecke?«

»Elijah? Was hast du vor?«, sagte Bergman, aber Creem zeigte keine Reaktion. Er fixierte mich immer noch, als wären wir die einzigen beiden Menschen im Zimmer.

»In dieser Tasche liegt ein Briefumschlag mit dreißigtausend Dollar«, sagte er. Dann ließ er den Blick ganz betont von einer braunen Ledermappe auf der alten Kommode zu einem der drei Fenster am hinteren Ende des Zimmers wandern. Die ausgefransten Gardinen waren zwar zugezogen, aber es war ziemlich eindeutig, worauf er hinauswollte.

»Was würden Sie sagen, wie viel Vorsprung kann ich mir für dreißigtausend Dollar kaufen?«, sagte er. Er wirkte unglaublich cool. Und arrogant. Ich glaube, er ging wirklich fest davon aus, dass ich anbeißen würde.

»Sie sehen mir nicht so aus wie der Typ, der aus dem Fenster klettert, Creem«, sagte ich.

»Normalerweise nicht, da haben Sie recht«, erwiderte er. »Aber wenn Sie wissen, wer ich bin, dann wissen Sie auch, dass für mich eine ganze Menge auf dem Spiel steht – meine Familie, meine Praxis …«

»Sechseinhalb Millionen Dollar Umsatz allein im letzten Jahr«, sagte ich. »Wenn unsere Unterlagen stimmen.«

»Und dann ist da natürlich noch mein Ruf, der in dieser Stadt absolut unbezahlbar ist. Also, was meinen Sie, Detective? Schlagen Sie ein?«

Ich sah ihm an, dass er in Gedanken schon halb zum Fenster draußen war. Dieser Mann war es gewohnt, das zu bekommen, was er haben wollte.

Andererseits … ich war kein siebzehnjähriges Mädchen mit einem nur mäßig ausgeprägten Selbstbewusstsein.

»Ich glaube, mein Partner hat vorhin schon den passenden Begriff gefunden«, sagte ich. »Wie war das noch mal, John?«

»Ich glaube, so was wie Arschloch«, sagte Sampson. »Wie alt sind diese Kinder hier eigentlich, Creem?«

Zum ersten Mal schien Dr. Creems überlegene Fassade Risse zu bekommen. Sein dämliches Grinsen verschwand aus seinem Gesicht, und seine Blicke huschten immer schneller hin und her.

»Bitte«, sagte er. »Ich kann Ihnen noch mehr Geld anbieten. Viel mehr. Wir können uns doch ganz bestimmt einigen. Bestimmt!«

Aber ich hatte schon jetzt die Schnauze voll von ihm. »Sie haben das Recht zu schweigen …«

»Ich will wirklich nicht betteln.«

»Dann lassen Sie's bleiben. Alles, was Sie sagen, kann und wird vor Gericht gegen Sie verwendet …«

»Um Gottes willen, Sie stürzen mich in den Ruin! Kapieren Sie das denn nicht?«

Schon sein Narzissmus war absolut schwindelerregend. Aber noch schlimmer war, dass er nicht die geringste Ahnung zu haben schien, was er hier eigentlich angerichtet hatte.

»Nein, Herr Dr. Creem«, sagte ich, während ich ihn herumdrehte und ihm Handschellen anlegte. »Das haben Sie bereits selbst erledigt.«

3

Auf den Tag genau zwei Monate, nachdem Elijah Creem mit diesem unglücklichen Skandal Schlagzeilen gemacht hatte, war er bereit, den nächsten Schritt zu tun. Einen großen Schritt. Es war schon verblüffend, was man mit ein wenig Zeit, einem guten Rechtsanwalt und einem Haufen Geld alles erreichen konnte.

Natürlich war er noch keineswegs aus dem Schneider. Und das Geld würde auch nicht ewig reichen. Nicht, wenn es nach Miranda ging. Mit ihr hatte er zurzeit nur über ihren Rechtsanwalt Kontakt. Und seitdem die zukünftige ehemalige Mrs. Creem auch Chloe und Justine zu ihren Eltern nach Newport mitgenommen hatte, hatte er die beiden Mädchen kein einziges Mal mehr zu Gesicht bekommen. Der Rechtsanwalt hatte ihm ausgerichtet, dass sie das Schuljahr dort zu Ende bringen würden.

Das Schweigen der Mädchen war ohrenbetäubend. Seine drei blonden Schönheiten – Miranda, Justine und Chloe – hatten ihm den Rücken zugekehrt, ganz mühelos, als hätten sie nur eine Tür zugemacht.

Und seine Praxis hatte keine einzige Patientin mehr gesehen, seitdem herausgekommen war, dass Dr. Creem – oder Dr. Creep, also »Dr. Scheusal«, wie er in etlichen der unfeineren Gazetten genannt wurde – bei mehr als nur einer von Joshua Bergmans bedauerlicherweise minderjährigen Schutzbefohlenen im Tausch gegen sexuelle Dienstleistungen chirurgische Eingriffe durchgeführt hatte. Das und die kleine Videosammlung auf Creems privatem Computer waren dafür verantwortlich, dass die Gefahr einer Gefängnisstrafe immer noch ausgesprochen realistisch war, vorausgesetzt, die ganze Angelegenheit kam irgendwann einmal vor den Richter.

Aber genau aus diesem Grund hatte Elijah Creem nicht vor, es so weit kommen zu lassen. Wie lautete noch mal dieser alte Spruch? *Heute ist der erste Tag vom Rest deines Lebens?*

Oh ja, ganz genau. Dafür würde er schon sorgen.

»Ich kann nicht ins Gefängnis gehen, Elijah«, sagte Joshua am anderen Ende der Leitung. »Und ich meine damit nicht, dass ich nicht *will*. Sondern, dass ich nicht *kann*. Ich glaube echt nicht, dass ich den Knast überleben würde.«

Creem legte die Hand über seinen Bluetooth-Ohrhörer, damit er seinen Gesprächspartner besser verstehen und von den Passanten auf der M Street weniger gut belauscht werden konnte.

»Immer noch besser du als ich, Joshua. Du hast zumindest was für Schwänze übrig.«

»Ich meine es ernst, Elijah.«

»Und ich mache nur Spaß. Glaub mir, ich finde die Aussicht genauso wenig verlockend wie du. Darum lassen wir's ja erst gar nicht so weit kommen.«

»Wo steckst du eigentlich?«, wollte Bergman wissen. »Deine Stimme klingt so komisch.«

»Das liegt an der Maske«, erwiderte Creem.

»Maske?«

»Ja. Das will ich dir doch die ganze Zeit klarmachen. Unsere Pläne haben sich ein wenig geändert.«

Die Maske war ein kunstvoll gestaltetes Stück Latex, das man von einer menschlichen Vorlage abgenommen hatte.

Der allerneueste Schrei. Creem hatte seit dem Beginn des Skandals, als sein Gesicht zu einer Art öffentlichen Ärgernisses geworden war, damit herumexperimentiert. Als er jetzt am Schaufenster von Design Within Reach vorbeiging, hätte er sich wirklich selbst kaum erkannt. Denn was er da sah, war ein hässlicher alter Mann – teigige Haut, eingefallene Wangen und ein paar bedauernswerte, vereinzelte, trockene silbergraue Haare auf einem Schädel voller Leberflecken. Es war eigentlich ein durch und durch spektakulärer Anblick. In gewisser Weise sogar von poetischer Größe. Der alte Mann im Spiegelbild sah genauso abgewrackt aus, wie Dr. Creem sich zurzeit fühlte.

Ein dunkles Brillengestell kaschierte die Augenöffnungen. Und die Lippen waren zwar eng und ziemlich unangenehm, lagen aber andererseits so fest an, dass er damit wirklich sprechen, trinken, essen und auch sonst alles machen konnte, was er wollte.

»Ich wollte es dir erst erzählen, wenn ich mir sicher bin, dass es funktioniert«, sagte Creem zu Bergman, »aber ich habe eine Überraschung für dich.«

»Eine Überraschung? Was denn für eine Überraschung?«

»Joshua, erinnerst du dich noch an Fort Lauderdale?«

Die Antwort ließ etliche Zeit auf sich warten.

»Natürlich«, sagte Bergman schließlich leise.

»Frühjahr 1988.«

»Wie gesagt, ich erinnere mich gut daran«, zischte Bergman, doch dann wurde seine Stimme wieder weicher. »Wir waren doch ahnungslose Schwachköpfe damals.«

»Ich weiß, es ist eine ganze Weile her«, sagte Creem. »Aber ich habe viel darüber nachgedacht, und ich bin nicht bereit, einfach lautlos abzutreten. Wie sieht es mit dir aus?«

»Nein, natürlich nicht«, erwiderte Bergman. »Aber du warst doch derjenige, der…«

»Ich weiß, was ich gesagt habe. Aber das ist lange her. Und jetzt ist jetzt.«

Creem hörte, wie sein Freund langsam und lange Luft holte.

»Mein Gott, Elijah«, sagte er dann. »Ehrlich?«

Seine Stimme klang ängstlich, aber nicht nur das. Sie klang auch aufgeregt. Trotz seiner Schüchternheit hatte er schon immer auch ein paar wunderbar verkorkste Züge gehabt. Die Morde hatten ihn zum Beispiel immer mehr erregt als Creem.

Für Creem hatten sie in erster Linie reinigende Wirkung gehabt, waren Mittel zum Zweck gewesen. Aber jetzt, hier und heute hatte er etwas völlig Neues im Sinn.

»Dann… willst du es jetzt also tun?«, sagte Bergman.

»Ganz genau«, erwiderte Creem.

»Und wann genau?«

»In dieser Sekunde. Ich warte gerade darauf, dass sie rauskommt.«

»Und? Kann ich zuhören?«

»Natürlich«, meinte Creem. »Was glaubst du denn, wieso ich angerufen habe? Aber still jetzt. Da ist sie.«

4

Creem stand in der Potomac Street und beobachtete den Eingang des Down Dog Yoga auf der gegenüberliegenden Straßenseite. Der Kurs um Viertel vor acht war gerade zu Ende. Als eine der Ersten kam Darcy Vickers heraus, eine groß gewachsene, wohlproportionierte Blondine.

Mit ihrer Größe und ihrer Haarfarbe hatte er nichts zu tun, aber was die Formen anging, die hatte sie voll und ganz ihm zu verdanken. Darcys üppiger Busen, die perfekt symmetrisch geschwungenen Augenbrauen und Lippen sowie die wunderbar gestalteten Oberschenkel gehörten mit zum Besten, was Dr. Creem je geschaffen hatte.

Nicht dass Darcy Vickers sich jemals auch nur ansatzweise dankbar gezeigt hätte. Aus ihrer Sicht bestand die ganze Welt nur aus ihren persönlichen Lakaien. Sie war ein ziemlich typisches Exemplar für eine Lobbyistin, wie sie zu Tausenden in den Agenturen und Büros in Washingtons K Street saßen und ihre Strippen zogen, ausgestattet mit übergroßen Ansprüchen und dem verzweifelten Bedürfnis, so lange wie irgend möglich so schön wie irgend möglich zu sein.

Das kam ihm alles sehr bekannt vor. Fast wie zu Hause, um genau zu sein.

Er wartete vor Dean & Deluca, während sie nach drinnen hastete und sich irgendetwas bestellte, was Frauen wie sie eben heutzutage zu essen geruhten. Er sah, wie sie die Schlange an der Kasse aufhielt, weil sie vollkommen gedankenlos auf ihrem Handy telefonierte. Dann überquerte er erneut die Straße und verfolgte sie durch eine heimelige Kopfsteinpflastergasse bis zu dem Parkhaus, wo sie ihren BMW abgestellt hatte.

Er brauchte gar nicht besonders viel Abstand zu halten. Schließlich war er bloß ein alter Knacker mit Anorak und Gesundheitsschuhen – praktisch unsichtbar für die Darcy Vickers dieser Welt. Im menschenleeren dritten Stock des Parkhauses angekommen, lagen keine sieben Meter mehr zwischen ihm und ihr.

Darcy drückte auf die Taste eines Senders, und der Kofferraum des BMW sprang mit leisem Ploppen auf. Das war sein Startsignal.

»Entschuldigung – Miranda?«, sagte er ein klein wenig zögerlich.

»Tut mir leid, nein«, erwiderte Darcy und legte, ohne ihn eines Blickes zu würdigen, ihre Einkaufstüte und die lilafarbene Yogamatte in den Kofferraum.

»Komisch«, sagte er. »Sie sehen ihr sehr ähnlich.« Als die Frau nicht reagierte, kam er noch ein bisschen näher, überschritt die unsichtbare Grenze der persönlichen Sphäre. »Ehrlich gesagt, Sie sehen fast genauso aus wie sie.«

Als sie sich jetzt umdrehte, war ihr der Ärger deutlich ins Gesicht geschrieben, trotz Botox.

»Hören Sie«, sagte sie. »Ich möchte keinesfalls unhöflich sein …«

»Willst du doch nie, Miranda.«

Er streckte die Hand nach ihr aus, und sie wollte ihn abwehren. Aber Dr. Creem war stärker als der alte Mann, als der er sich gab. Und auch stärker als Darcy Vickers. Er legte ihr die linke Hand auf den Mund, damit sie nicht schreien konnte.

»Ich bin's, Süße«, flüsterte er. »Dein Ehemann. Und keine Angst. Es ist alles vergeben und vergessen.«

Er verharrte gerade lange genug, bis Verblüffung sich in ihrem Blick zeigte, dann rammte er ihr das Steakmesser in den Unterleib. Ein Skalpell wäre natürlich auch sehr gut gewesen, aber es war wohl klug, zunächst einmal auf alles zu verzichten, was mit seinem Beruf zusammenhing.

Sämtliche Luft schien aus Darcy Vickers' Lunge zu entweichen, und sie kippte nach vorn, knickte in der Mitte ein. Es dauerte eine Weile und war ziemlich mühsam, das Messer wieder herauszuziehen, aber dann kam die Klinge schlagartig frei.

Mit einer schnellen Fußbewegung trat Creem ihr gegen die Knöchel und hob sie in den Kofferraum. Sie wehrte sich nicht einmal. Ließ nur ein paar gurgelnde Geräusche hören und dann ein paar stockende, unvollendete Atemzüge.

Er beugte sich dicht über sie, damit Bergman am anderen Ende der Telefonleitung alles mitbekam. Dann stach er noch einmal zu, dieses Mal in die Brust. Und schließlich noch ein drittes Mal weiter unten, wobei er mit einer geschmeidigen, L-förmigen Bewegung die Oberschenkelarterie öffnete, damit sie wirklich keine Überlebenschance hatte.

Als Nächstes nahm er eine ihrer langen blonden Strähnen in die Hand und schnitt sie mit der gezackten Seite der Klinge ab. Dann noch eine, noch eine und noch eine, bis sie so gut wie keine Haare mehr hatte und nur noch die kahle Kopfhaut zu sehen war. Eine Handvoll behielt er für sich und steckte sie in eine verschließbare Plastiktüte, die restlichen Büschel verstreute er um ihren Körper.

Sie starb genauso hässlich, wie sie gelebt hatte. Und Dr. Creem fühlte sich bereits ein kleines bisschen besser.

Als er fertig war, klappte er den Kofferraum zu und nahm die nächstgelegene Treppe hinunter auf die M Street. Er sagte kein Wort, bis er das Parkhaus verlassen hatte und wieder auf dem Bürgersteig stand.

»Joshua? Bist du noch dran?«

Es dauerte ein paar Sekunden, bis Bergman antwortete: »Ich… ich bin noch dran.« Sein Atem ging in abgehackten, schnellen Stößen, seine Stimme war kaum lauter als ein Flüstern.

»Hast du…« Creem grinste, obwohl er auch ein kleines bisschen angewidert war. »Joshua, hast du etwa onaniert?«

»Nein«, stieß sein Freund eine Spur zu schnell hervor. Bergmans Bedürfnis, Sittlichkeit und Anstand zu wahren, entbehrte unter den gegebenen Umständen nicht einer gewissen Ironie. »Ist es vollbracht?«, erkundigte er sich dann.

»Alles erledigt und unter Dach und Fach«, sagte Creem. »Und du weißt, was das bedeutet.«

»Ja«, erwiderte Bergman.

»Du bist dran, Kumpel. Ich bin so gespannt, ich kann's kaum erwarten, was du dir ausdenkst.«

Erster Teil

Sieg, Niederlage oder Unentschieden

1

Es war der 6. April. Und es war dunkel. Die Morgendämmerung hatte noch nicht eingesetzt. Ron Guidice saß am Steuer seines Wagens und beobachtete das Haus auf der gegenüberliegenden Straßenseite.

Es war nichts Besonderes. Ein einfaches dreigeschossiges, mit weißen Schindeln verkleidetes Holzhaus in der Fifth Street in Southeast Washington. Die Fensterläden konnten eine neue Schicht Farbe vertragen. Und auf der Eingangstreppe hatte jemand fein säuberlich ein kleines Kräuterbeet angelegt.

Hier lebte Alex Cross, zusammen mit seiner Großmutter, seiner Frau und zwei seiner drei Kinder, Janelle und Alex junior alias Ali. Cross' ältester Sohn Damon war jetzt, während der Frühjahrsferien, auch zu Hause, lebte ansonsten aber in einem Internat. Und dann war da noch so etwas wie ein Pflegekind. Ava Williams. Es war unklar, ob sie irgendwann adoptiert werden würde oder nicht. Da musste Guidice noch ein wenig ausgiebiger nachforschen. Er brachte gerne so viel wie nur möglich über seine Objekte in Erfahrung.

Er hatte ein Dutzend Beamte der Metro Police auf der Liste, deren Tun und Lassen er einigermaßen regelmäßig verfolgte, hauptsächlich, um ihre Aktivitäten vergleichen und einschätzen zu können. Aber Cross war ein spezieller Fall. Alex war derjenige, den Guidice töten wollte.

Nur noch nicht jetzt.

Einen Mann zu töten war nicht weiter schwierig. Jeder

Halbtrottel mit einer Pistole konnte einem anderen eine Kugel in den Schädel jagen. Aber einen Mann wirklich zu *kennen* – seine Schwächen, seine wunden Punkte, und dann sein Leben Stück für Stück auseinanderzupflücken? Das erforderte einen gewissen Aufwand.

Und schließlich, ob Cross es nun wusste oder nicht, hatte er einen aufregenden Tag vor sich.

Guidice beobachtete die Fenster, die zur Straße zeigten, und wartete darauf, dass das Licht anging. Es war genau genommen nicht notwendig, so viel Zeit mit der Beobachtung eines einzigen Objekts zuzubringen, aber es machte ihm Spaß. Er genoss die Stille des frühen Morgens, auch wenn man einfach nur dasitzen und scheinbar bedeutungslose Details wahrnehmen konnte – die Macke in der Betontreppe vor dem Haus, die Energiesparlampe in der Terrassenleuchte. Das alles trug zum Gesamteindruck bei, und man wusste nie, welches winzige Detail am Schluss womöglich eine entscheidende Bedeutung bekommen würde. Er vertrieb sich die Zeit damit, seine Beobachtungen in ein Ringbuch zu notieren.

Dann, kurz nach fünf, war auf der Rückbank ein leises Rascheln zu hören.

»Papa? Müssen wir schon aufstehen?«

»Nein, Süße«, sagte er. Er hielt das Kinn gesenkt und den Blick weiterhin auf das Haus gerichtet. »Schlaf ruhig weiter.«

Emma Lee hatte sich zusammen mit ihrer Lieblings-Barbie, Cee-Cee, in einen Army-Schlafsack gekuschelt. Auf ihrem Kissenbezug prangte ein Bild von Disneys Cinderella. Den hatte sie sich wegen der kleinen helfenden Mäuse ausgesucht, die sie sehr ins Herz geschlossen hatte, warum auch immer.

»Singst du mir ein Lied?«, sagte sie. »›Hush, Little Baby‹?«

Guidice lächelte. Bei ihr hießen die Lieder immer wie die ersten Worte des Textes.

»›Hush, little Baby, don't say a word‹«, sang er leise. »›Papa's going to buy you a mockingbird …‹«

In Alex' Haus ging das Flurlicht an. Durch das Milchglasfenster der Haustür konnte Guidice einen groß gewachsenen, dunklen Schatten die Treppe herunterkommen sehen.

Guidice notierte sich alles, während er weitersang: »›If that mockingbird don't sing, Papa's going to buy you a diamond ring …‹«

»Einen echten?«, unterbrach ihn Emma Lee. Wie jedes Mal. Und wie jedes Mal stellte sie ihm dieselbe Frage: »Einen echten Diamantring?«

»Versprochen«, sagte er. »Eines Tages, wenn du älter bist.«

Er drehte sich um und blickte in die sanften, verschlafenen Augen seiner Tochter. Ob es überhaupt möglich war, jemanden mehr zu lieben, als er sie liebte? Wahrscheinlich nicht.

»Leg dich wieder schlafen, Schnuffelbär. Wenn du das nächste Mal aufwachst, sind wir zu Hause.«

2

Der erste Anruf traf gegen 14 Uhr in der Zentrale ein.

In einem Parkhaus in Georgetown war eine tote Frau im Kofferraum ihres Wagens gefunden worden. Ziemlich ungewöhnlich für Georgetown, darum war ich noch gereizter als sonst. Ich fuhr mit dem Fahrstuhl in die Tiefgarage des Daly Buildings und setzte mich in meinen Wagen. Unterwegs hatte ich mir noch einen extra großen Kaffee besorgt. Es würde ein verdammt langer Tag werden.

Trotzdem, ganz ehrlich, ich liebe meinen Job. Ich bin froh, dass ich Menschen eine Stimme verleihen kann, die nicht mehr für sich selbst sprechen können, weil ihnen die Stimme genommen wurde. Und zwar, in meinem beruflichen Umfeld, für gewöhnlich auf gewaltsame Art und Weise.

Der Bericht des Polizeibeamten, der als Erster am Ort des Geschehens gewesen war, besagte, dass ein Parkhausangestellter von American Allied Parking in der M Street unter einem BMW einen Fleck entdeckt hatte, der aussah wie getrocknetes Blut. Der BMW gehörte einer gewissen Darcy Vickers. Die Beamten hatten den Kofferraum aufgebrochen, und der Verdacht hatte sich bestätigt. Ms. Vickers war tot, und zwar schon seit geraumer Zeit. Jetzt warteten sie auf jemanden von der Mordkommission, der die Sache übernehmen sollte.

Das war mein Einsatz. Dachte ich zumindest.

Es war ein herrlicher Frühlingstag. Die schönste Zeit des Jahres in Washington. Das National Cherry Blossom Festival war gerade in vollem Gang, und bis jetzt hatte uns weder die erste Welle der hochsommerlichen Luftfeuchtigkeit noch die erste Welle der Sommertouristen erreicht. Ich hatte die Fenster heruntergefahren und Quincy Jones' *Soul Bossa Nova* so laut aufgedreht, dass ich mein Handy beinahe überhört hätte.

Das Display verriet mir, dass Marti Huizenga mich sprechen wollte. Sie ist mein Sergeant in der Spezialeinheit für Kapitalverbrechen. Ich drehte die Musik leiser und erwischte sie gerade noch, bevor die Mailbox ansprang.

»Dr. C.«, sagte sie. »Wo stecken Sie gerade?«

»Pennsylvania Avenue, Ecke Twenty-First. Wieso?«

»Gut. Biegen Sie rechts ab auf die New Hampshire Avenue. Wir haben schon wieder eine Leiche. Nach allem, was ich gehört habe, eine fürchterliche Sache.«

»Und da haben Sie sofort an mich gedacht.«

»Logisch. Ich brauche sofort jemanden vor Ort. Es sieht wohl schlimm aus, Alex – eine tote junge Frau, die im fünften Stock zum Fenster raushängt. Möglicherweise ein Selbstmord, aber wir wissen noch nichts Genaues.«

»Sie wollen mich also lieber da haben als in Georgetown?«

»Ich will Sie sowohl da als auch in Georgetown haben«, erwiderte Huizenga. »Zumindest erst einmal. Ich brauche jemanden, der sich beide Örtlichkeiten genau anschaut, und zwar so schnell wie möglich. Und *dann* können Sie mir sagen, dass es da keinen Zusammenhang gibt. Dass das Ganze bloß ein einziger dummer Zufall ist, okay? Das ist eine ganz höfliche Bitte.«

Huizengas Humor war genauso schwarz, wie meiner gelegentlich sein konnte. Ich arbeitete gerne mit ihr zusammen. Und wir wussten beide, dass der Unterschied zwischen zwei *nicht* zusammenhängenden Leichen und zwei *zusammenhängenden* Leichen darin bestand, dass man im ersten Fall achtundvierzig Stunden lang kaum Schlaf bekam und im zweiten Fall gar keinen.

»Ich tue, was ich kann«, versprach ich.

»Vernon Street, zwischen Eighteenth und Nineteenth«, sagte sie. »Ich sage denen vom zweiten Bezirk, dass sie mit dem Parkhaus schon mal ohne Sie anfangen sollen, aber sehen Sie zu, dass Sie so schnell wie möglich da sind.«

Das ist so, als wollte man den Wolken sagen, wann sie anfangen sollen zu regnen. Ich hatte keine Ahnung, wie lange ich bei der ersten Leiche sein würde. Das weiß man nie, bevor man da ist.

Und es wurde der reinste Albtraum.

3

Die Vernon Street besteht nur aus einem einzigen von Bäumen gesäumten Häuserblock am westlichen Ende der U Street. Eine stille Wohngegend, aber als ich von der Eighteenth abbog, sah ich, dass sich auf dem Bürgersteig eine große Menschenmenge gebildet hatte. Die meisten hatten den Kopf in den Nacken gelegt und zeigten mit den Fingern auf ein Backsteingebäude mit Mansardendach auf der Südseite der Straße.

Ich war kaum ausgestiegen, da sah ich das Mädchen schon. Mir blieb für einen Moment die Luft weg. Sie baumelte an einem Seil, das um ihren Hals lag, etwa einen Meter unterhalb eines Mansardenfensters im fünften Stock. Ihr Gesicht war sichtbar verfärbt, und allem Anschein nach waren ihre Hände auf dem Rücken gefesselt.

Oh Gott. Oh mein Gott.

Vor dem Haus standen zwei Streifenwagen und ein Notarztwagen, doch von der Besatzung konnte ich nur einen einzigen Streifenpolizisten sehen. Er stand vor dem Hauseingang. Der Bürgersteig war voller Gaffer, die mit ihren Handys und Kameras ein Bild nach dem anderen knipsten. Es regte mich auf und machte mich gleichzeitig ratlos.

»Sehen Sie zu, dass Sie die Straße abgesperrt kriegen, jetzt sofort!«, sagte ich zu dem Polizisten, als ich das Haus betrat. »Wenn ich da oben aus dem Fenster schaue, will ich hier auf dem Bürgersteig keinen Menschen mehr sehen. Ist das klar?«

Natürlich hatte er alle Hände voll zu tun, aber ich merkte,

wie sehr mir diese Angelegenheit an die Nieren ging. Dieses Mädchen hatte Eltern. Angehörige. Und die sollten diese Bilder nicht auf irgendeiner gottverdammten Facebook-Seite zu sehen bekommen.

Ich ließ den Beamten mit seiner Aufgabe alleine und nahm die Treppe, nicht den Fahrstuhl. Sie war der wahrscheinlichere Fluchtweg, falls wir es hier mit einem Mord zu tun hatten. Und schließlich gibt es nur *eine* Chance, einen Tatort zum ersten Mal zu besichtigen.

Im fünften Stock sah ich einen zweiten Streifenbeamten mit zwei Sanitätern vor einer offenen Wohnungstür stehen. Insgesamt gab es auf diesem Stockwerk drei Wohnungen, die allesamt Richtung Straße zeigten. Unser totes Mädchen war offensichtlich in der mittleren.

»Die Tür war abgeschlossen«, sagte der Polizeibeamte. »Die Einbruchsspuren am Türrahmen, das waren wir. Wir waren bloß so lange drin, bis wir den Tod des Mädchens festgestellt haben, aber das war nicht so einfach. Könnte also sein, dass wir etwas berührt oder verrückt haben.«

Es war eine kleine Dachgeschosswohnung. Auf einer Seite befand sich eine winzige Pantryküche, auf der anderen eine offene Badezimmertür und eine Futon-Couch, die allem Anschein nach auch als Bett genutzt wurde. Soweit ich es beurteilen konnte, gab es keinerlei Kampfspuren. Das Einzige, was irgendwie unaufgeräumt wirkte, war ein altmodischer Garderobenständer. Er lehnte seitwärts vor dem geöffneten Fenster. An der Mitte der Stange war ein Seil befestigt, das nach draußen hing.

Ich zwang mich, langsam hineinzugehen, und hielt nach Schleifspuren oder anderen Hinweisen Ausschau. Am Fenster angelangt, konnte ich den Kopf des Mädchens sehen, knapp außer Reichweite. Sie hatte mit dem Absatz ein Loch in das Fenster der unteren Wohnung geschlagen, und das Seil, das um ihre Handgelenke lag, schien aus dem gleichen Material zu sein wie das, an dem sie hing.

Was noch nicht bedeutete, dass sie sich nicht selbst umgebracht haben konnte. Viele Selbstmörder fesseln sich vorher, damit sie sich, wenn es hart auf hart geht, nicht mehr befreien können.

Unten war mittlerweile ein weiterer Streifenwagen eingetroffen, und die Straße war geräumt. Dafür hatte ich jetzt ein anderes Problem. In dem Haus auf der gegenüberliegenden Straßenseite standen mindestens ein Dutzend Leute am Fenster und schauten zu mir herüber – noch mehr Handys, noch mehr Kameras. Ich hätte ihnen am liebsten allen den Mittelfinger gezeigt, aber ich konnte mich gerade noch beherrschen.

Trotzdem ... ich wollte ihnen keine Sekunde länger geben als unbedingt nötig.

»Kann mir mal jemand helfen!«, rief ich in Richtung Hausflur.

In den Vorschriften ist klar geregelt, dass bei einem gewaltsamen Tod allein der Gerichtsmediziner für die Leiche zuständig ist. Die Polizei darf sie nicht anrühren. Aber die Vorschriften waren für mich in dieser Situation zweitrangig. Ich dachte in erster Linie an das Mädchen und ihre Angehörigen.

Also zog ich mein Smartphone aus der Tasche und fotografierte – den Kleiderständer, den Fensterrahmen, das Seil und das Mädchen, von oben. Ich musste so viele Details wie möglich sichern, bevor ich tat, was ich tun wollte.

»Sir?«, sagte ein Streifenpolizist in meinem Rücken.

»Wir holen sie rein. Helfen Sie mir dabei«, sagte ich.

»Ähm … wollen Sie nicht auf die Gerichtsmedizin warten?«

»Nein«, erwiderte ich und zeigte auf die gaffende Menge. »Nicht länger. Und jetzt packen Sie endlich mit an oder holen Sie jemanden, der dazu bereit ist.«

4

Wir legten das Mädchen so behutsam wie möglich auf den Boden. Das Seil um ihren Hals rührten wir nicht an. Es reichte voll und ganz, dass wir sie dem Blick der Öffentlichkeit entzogen hatten. Den Rest konnte ich den Ermittlungen überlassen.

Sie hieß Elizabeth Reilly. Nach den Angaben auf dem Führerschein, den ich in einer Handtasche neben der Tür gefunden hatte, wäre sie in zwei Wochen einundzwanzig geworden. Alle äußeren Anzeichen sprachen dafür, dass die Wohnung von einer Einzelperson bewohnt wurde – angefangen bei den kalorienarmen Fertiggerichten im Tiefkühlfach bis zu dem einen Handtuch und dem einen Waschlappen, die fein säuberlich im Badezimmer an ihren Haken hingen.

Was mochte wohl hinter dieser Tat stecken? Im Augenblick war das noch nicht zu erkennen.

Als das Team der Gerichtsmedizin eintraf, stellte ich erleichtert fest, dass sie Joan Bradbury geschickt hatten. Joan ist eine lässige Texanerin, schon über sechzig und kommt, soweit ich weiß, immer in bestickten Cowboystiefeln zur Arbeit, und das, obwohl sie schon zwanzig Jahre lang in Washington lebt. Sie ist ziemlich stur, aber eine gute Kollegin. Darum hielt sie mir auch keine großen Vorträge, als sie sah, was ich mit der Leiche angestellt hatte. Joan hat selbst vier Töchter – ich glaube, ihr war instinktiv klar, worum es mir gegangen war.

Während sie mit den ersten Untersuchungen anfing,

schickte ich die Ermittler los. Sie sollten die Nachbarn befragen, besonders die auf der gegenüberliegenden Straßenseite. Das Ganze war am helllichten Tag passiert. Also musste doch irgendjemand irgendetwas gesehen haben.

Außerdem erfuhr ich von Sergeant Huizenga noch das eine oder andere über das Opfer. Elizabeth Reilly hatte am Radians College in der Vermont Avenue eine Ausbildung zur Krankenschwester begonnen, diese aber im Dezember vergangenen Jahres abgebrochen. Ob sie in letzter Zeit Arbeit gehabt hatte, war noch unklar, aber abgesehen von einem unbezahlten Strafzettel wegen Falschparken lag nicht das Geringste gegen sie vor.

Als ich wieder bei Joan war, verpackten sie die Leiche gerade in einen Leichensack.

»Ich muss erst eine vollständige Obduktion durchführen«, sagte sie, »aber ich glaube, das Mädchen war schon tot, bevor sie aufgehängt wurde. Es könnte sein, dass sie mit demselben Seil erdrosselt worden ist.«

Sie zeigte mir ein paar dunkle, violette Stellen an Elizabeths unterem Hals.

»Sehen Sie die Quetschungen da? Die entstehen, wenn jemand stranguliert wird. Im Gegensatz dazu sind die Druckstellen dort, wo das Seil verlaufen ist, kaum zu sehen. Wenn noch Blut durch ihre Adern geflossen wäre, als sie erhängt wurde, wären diese Flecken deutlich dunkler.«

Ich lehnte mich zurück und fuhr mir mit der Hand über den Mund.

»Genau so etwas hatte ich befürchtet«, sagte ich.

»Das ist noch nicht alles, Alex.«

Normalerweise war Joan ziemlich direkt, auch wenn der Anblick noch so grässlich war, aber jetzt klang ihre

Stimme gepresst wie noch nie. Sie musste sehr aufgewühlt sein.

»Die Haut am Unterbauch ist immer noch sehr schlaff, und die Streifen im mittleren Bereich und an den Brüsten sind deutlich zu erkennen«, sagte sie. »Soweit ich es beurteilen kann, hat dieses Mädchen kürzlich ein Kind auf die Welt gebracht. Und, Gott steh mir bei, es muss *sehr* kürzlich gewesen sein.«

5

Erst am späten Abend kam ich schließlich im Parkhaus von American Allied Parking in Georgetown an. Der Tatort war noch gut erhalten, nur Darcy Vickers' Leiche war schon abtransportiert worden. Die eine oder andere Frage musste ich mir später mithilfe der Tatortfotos beantworten und mir jetzt eben das zusammenreimen, was möglich war.

Ms. Vickers' silberfarbener BMW 550i stand auf der dritten Ebene. Dort hatte man sie gefunden. Einer der Detectives vom zweiten Bezirk erklärte mir alles. Ich glaube, er fragte sich, was ich so spät eigentlich noch hier wollte, aber das war im Augenblick meine geringste Sorge. In Gedanken war ich immer noch bei Elizabeth Reilly.

»Also, hier drin haben sie sie gefunden«, sagte Freemont und zeigte in den geöffneten Kofferraum. »Stichwunden hier, hier und hier.« Er deutete mit zwei Fingern auf seine Brust, den Unterleib und den Oberschenkel. »Sie ist nicht besonders schön gestorben, aber auf jeden Fall schnell, was immer ihr das genützt hat. Und dann hat er ihr auch noch die Haare abgeschnitten, wahrscheinlich nur so zum Spaß.«

Im Kofferraum zurückgeblieben waren eine Yogamatte, eine Aktentasche, ein paar Einkaufstüten und ein Kleidersack. Alles war mit einer Schicht aus getrocknetem Blut und blonden Haaren überzogen.

Auf dem Betonboden unterhalb des Wagens war ein großer, dunkler Fleck zu erkennen – ebenfalls Blut.

»Er musste sich beeilen«, sagte ich. »Das ist eine ziemlich riskante Stelle für einen Mord.«

»Er?«, sagte Freemont.

»Ist nur geraten.« Im Augenblick ging es nur um den ersten Eindruck. »Was wissen wir über Darcy Vickers?«

Der Detective klappte einen kleinen Notizblock auf – genau so einen hatte ich auch – und schaute hinein.

»Zweiundvierzig Jahre alt. Geschieden, keine Kinder. Arbeitet bei Kimball-Ellis in der K Street, überwiegend als externe Beraterin für ein paar große Tabakhersteller. Nach allem, was ich bisher in Erfahrung gebracht habe, hatte sie einen Ruf als knallharte Halsabschneiderin.«

Mit anderen Worten: Darcy Vickers hatte jede Menge Feinde. Unter Lobbyisten nichts Ungewöhnliches. Aber nicht alle Lobbyisten enden erstochen im Kofferraum ihres Autos. Also, wer würde so etwas tun? Und wieso?

Und wo wir schon dabei waren: Konnte das alles irgendwie mit der erhängten Elizabeth Reilly zusammenhängen?

Dem ersten Eindruck nach war nichts gestohlen worden. Portemonnaie, Geld, Handy und Schmuck waren noch da. Das brachte mich zu der Vermutung, dass der Mord selbst das eigentliche Motiv für die Tat gewesen war, entweder um einen gewalttätigen Impuls zu befriedigen oder um diese ganz bestimmte Frau loszuwerden – oder beides.

Was das anging, gab es zwischen den beiden Taten durchaus Parallelen. Aber das Vorgehen der Täter war vollkommen unterschiedlich.

Vorausgesetzt, Elizabeth Reilly hatte keinen Selbstmord begangen, dann hatte der Täter ihren Leichnam für jedermann weithin sichtbar zur Schau gestellt. Dazu hatte er etliche Mühe auf sich nehmen müssen. Bei Darcy Vickers hingegen war es ausschließlich um die Tat selbst gegangen –

sie zu erstechen und ihr, aus welchem Grund auch immer, die Haare abzuschneiden.

Mein Bauchgefühl sagte mir, dass es sich um zwei getrennte Fälle handeln musste, aber bis wir das genau wussten, war noch eine Menge Laufarbeit nötig. Vielleicht existierte ja zwischen den beiden Frauen doch irgendeine Verbindung.

»Gibt es Zeugen?«, wandte ich mich an Freemont.

»Das nicht«, meinte er, »aber die Überwachungskameras haben ein paar interessante Bilder gemacht.«

Er holte einige zusammengefaltete Blätter aus der Tasche und zeigte mir eine Serie von Schwarz-Weiß-Standbildern.

»Das war gestern Abend um 21:04 Uhr. Da kommt Ms. Vickers zum Osteingang herein. Und direkt hinter ihr ist dieser Typ da.«

Das Bild zeigte einen mittelalten oder vielleicht sogar älteren weißen Mann. Die Qualität war bescheiden, aber ein paar Einzelheiten waren deutlich zu erkennen. Er hatte eine Glatze, trug eine dunkelrandige Brille und dazu – so sah es zumindest aus – eine Jacke von Members Only, erkennbar an den charakteristischen Schulterklappen.

»Um 21:09 Uhr kommt der Kerl zu einem anderen Ausgang wieder raus und landet auf der M Street. Er ist immer noch zu Fuß«, fuhr der Detective fort. »Was er in den fünf Minuten da drin gemacht hat, weiß keiner.«

»Was ist mit den Kameras hier auf dieser Ebene?«, wollte ich wissen.

»Da drüben.« Er deutete auf eine übel zugerichtete Kamera in einer Ecke an der Decke. »Die hat jemand gestern Abend lahmgelegt, so um kurz nach acht. Mit einem großen Stein vielleicht oder so was in der Art.«

»Dann hat …« Ich hörte auf, darüber nachzudenken. »Wenn der alte Mann etwas damit zu tun hat, wieso hat er dann nur eine Kamera kaputt gemacht? Warum hat er sich von zwei anderen anstandslos filmen lassen?«

»Ganz genau«, erwiderte Freemont. »Gute Frage. Wir haben ihn zur Fahndung ausgeschrieben. Wenn wir ihn erwischen, kriegen wir vielleicht auch die eine oder andere Antwort.«

Vielleicht, dachte ich. Aber irgendetwas sagte mir, dass es nicht ganz so einfach werden würde.

6

Gegen fünf Uhr morgens war ich zu Hause und hoffte, dass ich noch ein bisschen schlafen konnte.

Und genau so kam es dann wahrscheinlich auch. Ich kann mich kaum noch daran erinnern, wie ich neben Bree ins Bett gekrochen war. Aber dann strömte plötzlich grelles Licht durch die Fensterscheiben, und wir wurden von einer kleinen Zwergenbande angegriffen.

»Aufwachen! Aufwachen! Aufwachen! Tä-rääá! Tä-rääá! Heute ist ein großer Tag!«

Ali, mein Jüngster, war schon ins Bett gekrochen und kniete zwischen uns. Meine Tochter Jannie stand am Fußende, fertig angezogen und abmarschbereit.

»Es ist schon halb acht, Daddy«, sagte sie. »Und um neun sollen wir da sein!«

»Oh … na, klar«, sagte ich.

»Du hast es doch nicht etwa vergessen, oder?«

»Nein«, sagte ich. »Natürlich nicht. Wir sind sofort unten.«

Natürlich hatte ich es vergessen. Eigentlich hatte ich mir vorgenommen, gleich nach der morgendlichen Teamsitzung in die Gerichtsmedizin zu gehen und bei Elizabeth Reillys Obduktion dabei zu sein.

Aber die Kinder hatten recht. Heute *war* ein großer Tag.

Heute fand die Auslosung an der Marian Anderson Public Charter School statt, der besten Highschool in Southeast und einer der besten in der ganzen Stadt. Außer Jannie und Ava, die seit einiger Zeit bei uns wohnte, hatten sich noch vierhundertzwanzig andere Achtklässler auf einen der einhundertfünf freien Plätze zum Beginn des nächsten Schuljahrs im Herbst dort beworben. Öffentliche Schulen sind per Gesetz verpflichtet, die verfügbaren Plätze zu verlosen, falls die Nachfrage das Angebot übersteigt – und das war jedes Jahr der Fall. Wir hofften gegen jede Vernunft, beide Mädchen auf die Schule zu bekommen.

»Du weißt, dass du nicht unbedingt mit dabei sein musst«, sagte Bree und massierte mir ein wenig den Rücken. »Ich habe gestern Abend die Nachrichten gesehen. Ich weiß, dass du wahnsinnig viel zu tun hast. Nana und ich schaffen das schon.«

»Nein«, sagte ich. »Ich komme mit. Ich muss nur erst diesen Betonklotz in meinem Schädel loswerden.«

Während der vergangenen Monate hatte ich Weihnachten, Alis Schultheater-Aufführung, Damons Viertelfinalspiel und die meisten Sonntagsgottesdienste verpasst, um nur einige wenige zu nennen. Das jetzt kam mir so vor wie die letzte Grenze, und die wollte ich auf gar keinen Fall überschreiten. Ich würde jemanden anrufen, der mich in der Gerichtsmedizin vertreten sollte, bis ich dort war.

Unten im Erdgeschoss stand Nana Mama am Herd, während sich vor den Kindern Berge von Pancakes türmten. Jetzt, wo Damon da war und wir auch noch Ava hatten, waren wir ein Sieben-Personen-Haushalt. Die Hütte war voll.

»Guten Morgen, Kinder«, sagte Nana, als Bree und ich zur Tür hereinkamen. Sie ist die unumschränkte Herrscherin der Familie, und die Küche ist ihr Thronsaal. »Mit oder ohne Blaubeeren?«

Ich schnappte mir ohne Umwege einen Kaffee.

»Wieso bist du denn schon auf? Bist du nicht gerade erst nach Hause gekommen?«, murmelte sie mir vom Herd aus zu.

Ich nuschelte etwas von wegen *großer Tag*. Im Augenblick konnte ich bis auf Koffein an nicht besonders viel denken.

»Also, wer von euch glaubt, dass heute ein Glückstag ist?«, sagte Bree am oberen Ende des Tischs.

Alle Hände flogen in die Luft, nur Avas nicht. Sie schaufelte sich lediglich immer neue Bissen in den Mund, hastig wie immer.

»Was ist mit dir, Ava?«, fragte ich. »Bist du nicht auch ganz aufgeregt?«

Sie zuckte mit den Schultern und erwiderte, den Mund voller Pancakes: »Ich krieg ja doch kein' Platz.«

»Warum denn immer gleich so pessimistisch?«, meldete sich Nana vom Herd aus zu Wort. »Einstellung ist alles.«

Also, wenn ich ehrlich sein soll, ich konnte Avas Pessimismus gut nachvollziehen. Sie war sehr viel klüger, als sie sich anmerken ließ – vielleicht sogar klüger, als sie selbst ahnte. Aber das war gar nicht der entscheidende Punkt.

Vor einigen Monaten war sie uns gewissermaßen in den Schoß gefallen, nachdem ihre heroinsüchtige Mutter sich eine Überdosis verpasst und sie allein auf den Straßen von Southeast zurückgelassen hatte. Ava hatte nach wie vor mit einem Riesenberg an Problemen zu kämpfen. Darum hatte ich ihr einen Platz bei meiner eigenen Therapeutin, Adele Finaly, verschafft. Und ansonsten hatten wir gute Tage und schlechte Tage miteinander.

Im Prinzip hatte Ava von Anfang an gelernt, auf keinen Fall zu viel vom Leben zu erwarten und darum auch gar nicht viel zu wollen. Gelegentlich ertappte ich sie bei einem Lächeln, erwischte sie in einem ungeschützten, gelösten Moment. In solchen Augenblicken wurde mir jedes Mal wieder bewusst, welches Potenzial da in ihr schlummerte, wenn wir ihr nur helfen konnten, es ebenfalls zu erkennen. Aber das, was sie überhaupt nicht hatte, war Hoffnung. Für mich ist das so etwas wie eine moderne Seuche der Armen und Unterprivilegierten. Nichts hemmt einen Menschen stärker als der Mangel an Hoffnung.

Wenn wir irgendetwas tun konnten, um an dem beschissenen Blatt, welches das Leben Ava in die Hand gegeben hatte, etwas zu ändern, wir würden es tun.

An jedem guten Tag.

7

Vor der Turnhalle der Marian Anderson School hatte sich eine lange Schlange gebildet. Man konnte meinen, der Karneval sei ausgebrochen. Überall flogen Luftballons herum, während Lehrkräfte und andere Schulangestellte in leuchtend gelbgrünen T-Shirts mit breitem Lächeln alle und jeden willkommen hießen.

In der Turnhalle waren sämtliche Tribünen aufgebaut und zusätzlich noch Stühle aufgestellt worden. Da waren die Jugendlichen, die sich für einen Platz beworben hatten, dann die Eltern, Geschwister und das Personal der Schule, alles in allem knapp tausend Menschen. Die nervöse Anspannung war mit Händen zu greifen.

Nana hatte von unserer Ankunft an ununterbrochen die Lippen gespitzt. Sie wollte sich nichts anmerken lassen, um der Mädchen willen, aber sie war auch einundvierzig Jahre lang Lehrerin gewesen. Sie hatte eine sehr eindeutige Meinung, was dieses Ritual anging.

»*Mhm, mhm, mhm*«, brummelte sie und blickte sich um. »Wisst ihr, wieso wir heute hier sind? Weil wir Erwachsenen es nicht schaffen, in dieser Stadt eine vernünftige Schulbildung für alle anzubieten, und deshalb den Zufall entscheiden lassen.«

Ich glaube, die Lähmung in der Schulpolitik Washingtons, die jede Reform im Keim erstickt, regt Nana mehr auf als alles andere auf der Welt. Es war vollkommen klar, dass drei Viertel der Anwesenden die Turnhalle später enttäuscht wieder verlassen würden. Manche – vor allem die

Ärmeren unter ihnen – würden richtiggehend am Boden zerstört sein. Die einzige andere kostenlose Highschool in unserer Gegend war eine der berühmt-berüchtigten Abbrecher-Fabriken, in denen weniger als sechzig Prozent aller Anfänger tatsächlich einen Schulabschluss machten.

Wir suchten uns ein paar freie Stühle und setzten uns. Jannie blieb stehen und schaute sich nach ihren Freundinnen um, aber Ava saß still und ruhig auf ihrem Platz.

Um kurz nach neun betrat endlich der Schuldirektor die Bühne und hieß alle willkommen. Und dann ging es los, ohne weitere Verzögerung. Aus einer Kiste auf einem Rollwagen wurden Kärtchen gezogen und Namen verlesen, einer nach dem anderen.

»Monique Baxter… Leroy Esselman… Thomas Brown…«

Bei jedem Kärtchen ertönte irgendwo in der Turnhalle ein Schrei, waren hastige Bewegungen zu sehen. Es war wirklich ein bisschen wie ein Lottogewinn. Jeder Jugendliche, dessen Name genannt wurde, musste unter dem Jubel der Lehrkräfte auf die Bühne kommen, bekam ein Begrüßungspaket überreicht und wurde dann unter tosendem Applaus wieder nach unten geschickt.

Viele Leute hatten ein Stück Papier vor sich liegen und machten Striche bei jedem Namen oder zählten mit den Fingern mit. Ich saß zwischen Jannie und Nana. Die Anspannung war überdeutlich spürbar.

Nach zehn Minuten neigte die Verlosung sich ihrem Ende entgegen. Wir waren bei Nummer zweiundachtzig, dreiundachtzig, vierundachtzig… und dann…

»Janelle Cross!«

Mit einem Mal waren wir es, die auf und ab hüpften, einander in die Arme fielen und vor Aufregung alles andere vergaßen. Ich möchte nicht behaupten, dass ich nicht aus dem Häuschen war, denn das war ich ganz eindeutig. Es war eine große Chance für Jannie. Aber schon während ich sie auf die Bühne begleitete, drehte ich mich um und sah nach Ava.

Sie saß einfach nur da und starrte auf den Boden, als sei überhaupt nichts passiert. Als wäre sie aus Stein – zumindest äußerlich. Bree hatte ihr den Arm um die Schulter gelegt und winkte mich weiter auf die Bühne. Es fiel mir nicht leicht, dieses ganze Durcheinander der Gefühle zu ertragen.

Aber vielleicht, ja, vielleicht würde der Blitz noch ein zweites Mal einschlagen, bevor die Veranstaltung hier zu Ende ging.

8

Pech gehabt.

Als Jannie und ich unsere Runde beendet hatten und wieder zu unseren Plätzen kamen, war die Verlosung zu Ende. Die meisten Leute waren schon aufgestanden und machten sich fertig zum Gehen.

Ava saß immer noch auf ihrem Stuhl und scharrte mit den Füßen. Sie sah aus wie betäubt.

Nana war sichtlich wütend. Und Bree unendlich traurig.

»Es tut mir leid, Ava«, sagte ich und ließ mich auf den Stuhl neben ihr sinken. »Ich wünschte, es wäre anders gekommen.«

»Was soll's«, erwiderte sie. »Ich hab's ja sowieso gewusst.«

Es war frustrierend zu sehen, dass die Welt so haargenau Avas Erwartungen entsprach. Obwohl ich durchaus den Eindruck hatte, dass sie sich die Aufnahme an der Schule genauso sehr gewünscht hatte wie Jannie, und sei es nur, um wenigstens einmal im Leben das Gefühl zu haben zu gewinnen.

Jannie kam zu ihr und setzte sich auf der anderen Seite neben sie. Um uns herum standen etliche Familien, eng umschlungen. Viele Jugendliche weinten. Etliche Eltern auch. Es war alles so schnell gegangen.

»Das ist total doof«, sagte Jannie. »Tut mir echt leid, Ava.«

»Nein, tut es nicht.« Ava starrte sie mit einem Mal wütend an. Als Jannie nach ihrer Hand greifen wollte, zog sie sie ruckartig weg und stand auf. »Kommt schon«, sagte sie. »Wir müssen los. Die Verlosung ist vorbei.« Dann marschierte sie nach draußen, ohne sich noch einmal umzudrehen. Wir konnten nichts anderes tun, als ihr hinterherzugehen.

Unterwegs nahm Nana meinen Arm. Ich spürte, dass sie vor Wut zitterte.

»Das ist der reinste Wahnsinn und nichts anderes«, sagte sie. »Warum, verdammt noch mal, müssen diese Kinder das große Los ziehen, nur um eine gute Schulbildung zu bekommen? Und das hier, in der Hauptstadt! Was sagt das über unser Land aus, Alex? Was soll der Rest der Welt von uns halten? Was?«

Das »verdammt noch mal« war ein sehr ungewöhnlicher Ausdruck für sie, aber ich wusste, wie sie sich fühlte. Das Problem war so gewaltig und so unlösbar, dass man nicht einmal wusste, auf wen man eigentlich wütend sein sollte. Die Schulbehörde? Die Lehrergewerkschaft? Den Bürgermeister? Gott?

»Ich wünschte, ich könnte deine Fragen beantworten, Nana. Ganz ehrlich.«

»Weißt du was?«, fuhr sie fort. »Miss Ava Williams wird ab sofort nicht mehr länger durch irgendwelche Ritzen fallen. Dieses Mädchen wird genau die Schulbildung bekommen, die es verdient hat, und wenn ich das höchstpersönlich in die Hand nehmen muss.«

Mit anderen Worten: Nana Mama würde das erledigen, was die Behörde, die Gewerkschaft, der Bürgermeister und Gott nicht geschafft hatten.

Und ich war felsenfest davon überzeugt, dass sie es schaffen würde. Hundertprozentig.

9

Ron Guidice saß auf der Tribüne der Marian Anderson Highschool. Die Verlosung war in vollem Gang, und er machte sich Notizen. Die Turnhalle war dicht gefüllt. Nicht besonders viele Weiße darunter, aber immerhin so viele, dass er nicht auffiel. Und keiner merkte, dass er nicht auch einen vierzehnjährigen Teenager im Schlepptau hatte.

Emma Lee saß die ganze Zeit vor seinen Füßen und spielte, zog Cee-Cee an und wieder aus, ohne einen Mucks von sich zu geben. Sie hatte die Geduld einer kleinen Heiligen, so viel stand fest.

Vielleicht hat sie das von mir, dachte er.

Während die Verlosung ihren Gang nahm, beobachtete er die Familie Cross. Und irgendwie war es schon eigenartig, dass er sich freute, als Jannies Name durch die Lautsprecherboxen erklang. Und dass er traurig war, als klar war, dass Ava es nicht geschafft hatte.

Arme Ava. Das Mädchen bekam einfach keine Chance, stimmt's? Es sei denn, man wollte die Tatsache, dass sie bei den Cross untergekommen war, als solche zählen. Auf dem Papier waren das »gute Menschen«. Guidice hatte sogar angefangen, sie ein wenig sympathischer zu finden, als ihm lieb gewesen wäre. Jedenfalls die Oma und die Kinder. Aber das passierte ihm ständig. Er konnte nicht verhindern, dass er sich auf seine Objekte einließ.

Würde es sie sehr hart treffen, wenn Alex tot und begraben war? Aber natürlich. Das ließ sich nun einmal nicht vermeiden. Die Welt war voller unschuldiger Opfer.

Es hatte einmal eine Zeit gegeben, da war er selbst eines gewesen. Dank Alex.

Was jetzt wirklich keine Rolle spielte – nicht, solange er das große Ganze im Auge behielt. Es ging immer um das große Ganze.

Und dort war Alex Cross schon auf dem Weg zu seiner Hinrichtung.

10

Ich ließ das Mittagessen im Familienkreis sausen und fuhr direkt in das neue kriminaltechnische Zentrallabor an der Ecke Fourth Street und School Street. Es ist ein atemberaubendes Gebäude – sechsundzwanzigtausend Quadratmeter Fläche mit den verschiedensten Einrichtungen unter einem gewaltigen Dach. Endlich hatte die Metropolitan Police eine Zentralstelle für alle kriminaltechnischen Untersuchungen und Analysen – Waffen, Giftstoffe, DNA-Proben und Fingerabdrücke – sowie für die Gerichtsmedizin bekommen.

Ich streifte mir sofort nach meiner Ankunft einen sterilen Umhang über, setzte eine Atemmaske auf und trat durch die Schwingtür in den Obduktionssaal, wo Joan Bradbury bereits die Hälfte ihrer Arbeit am Leichnam von Elizabeth Reilly hinter sich hatte.

»Was haben wir bis jetzt, Joan?«, erkundigte ich mich.

»Eine Menge«, sagte sie. »Kommen Sie rein.«

Der Leichnam lag auf dem Tisch. Der Oberkörper war mit einem großen Y-Schnitt geöffnet und anschließend aufgeklappt worden. Ich kann mich bei Weitem nicht mehr an jede Obduktion erinnern, die ich mitgemacht habe, und mein Magen hat schon lange keine Probleme mehr damit. Andererseits mache ich mir ganz bewusst immer wieder klar, dass es einen Grund gibt, weshalb ich hier bin. Das zumindest war ich Elizabeth Reilly schuldig.

»Ich habe gestern Abend noch mit der toxikologischen Analyse begonnen, einfach um mal einen Anfang zu machen«, sagte sie. »Dabei habe ich Spuren von Antidepressiva nachgewiesen und dann noch etwas. Halten Sie sich fest: Oxytocin.«

»Oxytocin? Darauf testen Sie?«

»Normalerweise nicht, aber unter diesen Umständen habe ich gedacht, dass es sich lohnen könnte, mal nachzuschauen. Jetzt bin ich natürlich froh. Oxytocin wird relativ schnell abgebaut und ist nur rund achtundvierzig Stunden lang überhaupt nachweisbar. Das bedeutet, dass Elizabeth Reilly keine zwei Tage vor ihrem Tod die Wehen eingeleitet hat.«

Meine Gedanken drehten sich im Kreis. Bis jetzt war für Elizabeth Reilly kein Krankenhausaufenthalt in der Umgebung registriert worden, von einer Geburt oder medikamentös eingeleiteten Wehen ganz zu schweigen.

War es denkbar, dass sie das alles aus irgendeinem Grund ganz alleine durchgezogen hatte? Sie hatte eine Krankenpflege-Ausbildung angefangen. Durchaus möglich also, dass sie gewusst hatte, wo sie sich Oxytocin beschaffen konnte und wie sie es anwenden musste.

Aber warum?

Und was war mit ihrem nun drei Tage alten Baby? Lebte es? Und wenn ja, wo? Das musste ich herausfinden, und zwar so schnell wie möglich.

»Ach, und übrigens«, fuhr Joan fort. »Wir haben keine Seilfasern an ihren Händen gefunden, nicht eine. Also hat ihr jemand anders die Schlinge um den Hals gelegt. Und wenn Ihnen das alles noch nicht ausreicht: Der Bruch des zweiten und dritten Halswirbels ist erst nach ihrem Tod erfolgt. Ich habe zwar noch ein paar Stunden Arbeit vor mir, aber das kann ich Ihnen gleich sagen: In meinem Bericht wird das Wort Suizid nicht auftauchen.«

Letztendlich bestimmt der Gerichtsmediziner die Todesursache. Ich hatte bisher eigentlich nie einen Grund gehabt, an Joans Schlussfolgerungen zu zweifeln, und so war es auch heute. Ab sofort hatte ich es offiziell mit einem Mordfall zu tun.

Vielleicht auch mit einem vermissten Baby.

Es würde mir jedenfalls nicht langweilig werden, das stand fest.

11

Als ich den Obduktionssaal verlassen hatte, machte ich mich als Erstes auf die Suche nach Sampson. Er saß in der Wache des zweiten Bezirks an ein paar längst überfälligen Berichten. Ich zog ihn mit nach draußen, weil ich mit ihm reden wollte.

John und ich, wir kennen uns schon unser ganzes Leben lang, und es gibt bei der Metro Police keinen, dem ich mehr vertraue als ihm. Außerdem ist er schon so lange dabei, dass er überall in der Stadt irgendwelche Leute kennt. Um es etwas präziser zu formulieren: Er wusste genau, mit welchen Angestellten in welchen Behörden wir über ein verschwundenes Baby reden konnten, ohne gleich achtzehneinhalb Unterschriften auf zwei Dutzend verschiedenen Formularen anschleppen zu müssen. Grundsätzlich ist mir schon klar, weshalb wir den ganzen Papierkram machen müssen, den wir so machen, aber alles hat seine Zeit und seine Gelegenheit. Und jetzt hatten wir weder das eine noch das andere. Meine oberste Priorität war Schnelligkeit, dicht gefolgt von Priorität Nummer zwei: Diskretion.

Wir standen neben meinem Wagen auf dem Parkplatz der Wache, verschlangen ein paar Sandwiches und besprachen die Details.

»Alles spricht dafür, dass es eine Vaginalgeburt war. Keine Anzeichen für einen Dammschnitt oder überhaupt irgendein ärztliches Eingreifen«, sagte ich. »Und da sie Oxytocin im Blut gehabt hat und keiner der Befragten bis jetzt etwas von dieser Schwangerschaft gesagt hat, ist es ziemlich eindeutig, finde ich, dass sie versucht hat, ihren Zustand geheim zu halten.«

»So schwierig ist das auch gar nicht«, sagte John und blätterte in der Akte herum, die ich ihm gegeben hatte. »Vor allem, wenn niemand besonders darauf achtet.«

»Ganz genau. Die Nachbarn haben sie kaum gekannt, und vor fünf Monaten hat sie ihre Ausbildung abgebrochen.«

»Was ist mit Familie?«, wollte er wissen. »Wer sind ihre nächsten Angehörigen?«

»Da gibt es nicht viele. Ihre Großeltern leben in Georgia. Bei denen ist sie auch aufgewachsen. Das war's eigentlich auch schon. Und die beiden haben sie schon vor einer ganzen Weile aus dem Blick verloren. Seit Weihnachten haben sie bis auf eine Postkarte nichts mehr von ihr gehört.«

»Mit anderen Worten, dieses Baby kann wirklich …«

»… überall sein. Ganz genau.«

John nahm den letzten Schluck Cola light und zerquetschte die Dose anschließend in seiner riesigen Pranke. Kein Wunder, dass wir ihn den »Felsblock in Menschengestalt« nennen. »Jetzt brauche ich was Stärkeres«, sagte er.

»Sprich doch mal mit den Kollegen von der Jugendkriminalität, vielleicht kommen wir da ja einen Schritt weiter«, schlug ich vor. »Wende dich an Harry Keith, wenn du Hilfe brauchst, der kann den Mund halten. Geh Bezirk für Bezirk durch, wenn es nötig ist. Schau immer wieder in der Datenbank für vermisste und misshandelte Kinder nach und rede mit den zuständigen Leuten in Alexandria. Aber kein Wort über mich oder diesen Fall überhaupt.«

Das war entscheidend. Elizabeth Reillys Schwangerschaft war das Einzige, was wir noch nicht an die Öffentlichkeit gegeben hatten. Falls irgendeine Verbindung zwischen dem

Killer und dem Baby bestand, dann sollte er auf keinen Fall wissen, dass wir Bescheid wussten. Und da meine Rolle als Ermittler in dieser viel zu öffentlichen Geschichte bereits bekannt geworden war, schlug jetzt Sampsons Stunde.

Natürlich war es auch denkbar, dass das Baby überhaupt nicht mehr aufzufinden war. Wir wussten nicht, ob Elizabeths Schwangerschaft überhaupt ausgereift gewesen war, ob das Baby tot zur Welt gekommen oder ob es – Gott bewahre! – aus einem Grund, den ich bis jetzt noch nicht verstehen konnte, umgebracht worden war.

Im Augenblick war das alles ein einziges großes Fragezeichen. Aber um des Babys und um seiner Mutter willen mussten wir im Augenblick davon ausgehen, dass es noch ein Menschenleben gab, das wir retten konnten.

12

Drei Tage vergingen, ohne dass wir im Fall der Morde an Darcy Vickers und Elizabeth Reilly nennenswerte Fortschritte gemacht hätten. Und Sampson meldete sich auch nicht. Man konnte richtig spüren, wie die Spuren kälter und kälter wurden.

Erst der Samstagvormittag brachte neue Entwicklungen. Entwicklungen der übelsten Sorte. Erneut war in Georgetown eine Leiche aufgetaucht.

Ich war zu Hause, als der Anruf von Sergeant Huizenga kam. Sie wollte, dass ich meine bisherigen Ermittlungen fortsetzte und mich gleichzeitig noch um diesen neuesten Mord kümmerte. Dabei sollte ich den Tatort vollkommen eigenständig und unabhängig von den anderen betrachten, ohne irgendwelche Vergleiche zu ziehen. Manchmal passiert es nämlich, dass man vor lauter Suchen nach eventuellen Verbindungen plötzlich sieht, was man sehen möchte, und nicht das, was tatsächlich da ist.

Ich fuhr über die Pennsylvania Avenue und die M Street bis zur Key Bridge und stellte den Wagen unter der Brücke ab. Mehrere Streifenwagen waren schon vor Ort. Gelbes Absperrband zog sich über die Water Street an der Südseite des Potomac Boat Club entlang.

Ein Handwerker hatte den Toten an diesem Morgen unter einem Anleger entdeckt. Mittlerweile hatte man ihn ans Ufer gebracht und auf ein kleines grasbewachsenes Stückchen Erde hinter dem weißen Klubhaus mit dem grünen Dach gelegt.

Der erste Anblick war ein Schock, sogar für mich. Die Todesursache war, so sah es aus, ein Schuss mitten ins Gesicht gewesen. Die hässliche, weit aufgerissene Eintrittswunde sagte mir, dass er aus kürzester Distanz getroffen worden sein musste. Schwer zu sagen, wie viele Schmauchspuren das Wasser bereits abgewaschen hatte, aber an den Überresten seiner Wangenknochen waren immer noch dunkle Ablagerungen zu erkennen. Zersplitterte Zähne waren zu sehen, dort, wo das Fleisch sich abgelöst hatte, und verliehen ihm eine Art schiefe Grimasse, fast so, als hätte er immer noch Schmerzen.

Aber das war nicht alles. Seine Jeans war im Hüft- und Lendenbereich dunkelrot verfärbt, vermutlich aufgrund zahlreicher Stichwunden. Ich konnte mindestens ein halbes Dutzend Risse im Jeansstoff erkennen, ganz eindeutig rund um die Genitalien angeordnet. Grässliche Bilder schlichen sich in mein Bewusstsein, als ich überlegte, was diesem armen Jungen zugestoßen sein mochte. Ich konnte nur hoffen, dass er zuerst erschossen und erst danach misshandelt worden war. Aber ein wirklicher Trost war das auch nicht.

Das Schlimmste aber war sein Alter. Er konnte höchstens achtzehn sein. Auf seinem Jackett war das Emblem von St. Catherine's zu sehen, einer privaten Highschool in Northwest. Wie er hierhergelangt war und wie er so zugerichtet worden war, das wusste noch niemand.

Das Einzige, was ich sicher wusste, war, dass das die Tat eines wütenden Menschen gewesen war – vielleicht wütend auf das Opfer, vielleicht aber auch auf sich selbst. Solche Misshandlungen können durchaus ein Hinweis auf einen übermächtigen Selbsthass des Täters sein. Müssen sie aber nicht. In jedem Fall hatte unser Mörder mit ein paar sehr mächtigen Dämonen zu kämpfen. Wenn man jemanden einfach nur umbringen will, dann braucht man dazu nicht eine Schusswaffe *und* ein Messer.

Ehrlich gesagt, ich hatte den Eindruck, als hätte dieser Killer alle seine Fantasien gleichzeitig ausgelebt – erstechen, erschießen, ertränken. Aber wieso? Welches Bedürfnis wurde damit befriedigt?

Nachdem ich alles gesehen hatte, was es zu sehen gab, streifte ich ein Paar Handschuhe über und durchsuchte die Taschen des Jungen. Sie waren leer, aber trotzdem fiel mir ein Name auf, der in den Kragen seines Jacketts eingestickt war: Smithe. Das meldete ich sofort an die Zentrale.

Die Antwort ließ nicht lange auf sich warten. Wenige Minuten später bekam ich einen Anruf aus der Kommandozentrale, dass ein achtzehnjähriger Schüler aus St. Catherine's, ein gewisser Cory Smithe, vor zwei Tagen von seinen Eltern als vermisst gemeldet worden war. Eins fünfundachtzig groß, blond, kleines Muttermal am rechten Handgelenk. Stimmt, stimmt und stimmt.

»Haben Sie vielleicht eine Adresse?«, fragte ich die Frau in der Funkzentrale.

»Habe ich Ihnen aufs Handy geschickt«, erwiderte sie.

Weil uns beiden klar war, was ich als Nächstes zu tun hatte.

13

Als ich zu meinem Wagen ging, der auf der Rückseite des Bootshauses stand, sah ich, dass der Heuschreckenschwarm mittlerweile eingefallen war – ausgestattet mit Kameras, Mikrofonen und Richtfunkantennen.

Anstatt der üblichen fünf bis sechs Journalisten, die eigentlich zu erwarten waren, hatten sich jetzt mehrere Dutzend versammelt und warteten begierig auf ihre Geschichte. Übertragungswagen stauten sich in der Water Street, und da keine speziell markierten Presseplätze ausgewiesen waren, drängten sich alle direkt vor dem Absperrband.

Drei Leichen innerhalb einer Woche, und alle in einer der statistisch ungefährlichsten Gegenden von Washington. Zum Vergleich: Westlich von Rock Creek lag zwischen den letzten drei Morden eine Zeitspanne von vierzehn Monaten. Die Leute waren aufgeschreckt, so viel stand fest.

»Detective Cross, eine Frage, bitte!«

»Wer ist das Opfer, Alex?«

»Was glauben Sie, haben Sie es hier mit einem Serienmörder zu tun?«

Man fühlt sich ein kleines bisschen wie ein Rockstar, nur ohne die positiven Seiten. Ich speiste sie mit dem absoluten Minimum ab. Mehr konnte ich mir im Augenblick nicht leisten.

»Von Sergeant Huizenga bekommen Sie weitere Informationen, sobald wir die Angehörigen verständigt haben«, sagte ich zu demjenigen, der mir am nächsten stand. »Aber bis dahin geben wir keine Einzelheiten bekannt.«

»Detective Cross, übernehmen Sie in allen drei Fällen die Ermittlungen?« Das war Shawna Stewart von Channel Five.

»Ich weiß noch nicht«, erwiderte ich.

»Wie geht es mit Darcy Vickers und Elizabeth Reilly voran?«

»Es geht voran«, sagte ich, als ich schon vor meinem Wagen stand.

»Hey, Alex, stimmt es eigentlich, dass Sie Elizabeth Reillys Leiche zum Fenster reingezogen haben, noch bevor sie von der Gerichtsmedizin untersucht worden ist?«, rief eine andere Stimme. »Bedeutet das nicht, dass die Untersuchungsergebnisse nicht mehr vor Gericht verwendet werden können?«

Diese Bemerkung ließ mich erstarren. Vielleicht hätte ich einfach weitergehen sollen, aber ich drehte mich um. Ich wollte wissen, wer der Fragesteller war.

Auf den ersten Blick sah der Kerl aus wie ein Einzelgänger. Solche Typen hatte ich schon öfter gesehen – Kamera um den Hals, ein Aufnahmegerät, das auf mich gerichtet war, und ein Notizblock, der aus der Tasche seiner Cargohose hervorlugte. Außerdem trug er einen Vollbart. Einen Presseausweis konnte ich nirgendwo erkennen. Alle anderen trugen ihre laminierten Ausweise gut sichtbar irgendwo an der Kleidung oder an einem Band um den Hals.

»Ich kenne Sie nicht«, sagte ich. »Für wen arbeiten Sie?«

»Ich versuche lediglich, die Tatsachen festzustellen, Detective.«

»Das war nicht die Frage«, erwiderte ich. »Ich habe Sie gefragt, für wen Sie arbeiten.«

Da hob er die Stimme, damit all die Mikrofone genau mitbekamen, was er sagte. »Stehe ich etwa unter Tatverdacht, Detective? Wollen Sie damit sagen, dass Sie mich verhaften wollen?«

Er wollte mich provozieren. Das hatte ich schon x-mal erlebt. Wenn sie nicht die Geschichte kriegen, die sie haben wollen, dann versuchen sie, eine Geschichte zu basteln, besonders die Schreiberlinge vom Boulevard und die Möchtegerne.

»Nein, ich will Sie nicht verhaften«, sagte ich. »Ich habe Ihnen nur eine einfache Frage gestellt.«

»Warum? Schreibt das Gesetz etwa vor, dass ich mich ausweisen muss?«

Jetzt benahm er sich nur noch wie ein Arschloch. Am liebsten hätte ich ihm das Aufnahmegerät in den Rachen gestopft. Aber das ging nicht. Ich war ja im Dienst.

»Nein«, erwiderte ich noch einmal. »Sie sind nicht verpflichtet, sich auszuweisen.«

»Tja, wenn das so ist… kein Kommentar«, sagte er und musste ein Lächeln unterdrücken. Er erntete dafür ein paar Lacher aus der Menge, aber von mir bekam er keinen. Das Beste, was ich jetzt machen konnte, war, in meinen Wagen zu steigen und wegzufahren.

Ich hatte eine wichtige Aufgabe, die nicht länger warten konnte.

14

Als ich meinen Wagen vor Cory Smithes Zuhause abstellte, kam ich mir vor, als hätte ich eine zentnerschwere Last auf den Schultern. Angehörigen die Todesnachricht zu überbringen, war der mit Abstand schwierigste Teil meiner Arbeit.

Die Smithes bewohnten eines der vielen tausend Anfang des 20. Jahrhunderts erbauten Reihenhäuser, welche die Straßen in Northwest säumen. Ihres lag in der Sheperd Street in Perworth. Auf halbem Weg zur Haustür hatten sie ein winziges Stück Rasen angelegt. In der Mitte stand eine Statue der Jungfrau Maria, umgeben von einem Frühlingstulpenbeet. Vielleicht würde die Heilige diesen Menschen in ihrer schwersten Stunde den Trost spenden, den sie so dringend benötigten.

Die Vermisstenstelle des vierten Bezirks hatte ich bereits verständigt. Ein psychologisches Betreuerteam war unterwegs hierher, aber das, was jetzt kam, war ganz allein meine Aufgabe. Ich stieg die Stufen der Eingangstreppe hinauf und klingelte.

Nur einen Augenblick später öffnete sich die Haustür, und Corys Vater stand vor mir. Er sah älter aus, als ich erwartet hatte. Über seinem Handgelenk hing ein Gehstock.

»Was kann ich für Sie tun?«, sagte er mit leisem Misstrauen in der Stimme.

»Mr. Smithe? Mein Name ist Alex Cross. Ich bin von der Polizei«, sagte ich. »Ich würde gerne mit Ihnen über Cory sprechen. Kann ich vielleicht hereinkommen?«

In Situationen wie diesen gibt es ein paar Dinge, die

man möglichst vermeiden sollte. So sollte man zum Beispiel nicht gleich mit der Tatsache ins Haus platzen, dass man bei der Mordkommission arbeitet. Die Todesnachricht muss mit einem gewissen Gespür für den richtigen Zeitpunkt überbracht werden – nicht zu schnell, aber auch nicht zu zögerlich.

»Kommen Sie herein«, sagte er und machte die Fliegengittertür auf. »Meine Frau ist hinten.«

Er hinkte vor mir her, und ich folgte ihm auf eine kleine Terrasse vor der Küche. Mrs. Smithe trug Hausschuhe und einen geblümten Morgenmantel. Sie stand auf, um mich zu begrüßen, wobei sie den Morgenmantel eng um den Hals zog. Das schnurlose Telefon, das auf ihrem Schoß gelegen hatte, fiel zu Boden, was aber niemanden zu kümmern schien.

»Worum geht es?«, sagte sie. Ich sah ihr an, dass sie bereits mit dem Schlimmsten rechnete. Ich nannte auch ihr meinen Namen und redete nicht mehr länger um den heißen Brei herum.

»Ich wünschte, es gäbe einen einfacheren Weg, das zu sagen, was ich zu sagen habe.«

»Oh Gott, nein …«

»Es tut mir schrecklich leid, aber Cory ist tot. Er wurde ermordet. Man hat ihn heute Morgen gefunden.«

Ihre Stimme klang vollkommen gebrochen. Keine Worte mehr, nur noch herzzerreißende Klagelaute. Verlust. Abgrundtiefe Verzweiflung. Sie sank auf die Knie und lehnte sich an ihren Mann, der immer noch den Gehstock in der Hand hielt und – so war mein Eindruck – selbst kurz vor dem Zusammenbruch stand. Er neigte den Kopf zu seiner Frau hinab, die Augen fest zugekniffen, während der Gehstock zwischen den beiden sanft hin und her schaukelte.

»Wo?«, presste Mr. Smithe mit erstickter Stimme hervor. »Wo war er?«

»Im Potomac«, sagte ich. »Am Ufer von Georgetown.« Es hatte keinen Sinn, irgendetwas zurückzuhalten. Es war besser, dass sie es jetzt gleich von mir erfuhren, als später und womöglich auch noch verzerrt in den Nachrichten.

»Ermordet?«, sagte er. »Heißt das …«

»Dass jemand anders ihm das angetan hat«, sagte ich. »Ich kann Ihnen nur noch einmal versichern, wie unendlich leid mir das tut.«

Vermutlich glauben die meisten, dass solche Worte aus dem Mund eines Polizeibeamten nur Lippenbekenntnisse sind, aber um ehrlich zu sein, ich hätte ohne Weiteres mit den beiden zusammen weinen können. Ein totes Kind ist eine Tragödie, ganz egal, wessen Kind es ist. Aber man lernt, sich zu beherrschen.

Ich wartete ab, bis ich das Gefühl hatte, dass sie wieder ansprechbar waren, dann machte ich weiter.

»Ich weiß, wie schwer das für Sie sein muss«, sagte ich, »aber wenn Sie mir etwas über Cory erzählen könnten, dann wäre das für uns eine große Hilfe.«

Mr. Smithe nickte. Er war stehen geblieben, während seine Frau sich wieder hingesetzt hatte und leise weinte.

»Was wollen Sie wissen?«

»Wie hat Cory gelebt, was hat er gemacht, wo hat er sich aufgehalten, welche Freunde hatte er? Solche Dinge«, sagte ich.

Seine Mutter hob den Kopf. »Hatte er denn irgendwelche Schwierigkeiten?«, wollte sie wissen.

Ich antwortete wahrheitsgemäß: »Das weiß ich nicht.«

»Er war ein guter Junge«, sagte Mr. Smithe. »Ich weiß, dass das alle Eltern sagen würden… obwohl, vielleicht auch nicht. Aber Cory hat sein Leben mit Gott gelebt. Er hat jeden Abend mit uns gebetet. Im Herbst hätte er angefangen zu studieren, an der Catholic University hier in Washington. Mit Theologie als Hauptfach.«

Später erfuhr ich noch, dass Mr. Smithe aktiv im Kirchengemeinderat mitarbeitete und seine Frau zwanzig Jahre lang Nonne gewesen war. Für sie musste sich das alles wie die schlimmste nur denkbare Strafe Gottes anfühlen.

Ich versuchte, ihnen so viele Informationen wie nur möglich zu entlocken, und schrieb mir die Namen von Corys engsten Freunden auf. Er hatte auch eine Freundin, sagten sie, eine gewisse Jess Pasternak. Sie wohnte nur ein paar Querstraßen weiter. Also würde ich als Nächstes dort vorbeischauen.

Ich gab den Smithes meine Visitenkarte, schrieb meine Handynummer auf die Rückseite und überließ sie ihrer Trauer. Das Beste, was ich im Augenblick für sie tun konnte, war weiterzumachen.

Aber wie immer hatte ich viel zu wenig Zeit.

15

»Das haben sie Ihnen erzählt? Catholic University? Dass er Ministrant war und das alles?«

Eine halbe Stunde später saß ich mit Jess Pasternak in meinem Wagen. Sie hatte die Füße angezogen, die Arme um die Knie geschlungen und weinte bittere Tränen.

Als ich vorhin bei ihr zu Hause geklingelt hatte, hatte sie mich gebeten, draußen mit ihr zu sprechen. Da sie, genau wie Cory, achtzehn war, war das ihr gutes Recht. Nach einem giftigen Wortwechsel mit ihren Eltern war sie mir gefolgt.

Aber jetzt fiel es ihr schwer zu sagen, was sie mir zu sagen hatte.

»Wieso?«, wollte ich wissen. »Gibt es vielleicht etwas, was Corys Eltern nicht gewusst haben?«

Sie hämmerte mit der Faust auf ihren Sitz, kämpfte buchstäblich gegen die Tränen. Es war, als sei sie zu zwei Dritteln am Boden zerstört und zu einem Drittel richtig sauer über irgendetwas.

»Ich habe ihn gewarnt«, sagte sie. »Ich habe ihn echt gewarnt.«

»Jess? Worum geht es denn?«, wollte ich wissen. »Ich weiß, dass das sehr schwer für Sie ist, aber Sie müssen mir alles sagen.«

Sie setzte sich auf und wischte sich die Tränen aus den Augen. Die Schminke hinterließ einen dunklen Streifen auf ihrem Handrücken, den sie geistesabwesend am Knie ihrer zerrissenen Jeans abwischte.

Sie war ein hübsches Mädchen, wenn auch nicht im traditionellen, bei St. Catherine's üblichen Sinn. Die blonden Haare hatte sie oberhalb der Ohren abgeschnitten. Dazu trug sie ein Unterhemd, schmale Leder-Hosenträger und hohe schwarze Stiefel. Sie sah eher nach Rockerbraut als nach Cheerleader aus.

»Cory wollte doch nicht mal studieren«, sagte sie. »Wir wollten im Herbst auf Weltreise gehen. Sie wissen schon – Frankreich, Italien, bla, bla, bla.« Sie ließ den Zeigefinger wie einen Korkenzieher kreisen, als käme ihr das Ganze jetzt wie ein einziger Unsinn vor.

»Was hat das mit dem zu tun, was passiert ist?«, wollte ich wissen. Ich hatte ihr keine Einzelheiten über Corys Ermordung verraten, aber sie schien davon auszugehen, dass ihm etwas Grässliches angetan worden sein musste. Womit sie recht hatte.

»Ich habe geschworen, dass ich nichts verraten würde«, sagte sie und zerknüllte dabei ihr zerfetztes Taschentuch. Jetzt würde es nicht mehr lange dauern. Ich saß einfach stumm da und wartete.

Plötzlich schnellte sie hoch und zog ein silbernes Handy aus ihrer Gesäßtasche. Ich dachte, dass sie jemanden anrufen wollte, aber sie lud nur eine bestimmte Website auf das Display.

»Da.« Sie legte das Handy zwischen uns auf den Sitz. »Ich habe kein Wort gesagt, okay?«

Ich nahm das Handy und sah, dass sie eine Seite namens Randyboys.com geöffnet hatte. Um genauer zu sein: eine Seite, auf der ein Profil von Cory Smithe zu sehen war. Beziehungsweise Jeremy, wie er sich dort nannte. Ich scrollte mich durch die Seite und entdeckte etliche Bilder – Cory mit nacktem Oberkörper, Cory in Unterwäsche, Cory nackt und von hinten, mit verdecktem Gesicht. Im Text stand, dass er nur Hausbesuche machte, keine Übernachtungen, keine Reisen. Und nicht am Sonntag, wie ich registrierte.

»Seine Eltern haben gesagt, dass Sie seine Freundin sind«, sagte ich zu Jess.

»Ja, na ja …« Jess unterbrach ihr Weinen für einen Augenblick und schnaubte. »Ich meine, verstehen Sie mich nicht falsch. Mr. und Mrs. Smithe sind echt wahnsinnig nett und so. Sie haben einfach nur keinen Schimmer, dass er schwul war. Und von dem da …«, sie deutete auf das Handy, ohne es anzusehen, »… schon gar nicht.«

»Wissen Sie vielleicht, mit was für Männern Cory zusammen war? Waren das Stammkunden?«

Sie hob die Hände und zuckte mit den Schultern. »Er hat immer nur gesagt, dass das alles Lustmolche und Päderasten sind. Typen mit Geld, schätze ich mal.«

»Wissen Sie, wo er sich mit ihnen getroffen hat?«

»Da, wo die es wollten«, erwiderte sie. »Im Hotel, im Park, unten am Fluss …«

Sie verdrehte die Augen, und dann schien die Erkenntnis, dass ihr Freund tot war, sie erneut zu überrollen. Sie fing wieder an zu weinen.

»Ich habe ihm immer wieder gesagt, dass er vorsichtig sein soll. Echt. Aber er wollte ja nicht hören. Dieses Arschloch!«

Ich gab Jess mein letztes Papiertaschentuch und ließ sie weinen. Ich wollte ihre Wut nicht überinterpretieren. Es war wohl einfach nur eine Art Schutzreaktion, um von der Trauer nicht völlig überwältigt zu werden. Soweit ich es beurteilen konnte, hatte sie mir alles über Cory gesagt, was sie wusste.

Und mit ein bisschen Glück hatte sie mir auch etwas über seinen Mörder verraten.

16

Apropos zusammenreißen. Nachdem ich den Tag mit dem schlimmsten Albtraum jedes Elternpaares zugebracht hatte, musste ich nach Hause fahren und mir dort zumindest so etwas Ähnliches wie ein Lächeln ins Gesicht meißeln. Vor allem heute Abend. Morgen musste Damon wieder zurück ins Internat, und ich hatte die ganze Familie ins Kinkead's zum Essen eingeladen.

Zum ersten Mal war ich froh, dass ich mich verspätet hatte. So hatte ich zumindest eine Ausrede dafür, dass ich noch ein paar Minuten ganz für mich alleine sein musste. Nach einer Dusche, mit frischem Hemd und Blazer war ich zumindest so weit wiederhergestellt, dass ich mich in der Öffentlichkeit zeigen konnte.

Als ich dann an einem Tisch in meinem Lieblingsrestaurant saß, umgeben von meiner plappernden und lachenden Familie, begann ich sogar, mich wieder halbwegs wie ein Mensch zu fühlen. Heute Abend saß David Yarboro am Klavier, ich hatte ein schönes Glas Pinot Noir vor mir stehen, und für eine kleine Weile konnte ich so tun, als wäre mein größtes Problem die Entscheidung zwischen dem Lachs und dem Rumpsteak mit Kinkeads's Scotch-Whisky-Soße.

Das Leben war schön. Das war es wirklich.

Nachdem alle bestellt hatten, schob ich meinen Stuhl zurück, nahm mein Glas in die Hand und stand auf. Ich erntete ein paar Blicke von den anderen Tischen und sah, dass Jannie eine ausgesprochen betretene Miene machte – aber das ist schließlich eines der Privilegien von uns Vätern: dass wir unseren Kindern so richtig schön peinlich sein können.

»Ich möchte gerne einen Toast aussprechen«, sagte ich.

»Weiß, Vollkorn oder Roggen?«, witzelte Nana, und alle am Tisch lachten. Meine Großmutter kennt mich so gut wie niemand sonst. Ich bin sicher, dass sie genau gespürt hat, dass ich ein bisschen Unterstützung nötig hatte.

»Auf unseren Ehrengast«, sagte ich. »Damon, ich bin stolz auf dich, und zwar an jedem einzelnen Tag. Wir werden dich alle ganz schrecklich vermissen, aber bis es so weit ist… erheben wir das Glas auf dich. Ich wünsche dir ein erfolgreiches nächstes Schulviertel. Und außerdem: Auf die Sommerferien, weil wir dich da alle wiedersehen.«

»Auf die Sommerferien!«, riefen die Kinder im Chor.

»Dauert ja nicht mehr lange«, sagte Bree, und dann stießen wir alle gegenseitig an.

Danach stand Damon auf, um ebenfalls etwas zu sagen. Mir wurde überdeutlich klar, dass mein ältester Junge, wie er da in Jackett und Krawatte am Kopfende des Tischs stand, gar kein Junge mehr war. Und dass er trotz seiner fünfzehn Jahre aussah wie zwanzig, machte es auch nicht besser.

»Auf Ava«, sagte er und sah ihr direkt in die Augen. »Ich weiß, dass wir zwei noch nicht wirklich viel Zeit miteinander verbracht haben, aber ich möchte dich in unserer Familie ganz herzlich willkommen heißen.«

»Willkommen in der Familie!«, riefen alle anderen.

Ich schaute zu Ava hinüber und war ein wenig erschüttert, als ich ihr breites Grinsen sah. Seit der Schul-Verlosung hatte sie sich mit grimmigem Gesicht durch die Tage geschleppt und viel Zeit alleine in ihrem Zimmer verbracht.

Jetzt war es, als hätte irgendjemand seit langer Zeit wieder einmal das Licht angeknipst.

Darum ist mein Sohn Damon so etwas Besonderes. Mit einigen wenigen Worten hatte er bei Ava etwas zum Vorschein gebracht, was mir vier Monate lang kaum einmal gelungen war. Er war vielleicht das stillste meiner Kinder, aber so ist es nun mal mit den Stillen. Wenn sie etwas sagen, dann hat das in der Regel einen guten Grund.

Oder sogar einen sehr guten.

Plötzlich fingen meine Augen an zu brennen, und die Umgebung sah ein bisschen verschwommen aus. Es traf mich völlig unerwartet. Es war, als würde der ganze Tag wie eine große Welle über mir zusammenschlagen – der ganze Stress am Anfang genauso wie meine unendliche Dankbarkeit am Schluss.

»Daddy?« Ali beugte sich zu mir und schaute mir in die Augen. »Wieso heulst du denn?«

»Ich heule doch gar nicht«, sagte ich und trocknete mir die Augen. »Na ja, ein bisschen vielleicht.« Ich zog ihn auf meinen Schoß und schlang die Arme um seinen kleinen Bohnenstangenkörper. »Aber es sind Freudentränen.«

»Ihr müsst ihn gar nicht beachten, Kinder«, schaltete Nana sich ein. »Man sollte es zwar nicht für möglich halten, aber im Grunde seines Herzens ist der Mister Drachentöter da drüben ein alter Softie.«

»Das stimmt«, erwiderte ich.

Dann zwinkerte Nana mir zu und hob das Glas, um noch einen Toast auszusprechen. »Auf den alten Softie, der heulen kann, so viel er will. Aber das Essen muss er trotzdem bezahlen.«

17

An diesem Abend kam Ron Guidice gegen halb elf nach Hause. Er war um fünf Uhr morgens aufgestanden und kreuz und quer durch die Stadt gefahren, daher war er jetzt ziemlich erschöpft. Aber er hatte noch eine Menge zu tun. Wahrscheinlich würde er wieder einmal die ganze Nacht durcharbeiten.

Gleich hinter der Tür seines einfachen Holzhäuschens in Reston streifte er die Schuhe ab. Das war eine alte Angewohnheit aus seiner Kindheit, die er in New Hampshire mit seinen langen Winter- und Schneematschmonaten zugebracht hatte. Er stellte seine Timberlands in die Gummischale an der Tür, neben Emma Lees kleine Turnschuhe und die alten Pantoletten seiner Mutter.

»He, Mom, ich bin wieder da«, rief er.

Lydia Guidice schreckte auf und schlug die pummelige Hand vor die Brust. Sie war auf dem Sofa eingeschlafen, während sie sich *NCIS* oder *CSI* oder *SVU* oder wie diese Serien auch heißen mochten, angesehen hatte. Guidice konnte sie sowieso nicht unterscheiden.

»Großer Gott, hast du mich erschreckt«, sagte Lydia. »Ich kann mich einfach nicht an diesen Vollbart gewöhnen. Du siehst aus wie so ein Terrorist.«

»Mm-hmm.« Guidice machte den Kühlschrank auf und holte sich ein Bier heraus. »Hat Emma Lee gut gegessen?«

»Alle Chicken-Nuggets und zwei Teller Apfelmus. Gegen halb neun ist sie eingeschlafen.«

»Gut, gut. Möchtest du was?«

»Ein bisschen Eiscreme wäre nicht schlecht«, sagte seine Mutter.

Eiscreme war, ehrlich gesagt, das, was Lydia Guidice am wenigsten gebrauchen konnte. Seit sie die Hundertfünfzig-Kilo-Marke überschritten hatte, hatte sie sich nicht mehr auf die Waage gestellt. Aber die bittere Wahrheit lautete, dass seine Mutter sehr viel leichter zu ertragen war, wenn sie sich mit Kalorien vollstopfte.

»Wo warst du denn heute Abend?«, fragte sie und wuchtete sich in eine aufrechte Sitzposition.

»Bei der Arbeit«, sagte er.

»Du hättest doch auch anrufen können.«

»Das Thema hatten wir doch schon, Mom. Wenn ich nicht anrufe, dann bedeutet das, dass ich lange arbeite. Ich verstehe nicht, was daran so schwer zu begreifen ist.«

»Ich mache mir eben Sorgen, das ist alles. Würde es dich denn wirklich umbringen, wenn du mich kurz anrufen würdest?«

Guidice nahm einen großen Schluck Bier. Es war immer das Gleiche, jedes gottverdammte Mal.

»Weißt du was?«, sagte er. »Wenn es dir lieber ist, dann kann ich mir mit Emma Lee auch einfach etwas Kleineres suchen …«

»Nein, nein«, sagte seine Mutter.

»Und die Schecks vom Sozialamt nehme ich auch mit. Ich glaube, drüben bei Safeway suchen sie Personal. Soll ich dir morgen mal ein Bewerbungsformular mitbringen?«

»Hör schon auf«, sagte sie und streckte die Hand nach ihrem Nachtisch aus. Guidice verharrte und hielt die Schale mit dem Riesenklumpen Breyers Mint Chocolate Chip knapp außerhalb ihrer Reichweite fest.

»Wer ist der Chef, Mom?«, fragte er.

»Ach, du meine Güte.«

»Sag es.«

Lydia stieß ein unwirsches Knurren aus und sah zu ihm hinauf. »Du bist der Chef, Ronald. Wie immer«, sagte sie. »Zufrieden?«

Guidice reichte ihr das Eis und gab ihr einen Kuss auf den Scheitel.

»Dann lass uns nicht mehr darüber reden, Mom, ja? Was sagst du dazu?«

Tatsache war, dass Lydia Guidice keinen Schulabschluss hatte, nicht mit Rons Vater verheiratet gewesen war und noch nie im Leben eine richtige Arbeit gehabt hatte. Jetzt, mit zweiundsechzig Jahren, über hundertfünfzig Kilogramm Lebendgewicht und ohne Sozialhilfe, war sie genauso gefragt wie ein gebrauchtes Kondom. Das war ihnen beiden klar.

Guidice machte es keinen Spaß, seine Mutter so zu demütigen. Darum machte er es nur, wenn es unbedingt sein musste.

»Ich gebe Emma Lee noch ein Gute-Nacht-Küsschen, dann gehe ich in mein Zimmer und arbeite noch ein bisschen«, sagte er.

»Okidoki.«

»Ich hab dich lieb, Mom.«

»Ich dich auch, mein Junge«, erwiderte Lydia, während sie sich über ihre Eiscreme hermachte. »Bleib nicht zu lange auf.«

18

Guidice schlich auf Zehenspitzen in Emma Lees Zimmer und stellte sich an ihr Bett. Sie hatte sich wie ein kleiner Igel in einer Ecke zusammengerollt und schlief tief und fest.

Es gab nichts Wertvolleres als das hier. Nichts.

Er beugte sich nach unten und streichelte seiner Tochter über die süßen kleinen Bäckchen. Strich ihr die sandfarbenen Haare aus dem Gesicht. Küsste sie auf die Stirn.

Als er schon wieder halb draußen war, fiel ihm ein, dass er genauso gut hier bei ihr arbeiten konnte. Er setzte sich in den weiß gestrichenen Schaukelstuhl neben der Tür und lauschte Emma Lees regelmäßigen Atemzügen.

Nachdem der Laptop hochgefahren war, steckte Guidice seine Ohrhörer in den Kopfhörerausgang des Computers und öffnete Windows. Es gab jede Menge handschriftliche Notizen, die er im Lauf des Tages gemacht hatte, zu übertragen, Websites zu überprüfen, Mailinglisten zu überwachen – aber zuerst wollte er sichergehen, dass bei Alex zu Hause alles funktionierte.

Da die ganze Familie heute Abend zum Essen ausgegangen war, hatte er mehr als genügend Zeit gehabt, um in jedem Stockwerk des Hauses einen sogenannten Infinity-Transmitter zu installieren – hochempfindliche Funksender, die direkt in die Steckdose montiert wurden, sodass die Stromversorgung jederzeit gewährleistet war. Außerdem war jetzt in der Küche, im Elternschlafzimmer und in Alex' Arbeitszimmer im Dachgeschoss jeweils ein streichholzkopfgroßes Abhörmikrofon installiert. Guidice würde auf diesem Weg höchstwahrscheinlich viel mehr Informationen sammeln, als er jemals auswerten konnte, aber zu viel war eindeutig besser als zu wenig.

Er aktivierte alle drei Kanäle und ließ sie simultan auf seine Ohren los, während er arbeitete. Es war überwiegend ruhig im Hause Cross. Ein Fernseher lief, und Alex war anscheinend in seinem Arbeitszimmer, jedenfalls war Seitenrascheln und ein gelegentliches Räuspern zu hören.

Es war, ehrlich gesagt, eine ziemlich groteske und verwirrende Situation – wie er hier in der Abgeschiedenheit des Kinderzimmers seiner Tochter saß und Quellenmaterial sammelte. Ein Hort des Friedens inmitten des Sturms.

Auf Lydia musste er auch ständig ein Auge haben, aber bis jetzt war ihr Nutzen immer noch größer als die Probleme, die sie bereitete. In gewisser Weise schien seine Mutter genau zu wissen, welche Fragen sie ihm stellen konnte und welche lieber nicht. Zum Beispiel die Frage, wie sie ihren Lebensunterhalt finanzierten.

Guidices Berichte hatten seit einiger Zeit kein nennenswertes Einkommen mehr eingebracht. Nicht, seitdem sich alles verändert hatte – und nicht seit der Abfindung, nachdem die Bullen ihm einfach das Leben gestohlen hatten.

Als ob ein Bündel Geldscheine das, was sie getan hatten, je wiedergutmachen könnte!

Dass Theresa in jener Nacht gestorben war, draußen auf dem Bürgersteig, wie eine ganz gewöhnliche Kriminelle, war schlicht und einfach das Ergebnis routinemäßiger Inkompetenz gewesen.

Und nicht nur Theresa. Damals hatte es noch niemand gewusst, aber auch ihr ungeborenes Kind war in jener

Nacht gestorben, zusammen mit der einzigen Frau, die er jemals geliebt hatte. Beide waren sie tot. Kaltblütig ermordet.

Und Alex Cross hatte das zu verantworten.

19

Elijah Creem schnitt seine morgendliche Grapefruit am liebsten selbst auf. Es gefiel ihm, wie leicht sich das hautartige Fruchtfleisch durchtrennen ließ, obwohl es gleichzeitig eine gewisse Präzision im Umgang mit dem Messer erforderte.

Heute Morgen ließ er sich besonders lange Zeit und las die *Post*, während er sich Obst, Steak und Eier schmecken ließ. Ein Artikel fesselte ihn besonders, und er las ihn zweimal aufmerksam durch.

»Kate?«, rief er nach dem Hausmädchen.

»Ja, Sir?« Sie streckte den Kopf durch die Schwingtür aus der Küche in das Esszimmer.

»Könnten Sie mir vielleicht mein Handy bringen, bitte? Ich glaube, es liegt draußen im Flur.«

»Natürlich«, sagte sie und verschwand wieder.

In dem Zeitungsbericht hieß es, dass ein junger Mann aus Northwest erschossen, erstochen und in den Potomac geworfen worden war. Erst gestern hatte man seine Leiche aus dem Fluss gefischt. Der Bericht legte zumindest nahe, dass die Polizei nicht den geringsten Hinweis auf den möglichen Täter hatte.

»Oh, davon habe ich gehört«, sagte Kate, die überraschend hereingekommen war. Sie hatte sein Handy in der Hand und blickte Dr. Creem jetzt über die Schulter. »Das lief gestern Abend auf jedem Sender.«

»Tatsächlich? Anscheinend ist der Junge ja auf grässliche Weise umgebracht worden.«

Es gefiel ihm, dass sie sich nicht abwandte, sondern

sich noch dichter über die Zeitung beugte, um sich das Schwarz-Weiß-Foto des Opfers genau anzusehen. So dicht, dass Creem ihr behutsam die Hand auf den runden Arsch legen konnte.

»So jung«, sagte sie, obwohl sie kaum älter war.

Und sie war bei seiner Berührung nicht zusammengezuckt. Kate, mit dem ungeklärten Aufenthaltsstatus und dem kranken Vater, wusste sicherlich ganz genau, wer ihr tagtäglich die Butter aufs Brötchen schmierte.

»Das wäre dann erst einmal alles«, sagte Creem und zwinkerte ihr zu, während sie ihm Kaffee nachschenkte. Sie lächelte freundlich.

Er sah ihr hinterher und wartete, bis sie wieder in der Küche und damit außer Hörweite war. Dann nahm er sein Handy und rief Josh Bergman an.

»Elijah?«, meldete sich Bergman. »Stimmt was nicht?«

»Nein, nein«, beruhigte ihn Creem. »Ich weiß, dass wir vereinbart haben, vorerst ein bisschen Distanz zu halten. Aber ich lese gerade die Zeitung, und da muss ich dich einfach fragen, ob du in letzter Zeit tatsächlich so beschäftigt warst, wie ich vermute.«

»Ach, das«, erwiderte Bergman mit gespielter Lässigkeit.

»Hab ich's mir doch gedacht«, meinte Creem. Joshie hatte seine Technik seit der letzten Runde wirklich erheblich verbessert. Sehr beeindruckend.

»Und wie geht es dir, Elijah? Ich habe viel an dich gedacht.«

»So gut wie nie«, sagte Creem zu seinem Freund – und bis zu einem gewissen Grad war es sogar die Wahrheit. Schon möglich, dass sein altes Leben verbrannt und in sich zusammengestürzt war, aber dafür erhob sich sein neues gerade phönixgleich aus der Asche. »Mir ist klar geworden, dass ich meine Frau sechzehn Jahre lang gehasst habe. Bloß, dass ich es erst gemerkt habe, als sie weg war.«

»Was ist mit den Mädchen?«

»Die fehlen mir ganz schrecklich«, stellte Creem nüchtern fest. »Aber andererseits kann ich beim Essen anziehen, was ich will, habe endlich keine von diesen ätzenden Dinnerpartys mehr an der Backe und kann in aller Ruhe ein Auge auf meine kleine dunkelhaarige Haushälterin werfen.«

»Du meinst Kate? Keine schlechte Wahl«, sagte Bergman. Er hatte schon immer gerne zugehört, wenn Creem Geschichten aus seinem Sexleben zum Besten gab, und daraus hatte er auch nie einen Hehl gemacht. »Was hindert dich daran?«

»Gar nichts, schätze ich mal«, erwiderte Creem. »Aber hör mal zu, Josh, eine Sache noch. Ich möchte dir sagen, wie viel mir deine Freundschaft bedeutet. Ganz besonders im Verlauf dieser ganzen Angelegenheit.«

»Sag mal, hast du getrunken?«

»Es ist mein Ernst«, fuhr Creem fort. »Ich glaube, du bist wirklich der einzige richtige Freund, den ich jemals gehabt habe.«

»Also gut, von mir aus«, erwiderte Bergman. »Dann lass mich zuhören, wenn du das Hausmädchen nagelst.«

Creem prustete los vor Lachen. Zwischen ihm und Bergman wurde es jedenfalls niemals langweilig, das stand fest. »Ich lege jetzt auf, Josh. Meine Stimmung ist jedenfalls im Eimer, schönen Dank auch.«

»Und vergiss nicht: Du bist am Zug«, sagte Bergman noch.

»Ja, natürlich«, erwiderte Creem. »Ich kann's kaum erwarten.«

Dann legte er auf, griff sich das kleine Messer mit der gezackten Klinge vom Tisch und ging in die Küche.

20

Kate war gerade beim Abwasch, als er die Küche betrat.

»Kann ich etwas für Sie tun, Herr Dr. Creem?«, fragte sie.

»Nein, nein, alles bestens.« Er stellte sich zu ihr an die Spüle. »Was ich Ihnen noch sagen wollte: Sie können sich gerne mal in Mirandas Schränken oben umsehen. Suchen Sie sich aus, was Ihnen gefällt. Ich glaube, sie hat genau Ihre Größe.«

»Das ist sehr nett, vielen Dank«, erwiderte sie.

»Und außerdem gibt es jetzt keinen Grund mehr, dieses Kostüm da zu tragen«, sagte er und deutete auf ihr grauweißes Schürzenkleid. »Das war vor allem Mirandas Idee.«

Kate spülte gerade ein Glas ab und sah ihn mit ihrem wunderschönen Lächeln an. Es war offensichtlich, dass sie noch keine einzige Korrektur hatte machen lassen, und dafür war sie wirklich ein außergewöhnliches Exemplar.

»Wie kannst du in diesem Ding überhaupt arbeiten?«, fragte Creem. Er befühlte den Saum des Kleids und streifte dabei mit dem Daumen ihren Oberschenkel. »Ich finde, das sieht wahnsinnig unbequem aus.«

»Ich weiß nicht«, sagte sie und senkte den Blick.

»Ich glaube, so …«, Creem hob das Messer und legte die Klinge an den weißen Kragen in ihrem Nacken, »… würdest du dich gleich viel wohler fühlen.«

Er hob den Kragen ein wenig an und zog die Klinge durch den Stoff, schlitzte das Kleid von oben bis unten auf.

Sie stieß einen spitzen Schrei aus und wurde ganz steif. Creem auch.

»Alles in Ordnung«, sagte er. »Ich bin Chirurg. Du befindest dich in guten Händen.«

Jetzt lachte sie nervös, aber gleichzeitig drückte sie sich mit dem Arsch an ihn, rieb ihn kräftig hin und her. Sie wollte ihn haben, oder? Natürlich wollte sie das. Er war Dr. Elijah Creem. Er konnte eine Menge für sie tun.

Und mit ihr.

Creem schob die Hand nach vorn und schnitt auch noch das hauchdünne Höschen durch. Das war zwar nicht dasselbe wie Haut, hatte aber durchaus seinen Reiz. Außerdem war sein Leben gerade kompliziert genug. Er konnte es sich nicht leisten, sein Hausmädchen abzustechen. Wie ging der Spruch gleich noch mal? Wo man isst, da scheißt man nicht?

Also beugte er sie über das Spülbecken, wo das warme Wasser immer noch lief, und drang in sie ein.

»Entspann dich«, sagte er. »Das müsste dir gefallen.«

Er legte die Messerspitze an ihren Nacken und zog sie behutsam über ihren nackten Rücken, mit ganz wenig Druck, sodass nur einige wenige Hautzellen gelöst wurden, nicht mehr, und eine zarte weiße Linie zurückblieb, wie ein kaum sichtbarer Kreidestrich. Sie schauderte – entweder genoss sie es in vollen Zügen, oder sie war eine fantastische Schauspielerin. Creem war es egal.

Danach hielt er nicht mehr lange durch. Das zerschnittene Schürzenkleid und der Anblick des über das Spülbecken gebeugten Mädchens, die Haare im warmen Wasserstrahl, reichten, um ihn auf Touren zu bringen. Als dann noch ein flüchtiges Bild vor seinem geistigen Auge auftauchte, wie das Messer seinen Platz in ihrem Inneren einnahm, war nichts mehr zu machen.

Zündung und Abschuss.

Silvesterfeuerwerk, das ganze Programm.

Als er fertig war, schickte er die Kleine nach oben, damit sie sich etwas zum Anziehen holen konnte. Dann drückte er ihr ein Bündel Geldscheine zum Shoppen in die Hand und gab ihr für den Rest des Tages frei.

»Vielen Dank, Dr. Creem«, sagte sie mit ihrem drolligen Akzent. »Sehr herzlichen Dank.«

»Nein, *ich* habe zu danken«, meinte Creem. »Was für ein schöner Start in den Tag.«

Er lächelte ihr zu, während sie nach draußen sauste. Sollte sie sich ruhig noch ein bisschen freuen.

Am Ende der Woche würde sie sich nach einem neuen Job umsehen müssen.

21

Um 9:30 Uhr hatte Creem einen Termin mit seinem Strafverteidiger. Um kurz nach zehn tauchte er in der Kanzlei von Schuman und Pace in der L Street auf.

»Elijah«, sagte Bill Schuman und kam nach vorn, um ihm die Hand zu schütteln. »Schön, Sie zu sehen.« Er machte eine kurze Pause, damit Creem sich für seine Verspätung entschuldigen konnte, doch Creem nickte nur. Die Zeit wurde ihm vermutlich so oder so in Rechnung gestellt.

»Setzen Sie sich doch bitte«, sagte der Rechtsanwalt.

»Mit dem größten Vergnügen.«

Er ließ den drehbaren Lederstuhl vor Schumans Schreibtisch links liegen und entschied sich für die mit Knöpfen verzierte Tweed-Couch bei der Tür. Schuman schien leicht verwirrt, sagte aber nichts und setzte sich wieder. Dann blätterte er in der Akte, die auf seinem Schreibtisch lag.

»Reden Sie nicht lange drum herum, Doc. Wie lange habe ich noch zu leben?«, fragte Creem.

»Sie haben ja gute Laune«, meinte Schuman.

»Hab gerade eben eine Nummer geschoben, wenn Sie's genau wissen wollen.«

Sein Rechtsanwalt blickte ihn mit einer Mischung aus Kränkung und Neid an. Es war der Blick eines Mannes, der selbst nur noch äußerst selten Gelegenheit bekam, eine Nummer zu schieben.

»Jedenfalls«, sagte er dann, »die Sache geht voran. Lew Carroll aus New York übernimmt den Part des zweiten Verteidigers, und ich habe bereits die beiden Geschworenen-

Gutachter ausfindig gemacht, die am besten für den Prozess geeignet sind.«

»Gut, gut«, erwiderte Creem. »Müssen wir denn noch viel besprechen?« Jetzt, wo Joshie ihm mit solcher Wucht den Fehdehandschuh hingeworfen hatte, hatte er eigentlich wichtigere Dinge zu tun.

»Nun ja… sicher«, sagte Schuman. »Selbstverständlich. Elijah, Sie müssen sich konzentrieren. Wenn Sie wollen, dass die Verteidigung Ihr Geld wert ist…«

»Ich bezweifle, dass das bei einem Stundensatz von achthundertfünfundzwanzig Dollar überhaupt möglich ist«, unterbrach ihn Creem.

Schuman wurde lauter. »… dann müssen Sie da sein. Und zwar nicht nur körperlich. Also, der Vorwurf der Zuhälterei ist völlig haltlos, klar, aber ich möchte mit Ihnen über die Pornografie-Vorwürfe sprechen. Das könnte sich nämlich zu einer ziemlichen Schweinerei auswachsen.«

Creem hätte am liebsten losgekichert und eine zweideutige Bemerkung gemacht, hielt aber den Mund.

»Im schlimmsten Fall droht Ihnen eine Gefängnisstrafe«, sagte Schuman. »Fünf Jahre für den Besitz von pornografischem Material oder bis zu fünfzehn, falls die Staatsanwaltschaft mit dem Vorwurf der Verbreitung durchkommt. Haben Sie das verstanden?«

»Wann soll eigentlich der Prozessbeginn sein?« Es war Creems erste ernsthafte Frage.

»Am vierten Juni«, sagte Schuman. »Es sei denn, ich kann der Staatsanwaltschaft noch etwas Besseres abringen.«

»Und das wäre?«

»Na ja, ein Vergleich zum Beispiel.«

»Nein«, sagte Creem.

»Elijah, hören Sie sich doch wenigstens an, welche Möglichkeiten …«

»Nein.« Creem stand auf und stellte sich ans Fenster. »Ich lasse mich auf keinen Fall auf einen Vergleich ein. Ich warte die Verhandlung ab. Machen Sie einfach Ihre Arbeit, verdammt noch mal!«

»Ich *mache* meine Arbeit, verdammt noch mal!« Zum ersten Mal ließ Schuman so etwas wie Rückgrat erkennen. »Ich verstehe das nicht. Warum wollen Sie denn nicht …?« Er hielt inne, ließ den Kopf sinken. »Oh … verdammt. Sie haben doch nicht etwa vor …«

Schuman stand auf und stellte sich neben Creem, der den Verkehr unten auf der L Street beobachtete, ans Fenster. Er sprach weiter, aber völlig überflüssigerweise im Flüsterton.

»Elijah, bitte sagen Sie mir, dass Sie nichts Idiotisches vorhaben, wie zum Beispiel das Land zu verlassen. Versprechen Sie mir wenigstens das.«

Creem lächelte wieder und sah Schuman von oben herab an. Vielleicht war dieser verklemmte kleine Kerl ja schlauer, als er aussah.

»Aber warum sollte ich denn so etwas tun, Bill?«, sagte er. »Ich habe doch den besten Anwalt der Stadt auf meiner Seite.«

22

Sergeant Huizenga eröffnete die Teambesprechung der Spezialeinheit für Kapitalverbrechen an diesem Nachmittag mit der Mitteilung, dass die Chefetage bis auf Weiteres sämtliche Überstunden genehmigt hatte.

Dafür bekam sie einen Applaus – Überstunden waren für Polizisten nichts Ungewöhnliches, wenn die Lage so angespannt war wie in den vergangenen Tagen. Aber *bezahlte* Überstunden waren natürlich besser.

»Wenn ich raten müsste«, hörte ich hinter mir jemanden nuscheln, »dann würde ich sagen: Al Ayla.«

Erst vor wenigen Monaten hatte diese saudi-arabische Terrorgruppe, auch »Die Familie« genannt, der Stadt Washington schwere Wunden zugefügt. Der Bürgermeister hatte, genau wie der Polizeichef, dafür gewaltige Prügel bezogen, unter anderem mit dem Vorwurf, Ressourcen nicht sinnvoll eingesetzt und viel zu langsam auf die sich abzeichnende Krisensituation reagiert zu haben.

Das einzig Gute daran war ganz offensichtlich gewesen, dass wir jetzt plötzlich Mittel zur Verfügung hatten, mit denen wir wirklich etwas bewirken konnten. Wir hatten die Zahl der Streifen in Georgetown bei Tag verdoppelt und bei Nacht an manchen Stellen sogar verdreifacht. Eine Hotline für Hinweise aller Art war eingerichtet worden, und unsere Kontaktbeamten waren tagtäglich auf den Straßen unterwegs.

Einige dieser Maßnahmen dienten sicherlich unmittelbar den Ermittlungen, aber andere zielten in erster Linie darauf ab, die öffentliche Schelte einzudämmen, die sowieso immer über uns hereinbricht, ganz egal wie hart wir arbeiten.

Jetzt hatte jeder unserer drei Mordfälle einen eigens zuständigen Detective, der die Arbeit eines vollständigen Ermittlerteams koordinierte und leitete. Und ich hatte die Freiheit, mich mit allen drei Fällen zu beschäftigen. Wenn Bedarf bestand, konnte ich zusätzliches Personal aus den Bezirken anfordern. Huizenga war froh, dass ich mit Sampson zusammen die Suche nach dem Reilly-Baby übernommen hatte, da die Spezialeinheit für Kapitalverbrechen absolut am Limit angekommen war. Solange diese drei Fälle unter einem Schirm betreut wurden, war ich derjenige, der den Schirm in der Hand hielt.

Nachdem Huizenga mir das Wort erteilt hatte, zeigte ich auf dem Bildschirm am Kopfende des Raums die Bilder der drei Todesopfer aus der Leichenhalle. Es war sicherlich nicht einfach für diejenigen, die sich die Bilder anschauen mussten, aber ich wollte unbedingt ein paar Bezüge zwischen den einzelnen Fällen deutlich machen.

»Wir haben jetzt die offiziellen Todeszeitpunkte und die Fotos entsprechend chronologisch geordnet«, sagte ich. »Die Obduktion hat ergeben, dass Cory Smithe vierundzwanzig Stunden nach Elizabeth Reilly und vierzig Stunden nach Darcy Vickers gestorben ist.«

Die Leute fingen an, sich Notizen zu machen. Ein paar sahen und hörten einfach nur zu und prägten sich möglichst viele Einzelheiten ein. Das ist auch eher mein Stil.

»Abgesehen von den Zeiten«, fuhr ich fort, »gibt es eine Menge Gemeinsamkeiten zu beobachten, allerdings überwiegend paarweise. Bis jetzt habe ich fast nichts entdeckt, was für alle drei Fälle gilt. So wurden beispielsweise zwei der Opfer mit einem Messer traktiert – obwohl man dazu auch sagen muss, dass die Stichwunden bei Ms. Vickers zum Tod geführt haben, während sie Mr. Smithe post mortem zugefügt wurden. In beiden Fällen wurde eine schmale, aber nicht identische Klinge verwendet. Zwei der Opfer waren weiblich. Zwei wurden in Georgetown gefunden, wobei wir nicht wissen, wo Smithe in den Fluss geworfen wurde. Daher ist der Tatort in diesem Fall noch offen.«

Der Captain der Mordkommission, Frank Salazar, stellte eine Frage – wahrscheinlich *die* Frage, die alle hier im Raum beschäftigte: »Alex, ich weiß, dass wir uns noch in der Phase der Mutmaßungen befinden, aber welche Schlussfolgerung ziehen Sie aus dem Ganzen? Was glauben Sie, mit wie vielen Tätern wir es hier zu tun haben?«

Ich ließ mir einen Augenblick Zeit mit der Antwort. Die Kurzform lautete: *Verdammt noch mal, wenn ich das wüsste.*

»Das Problem ist folgendes …«, sagte ich. »Jedes im Augenblick denkbare Szenario steht im krassen Widerspruch zu jeder Logik, ja, sogar zu jeder Wahrscheinlichkeit. So etwas wie das hier, sowohl was den Zeitrahmen als auch die Örtlichkeiten angeht, haben wir noch nie erlebt. Aber trotzdem wage ich mich jetzt einmal vor und behaupte, dass ich mir nicht vorstellen kann, dass wir es nur mit einem einzigen Killer zu tun haben. Die viel wichtigere Frage ist, ob die Täter unabhängig voneinander operieren oder nicht.«

Aber letztendlich erreichte ich damit rein gar nichts. Die Leute – sowohl die innerhalb des Dezernats als auch dic außerhalb – wollten Antworten haben. Aber ohne zusätzliche Informationen tappten wir in jedem dieser drei Mordfälle nach wie vor im Dunkeln.

Während meiner Ansprache hatte mein Handy vibriert – einmal, zweimal, dreimal, kurz hintereinander. Sobald Huizenga sich einschaltete und die nächsten Fragen beantwortete, holte ich es aus der Tasche und sah nach. Sampson hatte mir zweimal auf die Mailbox gesprochen und eine SMS geschickt. Das war doch ein gutes Zeichen, oder nicht?

Da ich immer noch im Besprechungszimmer saß, sah ich mir als Erstes die SMS an – und tatsächlich, es war genau die Nachricht, auf die ich gehofft hatte.

Alex – Päckchen gefunden. Ruf mich an.

23

Am nächsten Morgen nahmen Sampson und ich die erste Maschine von Washington nach Savannah, Georgia.

Elizabeth Reillys Baby war schon vor drei Tagen entdeckt worden, ganz alleine in einem Ferienhaus am nördlichen Rand des Okefenokee Wildlife Refuge. Ohne CODIS, die landesweite DNA-Datenbank, wäre das kleine Mädchen einfach registriert, zur Adoption freigegeben und wahrscheinlich nie identifiziert worden. Aber so war es, nachdem ihre DNA-Probe online gestellt worden war, nur eine Frage der Zeit gewesen, bis Sampson eine Übereinstimmung mit Elizabeth Reilly bekommen hatte. Und das bedeutete mit hundertprozentiger Sicherheit, dass das Baby ihr leibliches Kind war.

Ein Hilfssheriff aus Charlton County, Joe Cutler, erwartete John und mich bereits, als wir am späten Vormittag vor dem Eingang des Oke-Doke Cabins and Campground vorfuhren. Dort standen auf einer zwölf Hektar großen Fläche ein Dutzend Ferienhäuschen. Auf der Fahrt zu dem entsprechenden Häuschen fütterte Cutler uns mit den wichtigsten Informationen. Ich wusste gar nicht genau, was ich mir dort erhoffte, vielleicht einfach nur einen ersten Hinweis darauf, was diesem armen Mädchen zugestoßen sein könnte.

»Ich habe den Notruf entgegengenommen«, sagte Cutler. »Dann habe ich das kleine Würmchen da gefunden, in ein Handtuch eingewickelt. Sie hat gebrüllt wie am Spieß. Sie war wahrscheinlich erst ein paar Stunden alt, aber wir haben sie trotzdem gleich auf die Neugeborenen-Intensivstation im Charlton Memorial gebracht. Da haben sie festgestellt, dass ihr nichts fehlt. Was mit Sicherheit kein Verdienst derjenigen war, die sie dort abgelegt haben.«

»Und Sie wissen wirklich nicht, wer angerufen hat?«, wollte ich wissen.

»Nein. Es war ein anonymer Anruf«, sagte er. »Aber ich würde wetten, das war die Mutter. Wahrscheinlich so ein Teenagermädchen, das sich nicht getraut hat, seinen Eltern zu sagen, dass es schwanger ist, verstehen Sie?«

Vielleicht, dachte ich. Cutler hatte sich offensichtlich seine eigene Meinung zu den Ereignissen gebildet, aber ich versuchte, möglichst vorurteilsfrei zu bleiben, während wir einen Waldweg entlangfuhren.

Schließlich landeten wir auf einer Lichtung mit einer einzelnen Blockhütte. Sie stand direkt unter ein paar mit Kudzu-Ranken überwucherten Eichen. Der Wald war an dieser Stelle sehr dicht, und ich konnte nirgendwo eine andere Hütte entdecken.

Diese hier war eine der sogenannten Luxuseinheiten, was nur bedeutete, dass das Bettzeug gestellt wurde und das Badezimmer im Haus selbst lag und nicht außerhalb. Aber falls Elizabeth hier ihr Baby entbunden hatte, dann hatte sie alles Nötige gehabt, inklusive der Abgeschiedenheit.

Cutler blieb an der Haustür stehen und zeigte auf ein paar Dellen rund um den eisernen Türknauf. »Sie hat das Häuschen nicht gemietet«, sagte er. »Hat es sich einfach genommen. Man kann übers Internet nachsehen, welche Hütten belegt sind, also war es nicht weiter schwierig rauszukriegen, welche frei ist.«

Das Innere des Häuschens war hell, sauber und einfach

eingerichtet. Ein ziemlich astiger Fußboden aus Nadelholz, dazu ein grober Bauerntisch aus demselben Material, eine kleine Küchenzeile und ein Doppelbett unterhalb des Erkerfensters. Auf einem Bücherregal in der Ecke waren ein paar Spiele und abgenutzte Taschenbücher zu sehen – Dean Koontz, Patricia Cornwell, Stieg Larsson. Keinerlei Hinweise darauf, was sich hier zugetragen haben könnte.

Ich versuchte, mir vorzustellen, was hier passiert war. Hatte Elizabeth sich selbst eine Infusion gelegt? Hatte sie sich das Oxytocin sofort gegeben? Wie lange hatte die Entbindung gedauert?

Sie musste furchtbare Angst gehabt haben, aber das bedeutete nur, dass es einen noch furchtbareren Anlass für die lange Reise hierher gegeben haben musste.

Irgendetwas … oder irgendjemand. Der Vater vielleicht? Der Mörder?

Waren sie womöglich ein und derselbe? Ich konnte nichts beweisen, aber so schien das alles am ehesten einen Sinn zu ergeben. John und ich konnten im Moment nichts anderes tun, als im Nebel herumzustochern und zu versuchen, die unsichtbaren Teile dieses Puzzles irgendwie zusammenzufügen.

»Ich will Ihnen noch was sagen«, meinte Cutler, der uns von der Tür aus zusah. »Ich hoffe eigentlich, dass der Vater dieses Babys niemals auftaucht. Wenn man sich mal überlegt, was die Mutter für eine gewesen sein muss – also, da kann der Vater doch auch nicht gerade ein Hauptgewinn sein, verstehen Sie? Ich meine, mal ganz im Ernst, was hat dieses Mädchen sich eigentlich dabei gedacht? Das würde mich mal interessieren.«

Ich sagte nichts, aber ich konnte mir so langsam vorstellen, dass Elizabeth Reilly hierhergekommen war, um ihrer Tochter das Leben zu retten.

Und dass sie es vielleicht sogar geschafft hatte.

24

Shellman Bluff ist ein kleines Fischerdörfchen in Georgia, etwa zwei Autostunden nördlich von Okefenokee entfernt. Die Küste dort ist gesäumt von Gezeitensümpfen. Auf der Landkarte sieht die ganze Gegend so aus wie ein labyrinthartiges Geflecht aus Nebenflüssen, die alle in den Sapelo Sound fließen, der wiederum in den Atlantik mündet.

Tommy und Jeanette Reilly wohnten in einem kleinen Stelzenhaus mit Blick auf den Damm, ganz am Ende einer stillen Sackgasse. Es war problemlos zu finden gewesen. Hier war Elizabeth Reilly aufgewachsen – und hier würde jetzt vielleicht auch ihre Tochter aufwachsen.

Bei dreißig Grad Celsius stiegen wir aus dem Wagen. Nicht ungewöhnlich für Georgia, aber ein bisschen mehr als das, was wir in Washington zurzeit noch hatten. Ich trug Jackett und Krawatte und schwitzte.

Unten am Wasser stand eine ältere Frau am Anleger. Sie trug ein weites weißes Kleid. Ein langer grauer Zopf hing ihr über den Rücken. Als sie sich umdrehte, sah ich, dass sie ein kleines Bündel im Arm hielt. John und ich gingen ihr von der unbefestigten Einfahrt aus entgegen. Wir trafen uns in der Mitte, auf dem bräunlichen, ausgedörrten Rasenflecken hinter dem Haus.

»Die lassen euch ganz schön groß werden da oben in Washington, was?«, sagte sie und legte den Kopf in den Nacken, besonders bei Sampson, der zwei Meter und sechs groß ist. Wir hatten bereits miteinander telefoniert, und es gab keinen Grund, eine ausführliche Vorstellungsrunde abzuhalten. »Ich schätze mal, Sie haben ziemlichen Hunger nach der langen Fahrt.«

»Nein, danke, Madam, alles bestens«, erwiderte Sampson. »Und Sie haben ja, wie es scheint, ohnehin die Hände voll.«

Mrs. Reilly strahlte und drehte sich zu uns, sodass wir das winzige Baby sehen konnten. Das Reilly-Baby, wie ich es mittlerweile im Stillen nannte.

»Das ist Rebecca«, sagte sie. »Unser Wunderkind.«

Das Baby schlief friedlich, eingewickelt in eine dünne pinkfarbene Decke. Sein Gesicht war auch pink von der Sonne, und die Haare hatten dieselbe sandblonde Farbe wie die seiner Mutter. Ich spürte ganz eindeutig eine gewisse Erleichterung, nach all dem Suchen und den Sorgen, die wir uns um die Kleine gemacht hatten. Und ich glaube, dass es Sampson genauso ging.

Im Haus trafen wir dann auch Tommy Reilly, der wie seine Frau vielleicht Anfang sechzig war. Ich hätte mir nicht vorstellen können, in dem Alter noch einmal ein Neugeborenes aufzunehmen, aber er fing ganz genauso an zu strahlen wie seine Frau, als er Rebecca in die Arme nahm. Für mich war klar, dass diese beiden sich bereits jetzt in ihre Urenkelin verliebt hatten. Vielleicht wirkten sie deshalb so friedlich und ausgeglichen, trotz der Umstände.

Als wir am Küchentisch saßen, fing ich an, die notwendigen Dinge anzusprechen.

»Mr. und Mrs. Reilly, ich möchte Sie nicht unnötig beunruhigen«, sagte ich, »aber ich muss Sie das fragen. Haben Sie vielleicht daran gedacht, sich vorübergehend ein anderes Quartier zu suchen oder Rebecca sogar in die Obhut der Behörden zu geben, bis diese Angelegenheit geklärt ist?«

»Sie meinen damit, bis Sie rausgekriegt haben, wer unsere Lizzie auf dem Gewissen hat«, sagte Mr. Reilly.

»Ganz genau«, sagte ich. »Als Vorsichtsmaßnahme.«

»Ach, wissen Sie, Detective, wir sind hier nicht in Washington«, meinte er und wiegte das Baby auf seiner Schulter. »Nicht dass Sie mich für naiv halten, aber wir wohnen hier in einer ziemlich ruhigen Gegend. Und im Übrigen… nun ja, sagen wir einfach, ich bin ein überzeugter Anhänger des zweiten Zusatzartikels zur Verfassung. Ich denke mal, wir kommen klar.«

»Aber wir wissen Ihre Besorgnis wirklich zu schätzen«, fügte Mrs. Reilly hinzu.

Ich nickte und ließ mir Zeit. Ich konnte mir vorstellen, dass es unter den gegebenen Umständen sehr belastend gewesen wäre, Rebecca wieder hergeben zu müssen, selbst wenn es nur für eine kurze Zeit war.

»Und wenn wir den Sheriff bitten würden, Ihnen einen Wagen vor die Tür zu stellen?«, sagte ich. »Nur nachts und nur, bis wir ein bisschen mehr wissen. Ich würde mich einfach sehr viel besser fühlen, wenn wir in diesem Fall auf Nummer sicher gehen würden.«

»Um Rebeccas willen«, fügte Sampson hinzu.

Die Reillys warfen einander einen Blick über den Tisch hinweg zu. Ohne ein Wort zu sagen, schienen sie zu einer Art stillen Übereinkunft zu kommen, wie man es bei Paaren gelegentlich beobachten kann.

»Tun Sie, was Sie tun müssen«, sagte Mr. Reilly. »Ich glaube nach wie vor, dass Sie damit nur Earls Zeit vergeuden, aber ich werde ihn nicht vom Hof jagen. Einverstanden?«

Nachdem wir das also geklärt hatten, konnten wir uns mit Elizabeth beschäftigen.

»Sie haben die Frage bestimmt schon öfter gehört«, sagte Sampson, »aber fällt Ihnen in Washington irgendjemand ein, mit dem wir sprechen könnten? Hat Elizabeth vielleicht einmal Freundinnen oder einen Freund erwähnt? Oder jemanden, der aus irgendeinem Grund etwas gegen sie gehabt haben könnte?«

Mr. Reilly schüttelte den Kopf und legte Rebecca in den Stubenwagen vor dem Fenster.

»Ich glaube nicht, dass Lizzie da oben besonders viele Freunde gehabt hat«, sagte er. »Wir haben eigentlich gedacht, dass Washington für sie eine Chance ist, um flügge zu werden und so weiter, aber irgendwie hat sie sich mit der Stadt nie so recht angefreundet. Und mit den Leuten auch nicht.«

»Sie hat einen Jungen erwähnt«, sagte Mrs. Reilly. »Ich nehme an, dass er der Vater ist und vielleicht ja auch …« Sie brach ab und wusste nicht mehr weiter. »Vielleicht ja derjenige, den Sie suchen. Aber um ehrlich zu sein, ich habe keine Ahnung.«

Sampson zog Block und Stift hervor. »Können Sie mir vielleicht sagen, wie er heißt?«

»Russell.«

John schrieb. »Russell? Ist das ein Vor- oder ein Nachname?«

»Vorname«, erwiderte Mrs. Reilly. »Glaube ich zumindest. Lizzie hat ihn nur ein paarmal in ihren Briefen erwähnt. Aber dann ist er irgendwann einfach wieder von der Bildfläche verschwunden, im letzen Herbst, glaube ich.«

»Sie haben nicht zufällig einen von diesen Briefen aufbewahrt, oder?«, schaltete ich mich ein.

Das Lächeln, das ich vorhin schon einmal gesehen hatte,

kehrte wieder auf Mrs. Reillys Gesicht zurück. »Oh Schätzchen, die habe ich alle noch«, sagte sie. »Heutzutage schreibt ja niemand mehr richtige Briefe, nur Lizzie. Ich dachte, dass sie viel zu wertvoll sind, um weggeworfen zu werden. Bleiben Sie ruhig sitzen. Ich gehe mal mein Lizzie-Kästchen holen.«

25

Während der nächsten Stunde saßen Sampson und ich auf der Gartenterrasse der Reillys und gingen den Inhalt eines alten Rosenholzkästchens voller Postkarten und Briefe durch, die Elizabeth im Lauf ihrer zwei Jahre in Washington an ihre Großeltern geschickt hatte. Wir sortierten sie nach dem Datum des Poststempels und fingen an zu lesen.

Die meisten Briefe waren auf pink-grau gefärbtem Briefpapier mit Elizabeths Monogramm geschrieben worden. Die Ränder waren mit lustigen kleinen Karikaturen und Zeichnungen verziert, und bei jeder Unterschrift hatte sie ein kleines Herzchen über das *i* gemalt.

Aber gleichzeitig waren die Briefe von einer eindringlichen Offenheit, wenn Elizabeth davon berichtete, wie einsam sie war und wie schwer es in der Stadt war, Leute kennenzulernen. Stück für Stück entstand vor meinem geistigen Auge das Bild eines Mädchens, das ein klein wenig zu naiv für diese Welt, ein klein wenig zu jung für diese Art Leben und wahrscheinlich ein allzu leichtes Opfer für einen Jäger gewesen war.

Und was diesen Russell anging, er wurde zum ersten Mal in einem langen Brief aus dem April letzten Jahres erwähnt:

Soll ich euch mal etwas Lustiges erzählen? Ich habe kürzlich einen netten Mann kennengelernt – ausgerechnet im Waschsalon. Unverhofft kommt oft, stimmt's? Er hat die ganze Zeit mit mir geredet, solange ich da war, und wollte sogar für meine Wäsche bezahlen. Ich fand

das ganz niedlich, aber ich habe trotzdem abgelehnt und gesagt, vielleicht nächstes Mal.
So, und jetzt verrate ich euch ein Geheimnis: Ich hoffe tatsächlich, dass es ein nächstes Mal gibt. Höfliche Männer sind nämlich in der Hauptstadt unserer stolzen Nation nicht gerade leicht zu finden!! Irgendwie habe ich das Gefühl, dass meine Kleider in nächster Zeit immer ganz besonders gut gewaschen sind. Ha-ha-ha.

Das nächste Mal tauchte er einen Monat später wieder auf, als sie ihren Großeltern schrieb, dass sie dem »Waschsalon-Typen – der übrigens Russell heißt« über den Weg gelaufen sei und dass sie dieses Mal seine Einladung zum Essen angenommen habe. In einem späteren Brief beschrieb sie dann, wie Russell mit ihr herumgefahren sei und ihr verschiedene Sehenswürdigkeiten bei Nacht gezeigt hatte. Aber alles in einem lockeren Plauderton, ohne irgendwelche Einzelheiten über Russells Herkunft, was er beruflich machte oder wer er war. Ob Russell mit Elizabeth nicht darüber gesprochen hatte oder ob sie ihren Großeltern diese Informationen absichtlich vorenthielt, das ließ sich nicht sagen.

Was ich aber genau wusste, war, dass sie sie Anfang Dezember ganz eindeutig angelogen hatte.

Liebe Granny, lieber Dodo,
ich schreibe euch, weil ich euch etwas sagen muss und zu feige bin, euch anzurufen. Es sieht so aus, als würde ich es über Weihnachten nicht schaffen, nach Hause zu kommen. Nach den Ferien fangen die Prüfungen an, und ich habe meiner Arbeitsgruppe versprochen, dass wir uns bis dahin immer dreimal die Woche treffen.

BITTE BITTE SEID MIR NICHT BÖSE!! Und lasst euch bloß nicht einfallen hierherzufahren. Weihnachten in Washington ist sowieso nicht dasselbe, und die Hotels sind wahnsinnig teuer. Denkt immer daran, dass ich euch lieb habe und euch so schnell wie möglich wieder besuchen komme.
Ganz, ganz liebe Grüße
Eure Lizzie

Das Datum des Briefes war der 11. Dezember, also ganze acht Tage, nachdem Elizabeth die Krankenpflegeausbildung abgebrochen hatte. Da war sie schon im fünften Monat gewesen – also viel zu weit, um es verstecken zu können.

Sie hatte es auch danach nicht mehr geschafft, nach Hause zu kommen. Das letzte Lebenszeichen war eine Geburtstagskarte für Tommy Ende März gewesen. Dort schrieb sie von Kursen, die sie, wie ich wusste, nie besucht hatte, und erwähnte mehrfach, wie sehr sie sich auf ein Wiedersehen im Sommer freute – vermutlich nach der Geburt ihres Babys.

Nachdem John und ich Elizabeths Korrespondenz durchgelesen hatten, war es Zeit zu gehen. Wir hatten nicht so viele Antworten bekommen, wie ich mir gewünscht hätte, aber immerhin hatten wir den Kreis der Personen, die in diesem Fall eine Rolle spielten, um einen gewissen Russell erweitert. Sobald wir auf dem Weg nach Savannah waren, rief ich Bree an.

Ich wollte damit wirklich nicht warten. Ich wollte auf gar nichts mehr warten. Zumal schon jetzt die Sache mit Elizabeths Schwangerschaft durchgesickert war. Es gab nicht viele Leute, denen ich im Moment noch über den Weg traute.

»Ich hätte da einen Namen, den ich ins NCIC einspeisen möchte«, sagte ich zu Bree, während Sampson am Steuer saß. Das NCIC ist das National Crime Information Center, eine Datenbank des FBI, in der jeder verzeichnet ist, der jemals in den Vereinigten Staaten verhaftet, verurteilt oder eingesperrt wurde. Hier waren zwar keine erschöpfenden Auskünfte zu erwarten, aber auf jeden Fall war es ein guter Anfang. Ich würde auch Elizabeths Telefonverbindungen und ihre E-Mails noch einmal durchgehen und bei ihrer Ausbildungsstätte nachhaken – alles, was mir nur einfiel, um einen Hinweis auf diesen angeblichen Freund zu bekommen.

»Wie lautet der Name?«, wollte Bree wissen.

»Russell.«

»Russell? Vor- oder Nachname?«

Ich musste grinsen, auch wenn mir gar nicht danach zumute war. »Vorname, glaube ich, aber wir sollten es auch mit dem Nachnamen probieren.«

»Das ist doch ein Witz, oder?«, entgegnete Bree. »Ist dir eigentlich klar, wie viele Akten da auftauchen werden?«

»Ich wünschte, es *wäre* ein Witz«, sagte ich. »Immerhin, falls dir das weiterhilft, müsste er im Verlauf der letzten zwei Jahre irgendwann einmal eine Adresse in Washington gehabt haben. Gut möglich, dass es sich um den Vater von Elizabeth Reillys Baby handelt. Und vielleicht ja auch um ihren Mörder.«

»Das sind aber viele Vielleichts«, sagte sie.

»Ich weiß, ich weiß.«

Doch zu diesem Zeitpunkt war ein Vielleicht immer noch besser als gar nichts.

26

Elijah Creem griff nach einer kleinen Pferdehaarbürste auf seinem Schreibtisch und fügte seiner neuesten Maske ein paar leberfarbene Pigmente hinzu. Die Masken bekam er zwar gebrauchsfertig vom Hersteller in Arkansas geliefert, aber es hatte doch immer etwas für sich, ein paar eigene Akzente zu setzen. Nicht die schlechteste Art und Weise, einen Freitagabend zu verbringen, wenn man bedachte, wie viel Vergnügen es ihm auf lange Sicht bescheren würde. Je älter und hässlicher er diese Gesichter machen konnte – und damit je unsichtbarer draußen auf der Straße –, desto besser.

Als das Handy in seiner Tasche klingelte, ignorierte er es einfach. Zurzeit gab es kaum einen Menschen, mit dem er sprechen wollte, ganz zu schweigen von dem Abschaum, der ihn immer noch anrief – Rechtsanwälte, Gläubiger und ab und zu auch ein Reporter, der nach einem neuen Aspekt seines mittlerweile fast verblassten Skandals suchte.

Stattdessen trug er eine dünne Schicht Mastix auf die Oberlippe der Maske auf und schob behutsam einen mit einem Netz verstärkten Schnurrbart an die richtige Stelle. Später, wenn alles gut getrocknet war, wollte er noch silbergraue Strähnen einfügen, damit er zu der Perücke passte, die er sich besorgt hatte.

Erst als das Handy aufhörte zu klingeln und dann nach wenigen Sekunden wieder anfing, kam es Creem in den Sinn, einen Blick auf das Display zu werfen.

Der Anrufer war Josh Bergman. Natürlich. So viel zum Thema Abstand halten.

»Josh«, sagte er. »Welchem Umstand verdanke ich das zweifelhafte Vergnügen?«

»Guten Abend, Herr Dr. Creem, hier spricht Joshua Bergman. Wie geht es Ihnen?«

Bergmans Stimme klang etwas steif und geradezu lächerlich heiter.

»Ah«, sagte Creem. »Ich nehme an, du bist nicht allein.«

»Gut, gut. Das freut mich sehr. Hören Sie, hier in meinem Büro sitzt eine junge Dame. Ich überlege mir ernsthaft, sie für meine Agentur unter Vertrag zu nehmen, aber zuerst würde ich gerne kurz Ihren ärztlichen Rat in Anspruch nehmen«, sagte Bergman. »Selbstverständlich nur wenn Sie dazu bereit sind. Ich weiß, es ist nicht mehr ganz früh.«

Creem grinste über das ganze Gesicht und spürte sein Herz schneller schlagen.

Solche Untersuchungen waren nichts Ungewöhnliches. Bergman hatte ihm im Lauf der letzten Jahre auf diese Weise gut eineinhalb Millionen eingebracht und ihm darüber hinaus eine Handvoll »hoffnungsvoller Talente« überwiesen, die schließlich in Creems Bett gelandet waren.

Aber das war damals. Jetzt war jetzt. Und seither hatte sich *alles* geändert.

Josh erhöhte nicht mehr nur seinen eigenen Einsatz, jetzt versuchte er auch, Creems Einsatz zu erhöhen. Entweder das, oder er wollte das Karussell beschleunigen, um möglichst bald selbst wieder am Zug zu sein. Aber das spielte alles keine Rolle. Entscheidend war, dass Bergman genau wusste, was Creem gefiel.

»Was für eine Überraschung«, sagte Creem. »Ich nehme an, sie ist genau der richtige Typ?«

»Ja, ja, sehr viel Potenzial«, erwiderte Bergman lebhaft.

»Im Prinzip so gut wie perfekt. Aber das ist ja der Punkt, an dem Sie ins Spiel kommen, nicht wahr, Herr Doktor? Wie wäre es denn, wenn wir kurz in Ihrem privaten Sprechzimmer vorbeischauen, vielleicht so gegen acht?«

Und da war er, der *tour de salaud*. Joshs schmutziger, raffinierter, kleiner Kniff.

»Ich verstehe«, erwiderte Creem. »Du willst also dabei sein. Ist das so etwas wie deine Provision?«

Bergman lachte. »Darum arbeite ich so gerne mit Ihnen zusammen, Elijah. Sie kennen mich so gut.« Jetzt klang es so, als würde er die Hand auf den Hörer legen und das Mädchen ansprechen. »Dr. Creem sagt, er kann es kaum erwarten, dich kennenzulernen, Süße.«

Es war wirklich eine brillante Vorstellung. Im Model-Geschäft wurde kaum jemandem so viel Vertrauen entgegengebracht wie einem schwulen Mann – und wer anders als Josh Bergman konnte im einen Atemzug mit diesen Twiggys beste Freundin spielen und sie im nächsten schon zu ganz anderweitigen Zwecken feilbieten?

Creem warf einen Blick auf seine Armbanduhr. Es war kurz nach sieben.

»Sagen wir halb neun«, sagte er. »Aber stell den Wagen nicht auf die Straße. Ich lasse die Garage offen. Und, Josh?«

»Ja?«

»Wenn du sie hierherbringst, dann musst du sie auch wieder wegschaffen. Ich will damit nichts zu tun haben. Habe ich mich klar ausgedrückt?«

»Kristallkar«, sagte Bergman. »Immer nett, mit Ihnen zu plaudern, Herr Doktor. Bis gleich.«

27

Um Punkt 20:30 Uhr ertönte die elektronische Klingel vor Dr. Creems Wartezimmer im Erdgeschoss. Bergman war fast immer überpünktlich, und der heutige Abend bildete keine Ausnahme. Als Creem die Tür öffnete, stand Bergman mit einer klassischen blonden Schönheit am Arm davor.

Er trug einen einfachen Blazer und dazu ein weißes Hemd. Der oberste Knopf stand offen. Seine »Uniform«, wie er es nannte. Die junge Frau trug ein kleines Schwarzes, und zwar die Sorte, die besagte: Ich bin ein richtiges Model, aber ich habe auch nichts dagegen, auf dem Weg nach oben ein, zwei Schwänze zu melken.

»Und? Hab ich recht, oder hab ich recht?«, sagte Josh.

»Sie haben recht«, erwiderte Creem und bat die beiden mit einer Handbewegung herein. »Sie sind wirklich ein sehr hübsches Mädchen, Miss …«

»Larissa Swenson, Dr. Elijah Creem«, stellte Bergman die beiden vor, während er sich bereits im Raum umsah. »Sie haben nicht zufällig etwas zu trinken hier unten, Elijah?«

»Vielen Dank, dass Sie sich die Zeit nehmen wollen«, sagte das Mädchen. Ihr Händedruck war warm, ihre Haut fühlte sich wunderbar weich an. »Mr. Bergman sagt, dass Sie der Beste sind.«

»Mr. Bergman ist ein kluger Mann«, erwiderte Creem und blickte ihr fest in die Augen. »Joshua, sehen Sie mal in dem Wandschränkchen im Medienzimmer nach.«

Er hatte ihren Namen schon wieder vergessen, aber sie war tatsächlich absolut perfekt. Er konnte spüren, wie das

Adrenalin langsam seine Wirbelsäule entlangkroch, wie seine Kiefermuskeln sich spannten. So fühlte es sich an, zum Leben erweckt zu werden, das wusste er jetzt. Genauso hatte er sich auch bei Darcy Vickers gefühlt.

»Meine Sprechstundenhilfe hat diese Woche Urlaub«, sagte er. »Den Papierkram können wir auch später erledigen, wenn es Ihnen nichts ausmacht.«

»Sehr gut, sehr gut«, erwiderte Bergman, der gerade wieder hereinkam. In der einen Hand hielt er drei Gläser, in der anderen eine Kristallkaraffe. »Larissa? Elijah? Auch ein Gläschen?«

»Nein, danke«, erwiderte das Mädchen höflich.

»Anschließend, vielleicht«, meinte Creem.

»Wie ihr wollt.« Bergman goss sich einen großen Schluck ein und wandte sich dann der Tür des Sprechzimmers zu. »Da geht es rein, oder?« Er versuchte nicht einmal mehr, seine Aufregung zu verbergen. Es war ein bisschen komisch und auch ein bisschen ansteckend.

»Kommen Sie… alle beide mit rein?«, fragte das Mädchen. Mit einem Mal schien sie ein bisschen misstrauisch zu werden, aber Creem bedachte sie mit seinem vielfach bewährten professionellen Lächeln. Das funktionierte immer.

»Es ist wirklich in Ihrem eigenen Interesse«, sagte er. »Josh kommt für sämtliche Kosten auf, das hat er Ihnen ja bestimmt gesagt. Aber wenn Sie wirklich auf die Beratung verzichten möchten, dann sollten Sie es jetzt sagen.«

»Nein, nein«, sagte das Mädchen hastig. »Alles in Ordnung.« Es klang so, als wollte sie in erster Linie sich selbst überzeugen. So viel zum Thema blinder Ehrgeiz!

»Sind Sie sicher?«, fragte Creem erneut nach, einfach nur zum Spaß. Er wusste, dass er sie jetzt an der Angel hatte.

Wenige Minuten später befanden sie sich alle drei im Sprechzimmer. Creem stand mit einem Klemmbrett in der Hand da, während das Mädchen, nur mit einem hauchdünnen blauen Krankenhausumhang bekleidet, aus der Umkleidekabine trat. Josh hatte sich in einen Rollstuhl gesetzt und schaute erwartungsvoll zu.

»Also«, sagte Creem und warf einen Blick auf das leere Blatt auf dem Klemmbrett. »Was haben wir uns denn vorgestellt?«

»Auf jeden Fall eine Brustvergrößerung«, meldete Bergman sich zu Wort. »Larissa soll ja schließlich für Zeitschriften, Zeitung und Laufsteg gebucht werden. Das ganze Programm, nicht wahr, Süße?«

»Natürlich«, erwiderte das Mädchen mit einem weiteren entschlossenen Lächeln.

Creem legte das Klemmbrett beiseite und holte den Edelstahlzeigestab aus seiner Tasche.

»Also gut, dann stellen Sie sich mal schön gerade und aufrecht hin, die Hände in die Hüften gestützt«, sagte er. Er löste die Schleife, die den Umhang vorn zusammenhielt, und trat ein Stück zurück, trieb die Scharade wirklich auf die Spitze.

»Schöne Symmetrie. Gute Hautelastizität«, sagte er. »Eigentlich ist nicht mehr als ein kleiner Schnitt notwendig, und zwar genau hier.«

Er fuhr mit dem Zeigestab unterhalb ihrer Brüste entlang, um seine Worte zu veranschaulichen. Aber nicht für das Mädchen. Für Bergman. Josh war so nett gewesen, diese kleine Veranstaltung zu arrangieren. Da konnte er ihm auch eine gute Show liefern.

»Hier würde ich den Schnitt ansetzen. Sehen Sie?«, sagte Creem.

»Ja«, meinte Bergman.

Das Mädchen nickte nur.

»Allerdings sollten wir uns in unseren Möglichkeiten nicht allzu sehr beschränken«, fuhr Creem fort. »Soll ich fortfahren?«

»Auf jeden Fall«, drängte Bergman und schenkte sich ein zweites Glas ein. »Lassen Sie mich an Ihren Gedanken teilhaben, Elijah.«

Creem rückte ein wenig zur Seite und nahm wieder den Zeigestab zu Hilfe, setzte die Spitze auf die wohlgeformte seitliche Bauchmuskulatur des Mädchens.

»Wir könnten zum Beispiel, wo wir schon einmal dabei sind, noch ein kleines bisschen Fett absaugen«, sagte er. »In dem Fall würde ich hier reingehen oder vielleicht sogar hier…« Jetzt war er unterhalb ihres Nabels angekommen. Dort spürte er mehr Widerstand, aber das bedeutete auch mehr Halt… mehr Material für seine Klinge, wenn sie dann eindringen würde.

»So in etwa, vielleicht?«, sagte Creem, vordergründig zu dem Mädchen, aber wieder war es Bergman, der die Antwort gab.

»Ja«, sagte er. Seine Stimme klang ein wenig leiser als zuvor. »So in etwa.«

»Und was ist mit den Schenkeln?«, machte Creem weiter und richtete seine Aufmerksamkeit noch weiter nach unten. »Es würde keine große Mühe machen, die hier ein klein wenig abzusenken.« Er zog noch eine Linie am großen Lendenmuskel entlang bis zu einem Punkt direkt über der Oberschenkelarterie. Seine Lieblingsstelle. »Da würde ich gerne einen Schnitt setzen. Genau da.«

»Mm-hmm«, sagte Bergman.

Das Mädchen zwinkerte ein paarmal. Sie schien jetzt ziemlich verwirrt zu sein. Sehr gut.

»Ich möchte mir nur schnell etwas notieren«, sagte Creem und deutete auf den Umhang. »Sie können sich jetzt wieder anziehen, Justine.«

»Ich heiße Larissa«, sagte sie.

»Stimmt. Tut mir leid. Es ist nur… Sie haben so viel Ähnlichkeit mit meiner Tochter. Fast wie aus dem Gesicht geschnitten, wirklich.«

Er legte den Zeigestab weg und stellte sich an die Theke in ihrem Rücken, auf der er das Klemmbrett abgelegt hatte. Dann zog er eine Schublade auf und holte ein Achtzehner-Skalpell heraus. Es war perfekt für tiefe Schnitte geeignet, und durch den maßgefertigten Griff fühlte es sich an wie eine Verlängerung seiner Hand.

Eigentlich hätte er wieder das billige Steakmesser nehmen müssen, das wusste er. Es lag ja auch genau da in der Schublade, wo er es vor einer halben Stunde hingelegt hatte. Aber bei der Haut dieses Mädchens wäre das so gewesen, als hätte er eine Kettensäge genommen, um Porzellan zu zerschneiden.

Dann musste er seine Arbeit eben anschließend noch ein bisschen aufrauen, um seine Spuren zu verwischen.

»Und, was sagst du nun, Josh?« Creem wandte sich an seinen Freund. »Hast du genug gehört, oder soll ich weitermachen?«

»Weitermachen«, sagte Bergman wie aus der Pistole geschossen. Sein Blick war starr auf das Skalpell in Creems Hand gerichtet. Er saß jetzt vollkommen regungslos da. Seine Stimme war kaum mehr als ein heiseres Flüstern. »Koste es, was es wolle, Elijah. Weitermachen. Bitte.«

»Sind Sie auch einverstanden, wenn ich weitermache, Justine?«, wandte Creem sich an das Mädchen.

»Ähm… Larissa«, sagte sie.

»Pssst«, erwiderte Creem. »Spielt sowieso keine Rolle, Justine. Bleib einfach ganz ruhig stehen und sei ein braves Mädchen. Wir sind gleich fertig, noch bevor du es richtig mitbekommst.«

28

Als es vorbei war, packten Creem und Bergman die Kleine sorgfältig in einen Leichensack, und schon war sie bereit zum Abtransport. Mit Latexhandschuhen brachten sie sie den Flur entlang, von dort direkt in die Garage und in Bergmans geöffneten Kofferraum.

Wirklich ganz genau wie im Frühjahr 1988, dachte Creem. Einer dieser netten, kleinen Augenblicke, wo die Zeit stillstand, wo die Regeln der normalen Welt außer Kraft gesetzt waren.

Nicht dass es ihnen damals besser gegangen wäre, mit ihren Schrottkarren und vierstelligen Bankkonten, als Fort Lauderdale der Ort war, wo man Spaß und Aufregung suchte und fand. Aber es waren wirklich goldene Zeiten gewesen.

»Was ist besser als Gold?«, wollte Creem wissen.

»Platin, schätze ich mal«, erwiderte Bergman. »Wieso?«

»Weil es das ist, Josh. Das ist unsere Platin-Zeit.«

Er hob das Glas. Sie lehnten an der Motorhaube von Bergmans Audi und tranken sechzehn Jahre alten Hirsch Reserve, während Creem sich eine Zigarre schmecken ließ.

»Darauf trinke ich«, sagte Bergman.

»Du trinkst doch auf alles«, erwiderte Creem, und Bergman zuckte mit den Schultern. Er hatte ja recht. »Was hast du mit ihr vor?«, wollte Creem dann wissen.

»Rock Creek Park«, sagte er. »Ich kenne da eine Stelle.«

Creem schnippte die Asche seiner Romeo y Julieta ab und sah zu, wie sie, Schneeflocken gleich, sanft auf den Betonboden der Garage schwebte. Er fühlte sich ruhig und besinnlich, ganz anders als Josh, der vollkommen euphorisiert war. Er freute sich, dass Bergman so glücklich war, empfand aber gleichzeitig eine leise Sorge. Es kam ihm fast so vor, als freute sein Freund sich zu sehr, falls so etwas möglich war.

»Sei bitte vorsichtig«, sagte Creem. »Wir sind keine zweiundzwanzig mehr, Josh. Wir sind besser geworden.«

»Ich bin immer vorsichtig«, erwiderte Bergman.

»Nein«, gab Creem zurück. »Das, mein Freund, ist nicht wahr.«

»Stimmt«, meinte Bergman, und dann fingen sie beide an zu lachen. »Aber in diesem Fall bin ich vorsichtig, Elijah. Ich schwöre. Wir haben diese Sache gemeinsam angefangen, und wenn es Zeit ist, dann beenden wir sie auch gemeinsam. Versprochen.«

Creem wusste nicht genau, was Bergman damit meinte. Vielleicht lag es ja am Bourbon. Oder es hatte gar nichts zu bedeuten. Aber er ließ es auf sich beruhen und hakte nicht weiter nach. Wenn die Zeit gekommen war, dann würde er den Faden wieder aufnehmen.

Doch jetzt leerte er erst einmal sein Glas und stieß sich von der Motorhaube ab. Das war für Josh das Signal zum Aufbruch. Er war müde. Er wollte ins Bett.

Und heute Nacht würde er schlafen wie ein Baby.

29

Wenn bei uns zu Hause um zwei Uhr morgens das Telefon klingelt, dann liegt die Wahrscheinlichkeit, dass jemand gestorben ist, deutlich über dem Durchschnitt. Die einzige Frage ist dann, wessen Telefon klingelt – meines oder Brees. Sie arbeitet für das Dezernat für Gewaltverbrechen der Metropolitan Police, während ich bei der Spezialeinheit für Kapitalverbrechen beschäftigt bin.

In dieser Nacht klingelte es auf meiner Seite. Noch bevor ich richtig wach war, bombardierte mich Sergeant Huizenga mit allen möglichen Details. Wir hatten noch eine Leiche, dieses Mal im Rock Creek Park. Weiß. Weiblich. Zahlreiche Stichwunden. Abgeschnittene Haare.

Noch eine Darcy Vickers.

»Bin gleich da«, sagte ich und stand auf, mit einem gordischen Knoten im Magen. Wenn dieser Mord wirklich das war, wonach er sich anhörte, dann hatte ein ohnehin schon komplizierter Fall schlagartig eine ganz neue Dimension erhalten.

Als ich einige Minuten später die Treppe herunterkam, stellte ich erstaunt fest, dass der Fernseher lief. Das Flackern des Bildschirms im Wohnzimmer war bis in den Flur zu sehen. Nana hatte ein eigenes Gerät in ihrem Zimmer, und die Kinder waren, soweit ich wusste, schon längst im Bett.

Ich entdeckte Ava auf dem Sofa. Sie war im Sitzen eingeschlafen, hatte das Kinn auf die Brust gesenkt und die Fernbedienung noch in der schlaffen Hand. Der Fernseher war stumm gestellt, und auf dem Bildschirm lief eine Dokusoap über irgendwelche Leute, die unter einem Sammelwahn leiden. Sie war noch vollständig angezogen, einschließlich der neuen Wildlederstiefel, die Bree ihr gerade erst gekauft hatte.

Oder war sie womöglich schon wieder angezogen? Hatte sie sich in der Nacht nach draußen geschlichen?

»Ava, du musst wieder ins Bett«, sagte ich und legte ihr von hinten eine Hand auf die Schulter.

Sie gab keinen Mucks von sich.

»Ava?« Ich kam nach vorn und schüttelte sie sanft. »Ava!« Erst jetzt bewegte sie sich, wenn auch kaum sichtbar. Sie klappte die Augen einen Spaltbreit auf und sah mich an wie einen völlig Fremden.

»Wasnlos?«, stieß sie hervor. Der lallende Tonfall ließ mir das Herz schwer werden.

»Ava, bist du etwa auf Droge?«, fragte ich sie. Als ich die Lampe neben dem Sofa anknipste, hielt sie sich eine Hand vors Gesicht. »Los, schau mir in die Augen.«

»Ich bin nich' high«, sagte sie und wandte sich ab.

Aber jetzt verstand ich keinen Spaß mehr. Ich setzte mich auf das Sofa und packte sie an beiden Schultern, um sie ansehen zu können. »Sieh mich an«, sagte ich. »Sofort.«

Ihre Augen waren nicht blutunterlaufen, was ich eigentlich erwartet hatte, aber ihre Pupillen wirkten sehr klein, was vielleicht sogar noch schlimmer war.

»Ava, was hast du genommen?«, wollte ich wissen.

»Gar nichts.«

»Oxy? Oder etwas anderes?«

Oxycontin ist sehr teuer, aber mittlerweile sind auch jede Menge billiger und noch gefährlicherer Nachahmerdrogen auf dem Markt. Ava war mittlerweile vierzehn und mehr als alt genug, um draußen auf der Straße mit allen möglichen verbotenen Substanzen in Kontakt zu kommen, besonders angesichts ihrer bisherigen Lebensgeschichte. Die wenigen ihrer Freunde, die ich kannte, waren Straßenkinder, mit denen sie früher in der Gegend rund um den Seward Square regelmäßig abgehangen hatte. War sie jetzt etwa auch dort gewesen?

»Was ist denn hier los?«, fragte Nana, die unvermittelt in der Tür zum Flur aufgetaucht war. Ihr Zimmer liegt im Erdgeschoss, und außerdem hat sie den leichtesten Schlaf der Welt.

Ava rutschte weg von mir bis ans äußerste Ende des Sofas. »Er behauptet, dass ich was gemacht hab, was ich nich' gemacht hab. Wieso glaubt er eigentlich immer, dass ich was Schlimmes angestellt hab? Verdammt!«

»Du sollst nicht fluchen«, sagte Nana. Dann setzte sie sich zwischen uns auf das Sofa und wandte sich Ava zu. »Was genau hast du nicht gemacht, Schätzchen?«

»Er behauptet, dass ich was genomm' hab, aber habichnich.«

»Das habe ich nicht«, verbesserte Nana. Sie konnte es eben einfach nicht lassen.

»Und warum bist du dann so spät noch auf?«, schaltete ich mich ein. »Bist du heimlich rausgegangen?«

»Siehst du?«, sagte Ava und zeigte auf mich. »Ich kann's ihm nie recht machen.«

Ich warf Nana einen Blick zu und war mehr als nur ein bisschen frustriert. Ich musste auf der Stelle zu einem Tatort. Das war meine Pflicht, und sie konnte nicht länger warten.

»Ich hole Bree«, sagte ich.

»Nein. Lass sie schlafen. Ich nehme Ava zu mir ins Zimmer und behalte sie im Auge«, sagte sie, während sie die Autoschlüssel und die Krawatte in meiner Hand anstarrte. »Du musst ja ganz offensichtlich weg.«

Nana verabscheut meine Arbeit, und zwar oft. Aber warum war ich plötzlich derjenige mit dem schlechten Gewissen?

»Nana …«, sagte ich.

»Geh einfach.«

Ich warf Ava noch einen letzten Blick zu. War sie einfach nur verschlafen … oder noch etwas anderes?

»Morgen früh bin ich wieder da«, sagte ich. »Und dann reden wir über das alles.«

Sie verdrehte nur die Augen, ohne mir eine Antwort zu geben. Erst als ich fast schon das Haus verlassen hatte, hörte ich ihre Stimme in meinem Rücken.

»Es ist schon morgen früh«, sagte sie.

30

Dieses Mal war ich nicht als Erster da. Abgesehen von den Streifenwagen standen auch schon etliche Zivilfahrzeuge auf dem Rastplatz am Beach Drive im Rock Creek Park.

Das eigentliche Geschehen spielte sich jedoch am anderen Ende der Rasenfläche ab, am Waldrand, dort, wo der Bach, der dem Park seinen Namen gegeben hat, seinen Weg durch den rund sieben Quadratkilometer großen Park beginnt. Wir würden bald schon richtige Scheinwerfer bekommen, aber im Augenblick arbeiteten alle noch mit Stirn- und Taschenlampen.

Sergeant Huizenga lehnte an einem Picknicktisch, unterschrieb irgendeinen Wisch, den ihr ein Streifenbeamter hinhielt, und telefonierte dabei.

»Ja, Sir, ich weiß… Ja, ja, wir sind schon dabei… Das werden wir.«

Vermutlich sprach sie mit dem Polizeichef oder dem Bürgermeister. Es gibt nicht viele Mitmenschen, die Marti Huizenga freiwillig mit »Sir« anspricht. Sie ist eine gute Polizistin, aber manchmal geht das Temperament mit ihr durch.

»Wir sind am Arsch, Alex«, sagte sie, kaum dass sie aufgelegt hatte. »Selbst wenn wir den Fall heute Nacht noch lösen, sind wir am Arsch. Der Führungsstab des Bürgermeisters schnürt mich dermaßen ein, dass ich überhaupt keine Luft mehr kriege. Woher wissen die das überhaupt schon?«

Es war eine rhetorische Frage. Nicht alle städtischen Behörden sind gleich, und gerade der Führungsstab hatte die starke Tendenz, sich lieber zu früh als zu spät einzuschalten. Die Tatsache, dass die Stadt uns ihre volle Unterstützung zugesagt hatte, verschlimmerte das Ganze noch. Volle Unterstützung bedeutete auch volle Überwachung, volle Rechenschaftspflicht und, ja, gelegentlich auch Einmischung. Das ist einer der Gründe, weshalb ich jedem Sprung auf der Karriereleiter innerhalb der Polizei so gut wie möglich aus dem Weg gehe. Wenn irgend möglich, beschäftige ich mich lieber mit konkreten Fällen als mit Politik.

Ich folgte Huizenga in den Wald und hinunter zum Bachbett, wo der Leichnam entdeckt worden war.

Errico Valente war auch schon da, genau wie Tom D'Auria. Valente leitete die Ermittlungen im Fall Darcy Vickers, D'Auria ist Captain der Mordkommission bei der Metropolitan Police. Es machte nicht den Eindruck, als wollte man das Ganze aussitzen.

Zu ihren Füßen, parallel zum Bachlauf, lag ein nacktes Mordopfer auf dem Bauch. Es musste schon eine ganze Weile da gelegen haben, da sich bereits die ersten Leichenflecken gebildet hatten. Dazu kam eine rote Verfärbung am unteren Teil des Körpers, weil das Blut durch die Schwerkraft abgesunken war und sich dort gesammelt hatte.

Wenn es Parallelen zu unserem ersten Fall gab, dann hatte sie vermutlich bei der Tat eine Menge Blut verloren, aber ein kurzer Blick auf den Boden genügte, um festzustellen, dass davon nichts zu sehen war. Auch keine abgeschnittenen Haare, obwohl sie ganz offensichtlich bis auf die Kopfhaut kahl rasiert war. Damit war klar, dass sie erst nach der Tat hier abgelegt worden war.

»Wissen wir schon, wer das ist?«, erkundigte ich mich.

Valente schüttelte den Kopf. »Unbekannt, bis jetzt. Stichwunden in der Brust, im Unterleib und am Oberschenkel.«

»Genau wie Darcy Vickers«, sagte ich.

»Genau.«

»Scheiße.«

Psychologisch betrachtet rückte jetzt ein vollkommen neuer Tätertypus in den Fokus. Das war mein schlimmster Albtraum – jemand, der Spaß an seinem Handwerk zu finden schien. Der erste Mord war zufriedenstellend verlaufen, und darum gab es keinen Grund aufzuhören. Ganz im Gegenteil. Der zeitliche Abstand zwischen Darcy Vickers und dieser jungen Frau hier war, statistisch betrachtet, sehr kurz gewesen. Wenn der Täter nicht jetzt schon überlegte, wen er sich als Nächstes vornehmen sollte, dann würde er sehr bald damit anfangen.

Außerdem war es jetzt einigermaßen klar, dass unser Killer einen bestimmten Frauentyp hatte. Obwohl Darcy Vickers nicht nackt gewesen war – aber die körperliche Ähnlichkeit zwischen den beiden Opfern war frappierend. Dieses Mädchen hier hätte ohne Weiteres Ms. Vickers' Tochter sein können – blassweiße Haut, ein paar blonde Haarbüschel, ein durchtrainierter, wohlproportionierter Körper.

Ich musste an den alten Mann denken, den wir auf dem Überwachungsvideo des Parkhauses gesehen hatten. Konnte so jemand das Opfer bis ganz hierher geschafft haben? Vielleicht. Konnte das die Lösung sein?

Der Rücken und die Beine des Mädchens waren voller Schlamm. Es sah alles danach aus, als hätte man sie bis zur Uferböschung getragen und dann hinuntergerollt und liegen gelassen. Nur die Stellung ihres rechten Arms, der angewinkelt über ihrem Kopf lag, kam mir irgendwie seltsam vor.

»Was sagt ihr denn zu dieser Armhaltung?«, fragte ich die anderen.

»Wieso?«, hakte Huizenga nach. »Worauf wollen Sie hinaus?«

Ich kam etwas näher, um besser sehen zu können, und leuchtete mit der Taschenlampe auf ihre Hand. Sie war zu einer lockeren Faust geballt, nur der Zeigefinger war ausgestreckt. Oder zeigte er flussabwärts?

»In welchem Umkreis habt ihr bisher gesucht?«, erkundigte ich mich.

»Bloß hier im unmittelbaren Umkreis«, sagte Valente. Eine Handvoll Kriminaltechniker suchten die Uferböschungen ab, aber keiner war mehr als zehn Meter von der Leiche entfernt.

»Worauf wollen Sie hinaus, Alex?«, fragte Huizenga mich noch einmal.

»Ich weiß auch nicht.« Vielleicht dachte ich ja zu viel. Vielleicht auch nicht. »Ich bin bloß neugierig. Kommen Sie mit?«

Huizenga und ich ließen Valente und D'Auria bei dem Mädchen stehen und tasteten uns flussabwärts vor.

Es dauerte nicht lange. Nach gut dreißig Metern ungefähr kamen wir zu einer seichten Biegung. Dort erfasste der Strahl meiner Taschenlampe etwas.

Noch eine Leiche, das war mir sehr schnell klar. Ich war tief erschüttert. Womit zum Teufel hatten wir es hier zu tun?

»Oh… Gott«, sagte Huizenga und rief dann über die Schulter zurück: »Wir brauchen Verstärkung. Hier drüben! Schnell!«

Ich rannte zu dem leblosen Körper, um nachzusehen, ob da vielleicht doch noch Leben war, aber schon bevor ich mich hinkniete, sah ich, dass es sinnlos war. Es handelte sich um einen jungen Mann. Weiß. Komplett bekleidet. Jemand hatte ihm ins Gesicht geschossen, und rund um seine Lenden waren frische Stichwunden zu sehen.

Noch ein Cory Smithe.

Er war am Ufer abgelegt worden, genau wie unsere unbekannte Tote. Ein Arm war über den Kopf hinweg gestreckt, die Hand zu einer losen Faust geballt. Und der Zeigefinger wies flussaufwärts, in die Richtung, aus der wir gerade eben gekommen waren.

31

Noch bevor jemand von den anderen bei uns war, wirbelte Huizenga herum und leuchtete mit ihrer Taschenlampe zwischen die Bäume auf dem gegenüberliegenden Ufer.

»Was ist denn?«, wollte ich wissen.

»Pssst!«

Sie legte mir die Hand auf den Arm und streckte den Zeigefinger aus. Da hörte ich es. Irgendjemand ging durch den Wald, brach immer wieder Zweige ab und bewegte sich mit hastigen Schritten über abgestorbene Blätter und weichen Boden.

Huizenga lief eine Sekunde vor mir los.

»Wer immer Sie sind, hier spricht die Polizei. Sofort stehen bleiben! Und spielen Sie *ja* nicht Räuber und Gendarm mit mir!«

Meine Beine sind fast doppelt so lang wie ihre, darum hatte ich sie schon längst überholt, als ich die Uferböschung hinauf zwischen die Bäume rannte. In der einen Hand hielt ich meine Glock, in der anderen meine Stablampe. Vielleicht verfolgten wir ja nur irgendeinen armen Obdachlosen oder einen neugierigen Teenager, aber vielleicht auch nicht … Ich wollte diese Figur jedenfalls unbedingt schnappen.

Nach zwanzig Metern blieb ich stehen und lauschte. Wer immer das gewesen war, er – oder sie? – war zunächst Richtung Sixteenth Street gelaufen. Aber jetzt hatte er – oder sie? – die Richtung gewechselt und lief parallel zum Bach weiter.

Irgendwo in meinem Rücken hörte ich Huizenga ins Funkgerät sprechen.

»…alle verfügbaren Einheiten zur Sixteenth Street, nördlich vom Sherrill Drive. Unbekannte Person flüchtet zu Fuß, kommt möglicherweise aus dem Rock Creek Park…«

Ich sprintete wieder los und bekam unterwegs den einen oder anderen Zweig ins Gesicht. Das Adrenalin trieb mich vorwärts.

Wieder änderten die Schritte vor mir ihre Richtung, aber dieses Mal erwischte ich die Gestalt kurz mit dem Strahl meiner Stablampe. Es war jedenfalls ein Mann, dunkel gekleidet. Mehr konnte ich nicht sehen. Er war einen kleinen Hang hinaufgerannt und wieder aus meinem Blickfeld verschwunden.

Ich war direkt hinter ihm. Wenige Sekunden später landete ich auf dem Sherrill Drive. Die Straße machte hier eine enge Haarnadelkurve, kurz bevor sie den Park verließ. Aber keine Spur von dem Kerl, den ich verfolgt hatte. War er wieder zurück in den Wald gelaufen? Oder die Straße entlang?

Hätte ich noch eine halbe Sekunde länger Zeit gehabt, um nachzudenken, dann wäre mir klar geworden, wieso ich keine Schritte mehr hören konnte. Als Nächstes spürte ich etwas Hartes auf meinen Hinterkopf prallen. Meine Knie gaben nach, und das bisschen, was ich in der Dunkelheit überhaupt erkennen konnte, verschwamm vor meinen Augen. Ein stechender Schmerz zuckte mir den Nacken und den Rücken hinunter, und ich landete mit einem harten Aufprall auf dem Asphalt.

Ich versuchte zwar, sofort wieder aufzuspringen, aber es ging nicht. Alles drehte sich. Die Erde neigte sich zur Seite, und ich lag schon wieder auf dem Boden.

»Alex?«

Jetzt hörte ich, wie Huizenga aus dem Wald hervorkam.

»Sixteenth Street!«, rief ich ihr zu. »Laufen Sie weiter!«

Ich war mir in diesem Augenblick nicht einmal sicher, ob es das Richtige war, aber eine Vermutung war immer noch besser als gar nichts. Ich konnte jedenfalls nichts weiter tun, als auf dem harten Boden zu knien und zu warten, dass mein Gleichgewichtssinn sich wieder einstellte, während die Sekunden unerbittlich verrannen – wo doch jede Sekunde zählte.

Als ich Huizenga schließlich eingeholt hatte, war der Kerl weg, weg, weg.

32

Ich vergeudete eine gute halbe Stunde mit den Sanitätern, bis Huizenga mich wieder an die Arbeit gehen ließ. Ich hatte keine Gehirnerschütterung, bloß eine Platzwunde und ziemlich üble Kopfschmerzen. Sie hätte es zwar lieber gesehen, wenn ich nach Hause gegangen wäre, aber sie beharrte nicht darauf.

Als ich wieder an Deck war, war Chief Perkins eingetroffen, und Jessica Jacobs war auch vor Ort. Jacobs leitete die Ermittlungen im Fall Cory Smithe. Mittlerweile sprachen alle Anzeichen dafür, dass wir es entweder mit einem einzigen ausgesprochen fleißigen Psychopathen zu tun hatten oder aber, was wahrscheinlicher war, mit zwei Fällen, die sehr viel enger miteinander verflochten waren, als wir zunächst angenommen hatten.

Die beiden neuesten Opfer waren noch nicht identifiziert, aber das Metropolitan Police Department sollte am späteren Vormittag im Rahmen einer großen Pressekonferenz über die Lage berichten.

»Ist das wirklich eine gute Idee?«, fragte ich. »Ich weiß, ich habe den Anfang der Diskussion nicht mitbekommen, aber …«

»Und Sie haben auch keinen Anruf vom Bürgermeister bekommen«, unterbrach mich Huizenga. »Nichts zu machen, Alex. Damit müssen wir jetzt leben. Nächster Punkt. Wie beurteilen Sie das alles hier?«

Ob es mir nun passt oder nicht, aber wenn es bei einem Mordfall um Täterprofile oder Ähnliches geht, bin ich für die ermittelnden Stellen der erste Ansprechpartner, auch wenn ich keinen offiziellen Titel habe. Jedenfalls hatte ich mir schon ein paar Gedanken gemacht.

»Wenn wir zunächst einmal davon ausgehen, dass wir es mit zwei Tätern zu tun haben«, sagte ich, »dann würde ich rein von der Statistik her sagen, dass sie beide weiß sind, genau wie ihre Opfer. Außerdem intelligent und gut organisiert – aber auch mit sehr viel aufgestauter Wut im Bauch. Die nicht unbedingt dieselbe Ursache haben muss.«

Man musste kein Genie sein, um darauf zu kommen, dass Mord und Hass eng beieinanderliegen, aber das war aus meiner Sicht das Auffallendste an diesen vier Morden. Bei keiner einzigen dieser Taten war es nur um das Töten gegangen. Vor allem die Messerstiche hatten jedes notwendige Maß weit überschritten.

Das bedeutete, dass da eine gehörige Portion Emotion mit im Spiel war. Vielleicht lebten die Täter bestimmte Fantasien aus. Und mit an Sicherheit grenzender Wahrscheinlichkeit war auch eine extrem ausgeprägte Psychose mit im Spiel, was bei der Überführung eines Täters immer der problematischste Aspekt ist.

Und bei zwei Tätern erst recht.

Ich gab den anderen also meine Einschätzung und hörte anschließend zu, wie D'Auria die Arbeitsaufträge für die kommenden Stunden verteilte. Dann konnten wir zumindest eine ziemlich gut geschmierte Ermittlungsmaschinerie in Gang setzen.

Valente wollte sich um die Identität der Opfer kümmern. Jacobs würde um sechs Uhr morgens die Sitzung in der Einsatzzentrale leiten und alle Mitarbeiter informieren. Chief Perkins würde die nächsten Stunden mit dem Stab des Bürgermeisters verbringen, und dann würde D'Auria die Sondereinheit auf der Pressekonferenz vertreten, während wir anderen uns hinter ihm aufstellen sollten als Zeichen unserer geballten Kraft und Stärke. Manchmal geht es eben um das Bild, und Washington brauchte die Versicherung, dass die Polizei alles tat, was getan werden musste, um diesen Fall zu lösen.

Huizenga und ich wollten unsere eigenen Teams zusammenstellen, jeden Bericht und jede Zeugenaussage noch einmal durchlesen und die Beamten, die jeweils als Erste bei den Fundorten der Leichen gewesen waren, noch einmal gründlich befragen. Außerdem mussten wir uns erneut ganz grundlegend mit den Opfern befassen. Vielleicht gab es ja irgendeinen Berührungspunkt, irgendetwas, was wir übersehen hatten. So musste es sein.

Diese Fälle hingen *irgendwie* miteinander zusammen. Wir mussten nur noch herausfinden, wie.

33

Kurz nach Sonnenaufgang stahl ich mir eine Stunde, die ich nicht hatte, und huschte nach Hause, kurz bevor Ava zur Schule musste. Jannie und Ali waren schon weg, aber Bree wollte Ava eine Entschuldigung schreiben, weil sie zu spät kommen würde. Wir mussten reden.

Es gab viele Gründe, uns Sorgen zu machen. Die lächelnde, glückliche Ava, die wir vor einigen Abenden im Kinkead's erlebt hatten, war ein kurzer, sonniger Moment geblieben. Ansonsten benahm sie sich sehr mürrisch und igelte sich so sehr ein, dass ich kaum eine Möglichkeit fand, zu ihr durchzudringen. Und was ich in der vergangenen Nacht erlebt hatte, verstärkte das Ganze noch einmal.

»Ich war nicht high«, beharrte sie, sobald wir alle zusammen im Wohnzimmer saßen. »Ich hab nichts genommen! Ehrlich!«

»Du warst aber ziemlich neben der Spur, Ava«, sagte ich.

»Was soll ich denn noch sagen? Ich schwöre, okay?«

Ich wusste nicht, ob ich ihr glauben konnte. Nichts hätte ich lieber getan, und sei es nur, um wieder eine Basis des Vertrauens zwischen uns herzustellen. Aber Ava war eine geübte Lügnerin, und das war etwas, was ich nicht noch zusätzlich verstärken wollte. Ich wollte nicht, dass sie ihren scharfen Verstand dazu benutzte, mit einer schnellen Lüge den Kopf aus der Schlinge zu ziehen.

»Warum warst du denn mitten in der Nacht vollständig angezogen? Bist du etwa heimlich rausgeschlichen?«, wollte Nana von ihr wissen.

Zum ersten Mal loderte das Feuer in Avas Augen etwas weniger heftig. Sie schob das Kinn vor und starrte stumm zu Boden, was Antwort genug war.

»Das können wir nicht erlauben, Ava«, sagte Bree. »Überhaupt nicht.«

»Ich weiß«, sagte Ava. »Aber ich habe nichts genommen, falls du das glaubst.«

»So oder so wird sich ab sofort hier manches ändern«, sagte Nana. »Keine Shoppingtouren mehr oder was du sonst so mit deinen Freunden vom Seward Square treibst. Keine Herumtreibereien mehr nach der Schule. Und *auf gar keinen Fall* verlässt du nachts noch einmal alleine das Haus. Und leg es ja nicht darauf an, Miss Ava.«

»Von mir aus«, sagte sie und wollte aufstehen. »Kann ich jetzt gehen?«

»Nein, kannst du nicht«, sagte Bree. »Setz dich.«

Ava plumpste wieder auf ihren Stuhl zurück und verschränkte die langen Arme vor der Brust. Sie war zwar fast zwei Jahre jünger als Damon, aber schon genauso groß und schlaksig wie er.

»Ava, begreifst du denn, warum wir das alles machen?«, sagte Bree. »Wir lieben dich. Wir wollen nicht, dass dir etwas Schlimmes zustößt. Weil das für uns ein ganz schrecklicher Schmerz wäre. Kannst du damit irgendetwas anfangen?«

Ava zuckte noch einmal mit den Schultern, aber ich konnte sehen, dass sie immer mehr in sich zusammensank, je länger das Gespräch dauerte. Sic atmete hörbar durch die Nase, und wenn ich mich nicht irrte, kämpfte sie mit den Tränen.

Bis jetzt hatte ich mich zurückgehalten. Ava war offener

gegenüber Nana und Bree, das war mir auch klar, aber jetzt wollte ich nicht mehr länger schweigen. Ich zog mir den Sitzsack heran und setzte mich direkt vor sie hin. Sie *würde* mir zuhören.

»*Möchtest* du ein Teil dieser Familie sein?«, fragte ich sie.

»Häh?«

»Ich will nicht behaupten, dass du im Augenblick eine große Wahl hast, was den Wohnort angeht. Vorerst wirst du sicherlich bei uns bleiben müssen«, fuhr ich fort. »Aber was ich damit sagen will: Hier in diesem Haus könntest du eine *Familie* haben, vorausgesetzt, du willst es. Willst du?«

Nana, Bree und ich waren uns einig, dass wir bis zum Ende des Schuljahrs warten wollten, bevor wir uns ernsthaft mit der Frage einer Adoption beschäftigten. Bis jetzt war sie offiziell nur ein Pflegekind, das wir im Auftrag des Jugendamts betreuten, und vielleicht hätte ich lieber den Mund halten sollen. Aber andererseits war ich derjenige, der die Entscheidung immer wieder hinausgezögert hatte.

Ava schien noch ein bisschen mehr in sich zusammenzusinken und schlang die Arme um ihren schmalen Oberkörper. Als ich sah, wie die erste Träne sich einen Weg über ihre Wange bahnte, dachte ich gar nicht nach. Ich nahm sie einfach in die Arme und hielt sie fest.

Zuerst versteifte sie sich. Aber dann, ganz plötzlich, zerbrach ihr Widerstand. Es fühlte sich an, als hätte ich eine Stoffpuppe im Arm, und sie fing an zu schluchzen, wie ich sie noch nie schluchzen gehört hatte. Nana legte ihr eine Hand auf den Rücken und Bree ebenfalls, von der anderen Seite. Niemand von uns sagte ein Wort.

Nachdem eine lange Zeit vergangen war, durchbrach Ava das Schweigen.

»Ich vermisse meine Mom«, sagte sie an meine Brust gedrückt. Das war alles, was sie herausbrachte, bevor sie wieder anfing zu weinen, noch heftiger als zuvor, als wollte sie uns zeigen, wie abgrundtief dieser Schmerz noch saß.

»Natürlich vermisst du sie«, sagte ich und schaukelte sie sanft hin und her. »Das würde ich auch.«

Mir blutete das Herz. Ava hatte noch nie erlebt, wie es war, wenn jemand ganz für sie da war. Ihren Vater hatte sie nie kennengelernt, und ihre Mutter hatte eine stärkere Beziehung zu ihrer Drogensucht gepflegt als zu ihr. Aber trotzdem war sie die einzige Mutter, die Ava je gehabt hatte. Ich hätte mir, ehrlich gesagt, mehr Sorgen gemacht, wenn sie sie *nicht* vermisst hätte.

Wir hatten immer noch eine Menge zu besprechen und eine Menge Dinge zu bearbeiten – irgendwann. Aber im Augenblick hatten wir das Gefühl, dass Ava vor allem eines nötig hatte: zu weinen.

Vielleicht war es sogar ein Schritt in die richtige Richtung.

34

Die Pressekonferenz sollte um zehn Uhr beginnen. Für solche Großereignisse benutzen wir den größten Mehrzweckraum im Präsidium, und das ist der Raum, in dem auch die Gegenüberstellungen stattfinden. Der einzige Unterschied war der, dass wir jetzt diejenigen waren, die in Reih und Glied dastanden und angestarrt wurden.

Als ich ankam, herrschte das reinste Chaos. Mindestens achtzig Journalisten hatten sämtliche Stühle besetzt, und an der hinteren Wand waren vielleicht zwanzig Kameras aufgebaut worden. Channel Four, Five, Seven und Nine berichteten höchstwahrscheinlich live. Die landesweiten Sender waren vermutlich hier, um auszuloten, welches Potenzial sich hier bot. Ob es sich lohnte, heute Abend die eine oder andere Textzeile für Diane Sawyer oder Brian Williams in den Teleprompter einzuspeisen.

Das Rednerpult auf dem schmalen, niedrigen Podium im vorderen Teil des Raums war bereits mit einem Wald aus Mikrofonen bepflastert. Vor dem venezianischen Spiegel hing ein schwerer blauer Vorhang.

Als D'Auria sich langsam bereit machte anzufangen, stellte ich mich zusammen mit den anderen Leitungskräften – Huizenga, Jacobs, Valente und Chief Perkins – hinter ihn. Das war das Bild, das die Kameras einfangen sollten. Washington sollte wissen – und sehen –, dass das Metropolitan Police Department diese Morde nicht auf die leichte Schulter nahm.

Um Punkt zehn Uhr zog unsere Pressesprecherin Joyce

Catalone die Sicherheitstür des Raums ins Schloss und nickte D'Auria zu. Er trat vor die Mikrofone und legte sofort los.

»Guten Morgen alle miteinander. Ich bin Commander Tom D'Auria vom Metropolitan Police Department. Ich möchte zunächst eine Erklärung zu den Ereignissen der vergangenen zwölf Stunden verlesen. Anschließend haben Sie die Gelegenheit, Fragen zu stellen.«

Im Folgenden handelte D'Auria die wichtigsten Eckdaten ab, ohne hinsichtlich der Vorgehensweise, der verwendeten Waffen oder der genauen Fundorte der Leichen allzu sehr ins Detail zu gehen. Es war noch zu früh, um diese Angaben öffentlich zu machen. Aber er gab die Namen der beiden Opfer bekannt – Larissa Swenson und Ricky Samuels. Die hatte ich bis jetzt auch noch nicht gekannt.

D'Auria deutete außerdem an, dass Mr. Samuels ein aktenkundiger Sexarbeiter gewesen sei, genau wie der bereits vor ihm ermordete Cory Smithe. Die äußerlichen Ähnlichkeiten zwischen Ms. Swenson und ihrem »Vorgängeropfer« Darcy Vickers ließ er hingegen unerwähnt.

Ich hätte es genauso gemacht. Strichjungen sind eine sehr klar abgegrenzte Gruppe, die solche Informationen nutzen können, um Schutzmaßnahmen zu ergreifen. Aber eine ganze Stadt voller attraktiver blonder Frauen? Wie sollte man die alle warnen? Und wovor genau? In diesem Stadium der Ermittlungen ist der Grad zwischen sinnvoller Information und Panikmache ausgesprochen schmal. Und manchmal bleibt einem nichts anderes übrig, als das Bestmögliche zu versuchen und auf das Glück zu vertrauen.

Kaum war D'Auria mit seiner Erklärung fertig, prasselten die Fragen auf ihn ein. Zunächst das Übliche. Ob die Leichen dicht beieinander gefunden worden waren? Ja. Wie dicht? Kein Kommentar. Ob wir Hinweise auf eine Verbindung zwischen den beiden Opfern hätten? Kein Kommentar. Ob heute Nachmittag noch einmal eine Pressekonferenz stattfand? Ja, falls es etwas mitzuteilen gab.

Doch dann, nach ungefähr fünf Minuten, zeigte D'Auria auf Bev Sherman von der *Post,* und die Dinge nahmen eine interessante Wendung.

»Commander, Sie haben erwähnt, dass diese beiden Morde unter Umständen Teile zweier Mordserien sein könnten …«

»Von Mordserien war nicht die Rede«, unterbrach D'Auria sie. »Um es ganz deutlich zu machen: Wir haben allem Anschein nach zwei Morde, die von unterschiedlichen Tätern begangen wurden, wobei jeder dieser Täter schon einmal einen Mord begangen hat, und zwar ohne dass ein Zusammenhang zwischen diesen Taten erkennbar war.«

»Das habe ich verstanden«, fuhr Bev fort. »Meine Frage betrifft aber einen dritten Mord, nämlich den an Elizabeth Reilly.«

Ich spitzte sofort die Ohren. Natürlich war ich mit jedem dieser Fälle befasst, aber ich war gerade erst aus Shellman Bluff zurückgekommen. Ich hatte mit den Reillys gesprochen. Hatte dieses neugeborene Mädchen im Arm gehalten.

»Was ist damit?«, wollte D'Auria wissen.

»Es gibt da einen neuen Blog mit dem Titel *The Real Deal*. Der Autor hat sich in letzter Zeit sehr kritisch über die Arbeit des Metropolitan Police Department geäußert, besonders über die Ermittlungen im Fall Elizabeth Reilly. Dabei nimmt *The Real Deal* vor allem die Arbeit von Detective Cross unter die Lupe, der, wie ich weiß, die Ermittlungen in all diesen drei Fällen koordiniert. Ob der Detective selbst sich vielleicht dazu äußern möchte?«

Überall im Raum fingen die Leute sofort an, auf ihren Smartphones und Tablets herumzutippen. Wahrscheinlich, um sich *The Real Deal* anzusehen. Aber trotzdem richteten sich plötzlich viele Blicke auf mich.

Doch D'Auria ließ sich nicht so leicht aus dem Konzept bringen. »Bev, ich werde mich ganz bestimmt nicht zu irgendwelchen Gerüchten aus einem Blog äußern, von dem ich noch nie etwas gehört habe. Damit werden wir uns zu gegebener Zeit beschäftigen.«

»Lassen Sie mich ein bisschen präziser werden«, sagte Bev, bevor er weitersprechen konnte. »Detective Cross, wären Sie bereit, zu einigen der Vorwürfe Stellung zu nehmen – zum Beispiel, dass Sie die Dienstvorschriften verletzt haben, indem Sie die Position von Ms. Reillys Leichnam verändert haben, bevor sie von der Gerichtsmedizin untersucht worden ist? Oder dass Sie sich am Samstag einen netten Abend gemacht haben, während die Ermittlungen eigentlich auf Hochtouren hätten laufen sollen?«

Ich war vollkommen verblüfft und überrumpelt, aber vor allem war ich stinksauer. Was sollte das eigentlich? Was war das für ein Blog, von dem ich noch nie etwas gehört hatte? Und wer, verdammt noch mal, hatte mich und meine Familie beim Abendessen beobachtet?

Ich hatte ungefähr achtzehn Antworten für Bev parat, von denen keine einzige auch nur annähernd druckreif war. Chief Perkins machte auch keinen besonders erfreuten Eindruck. Er gab Joyce Catalone ein Zeichen, dass sie der ganzen Sache ein Ende machen sollte.

»Ich kann nur noch einmal unterstreichen, was Commander D'Auria gerade eben gesagt hat«, erwiderte ich schließlich. »Bevor wir uns das entsprechende Material nicht angeschaut haben…«

»Dann wissen Sie also gar nicht, was bei *The Real Deal* alles steht?«, fragte irgendjemand dazwischen.

»Noch nicht, aber fragen Sie mich in zehn Minuten noch einmal«, entgegnete ich. Das eine oder andere Kichern war zu hören, dann stand Joyce am Rednerpult.

»Meine Damen und Herren, das wär's für heute Morgen zunächst einmal. Die Ermittlungsteams haben andere Dinge zu erledigen, aber sobald es neue Entwicklungen gibt, halten wir Sie natürlich auf dem Laufenden.«

So eine Ausflucht ist natürlich leicht zu durchschauen, aber immer noch besser als eine außer Kontrolle geratene Pressekonferenz. Wir hatten eigentlich vorgehabt, mit dieser Veranstaltung in die Offensive zu gehen. Stattdessen lagen wir jetzt schon wieder auf den Knien.

Es sah wirklich nicht besonders gut aus für die Spezialeinheit. Und für mich persönlich vielleicht noch schlechter.

35

Fünf Minuten nach dem Ende der Pressekonferenz versammelte sich das Leitungsteam im Büro von Chief Perkins im vierten Stock.

»Was zum Teufel ist denn da unten gerade passiert?«, wollte Perkins wissen.

»Wir sind von irgend so einem Blogger ganz eiskalt erwischt worden«, sagte D'Auria. »Mittlerweile gibt es Millionen solcher Typen, die irgendwelches Zeug ins Netz stellen, und man weiß nie, wo die nächste Bombe explodiert, bis man sich irgendwann die Splitter aus dem Arsch ziehen kann.«

Perkins hatte keinen Computer in seinem Büro stehen, darum klappte Huizenga ihren Laptop auf dem großen, runden Konferenztisch auf. Einmal kurz gegoogelt, und schon hatte sie *The Real Deal* auf dem Bildschirm und uns alle hinter sich.

»Oh Gott«, sagte sie. »Einer von denen.«

Die Startseite war klar und übersichtlich – THE REAL DEAL in einfachen schwarzen Buchstaben. Darunter der Untertitel: »Wer überwacht eigentlich die Polizei?«

Am Rand befand sich eine nummerierte Liste von insgesamt dreiundzwanzig Beamten der Metro Police. Jeder Name war mit einer anderen Seite verlinkt. Ein paar davon kannte ich. Es waren allesamt Polizisten, die im Lauf des letzten Jahres wegen unterschiedlichster Vergehen festgenommen worden waren. Die Palette reichte von Bagatelldiebstählen bis hin zu häuslicher Gewalt. Sogar ein Mord war dabei. Daneben war noch eine kleine Karte mit den Polizeibezirken von Washington zu sehen. Die verschiedenfarbigen Punkte darauf standen vermutlich für unterschiedliche Verbrechen.

Der neueste Blogeintrag stammte vom heutigen Vormittag. Er war überschrieben mit den Worten: »Die gefährlichste Stadt Amerikas?« Der Untertitel lautete »Mordsaison in Washington«. Und dann: »Detective Cross: Am Steuer eingenickt?«

»Sieht ganz so aus, als hätte dieser Kerl einen Narren an Ihnen gefressen«, sagte Huizenga. Mein Name war farbig unterlegt wie die anderen auch, und sie fuhr mit dem Mauszeiger darauf. »Darf ich?«

»Ich kann's kaum erwarten«, sagte ich.

Und dann öffnete sich eine Seite, die sich ganz ausschließlich nur mit meiner Wenigkeit befasste. Sie enthielt einen Abriss meiner gesamten Dienstzeit im Police Department, ein altes Passbild, eine Liste mit meinen aktuellen und ehemaligen Fällen sowie mehrere andere kleine Bilder.

Das erste war in der Vernon Street aufgenommen worden, von unten und genau in dem Augenblick, als ich Elizabeth Reillys Leichnam zum Fenster hereingeholt hatte. Ihr Gesicht war verpixelt, was ich als extrem heuchlerische Form der Verneigung vor journalistischen Grundsätzen verstand.

Das andere Bild war eine Außenaufnahme eines Restaurants, des Kinkead's. Darunter war ein Tweet abgebildet, der offensichtlich mit dem Foto zusammen gepostet worden war:

Drei Tote, und was macht Washingtons Lieblingsbulle? Lässt sich das Abendessen schmecken. Obwohl, Mittagessen würde es besser treffen! Schon mal über Prioritäten nachgedacht? #inkompetentebullen.

Und schließlich fand sich am unteren Rand noch eine lange Tirade darüber, dass ich der falsche Mann sei, um diese drei Fälle zu koordinieren, und dass ich offensichtlich alles falsch machte, was nur falsch zu machen war.

»Wer ist denn dieser Typ, verdammt noch mal?«, wollte Valente wissen.

Der Blog hatte auch eine Kontaktseite, aber als Huizenga sie anklickte, fanden wir darauf alles, nur keinen Namen. Man konnte Fragen, Tipps oder andere Beiträge zur Arbeit des Metropolitan Police Department an *The Real Deal* schicken. Man konnte *The Real Deal* auf Twitter folgen oder auf Facebook liken oder sich auf News Net – was immer das sein mochte – »an der Diskussion beteiligen«. Für jemanden, der gerade erst angefangen hatte, ließ dieser sogenannte Journalist es ganz schön krachen.

Und mich beschlich so ein Gefühl, als wüsste ich, wer er war. Als hätte ich ihn zumindest schon einmal gesehen.

»Wir müssen diesen Kerl aus der Deckung locken«, sagte ich zu Perkins. »Besorgen Sie mir eine richterliche Genehmigung, den Provider ausfindig zu machen, damit wir wissen, wer eigentlich hinter diesem Blog steckt.«

Ich musste an das vollbärtige Arschgesicht denken, dem ich an dem Morgen, als Cory Smithes Leiche entdeckt wurde, begegnet war. Den Kerl ohne Presseausweis, der mir seinen Namen nicht hatte verraten wollen.

Perkins rutschte ein Stück zurück.

»Alex, ich muss Sie das fragen: Haben Sie Elizabeth Reillys Leichnam angefasst, bevor die Gerichtsmedizin vor Ort war?«

»Ja, das stimmt«, erwiderte ich. Ich hatte keine Lust, vor dem Polizeipräsidenten irgendwelche Eiertänze aufzuführen. Es stand ja sowieso alles im Bericht.

»Und waren Sie an diesem Abend tatsächlich zum Essen, wie es da steht?«

Ich spürte, wie mir die Hitze ins Gesicht stieg. »Bitte, entschuldigen Sie, Chief, aber was zum Teufel spielt das für eine Rolle?«

»Für sich alleine genommen? Gar keine. Aber solange dieser Kerl da die Wahrheit sagt, kann er schreiben, was er will«, erwiderte Perkins. »Und dann ist eine fragwürdige richterliche Anordnung das Letzte, was ich gebrauchen kann, insbesondere wenn er schon ein gewisses Publikum hat.«

»Und das wird er spätestens nach dieser Pressekonferenz haben«, sagte Huizenga und klappte ihren Laptop zu. »Also machen wir uns auf einen Sturm der Entrüstung gefasst.«

»Sehen Sie zu, was Sie selber rauskriegen«, sagte Perkins. »Nehmen Sie sich alle Leute, die Sie brauchen, aber, bitte, Alex – kein großes Getöse. Wir stehen im Augenblick in einem miserablen Licht. Noch nie hatte das MPD so schlechte Umfragewerte wie zurzeit.«

Chief Perkins ist kein Hysteriker. Er interessiert sich normalerweise nicht die Bohne für die öffentliche Wahrnehmung, schon gar nicht, wenn die Qualität der Ermittlungen dadurch gefährdet wäre. Aber die Wahrheit ist, dass wir im Moment schon mehr Mittel zur Verfügung hatten, als uns eigentlich zustanden, was wiederum ein gutes Verhältnis zum Bürgermeister erforderlich machte, der seinerseits verschiedene politische Aspekte zu beachten hatte. Die Tatsache, dass er und seine Leute der Pressekonferenz ferngeblieben waren, bedeutete, dass sie sich bei der ganzen Sache bereits ein bisschen unwohl fühlten.

»Es tut mir leid, Alex«, sagte Perkins. »Aber so ist es nun mal.«

»Kein Problem«, sagte ich. »Ich finde ihn so oder so.«

Das war die Antwort, die der Chief im Augenblick brauchte, und hoffentlich auch die, die mich so weit wie möglich aus seiner Schusslinie brachte.

Ich konnte bloß hoffen, dass ich auch recht hatte.

36

Nehmen Sie sich alle Leute, die Sie brauchen. Das hatte der Chief gesagt. Also fing ich gleich bei mir zu Hause an.

Noch auf dem Weg nach unten telefonierte ich mit Bree und bat sie, sich *The Real Deal* anzusehen und dann im Fall Elizabeth Reilly noch ein bisschen tiefer zu graben.

Im zweiten Stock angekommen, rief ich Sampson an. Er war an diesem Tag vor Gericht, aber ich hinterließ ihm eine lange Nachricht und bat ihn, falls möglich, später noch bei mir zu Hause vorbeizukommen. Sowohl er als auch Bree hatten sich bereits mit dem Mord an Elizabeth beschäftigt. Also warum nicht auch ganz offiziell?

Sobald ich wieder an meinem Schreibtisch saß, rief ich die Kontaktseite von *The Real Deal* auf und verfasste eine schnelle E-Mail:

Sehr geehrte Damen und Herren, bitte setzen Sie sich schnellstmöglich mit mir in Verbindung. Vielen Dank, Detective Alex Cross, MPD.

Ich würde mich vorerst einigermaßen zivilisiert benehmen. Wenn es sein musste, sogar freundlich, aber nur als Mittel zum Zweck. Dieser Kerl hatte mich und meine Familie beschattet, und das war eine Grenze, die niemand überschreiten durfte.

Als Nächstes schlängelte ich mich durch das kleine Labyrinth aus Büroabteilen, bis ich vor Jarret Krauses Schreibtisch stand. Krause war einer der Neuen in der Spezialeinheit für Kapitalverbrechen. Er stammte aus Flatbush, Brooklyn. Seine Frau hatte im vergangenen Herbst einen Job im Büro ihres Abgeordneten hier in Washington angenommen. Er hatte sich bereits die ersten Sporen verdient, weil er zwei ausgesprochen schwer greifbaren Gewaltverbrechern durch seine Online-Recherchen auf die Schliche gekommen war – einem Serienvergewaltiger, der per Facebook mit seinen Opfern Kontakt aufgenommen hatte, und einem achtzehnjährigen Schlägertypen aus Shaw, der einen siebzig Jahre alten Schnapsladenbesitzer ausgeraubt und ermordet und anschließend auf Craigslist einen ganzen Karton mit Louis Roederer Cristal zum Verkauf angeboten hatte. Eines Tages würde auch diesen Idioten klar werden, was ein digitaler Fingerabdruck war. Aber bis dahin hatten wir Leute wie Krause, die das Netz durchstreiften und sie abfischten.

»Was gibt's, Alex?«, sagte er, als ich meine Nase über den Rand seines unfassbar aufgeräumten Büroabteils schob. – Maximal sechs Monate, dann würde sich das erledigt haben.

»Haben Sie schon mal von einem Blog gehört, der sich *The Real Deal* nennt?«, sagte ich.

»Ja, na klar.« Seine Finger huschten über die Tastatur, und die Startseite tauchte auf seinem Bildschirm auf. »Dieser Typ nervt«, sagte er. »Und er scheint einen richtigen Hass auf Sie zu haben. Was kann ich für Sie tun?«

Ich war ein wenig überrascht, wie viel Krause schon wusste, aber wieso eigentlich? Schlechte Neuigkeiten breiten sich in dieser Einheit in Schallgeschwindigkeit aus.

»Ich brauche einen Namen«, sagte ich. »Der Provider ist DC Access, aber Perkins will keine offizielle richterliche

Genehmigung einholen, wenn es sich irgendwie vermeiden lässt. Ich hatte gehofft …«

Krause war bereits dabei, alle möglichen Seiten durchzugehen. »Aha«, sagte er. »Der ist ja auf allen Kanälen unterwegs. Dürfte nicht allzu schwierig werden.«

»Das würde mich sehr freuen«, sagte ich.

»Soll ich es dabei belassen, oder soll ich weitermachen?«, erkundigte er sich dann.

Ein solches Angebot würde ich bestimmt nicht ausschlagen. »Was genau bedeutet ›weitermachen‹?«, wollte ich wissen.

»Na ja, das hier zum Beispiel.« Er war jetzt wieder bei dem letzten Blogbeitrag und zeigte auf den Bildschirm. »Zweiundzwanzig Kommentare seit heute Morgen sieben Uhr. Das sind die Leute, die Sie im Blick behalten wollen. In neunundneunzig Prozent der Fälle sind die völlig harmlos. Aber ganz gelegentlich kommt es eben doch mal vor, dass einer etwas weiß, was er eigentlich nicht wissen dürfte – das Kaliber einer bestimmten Patrone, einen Todeszeitpunkt, so was in der Art. Und dann kann das Gold wert sein.«

»Gut, ich bin dabei«, sagte ich. »So viel Sie machen können. Aber zuerst muss ich wissen, wie der Kerl heißt.«

»Jedes Arschloch hat ein Gesicht. Und einen Namen«, sagte er. »Kein Problem. Ich melde mich gegen Abend.«

37

Um neun Uhr abends hatte ich einen vollen Arbeitstag, ein spätes Abendessen mit meiner Familie, Hausaufgaben mit Ava, Hausaufgaben mit Jannie und ein Kapitel *Percy Jackson* mit Ali vor dem Schlafengehen hinter mich gebracht.

Ich hatte also nicht das Geringste gegen den Sixpack mit Cigar City Brown Ale einzuwenden, den Sampson mitbrachte, als Nana und die Mädchen es sich gerade vor dem Fernseher gemütlich machten. Gleich kam eine neue Folge von *Once Upon a Time – Es war einmal.* John, Bree und ich nahmen das Bier mit nach oben in mein Arbeitszimmer unter dem Dach und machten uns an die Arbeit.

»Bring mich mal auf den neuesten Stand«, sagte John und machte eine Flasche auf.

Bree wickelte das rote Band ab, mit dem sie einen großen braunen Umschlag verschlossen hatte, und holte das ganze Material heraus, das sie im Lauf des Nachmittags zusammengetragen hatte. Eine braune Aktenmappe und diverse Schwarz-Weiß-Fotos vom Tatort fielen ihr auf den Schoß.

»Ich habe den ganzen Tag lang nach allen möglichen Parallelen gesucht, und das habe ich gefunden. Ich kann nicht mit Sicherheit behaupten, dass es da eine Verbindung zu Elizabeth Reilly gibt, aber die Parallelen sind doch sehr auffällig.«

Sie griff nach dem Polizeibericht und überflog ihn, während sie weiterredete.

»Es geht um eine gewisse Amanda Simms. Mit fünfzehn läuft sie von zu Hause weg, weil sie von ihren Eltern permanent misshandelt wird. Dann bleibt sie elf Monate lang spurlos verschwunden, bis sie in einem billigen Hotel in Takoma Park vom Zimmermädchen in der Badewanne gefunden wird. Das war vor viereinhalb Jahren.«

»Viereinhalb Jahre? Und wo ist da die Verbindung zu Elizabeth Reilly«, wollte Sampson wissen.

Bree drehte eines der Fotos vom Tatort um, sodass er es sehen konnte.

John sah aus, als wäre ihm plötzlich sehr übel geworden.

»Sie war schwanger«, sagte Bree. »Die Obduktion hat große Mengen Rohypnol und Morphium ergeben. Alle Anzeichen sprechen dafür, dass sie betäubt, aufgeschlitzt und dann einfach liegen gelassen wurde.«

»Und das Baby?«

»Ist nie wieder aufgetaucht.«

»Mein Gott.« John rieb sich mit Daumen und Zeigefinger die Augen. Wir hatten alle einen langen Tag hinter uns.

»Um das Ganze zusammenzufassen«, sagte ich. »Wir haben also ein junges Mädchen, zum ersten Mal von zu Hause weg und schwanger. Das ist alles genau gleich wie bei Elizabeth Reilly.«

»Was ist denn mit diesem Phantom-Freund, diesem Russell?«, wollte John wissen.

Bree schüttelte den Kopf. »Über den habe ich nichts gefunden. Höchstwahrscheinlich ist das gar nicht sein richtiger Name.«

»Aber nehmen wir trotzdem mal an, dass er irgendeine Rolle spielt. Vielleicht hat Elizabeth das mit Amanda irgendwie erfahren. Sie kommt also dahinter, dass ihr Freund ein Monster ist und dass sie von ihm schwanger ist. Das könnte doch zumindest erklären, wieso sie bis nach Georgia gefahren ist, um dort die Wehen einzuleiten.«

»Und wer weiß, vielleicht ist Amanda gar nicht die Einzige andere«, sagte Bree. »Ich bin jedenfalls weiter auf der Suche.«

Nach langem Schweigen ergriff Sampson wieder das Wort.

»Du hast heute Morgen am Telefon noch etwas anderes erwähnt. Dieser Blogger. Was ist eigentlich mit dem los? Und wieso schiebt er so einen Hass auf dich?«

»Gute Frage«, sagte ich und lud mir *The Real Deal* auf den Schirm. Es gab einen neuen Eintrag: »MPD bricht Pressekonferenz ab.« Er war heute Nachmittag um vier Uhr hochgeladen worden und hatte bereits neunundzwanzig Kommentare. Die ganze Sache wurde jedenfalls schlagartig bekannter.

»Entweder hat er ein persönliches Interesse an Elizabeth Reilly oder an mir«, sagte ich. »Oder an uns beiden.«

»Oder«, sagte Sampson, »er will sich einfach nur einen Namen machen – um seinen Blog zu etablieren und sich mit ein paar großen Geschichten Aufmerksamkeit zu verschaffen.«

»Tja, na ja, *meine* Aufmerksamkeit ist ihm sicher«, sagte Bree. Sie war mindestens so aufgebracht wie ich – ganz besonders von dem Bild vor dem Kinkead's, von dem Abend, als wir dort gegessen haben.

»Alex, überlass mir den Kerl«, sagte John. »Du hast fünf Mordfälle auf dem Zettel. Sechs, wenn wir Amanda Simms mitrechnen.«

»Danke. Ich könnte Hilfe wirklich gut gebrauchen«, sagte ich. »Ganz zu schweigen davon, dass du verdammt furchterregend sein kannst, wenn du willst.«

Sampson grinste nur. »Auf wen läuft der Account denn?«

»Ich warte noch darauf.«

Es dauerte bis kurz vor elf. John wollte sich gerade auf den Weg nach Hause machen, da bekam ich eine Meldung von Krause. Perfektes Timing, ehrlich gesagt.

»Tut mir leid, dass es so lange gedauert hat«, sagte er. »Ich habe ein paar Tweets zu einer Telefonnummer hier in Washington zurückverfolgt. Der Account läuft zwar über eine Postfachnummer, aber ich kann Ihnen trotzdem einen Namen nennen.«

Ich nahm mir einen Stift und irgendein Stück Papier. Es war die Speisekarte eines Lieferservice.

»Schießen Sie los.«

»Der Name lautet Ron Guidice«, sagte er, buchstabierte den Namen und gab mir die dazugehörige Telefonnummer. »Soll ich ihn einbestellen?«

»Nein, aber vielen Dank.« Anscheinend wollten sich alle mit diesem Kerl anlegen, und ich hatte nichts dagegen. Ich riss die Ecke der Speisekarte ab und drückte sie in Sampsons ausgestreckte Pranke. »Damit kommen wir alleine klar.«

38

Stunden, nachdem Sampson gegangen war, lag ich immer noch wach. Irgendetwas beschäftigte mich, und ich wusste nicht genau, was es war. Immer wieder ging mir dieser Name, Ron Guidice, durch den Kopf. Weil ich ihn kannte? Oder weil ich das nur glauben wollte?

Schließlich kletterte ich aus dem Bett und ging zurück in mein Arbeitszimmer.

»Was hast du vor?«, fragte Bree im Halbschlaf.

»Ich will nur schnell was nachschauen«, sagte ich. »Bin gleich wieder da.«

Ich setzte mich an den Schreibtisch, fuhr meinen Laptop hoch und loggte mich in das System des MPD ein. Als Mitarbeiter der Mordkommission hatte ich von jedem registrierten Computer aus Zugang zu sämtlichen Fallakten des MPD, auch von meinem eigenen Laptop aus.

Ich suchte nach dem Namen Guidice und fand ihn nur in einer einzigen Akte erwähnt, in einem sechs Jahre alten Polizeibericht. Er hatte nicht einmal ein Verbrechen begangen. Er war vielmehr der nächste Angehörige einer Frau gewesen, die bei einem Polizeieinsatz in Chinatown ums Leben gekommen war.

Ich konnte mich an den Fall erinnern. Um ehrlich zu sein, mich beschlich ein sehr, sehr ungutes Gefühl. Denn es war keine schöne Erinnerung.

Ich war einem Waffenlieferanten der mittleren Ebene auf der Spur gewesen, der ein doppeltes Spiel gespielt und rivalisierende Banden in Southeast und Northwest mit automatischen Waffen beliefert hatte. Wir hatten durch mehrere Informanten erfahren, dass eine schwere Auseinandersetzung in der Luft lag. Und wenn es um automatische Waffen und zwei Banden geht, die in der Vergangenheit bereits mehrfach unter Beweis gestellt haben, dass sie weder für den jeweiligen Gegner noch für unschuldige Passanten das geringste Verständnis aufbringen, dann ist es das Beste, kein allzu großes Risiko einzugehen. Obwohl immer noch die Hoffnung bestand, die Auftraggeber dieses Kerls identifizieren zu können, erteilte ich darum den Befehl, ihn so schnell wie möglich festzunehmen.

Ich brauchte mir den Bericht nicht erst durchzulesen, um zu wissen, was als Nächstes passiert war.

Der Kerl hieß Marco Bruillo, und er hatte damals ein teures Studio-Apartment in der H Street bewohnt. In der fraglichen Nacht hatten wir ihn dort lokalisiert. Der Plan war, so unauffällig wie möglich in die Wohnung einzudringen und ihn dort dingfest zu machen.

Aber als wir dort eintrafen, wollte Bruillo gerade das Haus verlassen. Wir hatten keine andere Wahl, als ihn direkt auf dem Bürgersteig festzunehmen. Sonst hätte die große Gefahr bestanden, dass er uns entwischt.

Was wir nicht wissen konnten, war, dass zwei seiner Leute in einem Wagen auf der anderen Straßenseite standen und auf ihn warteten. Kaum hatten wir Bruillo an die Wand gestellt, um ihn zu durchsuchen, eröffneten sie aus dem Auto heraus das Feuer.

Es war die schnellste Schießerei, die ich je mitgemacht habe. Nach fünfzehn Sekunden war alles vorbei. Bruillo war tot, aber außer ihm auch drei Unbeteiligte, die vor einer Kinokasse im Nebengebäude angestanden hatten.

Die kriminaltechnische Untersuchung hatte ergeben, dass zwei dieser drei von automatischen Waffen getötet worden waren. Die dritte Person aber – eine gewisse Theresa Filmore – war durch einen Schuss eines meiner Kollegen ums Leben gekommen. Es war eine schlimme Tragödie gewesen, ganz ohne Frage.

Die Stadt hatte die volle Verantwortung dafür übernommen und sich mit Ms. Filmores nächstem Angehörigen – ihrem Verlobten, einem Mann namens Ronald F. Guidice – auf einen Vergleich geeinigt.

Theresa Filmore hatte ich nie vergessen, aber erst als ich einen Blick in diese Akte geworfen hatte, wurde mir klar, weshalb der Name Guidice mir so bekannt vorgekommen war.

Jetzt wusste ich es. Und alles begann, ein kleines bisschen mehr Sinn zu ergeben.

Zweiter Teil

Koste es, was es wolle

39

Eine nächtliche Angeltour war die einzige Tarnung, die Ron Guidice am heutigen Abend brauchte. Kein falscher Name, keine Verkleidung, kein Versteckspiel. Er saß in der Mitte des breiten Salzwasserkanals und konnte das kleine Stelzenhaus am Ufer beobachten, solange er wollte. Selbst wenn der Bulle in der Einfahrt zufällig zu ihm herübergeschaut und ihn bemerkt hätte, er hätte nichts weiter gesehen als einen Typen, der versuchte, in der Dunkelheit ein paar Snapper zu fangen.

Außerdem war jetzt gar kein schlechter Zeitpunkt, um für ein paar Tage aus Washington zu verschwinden. Guidice hatte angefangen, aus seiner Deckung zu kriechen, und es war einigermaßen wahrscheinlich, dass Alex Cross so langsam dahinterkam, wer er war. Kein Problem. Solange Guidice den Informationsfluss kontrollierte, hatte er auch Alex unter Kontrolle.

In der Zwischenzeit ließ er die Angel im Wasser und das Haus am Ufer nicht aus den Augen. Er wartete, bis sein Gefühl ihm sagte, dass es Zeit war zu handeln.

In einer Outdoor World bei Savannah hatte er die billigste Angelausrüstung gekauft, die im Angebot war. Und das Boot war noch einfacher zu beschaffen gewesen. Shellman Bluff ist kein Ort, wo die Leute ihre Sachen nachts wegsperren, schon gar nicht so ein verbeultes, altes Aluminiumboot wie dieses hier.

Auf dem Boden des Boots lag eine M16, die Guidice auf dem Schwarzmarkt erworben hatte. Das abnehmbare

Nachtsichtglas lag in seinem Schoß. In der Kängurutasche seines grauen Kapuzenshirts steckte außerdem eine kleine Kahr mit sechs Neun-Millimeter-Patronen im Magazin. Wenn alles nach Plan lief, waren das vier mehr, als er brauchte.

Die einzige Variable bei dem Ganzen war die Zeit. Das Licht im Haus war um elf Uhr erloschen. Um halb eins war es kurz noch einmal eingeschaltet worden und dann noch einmal wenige Minuten nach zwei. Ganz normal für das Leben mit einem Neugeborenen.

Schließlich, als das Haus zum dritten Mal wieder dunkel geworden war, legte Guidice die Angel beiseite und nahm die M16 auf den Schoß. Er konnte genau fühlen, wie das Adrenalin seine Sinne schärfte, während er das Gewehr an die Schulter hob und seine Wange an den ausgehöhlten Kolben drückte.

Das Gesicht des Bullen war durch das Nachtsichtglas grünschwarz und deutlich zu erkennen. Er saß am Steuer seines Streifenwagens und tippte sich gelangweilt mit den Fingerspitzen gegen das Kinn, während er das Haus beobachtete.

Guidice holte tief Luft. Er zielte auf die Stirn des Mannes. Dann schoss er, ohne lange zu zögern.

Der Schalldämpfer ließ nicht mehr als ein leises Ploppen nach draußen dringen. Gleichzeitig – so sah es zumindest aus – platzte ein schneeflockengroßes Loch in der Windschutzscheibe des Streifenwagens auf. Der Mann im Inneren des Wagens versteifte sich für eine Sekunde, dann sank sein Kopf langsam zur Seite. Es sah fast so aus, als wäre er eingeschlafen.

Ohne das Auge vom Zielfernrohr zu nehmen, zählte Guidice bis dreißig. Als der Bulle sich nicht rührte, ließ er das Gewehr über den Bootsrand hinweg ins Wasser rutschen. Dann nahm er die Ruder und steuerte das Ufer an.

Es war nicht weit. Schon nach einer, höchstens zwei Minuten scharrte der Kiel des kleinen Boots über weichen Sand und Kieselsteine. Guidice kletterte über den Bug auf festen Boden, damit seine Schuhe nicht nass wurden, und zog die Neun-Millimeter aus der Tasche.

Als Erstes ging er zu dem Streifenwagen. Der Bulle war keine Gefahr, das war ohnehin klar. Darum öffnete Guidice gleich die Beifahrertür, nahm die Mütze vom Sitz und griff auch nach der Uniformjacke, die fein säuberlich gefaltet über der Kopfstütze lag.

Er schlüpfte in die Jacke und setzte sich die Mütze auf, während er auf die Rückseite des Häuschens ging. Die Vordertür lag genau im Sichtfeld der Nachbarn, aber auf der Rückseite gab es nur den Garten und dann das dunkle Uferschilf.

Guidice verharrte kurz vor der hinteren Küchentür, gerade lange genug, um die Polizistenmütze ein bisschen tiefer in die Stirn zu ziehen und mit einem schnellen Stoß des Handballens den Sitz des Magazins seiner Pistole zu überprüfen. Dann klopfte er mehrmals kräftig gegen die kleinen Glasscheiben der Tür.

Fast sofort ging irgendwo im Inneren ein Licht an. Die Reillys hatten dieser Tage einen leichten Schlaf, keine Frage.

Einen Augenblick später ging schon das zweite Licht an, dieses Mal in der Küche. Durch den dünnen Vorhang vor der Glasscheibe konnte Guidice sehen, wie Tommy Reilly den Gürtel eines karierten Bademantels um seine stattliche Körpermitte schlang, noch während er um die Ecke bog.

»Mr. Reilly?«, rief er. »Tut mir leid, dass ich Sie stören muss, aber wir haben hier draußen ein kleines Problem. Könnten Sie vielleicht eben die Tür aufmachen?«

40

Josh Bergman hatte sich an diesem Abend für die schlichte Variante entschieden. Eine Jeans, ein langärmeliges T-Shirt und einen unerträglich langweiligen Blazer von GAP. Es war wichtig, halbwegs anständig auszusehen, aber sinnlos, allzu viel zu investieren. Die Sachen würden am Ende schließlich doch alle im Brennofen landen.

Seine Wechselklamotten – seine *richtigen* Klamotten – lagen im Kofferraum. Ein gepunktetes Ian-Velardi-Hemd, eine Armani-Hose und dann noch die maßgefertigten italienischen Slipper von Vicenza, dazu ein Satz Unterwäsche und die Rolex Submariner.

Für danach.

Kurz vor zehn Uhr lenkte er seinen silbernen Audi A7 von der Water Street auf den umzäunten Parkplatz am Flussufer. Am hinteren Ende angelangt, entdeckte er eine einsame männliche Gestalt, die am Maschendrahtzaun lehnte und hinaus auf den Potomac starrte.

Bergman hielt an und ließ das Beifahrerfenster herunter.

»Travis?«, sagte er.

Der Junge drehte sich um und kam näher. »Und du bist Bill?«, sagte er.

»Na, klar, der bin ich«, erwiderte Bergman. »Steig ein.«

Als der junge Stricher die Beifahrertür öffnete, deutete Bergman auf den unbeschrifteten Briefumschlag auf dem Sitz. Darin lagen zwei Hundert-Dollar-Noten, aber der Junge sah nicht einmal nach. Er steckte das Kuvert einfach in seine Gesäßtasche und setzte sich.

»Schönes Auto«, sagte er.

»Nicht wahr?«, erwiderte Bergman.

Er war dünn. Vielleicht sogar ein bisschen zu dünn, aber niedlich, und wenn er lächelte, sah man eine kleine Zahnlücke. Sexy. Er war gewollt nachlässig gekleidet, hatte das Hemd nur halb in die zerrissene Jeans gestopft. Aber die hellgrün leuchtenden Nike-Treter, Limited Edition, verrieten ihn. Dieser Junge schaffte offensichtlich eine ganze Menge mehr Kohle ran als seine Kumpel mit ihren kleinen Jobs bei Abercrombie oder in der Pizzeria Paradiso.

Bergman lenkte den Wagen nach Norden, Richtung MacArthur Boulevard. Aus den Boxen drang Elvis Costello, »Pills and Soap«. Ein Klassiker, der ausgezeichnet zu seiner gehobenen Stimmung passte.

Eine ganze Zeit lang fuhr er flussaufwärts, und sie spielten das Small-Talk-Spiel. Der Junge war aus Maine. Er hatte in letzter Zeit keine guten Filme gesehen. Und Mumford & Sons fand er *echt Wahnsinn*.

Schließlich holte der Kleine tief Luft und sah sich um.

»Wo fahren wir eigentlich hin?«, fragte er. »Sieht ja fast schon aus wie Maryland.«

»Das *ist* Maryland«, sagte Bergman. »Ich kenne da ein sehr schönes Plätzchen. Wie stehst du eigentlich zur freien Natur? In deinem Profil steht nichts darüber.«

Der Junge zuckte mit den Schultern. »Natur finde ich gut«, sagte er. Er beugte sich vor, um die Anlage lauter zu drehen, und legte dabei die Hand auf Bergmans Knie. »Was immer dir am meisten Spaß macht.«

»*Echt Wahnsinn*«, meinte Bergman.

Bei der kleinen, einspurigen Steinbrücke bog er links vom MacArthur ab und fuhr auf dem Clara Barton Parkway einen knappen Kilometer wieder zurück Richtung Osten. Der Parkplatz lag direkt neben der Straße, aber etwas tiefer, sodass sie hier einigermaßen ungestört waren. Er wurde ohnehin in der Regel nur tagsüber benutzt und auch dann nicht besonders häufig.

»Da wären wir«, sagte Bergman und stellte den Motor ab. »Gehen wir ein Stück spazieren.«

Wenn der Junge irgendwelche Bedenken hatte, dann behielt er sie für sich. Wahrscheinlich dachte er lieber an das nächste Paar Schuhe.

Sie stiegen aus und gingen hinunter zu den Bäumen. Bergman hielt sich auf dem schmalen Pfad direkt hinter ihm. Er hatte die Hand in die Hosentasche gesteckt und befummelte sich durch den Stoff hindurch.

»Da runter?«, wollte der Junge wissen.

»Ach, weißt du was, bleib mal stehen«, erwiderte Bergman. Sie standen jetzt mitten in dem kleinen Wäldchen, genau zwischen dem Parkplatz und dem Kanal am Fuß des Abhangs. »Hier ist es gut.«

Der Junge drehte sich um und kam ihm entgegen. Es war dunkel. Er legte die Hand an Bergmans Schoß.

»Mannomann. Du bist startklar, stimmt's?«, sagte er.

»Stimmt«, meinte Bergman. »Stimmt wirklich.«

Höchstwahrscheinlich sah der Junge die Pistole nicht einmal. Bergman trat schnell einen Schritt zurück, um keine Spritzer abzubekommen, und drückte ab.

Die Gestalt sackte zu Boden, ganz unspektakulär, wie ein Sack mit irgendwas. Bergman ließ sich auf die Knie sinken.

Als Nächstes zog er das Messer. Er stach zu – einmal, zweimal, dreimal, schnell … dann wieder – vier, fünf, sechs … sieben … acht …

Danach verlor er den Überblick. Der Strudel wurde immer stärker, riss ihn mit, bis er irgendwann die Richtung zu wechseln schien und ihn direkt in eine letzte, alles vernichtende Explosion der Lust schleuderte – buchstäblich ebenso wie im übertragenen Sinn.

Es war vollbracht. Wieder einmal.

Bergman ließ sich auf die Ellbogen sinken. Er atmete in kurzen, abgehackten Stößen. Das Innere seiner Hose war klatschnass.

Seine Sinne schienen langsam, aber sicher wieder zurückzukehren, einer nach dem anderen. Der Junge auf dem Boden. Der vorbeirauschende Verkehr auf dem Highway. Der leicht metallische Geschmack in seinem Mund.

Als der Nebel in seinem Kopf sich langsam lichtete, kehrte auch das logische Denken wieder zurück. Er konnte nicht hierbleiben, natürlich nicht. Er musste weg.

Es war nur ein kurzes Stück bis hinunter zum Kanal. Dort leerte er die Taschen des Jungen und wälzte ihn ins Wasser.

Dann kehrte er um und ging zurück zum Parkplatz, ließ den Kofferraum aufschnappen und zog sich hastig um. Alles, was er nicht mehr brauchte, stopfte er in einen Plastikbeutel.

Als er schließlich wieder am Steuer seines Wagens saß und nach Süden in Richtung Stadt fuhr, war Bergman wieder ganz der Alte und noch ein bisschen mehr. Er fühlte sich besser als je zuvor in seinem ganzen Leben.

Und die Nacht war noch jung. Es war Zeit, die Party irgendwo anders fortzusetzen.

41

Um Mitternacht war Bergman schon wieder in der Innenstadt und bereit, den nächsten Teil des Abends ins Rollen zu bringen. Er stieg an der Ecke Seventh Street/D Street aus, reichte dem Parkwächter die Schlüssel und trat ein.

Im dreistufigen Foyer des Woolly Mammoth Theatre tobte die jährlich stattfindende Wohltätigkeitsveranstaltung »Fashion Fights Hunger«. Der ganze Raum war in gelbes Licht getaucht, während helle pinkfarbene Theaterspots einzelne magentafarbene Streifen produzierten. Es war nicht gerade ein schmeichelhaftes Licht, aber es wirkte festlich. Der DJ am hinteren Ende des Saals spielte Salsa, und es war wirklich zu komisch, wie ein paar dieser Anzugträger versuchten, sich auf der Tanzfläche die Stöcke aus dem Arsch zu schütteln.

Bergman ging als Erstes zur Bar, dann arbeitete er sich in den zweiten Stock vor, um einen besseren Überblick über das Geschehen zu bekommen.

»Joshua!«, ertönte eine schrille Stimme, sobald er oben angekommen war. Er drehte sich um und sah ein Paar großer roter Lippen auf sich zurasen. Sie gehörten seiner Freundin Kiki.

»Volltreffer!«, sagte sie und landete genau auf seinem Mund. »Wie geht es meinem Schätzchen denn? Ist ja EEEEwigkeiten her!«

Bergman wies mit einem Nicken auf das fast leere Glas mit dem pinkfarbenen Gebräu in ihrer Hand. »Ich glaube, ich habe ein bisschen was nachzuholen.«

»Oh, aber ganz bestimmt«, sagte sie. »Auf jeden Fall. Und Garth und Tina wollen garantiert unbedingt auch wissen, dass du da bist.«

Ganz anders als bei Elijah hatten Joshua Bergmans Skandalgeschichten sein gesellschaftliches Ansehen noch erhöht. Er war jetzt, so hatte es den Anschein, der schlimme Finger der Washingtoner Modewelt. Na ja, wenn einem der Schuh passte, warum nicht?

Er kippte den Rest seines verwässerten, durchschnittlichen Scotch hinunter und reichte Kiki das leere Glas. »Wärst du so nett? Ich muss noch jemanden anrufen.«

»Wäre ich«, sagte sie. »Und mach dich auf Garth und Tina gefasst. Ich bringe die beiden hier rauf. Ich glaube, Tina trinkt Cola. Das ist so unfassbar retro, es ist wirklich kaum zu ertragen.«

Sobald sie verschwunden war, zog Bergman sein Handy aus der Tasche und drückte die Kurzwahltaste eins. Er lehnte sich an das Geländer, betrachtete die Party und wartete darauf, dass Elijah sich meldete.

»Josh?«

»Warum klingt es eigentlich jedes Mal wie eine Frage, wenn du dich meldest? Traust du deinem Display etwa nicht?«

»Ich traue nicht einmal meiner Mutter, Josh. Also warum sollte ich meinem Telefon trauen?«

Bergman genoss es, dass sie in Sekundenbruchteilen von null auf hundert waren. Elijah spielte den Gleichgültigen, Josh spielte den Nichtgleichgültigen, und beide wussten sie ganz genau, wo der andere stand. Es war sehr angenehm.

»Tja, nun rate mal, wo ich bin«, sagte er.

»Irgendwo, wo's laut ist.«

»Bei diesem Fashion-Fights-Hunger-Ding. Komm doch einfach kurz vorbei und stoß mit mir an. Ich hatte einen tollen Abend.«

»Ich passe«, meinte Creem. »Ich sitze gerade am Schreibtisch und habe keine Lust, die Arbeit einfach liegen zu lassen.«

Bergman spürte, wie die Erregung sich aus seiner Magengegend auf den Weg nach oben machte und in seine Kehle blubberte, wo sie sich als Kichern einen Weg ins Freie bahnte.

»Dann versuch ich's noch mal«, sagte er. »Ich hatte einen *wahnsinnig* tollen Abend, Elijah, so toll, dass nur du wirklich verstehen kannst, was ich damit meine. Ich dachte, es könnte vielleicht ganz nett sein, wenn wir einen Drink zusammen nehmen würden.«

Elijah gab keine Antwort und sagte auch sonst nichts. Sein Schweigen dauerte eine sehr, sehr lange Zeit. Kiki, Garth und Tina waren jetzt auf dem Weg nach oben, und Bergman hob den Zeigefinger zum Zeichen, dass er noch telefonierte, bevor er ein Stück weiter die Empore entlangging.

»Elijah? Bist du noch da?«

»Ja«, erwiderte Creem. »Und du musst dich unbedingt bremsen, mein Freund. Das ist schließlich kein Wettrennen.«

»Es ist überhaupt nichts«, erwiderte Bergman. »Das ist doch gerade das Schöne daran, oder etwa nicht? Es ist das, was wir wollen. Genau wie das Leben.«

Er spürte das Adrenalin oder die Endorphine oder was immer da durch seine Adern pulsierte, genauso heiß und ekstatisch wie die Salsamusik unter ihm. Er machte sogar ein paar kleine, beiläufige Tanzschritte, während sie telefonierten. Rück, vor, Cha-Cha-Cha.

»Tja, also dann, viel Spaß noch«, sagte Creem. »Ich lasse bald wieder von mir hören.«

Bergman lächelte. »Ich hoffe, das war doppeldeutig gemeint«, sagte er. »Weil nämlich, nur um das klarzustellen: Wenn es ein Wettrennen *wäre?* Dann wäre ich jetzt in Führung.«

»Gute Nacht, Josh.«

»Hab dich lieb, Elijah. Bis bald.«

42

Der nächste Tag war einer der schlimmsten in meiner gesamten Karriere als Polizist.

Es fing schon kurz vor der morgendlichen Sechs-Uhr-Sitzung im Präsidium an. Da wir in allen drei Fällen gleichzeitig auf Hochtouren arbeiteten, hatte die Chefetage beschlossen, die Besprechungen in das Joint Operations Command Center im vierten Stock zu verlegen. Alle Schritte im Zusammenhang mit diesen Morden wurden durch das JOCC in Echtzeit verfolgt, sodass wir jederzeit wussten, wer gerade welchen Hinweisen nachging und ob irgendjemand Fortschritte gemacht hatte. Die Besprechungen waren eine Möglichkeit, sämtliche Polizeiaktionen der vergangenen Nacht mit unseren Ermittlungen abzugleichen und festzustellen, ob irgendetwas dabei war, was für uns von Bedeutung sein konnte.

Als ich jetzt im vierten Stock ankam, wurde ich gleich von Tom D'Auria in Empfang genommen. Er hatte sehr schlechte Neuigkeiten. Gerade eben war die Meldung hereingekommen, dass Jeanette und Tommy Reilly sowie der Hilfssheriff, der zur Bewachung ihres Hauses in Shellman Bluff abkommandiert gewesen war, irgendwann im Verlauf der vergangenen acht Stunden ermordet worden waren.

»Alle drei sind erschossen worden«, fuhr D'Auria fort. »Allerdings mit zwei unterschiedlichen Kalibern, darum ist der Fall im Moment noch ein bisschen unklar. Die Meldung ist erst vor wenigen Minuten reingekommen.«

Ich nickte, aber seine Worte drangen kaum noch zu mir durch. Meine Brust schnürte sich zusammen, und ich bekam keine Luft mehr. Wie würde die Antwort auf meine nächste Frage ausfallen?

»Was ist mit dem Baby?«

»Verschollen«, erwiderte Tom.

Dieses eine Wort war wie ein Schlag in die Magengrube. D'Auria senkte den Kopf, um mir ein wenig Zeit zu geben. Er wusste, dass ich in diesem Fall emotional sehr stark beteiligt war.

»Was kann ich tun?«, wollte ich wissen.

»Nicht viel«, lautete seine Antwort. »Das FBI ist bereits dran. Sie arbeiten mit den Behörden von McIntosh County und den State Troupers zusammen. Die Bevölkerung wird auf allen Kanälen über die Entführung informiert. Die Verkehrsknotenpunkte in allen angrenzenden Bundesstaaten werden bereits überwacht.«

»Da muss doch irgendetwas dabei rauskommen.«

»Sie können gerne die FBI-Niederlassung in Atlanta anrufen oder auch die Außenstelle in Savannah, falls Sie dort jemanden erreichen. Kann gut sein, dass die sich mit Ihnen unterhalten möchten. Aber abgesehen davon bleibt uns im Moment nichts anderes übrig, als zu warten.«

Die ergriffenen Maßnahmen zeugten von großer Entschlossenheit seitens der Ermittlungsbehörden. Das war gut. Falls und sobald festgestellt wurde, dass Rebecca in einen anderen Bundesstaat gebracht worden war, würde der Fall ans FBI übertragen werden, und die waren darauf vorbereitet.

Ich konnte bloß hoffen, dass diese Maßnahmen ausreichten. Aber da wir nicht wussten, wann genau sie entführt worden war, ließ sich nur schwer etwas Genaues vorhersagen.

In der Zwischenzeit strömte die Frühschicht in das JOCC. Ich sah eine Menge Polizisten mit verquollenen Augen, die entweder Dienstschluss hatten oder gerade erst anfingen.

»Ich werde das alles gleich noch einmal offiziell ansprechen«, sagte D'Auria. »Aber ich wollte Ihnen schon einmal vorab Bescheid geben.«

»Vielen Dank, Tom. Ich weiß das zu schätzen.«

»Falls Sie mit jemandem reden wollen …«

»Alles okay«, sagte ich. »Ich bin gleich wieder da.«

Jeder Polizeibeamte kennt bestimmte Situationen, in denen er von seinen Gefühlen überwältigt wird. Niemand muss sich deswegen schämen. Ich ermutige meine Leute regelmäßig, alles auszusprechen, was ausgesprochen werden muss. Wir haben ein spezielles Programm ausgearbeitet, das den Mitarbeitern dabei helfen soll, und darüber hinaus gibt es ja auch noch Berater, Kollegen, Psychologen, Priester, was weiß ich. Man muss sich nur für jemanden entscheiden, sage ich immer.

Manchmal halte ich mich an meine Ratschläge und manchmal nicht.

Ich ging den Flur entlang und schloss mich in der Behindertentoilette neben der Treppe ein. Ich brauchte einfach etwas Zeit, um wieder zu Atem zu kommen.

Es war nicht meine Schuld. Zumindest nicht formal betrachtet. Das wusste ich. Aber andererseits hatte ich auch mehr Möglichkeiten gehabt als jeder andere, um das, was geschehen war, zu verhindern. Ich hätte mich noch stärker für Rebeccas Schutz einsetzen können, hätte noch enger mit den Behörden in McIntosh County zusammenarbeiten können.

Aber das hatte ich nicht getan. Ich hatte eine voll und

ganz nachvollziehbare Entscheidung getroffen, auf dem Papier. Und jetzt waren drei Menschen tot, und schon wieder wurde ein neugeborenes Mädchen vermisst.

Ich beugte mich über das Waschbecken und spritzte mir ein paar Tropfen Wasser ins Gesicht, so kalt wie nur möglich. Als ich wieder aufschaute und mein eigenes Spiegelbild erblickte, erschrak ich vielleicht oder was weiß ich. Jedenfalls hob ich, ohne dass ich es verhindern konnte, die Faust und schlug den Spiegel zu Bruch. Es war eine absolut idiotische Aktion, etwas, wofür ich jeden anderen so richtig zur Schnecke gemacht hätte. Es brachte mir nichts weiter ein als einen Haufen Glasscherben und ein paar blutige Knöchel.

Und das Beste daran war: Mein beschissener Tag hatte noch nicht einmal angefangen.

43

Den Vormittag verbrachte ich damit, alles Material, was ich über die Reillys hatte, zusammenzusuchen und ans FBI in Atlanta zu faxen. Und dann schickte ich auch gleich noch alles mit, was wir über Amanda Simms hatten. Man konnte ja nie wissen. Schließlich hatten wir immer noch keine Ahnung, ob die Fälle dieser beiden schwangeren Mädchen nicht doch irgendwie zusammenhingen.

Zwischendurch verbrachte ich viel zu viel Zeit mit dem Versuch, irgendjemanden im FBI-Außenposten Savannah zu erreichen, aber das war nichts weiter als eine Quelle der Frustration. Ich konnte nur hoffen, dass die Leute dort alle unterwegs waren und ihre Arbeit machten.

Die einzige wenigstens halbwegs gute Nachricht war die, dass Rebecca entführt worden war. Angesichts der drei Toten bedeutete das, dass der Entführer – oder jemand anders – sie bei sich behalten wollte. Und das war besser als die Alternative. Zumindest bestand so immer noch die Möglichkeit, dass sie gefunden wurde.

Dann, während ich zum dritten Mal an diesem Vormittag vergeblich die Nummer des Außenpostens in Savannah wählte, hörte ich, dass irgendjemand meinen Namen rief.

Ich stand auf und sah mich um. Über die Trennwände der Büroabteile hinweg sah ich Huizenga in der Tür ihres Büros stehen, daneben Jessica Jacobs. Als sie mich zu sich winkte, deutete ich auf das Telefon in meiner Hand.

»Auflegen!«, brüllte sie mir zu und ging wieder nach drinnen.

Ich brauchte nicht lange darüber nachzudenken, was das zu bedeuten hatte. Jacobs leitete die Ermittlungen im Fall der beiden ermordeten Strichjungen, Cory Smithe und Ricky Samuels. Wie betäubt legte ich den Weg zu Huizengas Büro zurück. Ich war im Augenblick wirklich nicht in der Lage, an irgendetwas anderes zu denken. Aber wen interessierte das?

Als ich eintrat, hatte Huizenga die Hände vors Gesicht gelegt. Jacobs telefonierte und kritzelte dabei etwas auf einen gelben Schreibblock.

»Marti?«, sagte ich.

»Nummer drei«, erwiderte sie, ohne den Kopf zu heben. »Jung, weiß, männlich, eine Kugel, zahlreiche Stichwunden, kein Ausweis.«

»Ein Jogger hat ihn gefunden«, sagte Jacobs und legte dabei eine Hand über die Sprechmuschel. »Ganz oben bei Schleuse sieben im Chesapeake and Ohio Canal.«

»Schleuse sieben? Das ist doch in Maryland, oder nicht?«, sagte ich.

Huizenga nickte. »Die zuständigen Leute aus Montgomery County sind bereits vor Ort. Und das FBI ist vermutlich auch nicht weit. Ich rede mit D'Auria. Letztendlich ist das ja Sache des Chiefs, aber ich möchte keine schlafenden Hunde wecken, solange es nicht unbedingt nötig ist.«

Drei fast identische Morde, das deutete ziemlich eindeutig auf einen Serientäter hin. Und dann kommt in der Regel der Moment, wo das FBI anfängt, Fragen zu stellen. Die angesichts der gewaltigen Möglichkeiten dieser Behörde ausgesprochen hilfreich sein, aber auch zum Hemmschuh werden können, vor allem dann, wenn Leute beteiligt sind, die glauben, ihr eigenes Territorium verteidigen zu müssen.

Ich habe schon für beide Seiten gearbeitet. Ich weiß Bescheid.

Aber bevor ich mich auf den Weg zur Schleuse sieben machte, brauchte ich einen Snack-Automaten, einen Becher Kaffee und eine Reset-Taste für mein Gehirn.

Immerhin zwei meiner drei Wünsche gingen in Erfüllung.

44

Ron Guidice stand im Flur der alten Hütte und blickte sich um. Das Haus wirkte wie eine Zeitkapsel aus dem Jahr 1979. Der Fußboden war mit einem grauen, flauschigen Teppichboden belegt. Im Badezimmer stand eine taubenblaue Toilettenschüssel.

Aber ansonsten machte es einen guten Eindruck: vier Zimmer, ein Garten und jede Menge Privatsphäre. Dazu neunzig Autominuten von der Stadt entfernt. Das perfekte Versteck für seine wachsende Familie.

»Lassen Sie sich von den Kisten da nicht stören«, sagte die Maklerin. »Ich habe für heute Nachmittag einen Trödelhändler bestellt. Aber wenn Sie etwas davon behalten wollen, können Sie sich gerne bedienen.«

»Nur die Möbel. Alles andere kann weg«, sagte Guidice.

Die Frau, Mrs. Patten, blieb stehen und warf einen Blick in die Babytrage. Grace hatte sich an seine Brust gekuschelt und schlief. Im Auto war sie sehr unruhig gewesen, aber als sie schließlich in Virginia angekommen waren, hatte sie sich müde geschrien.

Und jetzt hieß sie Grace. Nicht Rebecca. Nie wieder.

»Sie sind wirklich kleine Gottesgaben, nicht wahr?«, sagte Mrs. Patten. »Wie alt?«

»Heute sind es auf den Tag genau drei Wochen«, erwiderte Guidice. »Und ja, Sie haben recht. Ich habe mich schon beim ersten Blick in sie verliebt.«

Das war die Wahrheit. Mrs. Patten lächelte, so wie jede Frau lächelte, wenn ein Mann einen Hauch Sanftheit spüren ließ. Als hätte er ihr damit so etwas wie einen Gefallen getan.

»Möchten Sie sich mal den hinteren Teil anschauen?«, erkundigte sie sich dann.

»Gerne.«

Er folgte ihr in eine große Essküche mit einem Panoramafenster direkt über dem Resopaltisch. Draußen, am Ende eines verwilderten Gartens, war eine Holzschaukel zu sehen. Sie sah zwar ziemlich wackelig aus, aber das konnte er bestimmt reparieren. Dahinter war zwischen den Bäumen hindurch eine Pferdekoppel zu erkennen. Ein paar braune Stuten ließen sich das frische Frühlingsgras schmecken.

Emma Lee würde es hier sehr gut gefallen. Allen würde es gefallen, sogar Lydia, sobald sie sich daran gewöhnt hatte.

»Ich hoffe, Sie mögen es etwas altmodisch«, sagte Mrs. Patten, »falls man es so nennen kann. Mr. Schiavo hat anscheinend schon länger nichts mehr gemacht.«

»Kein Problem.«

»Es ist wirklich ein Jammer, dass er so plötzlich gestorben ist. Aber ich glaube, er würde sich freuen, wenn er wüsste, dass eine junge Familie hier einzieht. Was arbeiten Sie denn, Mr. Henderson?«

»Ich bin Journalist«, erwiderte Guidice. »Aber ich nehme mir jetzt erst einmal eine Auszeit.«

Wie Grace, so hatte auch er selbst einen neuen Namen angenommen. Schon früher hatte er immer wieder einmal ein Pseudonym benutzt, nicht als Autor, aber um seine Spuren zu verwischen, wenn er für eine Geschichte recherchierte. Paul Henderson hatte er sich am häufigsten genannt, und für diesen Namen besaß er auch einen einigermaßen anständigen Ausweis sowie eine selten benutzte Kreditkarte. Das reichte jedenfalls, um das Haus zu mieten.

»Und Ihre Frau?«, wollte die Maklerin mit strahlendem Lächeln wissen. »Bleibt Sie dann auch zu Hause?«

»Meine Frau ist nicht mehr unter uns«, sagte Guidice. »Wir haben sie in der Nacht verloren, als Grace geboren wurde.«

Mrs. Patten erstarrte und schlug die Hand vor den Mund, bedeckte damit das kleine O. »Oh mein Gott. Das tut mir schrecklich leid. Ich hatte ja keine Ahnung.«

»Natürlich nicht«, sagte Guidice. »Ich suche einfach nach einem ruhigen Plätzchen, wo meine Mutter, meine Töchter und ich unser Leben wieder auf die Reihe bekommen können.«

Sie sah aus, als würde sie jeden Augenblick in Tränen ausbrechen. Guidice hoffte, dass sie es nicht tat.

»Wie alt ist Ihre andere Tochter?«, erkundigte sie sich.

»Emma Lee ist viereinhalb. Sie vermisst ihre Mama sehr, aber sie freut sich auch darauf, die große Schwester zu sein.«

»Und dann haben Sie auch noch Ihre Mutter. Das ist ein Segen. Ich bin mir sicher, dass sie mit den Mädchen ganz großartig zurechtkommt.«

»Ja«, erwiderte Guidice. Er blickte auf die weichen, kleinen Engelslocken auf dem Kopf seiner Tochter hinab. »Schließlich gibt es nichts Wichtigeres im Leben als die Familie. Nicht wahr, Grace?«

45

Schleuse sieben am Chesapeake and Ohio Canal ist eigentlich ein kleines Naherholungsgebiet gleich neben dem Clara Barton Parkway. Aber heute war der Eingang mit gelbem Absperrband versehen. Und es würde nicht mehr lange dauern, bis Schleuse sieben in allen Nachrichtensendungen des Landes ein Thema war.

Unser neuestes Opfer war kurz vor zwölf Uhr mittags entdeckt worden. Die Leiche hatte sich in dem alten Schleusenmechanismus verfangen. Ursprünglich hatte der Kanal dem Materialtransport auf der dreihundert Kilometer langen Strecke zwischen Georgetown und Cumberland Park in Maryland gedient. Heutzutage wurde er hauptsächlich genutzt, um daran entlangzujoggen, zu radeln oder zu wandern. Allerdings verirrten sich nur noch wenige Menschen so weit hinauf. Ich nahm an, dass der Killer nicht damit gerechnet hatte, dass die Leiche so schnell entdeckt werden würde.

Der zuständige Detective des Montgomery County war ein älterer Kollege, den ich kannte und schätzte. Er hieß Bob Semillon und erwartete Jacobs und mich auf dem Parkplatz. Dann führte er uns zwischen den Bäumen hindurch.

»Unser Gerichtsmediziner ist schon wieder weg, aber ich nehme an, dass auch einer von Ihren Leuten sich das Ganze anschauen sollte«, sagte Bob. »Es sieht eigentlich alles nach dem Kerl aus, mit dem Sie es unten in der Stadt zu tun haben. Ziemlich scheußlich, das alles.«

So konnte man es ausdrücken.

Es sprach alles dafür, dass der Mord sich hier auf dem Pfad abgespielt hatte. Auf halber Höhe des Abhangs hatten die Kollegen einen dunklen Fleck aus geronnenem Blut entdeckt, und zwischen dieser Stelle und dem Kanal gab es mehrere eindeutige Schleifspuren.

Als wir ankamen, hatten sie den Leichnam bereits auf den Rasen gelegt – für mich ein Déjà-vu der übelsten Sorte. Eine Schussverletzung im Gesicht und dazu zahlreiche Stichwunden im Hüft- und Genitalbereich.

Außerdem gab es da noch den Faktor Wasser. Cory Smithe war im Potomac entdeckt worden, Ricky Samuels im Rock Creek – und jetzt das hier.

Der einzige wirklich erkennbare Unterschied, abgesehen von der Örtlichkeit, lag im Gebrauch des Messers. Der Täter hatte jedes Mal noch öfter zugestochen als beim vorhergehenden Opfer. Die Jeans dieses jungen Mannes war bis hinab zu seinen neongrünen Schuhen blutgetränkt.

Jacobs kniete sich neben die Leiche. Ich sah, dass sie etwas machte, was ich auch gelegentlich tat – sie zwang sich, Nähe herzustellen und so viel wie irgend möglich wahrzunehmen, ob bewusst oder unbewusst.

»Woher kommt bloß diese wahnsinnige Wut?«, sagte sie. »Was genau will dieser Kerl damit ausleben? Was meinst du, Alex?«

Sie schien dieselbe Wut zu spüren wie ich. In allen drei Fällen kam man an diesem Wort einfach nicht vorbei.

»Ich weiß auch nicht«, erwiderte ich. »Aber es könnte eine Art Teufelskreis sein. Je stärker das Jucken wird, je mehr er sich kratzt, desto öfter muss er feststellen, dass es davon nicht weggeht, und umso verzweifelter wird er es trotzdem versuchen.«

»Oder umso begeisterter«, sagte sie, während sie mit ihrem behandschuhten Finger eines der Löcher in der Jeans des Opfers betastete. »Oder beides.«

Der Schuss war jedes Mal nur das Mittel zum Zweck, da war ich mir sicher. Erst bei den Messerstichen übernahmen seine Emotionen die Regie. In jeder anderen Hinsicht schien er extrem diszipliniert vorzugehen. Das waren keine spontanen Morde gewesen. Jeder einzelne hatte Vorausschau und eine gewisse Planung erfordert.

Und damit stellte sich die andere große Frage.

Das letzte Mal, im Rock Creek, war unser Opfer nicht alleine gewesen. Wir hatten zwei Leichen gefunden, höchstwahrscheinlich getötet von zwei unterschiedlichen Tätern.

Die Kriminaltechniker des Montgomery County hatten bereits mit der Spurensuche entlang des Kanals begonnen, aber für mich stand eigentlich jetzt schon fest, dass wir es hier mit einer Einzeltat zu tun hatten.

Aber wieso? Was hatte sich verändert? Oder erneut verändert?

Ich wusste es nicht, aber noch während ich dastand und versuchte, die ganze Umgebung zu erfassen, bereitete ich mich innerlich bereits auf den nächsten Schlag vor. Ganz egal, welches Spiel diese Leute spielten, es war noch nicht zu Ende.

Und es stand drei zu zwei.

46

Kurz bevor es dunkel wurde, machte ich endlich Schluss. Ich war länger am Tatort geblieben als geplant, aber das passiert mir jedes Mal. Ich ging durch das Wäldchen zurück zum Parkplatz und zu meinem Wagen.

Dort wartete jemand auf mich. Im Dämmerlicht erkannte ich zunächst nicht, um wen es sich handelte, doch dann sah ich seinen Bart und wusste Bescheid. Sogar das Kapuzenshirt und die Cargohose waren die gleichen wie beim letzten Mal.

»Ron Guidice?«, sagte ich.

Und tatsächlich, er drehte sich um. Ich hatte recht behalten. Er war es.

»Ich habe die ganze Zeit versucht, Sie zu erreichen«, sagte ich. »Wir müssen uns unterhalten.«

»Ach, jetzt wollen Sie sich plötzlich mit mir unterhalten?« Er klang sofort sehr aggressiv. »Beim letzten Mal wurde ich noch einfach abgebügelt.«

Ich holte tief Luft. Einerseits hätte ich ihm am liebsten sofort Handschellen angelegt und ihn auf die Rückbank meines Wagens geworfen. Aber damit hätte ich gar nichts erreicht. Stattdessen machte ich weiter.

»Hören Sie zu, ich will gar nicht erst so tun, als könnte ich voll und ganz verstehen, was sie vor sechs Jahren durchmachen mussten. Aber was Sie jetzt angefangen haben … damit helfen Sie niemandem.«

»Ich schätze mal, das ist Ansichtssache«, erwiderte er.

»Ich möchte Ihnen sagen, dass der tragische Verlust, den

Sie erlitten haben, mir sehr nahegeht. Es tut mir sehr leid«, sagte ich. »Wirklich. Aber …«

»Aber was, Alex? Soll ich einfach die Klappe halten und verschwinden? Das habe ich schon probiert, aber es hat nichts genützt. Sie und Ihre ganze Behörde, Sie sind heute noch genauso unfähig wie vor sechs Jahren.«

Ich sah ihm in die Augen, versuchte herauszufinden, wie dieser Kerl gestrickt war. Oder wie gestört. Gab es Anzeichen für eine Paranoia? War Guidice voll und ganz bei Sinnen? Ich war nicht restlos davon überzeugt.

»Sie machen nicht nur mir das Leben schwer«, fuhr ich fort. »Sie riskieren womöglich auch das Leben anderer, zukünftiger Opfer. Ist Ihnen das klar?«

»Das ist ja komisch«, meinte er. »Weil ich nämlich schreibe, um genau die Menschen zu beschützen, deren Leben *Sie* aufs Spiel setzen.«

»Das ist ein Irrglaube«, erwiderte ich.

»Ach, ja? Und was ist mit Rebecca Reilly, Detective? Können Sie mir sagen, wo sie ist? Weil sie nämlich, nach allem, was ich weiß, verschwunden ist, und zwar während *Sie* für ihre Sicherheit zuständig waren.«

Er wollte mich nur provozieren, das war klar. Ich würde es nicht schaffen, ihn zu besänftigen, und ich war mir nicht sicher, ob es noch einen weiteren Versuch wert war.

Aber ich hatte ihm etwas anderes zu sagen.

»Also gut, von mir aus. Sie wollen diesen ganzen Schwachsinn bloggen, bitte sehr, dann tun Sie das. Aber das eine sage ich Ihnen: Wenn ich Sie je dabei erwische, wie Sie mich verfolgen, während ich Zeit mit meiner Familie verbringe, dann kriegen wir beide noch ganz andere Probleme. Haben Sie das kapiert?«

Er kam ein Stückchen näher. Guidice war ein Schrank von einem Kerl und ließ sich offensichtlich nicht so leicht einschüchtern. Aber ich auch nicht.

»Wollen Sie mir etwa drohen, Detective Cross? Ist das der Sinn und Zweck des Ganzen?«

Erst in diesem Moment bemerkte ich das Aufnahmegerät in seiner Hand. Er hatte es bisher versteckt, sodass ich es nicht sehen konnte. Noch bevor ich richtig darüber nachdenken konnte, riss ich es ihm aus der Hand und warf es so weit ich konnte zwischen die Bäume. Vermutlich ein Fehler. Der nächste auf einer langen Liste.

»Und Sie glauben, dass mich das aufhalten wird?«, sagte er. Er lachte ohne jede Fröhlichkeit, dann fuhr er fort: »Das ist Ihr zweites Problem. Sie glauben mittlerweile, was über Sie geschrieben wird. Alex Cross, der Drachentöter. Alex Cross, Sherlock Holmes des Metropolitan Police Department. Alex Cross, der gottverdammte Allmächtige. Sie sind ein Papiertiger, Alex. Ein Scharlatan. Und das müssen die Leute erfahren.«

Ich hatte mich bereits abgewandt und ging weg.

»Das Ganze ist noch nicht vorbei«, rief er mir nach. »Noch lange nicht!«

»Das ist der einzige Punkt, in dem wir einer Meinung sind, Guidice«, sagte ich und stieg in mein Auto. »Und zwar voll und ganz!«

Es war Zeit, diesen Kerl von anderer Warte aus ins Visier zu nehmen.

47

Ich empfand durchaus Mitleid für Guidice. Ich habe ja selbst meine Frau durch eine sinnlose Gewalttat verloren. Es war der schlimmste Tag meines Lebens, und in gewisser Weise verband er uns miteinander.

Aber das bedeutete nicht, dass ich ihn einfach so davonkommen lassen würde. Wenn er nicht mit mir reden wollte, dann musste ich tun, was nötig war, um ihn aufzuhalten.

Ich verbrachte den Abend mit Nachforschungen, klaubte alles zusammen, was wir über Guidice hatten, und suchte dann weiter.

Commander D'Auria stellte mir seinen LexisNexis-Zugang zur Verfügung, und dort fand ich praktisch eine vollständige Bibliografie aller Texte, die Guidice in der Vergangenheit geschrieben hatte. Ich bekam dadurch einen völlig neuen Blick auf ihn.

Was ich bereits wusste, war, dass er etliche Jahre lang in der US-Armee gedient hatte. Dort hatte er sich seine ersten journalistischen Sporen verdient und war im Jahr 2005 untadelig entlassen worden.

Den größten Teil seiner Dienstzeit hatte er in Verwaltungs- und Kommunikationsstützpunkten zugebracht, zunächst in Fort Bragg, später dann in Newark, New Jersey, nur unterbrochen von einem sechsmonatigen Aufenthalt in Bagdad für die *Army Times.* Dort hatte er unter anderem eine Reihe von PR-Artikeln verfasst, die sich mit den humanitären Bemühungen der USA und verschiedenen Infrastrukturprojekten im Irak befasst hatten. Die Texte waren allesamt öffentlich zugänglich.

Dann folgten die Artikel, die nach seiner Entlassung entstanden waren. Ich weiß nicht, was Guidice in der Armee erlebt hatte, aber als er dann anfing, als freier Journalist zu arbeiten – lange bevor Theresa Filmore gestorben war –, schien er eine glatte Hundertachtzig-Grad-Wende vollzogen zu haben. Er beschäftigte sich fast nur noch mit dem übermächtigen Einfluss der Staatsmacht der USA, sowohl im Inland als auch in Ausland.

Ein paarmal kehrte er für kleinere Zeitungen und Zeitschriften wieder in den Nahen Osten zurück und bekam für seine Arbeit sogar ein paar obskure Preise verliehen. Gleichzeitig widmete er sich in seinen Artikeln den unterschiedlichsten Themen, angefangen bei Polizeibrutalität bis hin zu Stechkartenfälschungen bei den Strafverfolgungsbehörden. Etliche Male geißelte er das angebliche Fehlverhalten der Metropolitan Police im Zusammenhang mit den Attacken der Terrororganisation Al Ayla im letzten Herbst in Washington, D. C., auf das Schärfste.

Nur über eine Sache schien er niemals direkt berichtet zu haben, und das war der Tod seiner Verlobten. Diesen Vorfall hatte er, aus welchen Gründen auch immer, ausgeklammert. Ich konnte mir vorstellen, warum. In ihm loderte bereits ein mächtiges Feuer, und jedes Wort über diese schreckliche Tragödie hätte noch zusätzliches Öl hineingekippt.

Aber jetzt schien das alles an die Oberfläche geschwemmt zu werden, zusammen mit den Schuldzuweisungen, die er mir klar und deutlich vor die Füße geworfen hatte.

Ich wusste nicht, womit ich als Nächstes zu rechnen

hatte, aber eines war mir klar: Ron Guidice und ich würden noch öfter zusammenstoßen. Und es würde noch viel schmerzhafter werden als bisher.

48

Am folgenden Tag besorgte ich mir einen Termin bei der Staatsanwaltschaft. Die früheste Möglichkeit war um 14 Uhr am Nachmittag. Es gibt sicherlich Maschinerien, die rasanter arbeiten, aber wenn man dort in Bezug auf Guidice etwas für mich tun konnte, dann wollte ich das so schnell wie möglich herausfinden.

Um Viertel vor zwei verließ ich mein Büro und machte mich zu Fuß auf den kurzen Weg vom Präsidium die Fourth Street entlang zum Judiciary Center Building. Verabredet war ich mit Larry Kim, einem der Assistenzstaatsanwälte, in seinem Büro im zweiten Stock.

Kim und ich hatten eigentlich noch nie etwas miteinander zu tun gehabt und kannten uns fast nur vom Hörensagen. Er war als solider Ankläger bekannt, mit einem guten Gespür für die Logik der Rechtsprechung und der Bereitschaft, für das zu kämpfen, woran er glaubte. Wir hatten bereits am Telefon miteinander gesprochen, daher kannte er den Grund meines Kommens in groben Zügen schon.

»Ehrlich gesagt, ich weiß nicht, ob ich wirklich viel für Sie tun kann«, sagte er. »Tatsache ist, dass jeder Bürger das Recht hat, behördliche Maßnahmen zu kritisieren und seine Erkenntnisse auch anderen mitzuteilen.«

»Und was sagen Sie dazu, dass er in meine Privatsphäre eingedrungen ist? Und was ist mit dem Interesse der Gesellschaft an der Aufklärung von Straftaten? Irgendwann kommt es so weit, dass er die Ermittlungen gefährdet. Ich rede hier nicht nur von den bereits begangenen Morden. Ich rede von einem vermissten Baby und mehreren Killern, die immer noch auf freiem Fuß sind und weitermorden werden.«

Kim schüttelte den Kopf. »Der erste Zusatz zur Verfassung, Alex. Pressefreiheit. Das ist eine harte Nuss – und zwar mit gutem Recht. Außerdem wird sie von Jahr zu Jahr härter.«

»Er ist aber nicht die Presse«, erwiderte ich. »Er ist ein Typ mit einem Computer, einem Handy und einem angestauten Groll.«

»Genau das will ich ja sagen.« Kim stellte seinen extra großen Starbucks-Becher ab und beugte sich zu mir, sodass die Unterhaltung ein klein wenig vertraulicher wurde. »Früher waren es die großen Zeitungen, die die großen Geschichten rausgebracht haben, und von da wurden sie nach unten weitergereicht. Aber heutzutage kann jeder x-beliebige Typ mit einem Smartphone oder einem Blog auf ein großes Ding stoßen. Und die Gerichte wissen das.

Letztes Jahr zum Beispiel ist in Oregon ein Blog zum Thema nationale Sicherheit aufgetaucht. Genau das Gleiche wie in Ihrem Fall – einfach nur ein Typ mit einem Laptop und fragwürdigen Quellen. Und jetzt raten Sie mal. Der oberste Gerichtshof des Bundesstaates hat ihm ausdrücklich das Recht auf freie Meinungsäußerung zugestanden. Und falls die Staatsanwaltschaft der Meinung gewesen wäre, sie hätte eine Chance, dann wäre sie mit diesem Fall vors Bundesgericht gegangen. Ist sie aber nicht.« Kim ließ sich gegen die Stuhllehne sinken. »Das ist die neue Realität.«

»Das ist nur ein Fall«, meinte ich.

»Nein«, lautete seine Antwort. »Einer von mehreren. Ich

gehe davon aus, dass dieser Guidice das weiß und es sehr geschickt ausnützt. Und, um ganz offen zu sein, die Tatsache, dass er Sie persönlich ausgeforscht hat, stärkt Ihre Position nicht. Wenn überhaupt, dann macht es die Sache nur noch undurchschaubarer.«

»Ich bitte Sie doch lediglich, etwas zu versuchen«, erwiderte ich. Die Staatsanwaltschaft verfügte über einen ganzen Stall ausgebildeter Rechercheanwälte. Ich vertraute Kims Einschätzung und Erfahrung, aber vielleicht gab es ja doch noch einen alternativen Präzedenzfall. »Wenn ich ihm mit einem Verfahren drohen könnte, vielleicht würde das ja schon reichen, ihn zu stoppen.«

Larry nickte mehrfach und fing an, die Akten auf seinem Schreibtisch hin und her zu schieben. Das war seine alles andere als subtile Art, mir zu zeigen, dass er keine Zeit mehr für mich hatte.

»Das kann ich machen«, sagte er. »Aber ich habe nicht besonders viel Material zur Verfügung. Wenn Sie mir ein bisschen mehr über Guidice beschaffen könnten – wenn er zum Beispiel gegen das Gesetz verstoßen hat –, dann würde das Ihre Chancen deutlich erhöhen.«

»Ich arbeite daran, das können Sie mir glauben«, erwiderte ich.

Ich konnte bloß hoffen, dass in der Zwischenzeit nicht noch eine Leiche auftauchte.

49

Nach meiner Besprechung mit Kim ging ich direkt zu meinem Wagen in der Tiefgarage unter dem Daly Building. In manchen Situationen, wenn ich alleine sein will, kann ich dort am besten arbeiten. Bree nennt es mein mobiles Büro.

Ich hatte hauptsächlich Anrufe zu erledigen. Nachdem ich meinen Block aufgeklappt hatte, rief ich den ersten Namen auf meiner Liste an: Ned Mahoney.

Ned ist ein guter Freund, ein großartiger FBI-Agent und außerdem derjenige, dem ich am ehesten eine ehrliche Antwort zutraue. Er leitet die Geisel-Befreiungs-Einheit in Quantico, aber ich hatte gerüchteweise gehört, dass er die Karriereleiter hinaufklettern sollte. Ich würde es erst glauben, wenn es so weit war.

»Alex«, meldete er sich. »Wie geht's dem härtesten Arbeiter im Showbusiness? Warte, sag nichts. Oberkante Unterlippe, hab ich recht?«

Ned verfügt außerdem über ein Mundwerk, das niemals klein beigibt. Vieles, was er sagt, hört sich ziemlich sarkastisch an, aber in Wahrheit ist es einfach so, dass es in seiner Welt nicht viele heilige Kühe gibt. Das ist eine der Eigenschaften, die mir an ihm so gefallen.

»Ich brauche ein paar Informationen«, sagte ich. »Es geht um eine Entführung unten in Georgia. Eine gewisse Rebecca Reilly.«

»Reilly«, meinte er. »Hat das was mit dieser hässlichen Fenstersims-Geschichte in der Vernon Street vor ein paar Wochen zu tun?«

»Meine inoffizielle Meinung? Absolut. Rebecca ist die Tochter des Mordopfers. Sie war da unten in der Obhut ihrer Urgroßeltern untergebracht. Ihre Urgroßeltern wurden ermordet, und sie wurde entführt. Und ich kann weder in Atlanta noch in Savannah irgendjemanden erreichen.«

Es hörte sich an, als würde Ned die Luft zwischen den Zähnen einsaugen. »Dieses Gewerbe nervt, hab ich recht? Warum sind wir nicht Buchhalter oder irgend so was geworden?«

»Weil wir genau das sind, Ned.«

»Ach, richtig, stimmt ja«, meinte er. »Also gut. Mal sehen, was ich tun kann. Ich melde mich.«

Es dauerte nicht lange. Als ich meine Anrufe bei Jarret Krause, Sampson und Sergeant Huizenga erledigt hatte, wartete bereits eine Nachricht von Ned in der Mailbox auf mich. Da er keine Einzelheiten hinterlassen hatte, rief ich ihn sofort zurück.

»Viel gibt es nicht zu berichten. Das Bureau ist immer noch mit dem Fall befasst, also gibt es wahrscheinlich einen guten Grund anzunehmen, dass Rebecca in einen anderen Bundesstaat verschleppt worden ist. Aber mehr habe ich nicht rausbekommen. Die halten sich da alle ziemlich bedeckt.«

»Danke, dass du es versucht hast«, sagte ich. Jetzt wusste ich immerhin mehr als zuvor.

»Wie geht's dir denn sonst so?«, erkundigte Ned sich dann. »Du hast ja in letzter Zeit allerhand Schläge von der Presse abbekommen.«

Das war das Einzige, worüber ich nicht sprechen wollte, aber dann wurde ich doch neugierig. Wie so oft.

»Wieso?«, hakte ich nach. »Was hast du gehört?«

»Diese ganze Geschichte mit dem *Real Deal*«, meinte Ned. »Ich habe den Eindruck, man kann sich zurzeit nicht mal umdrehen, ohne was darüber zu lesen. Oder über dich. Stimmt es, dass du dem Kerl das Aufnahmegerät abgenommen und es in den Wald geschmissen hast?«

»Ich berufe mich auf den fünften Zusatz zur Verfassung«, erwiderte ich. Guidices Blog war kein Geheimnis mehr, das war mir natürlich klar, aber ständig daran erinnert zu werden, war auch nicht besonders lustig. Je länger sich das Ganze noch hinzog, desto mehr würde ich selbst ein Teil der ganzen Geschichte werden – keine schöne Vorstellung für einen Polizisten, der noch ein Minimum an Selbstachtung besaß. »Unterm Strich würde ich sagen, der Typ ist ein Riesenarschloch«, sagte ich.

»Pass bloß auf, was du sagst«, lautete Neds Ratschlag. »Dieses ganze Zeug ist wie Herpes. Es taucht auf, dann verschwindet es für eine Weile, und dann hast du's wieder an der Backe. Du kannst dich nicht dagegen wehren. Das Einzige, was du machen kannst, ist, immer schön den Kopf unten halten und dich um die wirklich wichtigen Dinge kümmern.«

Ich musste lachen. »Herpes, hmm? Kann ich dich wieder anrufen, wenn ich abermals ein bisschen Aufmunterung vertragen kann?«

»Jederzeit, Alex. Und in der Zwischenzeit: Lies den Scheiß einfach nicht! Du würdest dir bloß die Krätze ärgern. Vor allem heute.«

Vermutlich ein guter Ratschlag, nur leider ein bisschen zu spät. Kaum hatte ich aufgelegt, schnappte ich mir mein Smartphone und ging auf die Seite *The Real Deal.*

Hopp oder top.

50 EIN NEUER TIEFPUNKT

Gepostet von RG um 23.52 Uhr

Manchmal bin ich immer wieder verblüfft darüber, wie tief das Metropolitan Police Department noch sinken kann. Nehmen wir den gestrigen Abend als Beispiel: Meine kritische Haltung gegenüber Detective Alex Cross – siehe seitliche Leiste *hier* – ist allgemein bekannt. Trotz seines Rufs als außergewöhnlicher Ermittler – was er ja durchaus sein kann – ist Dr. Cross auch ein erstklassiges Beispiel für all die vielen Wölfe im Schafspelz, die diese Behörde bevölkern.

Klicken Sie *hier,* wenn Sie ein Tondokument meiner gestrigen Begegnung mit Detective Cross hören wollen. Bilden Sie sich selbst ein Urteil. Ich wollte eigentlich nur über das neueste Todesopfer in einer Mordserie unter Strichjungen in und um Georgetown berichten, den sogenannten »Flussungeheuer-Fall« – in dem das MPD, das sei nur nebenbei erwähnt, keinerlei Fortschritte zu verzeichnen hat. Zum Zeitpunkt des Zwischenfalls stand mein Auto auf dem Parkplatz bei Schleuse sieben am C&O Canal, gleich neben dem Clara Barton Parkway. *Hier* habe ich bei Google Maps den genauen Standort markiert, ebenso wie den Bereich, den die Polizei abgesperrt hatte, und die Stelle, wo meine Begegnung mit Detective Cross stattgefunden hat. Jeder kann sehen, dass ich mich eindeutig im öffentlich zugänglichen Raum befunden habe. Ich habe mich ohne jeden Zweifel an die Spielregeln gehalten.

Was ich allerdings zugeben muss, ist, dass ich während der Unterhaltung ein verstecktes Aufnahmegerät benutzt habe. Das mache ich grundsätzlich immer, wenn ich mit dem MPD zu tun habe, als Absicherung. Aber jetzt hat es sich zum ersten Mal als notwendig erwiesen. Wenn Sie *hier* klicken, dann hören Sie meine Unterhaltung mit Detective Cross, gefolgt von einem kurzen Handgemenge, in dessen Verlauf er mir das Aufnahmegerät abgenommen und zwischen die Bäume geworfen hat. Die Richtung habe ich mit einem Pfeil auf der oben erwähnten Karte markiert.

Was ich mit alldem bezwecke? Nun, ich hoffe, ich kann dadurch deutlich – meines Erachtens sogar mehr als deutlich – machen, dass das MPD radikal ausgemistet werden muss. Ich kenne Berichte aus Ägypten, aus Libyen und China, wo durchaus solche Zustände in den Polizeibehörden herrschen. Aber wollen wir so etwas wirklich hier bei uns haben?

Wie immer fordere ich Sie hiermit ausdrücklich dazu auf, sich NICHT allein auf mein Wort zu verlassen. Gehen Sie den Dingen selbst auf den Grund. Hören Sie sich um. Bilden Sie sich eine Meinung. Wenn Sie eine Bemerkung oder einen Eindruck über die Arbeit des MPD mit anderen teilen möchten, klicken Sie *hier*.

Und denken Sie immer daran: Die Polizei ist für Sie da. Und nicht andersherum.

51

Als ich an diesem Abend um kurz vor sieben Uhr nach Hause kam, war es merkwürdig still im Haus. Keine Kinder im Wohnzimmer, die Wii spielten. Keine Teenie-Rapper hinter verschlossenen Türen. Keine trampelnden Füße auf der Treppe.

Stattdessen entdeckte ich Bree am Küchentisch zusammen mit Stephanie Gethmann, unserer Sozialarbeiterin. Stephanie arbeitete beim Jugendamt und war für Ava zuständig. Normalerweise kam sie nur einmal im Monat zu uns, aber ihr letzter Besuch war gerade mal eine Woche her.

Irgendetwas war passiert.

»Alex, komm und setz dich«, sagte Bree. Sie wirkte angespannt und legte ihre Hand auf meine, als ich mir einen Stuhl heranzog.

»Was ist denn los? Wo sind die Kinder?«, wollte ich wissen.

»Jannie und Ali sind bei Tante Tia«, erwiderte Bree.

»Und Ava? Ist ihr etwas zugestoßen?«

»Ein Polizist hat sie heute Nachmittag nach Hause gebracht«, sagte Bree. »Er hat sie bewusstlos auf einer Parkbank am Seward Square gefunden.«

Die Nachricht traf mich wie ein Schlag in die Magengrube, allerdings nicht völlig unvorbereitet. Irgendwie hatte ich bereits damit gerechnet.

»Bewusstlos?«, hakte ich nach.

»Mit Pupillen so groß wie Stecknadelköpfe.«

Also Opiate. Womöglich Oxycontin, obwohl Ava dafür

eigentlich nicht genügend Geld hatte. Vielleicht auch Fentanyl. Das war billiger und leichter zu beschaffen, aber auch unberechenbarer in der Wirkung. Mein Polizistenhirn spulte, ohne dass ich es daran hindern konnte, eine ganze Liste von Möglichkeiten ab.

»Nana ist gerade oben bei ihr im Zimmer«, fuhr Bree fort. »Sie schläft jetzt. Aber morgen früh müssen wir ihr eine Urinprobe abnehmen.«

Ich nickte und senkte den Blick auf die Tischplatte. Schlagartig fühlte es sich wieder an wie Juli 1989. Das war das letzte Mal gewesen, dass Drogen dieses Haus heimgesucht hatten.

Mein Bruder Blake war süchtig gewesen. Eines Abends hatte er auf Nanas Türschwelle gestanden, von Entzugserscheinungen gebeutelt, um Hilfe flehend. Nana rief mich in meinem Wohnheim in Georgetown an und bat mich, nach Hause zu kommen. Es folgten lange, schweißtreibende zwölf Stunden, aber dann hatten wir es geschafft. Nana als rettender Engel, während ich eben aushalf, so gut es ging.

Was ich damals noch nicht wusste, war, dass dies das letzte Mal sein würde, dass wir alle drei zusammen waren. Blake versprach hoch und heilig, in der Entziehungsanstalt zu bleiben, die Nana für ihn ausfindig gemacht hatte, aber lange hielt er es nicht aus und verschwand danach spurlos. Erst am Morgen des 2. September hörten wir wieder etwas von ihm. Auch damals stand ein Polizist vor unserer Tür. Blake war in einer billigen Absteige in Anacostia gefunden worden, tot, nach einer Überdosis Heroin.

Jetzt befiel mich unwillkürlich eine schreckliche Angst um Ava. Sie war nicht Blake, natürlich nicht. Aber mir war auch bewusst, dass Nana und ich alles in unserer Macht

Stehende für meinen Bruder getan hatten – und trotzdem war es nicht genug gewesen.

»Und, was nun?«, wandte ich mich an Stephanie.

»Auf jeden Fall Beratungsgespräche«, erwiderte sie. »Vielleicht auch eine Therapie. Es kommt darauf an, was Ava dazu zu sagen hat. Wir müssen wissen, wie lange das schon so geht und ob sie womöglich schon süchtig ist. Und wenn Sie vielleicht herausfinden könnten, woher sie die Drogen bekommt, das wäre ein wichtiger Schritt in die richtige Richtung.«

»Wir haben ihr in letzter Zeit ohnehin wenig Spielraum gelassen«, sagte Bree. »Es ist das eine oder andere vorgefallen.«

»Drogen?«, hakte Stephanie nach.

Bree und ich tauschten einen Blick aus. »Wir waren uns nicht sicher«, sagte sie dann. »Aber ich schätze, damit ist es klar.«

»Tja, ich denke, es ist das Beste für Ava, wenn sie vorerst hierbleiben kann. Ich lasse sie heute erst einmal schlafen, aber ich möchte, dass sie morgen zu mir ins Büro kommt. Außerdem werde ich sie häufiger als bisher hier besuchen. Wie wäre es denn mittwochs und samstags?«

»Gut«, meinte Bree.

Ich hatte das Gefühl, als würde ich meilenweit hinterherhecheln. In meinem Kopf ging alles durcheinander. Als ich den Blick hob, starrten Stephanie und Bree mich an.

»Entschuldigung… wie bitte?«, sagte ich.

»Mittwochs und samstags«, wiederholte Stephanie. »Passt Ihnen das, Alex?«

»Ja. Natürlich. Koste es, was es wolle. Wir machen es passend.«

52

»Ja. Natürlich. Koste es, was es wolle. Wir machen es passend.«

Ron Guidice nahm die Kopfhörer ab und ließ sich gegen die Lehne sinken. Er hatte alles gehört, was er hören musste. Den Rest des Gesprächs konnte er auch der Festplatte überlassen.

Zurzeit schien das Unglück ja von allen Seiten über Alex hereinzubrechen. Und genau das war der Sinn und Zweck der elektronischen Überwachung. Nur durch diese Einblicke in Alex' häusliche Verhältnisse wurden Guidices Geschichten so richtig rund. Sein Plan funktionierte wirklich absolut fabelhaft.

Guidice notierte sich die genaue Zeit auf einem Block neben dem Computer und hatte gerade angefangen, ein paar Gedanken einzugeben, als es an der Zimmertür klopfte.

»Ronald, Schätzchen?«

»Herein«, sagte er und klappte den Laptop zu.

Seine Mutter machte die Tür auf. Sie hatte die kleine Grace auf dem Arm und eine weiße Stoffwindel über der Schulter. Aus der Tasche ihres Schürzenkleids lugte der Sauger einer kleinen Nuckelflasche hervor.

»Emma Lee möchte gerne von ihrem Daddy zu Bett gebracht werden.«

»Kein Problem«, meinte Guidice.

Aber als er zur Tür hinauswollte, rückte Lydia keinen Millimeter zur Seite. Sie blieb einfach stehen. Der Türrahmen wurde durch ihre stattlichen Rundungen voll und ganz ausgefüllt. Das war ihre persönliche Art der passiven

Aggressivität, indem sie sich einfach in den Weg stellte wie eine Kuh auf die Bahngleise. Ganz offensichtlich hatte sie etwas auf dem Herzen.

Guidice ermahnte sich zur Geduld. Es war noch nicht klar, ob seine Mutter einen kleinen Stockhieb oder doch eher eine Möhre brauchte. Vielleicht sogar beides.

»Was gibt es denn, Mom?«

»Hast du schon die Polizei angerufen?«

»Nein«, sagte er. »Mach dir keine Sorgen.«

»Tja, ich mache mir aber Sorgen«, erwiderte sie, während sie gedankenverloren das Baby schaukelte. »Ich meine…« Sie senkte die Stimme zu einem Flüstern, als würde noch jemand anders zuhören. »Woher willst du überhaupt wissen, dass sie von dir ist?«

Guidice streckte die Hand aus und streichelte die rosige Wange seiner Tochter. Ihre halb geschlossenen Augen entlockten ihm ein Lächeln. »Sieh sie dir doch an«, sagte er. »Sie ist mir doch wie aus dem Gesicht geschnitten.«

»Trotzdem. Ich meine, immerhin geht es hier um ihre Mutter«, beharrte Lydia.

»Sie ist eine Schlampe, Mom. Nichts weiter als ein One-Night-Stand.«

Seine Mutter wandte sich ab und hob abwehrend eine Hand. »Will ich gar nicht wissen, vielen Dank. Ich meine ja nur, dass es nicht richtig war, was sie getan hat.«

»Eben«, erwiderte er. »Denk doch mal nach, Mom. Diese Person hinterlässt ein Baby in einem Auto, legt einen Zettel dazu und haut einfach ab. Willst du wirklich, dass so jemand in Graces Leben eine Rolle spielt?«

Lydia drückte das Baby noch ein bisschen fester an sich. »Na ja, nein, aber…«

»Und genau deswegen sind wir umgezogen. Ich will nicht, dass sie uns findet. Und, ehrlich gesagt, ich will sie genauso wenig finden. Ich behaupte, dass Grace etwas Besseres verdient hat als sie.«

»Wahrscheinlich hast du recht«, erwiderte Lydia zögerlich – entweder weil sie ihm zustimmte oder weil sie mit ihrer mangelhaften Schulbildung schlicht und einfach keiner ernsthaften Diskussion gewachsen war.

»Nicht nur *wahrscheinlich*, Mom. Denk doch mal nach«, sagte er. »Willst du wirklich, dass so jemand deine Enkeltochter großzieht?«

»Nein.« Dieses Mal klang ihre Antwort sehr viel resoluter.

»Nein«, sagte er. »Willst du nicht. Genauso wenig wie ich.«

Er ließ einen Augenblick verstreichen, damit das Gesagte sich setzen konnte, dann wurde seine Stimme weicher. Zeit für eine kleine Möhre.

»Das eine kannst du mir glauben. Du bist eine sehr viel bessere Mutter, als sie jemals sein könnte. Mit Abstand, Mom.«

Mit Komplimenten war Lydia Guidice schon immer leicht zu beeinflussen gewesen. Sie errötete lächelnd und machte ihm dann endlich Platz.

»Geh schon«, sagte sie. »Emma Lee wartet.«

Guidice gab seiner Mutter einen Kuss auf die Wange und trat auf den Flur.

Es waren natürlich auch noch andere Lösungen denkbar. Lydia ließ sich genauso leicht eliminieren wie alle anderen. Es wäre sogar eine Erleichterung, wenn er sich die ununterbrochenen Nörgeleien nicht mehr länger anhören müsste.

Aber in der momentanen Situation war es eine ganz einfache Kosten-Nutzen-Rechnung. Für die Familie war Lydia im Augenblick unersetzlich. Ob es ihm passte oder nicht, er brauchte sie. Es wäre kurzsichtig gewesen, sie aus dem Verkehr zu ziehen, nur damit sie die Klappe hielt.

Nein, dachte Guidice. Das konnte er nicht machen. Er durfte nicht einmal daran denken.

Es sei denn, es wurde absolut unumgänglich.

53

In der Sitzung am nächsten Morgen versuchte ich, mich zu konzentrieren, aber es fiel mir schwer, mit den Gedanken im Raum zu bleiben.

Ich begann, mich zu fragen, ob ich mich womöglich übernommen hatte, und das nicht zum ersten Mal. Ich hatte drei Fälle zu bearbeiten – und ich hatte Ava. Sie war gewissermaßen mein vierter Fall. Später hatten wir noch einen Termin beim Jugendamt. Aber in der Zwischenzeit hatte ich mehr als genug andere Dinge zu tun.

Zu viele, um genau zu sein, aber wie soll man etwas ablehnen, wenn das Leben anderer Menschen auf dem Spiel steht? Wir hatten bis jetzt neun Tote und ein vermisstes Baby zu verzeichnen, und angesichts dreier Tatverdächtiger, allesamt auf freiem Fuß und unbekannt, schien es nur eine Frage der Zeit, bis die nächste Leiche auftauchte.

In der Kriminologie gehen die Meinungen über sogenannte Clusteranalysen, auch Ballungsanalysen genannt, weit auseinander. Manche Leute vertreten die Meinung, die Ballung bestimmter Verbrechen sei reiner Zufall. Es sei doch logisch, dass es immer wieder vorkommen kann, dass sich mehrere ähnlich gelagerte Straftaten räumlich und zeitlich überschneiden. In Bezug auf Serienmorde sind die Vereinigten Staaten einsame Weltspitze. Hier sind zu jedem beliebigen Zeitpunkt zwischen fünfundzwanzig und fünfzig aktive Serienkiller registriert.

Das berühmteste Cluster, das ich kenne, fand im Süden von Los Angeles statt, vom Anfang der Achtzigerjahre bis ins Jahr 2007. Bis dahin war es dem Los Angeles Police Department gelungen, fünf verschiedene Täter zu identifizieren, unter anderem den »Grim Sleeper« und den »Southside Slayer«. Als schließlich alle fünf Fälle aufgeklärt waren, hatten insgesamt fünfundfünfzig Menschen ihr Leben verloren, und das alles auf einer Fläche von knapp hundertdreißig Quadratkilometern.

In neuester Zeit hatte ich immer wieder Berichte über drei Killer gelesen, die gleichzeitig auf Long Island in den Countys Nassau und Suffolk wüteten. Das Letzte, was ich gehört hatte, war, dass zwei Verdächtige in Haft saßen und der dritte noch auf freiem Fuß war. Die Zahl der Opfer lag bei dreißig.

Und jetzt war auch Washington, D.C., ein Ballungsraum der ganz speziellen Art geworden. Ich verbrachte praktisch meine ganze Zeit mit diesen drei Fällen – dachte über Methoden, Opferprofile, mögliche Motive und vor allem darüber nach, wo einer dieser Täter womöglich das nächste Mal zuschlagen könnte.

Killer Nummer eins war der Mann, den ich im Stillen »Russell« nannte, der angebliche Freund von Elizabeth Reilly. Er war in gewisser Weise der unberechenbarste, da zwischen seinen beiden Taten viereinhalb Jahre lagen und er womöglich auch noch eine Kindesentführung zu verantworten hatte.

Nummer zwei war der Kerl, den die Presse das »Flussungeheuer« getauft hatte. Drei tote Stricher bis jetzt, aber ich befürchtete, dass wir nur noch nicht alle gefunden hatten. Unter normalen Bedingungen kann es Wochen dauern, bis sich in einer verwesenden Wasserleiche so viel Gas gebildet hat, dass sie an die Oberfläche geschwemmt wird.

Killer Nummer drei war der, über den wir bis jetzt am wenigsten wussten. Trotzdem hatte er bereits zwei unterschiedliche Spitznamen bekommen. Manche nannten ihn den Georgetown-Ripper, andere den Barbie-Killer, weil seine beiden bisherigen Opfer blonde Haare und eine perfekte Figur gehabt hatten. Das MPD hatte natürlich keine derartigen Vergleiche angestellt, aber die Medien waren ganz von selbst darauf gekommen.

Dieser Fall beschäftigte mich im Augenblick am allermeisten. Es gab ganz offensichtlich eine Beziehung zwischen dem Flussungeheuer und diesem Kerl, und ich konnte mich des Eindrucks nicht erwehren, dass unser Barbie-Killer etwas nachzuholen hatte. Um es ganz unmissverständlich auszudrücken: Ich hatte das Gefühl, als würde die nächste tote Blondine nicht lange auf sich warten lassen.

Drei Tage später stellte sich heraus, dass ich zumindest zur Hälfte richtiggelegen hatte.

Dieses Mal waren es zwei tote Blondinen.

54

Die Haushälterin hatte die Leichen gefunden, als sie am Montagmorgen zur Arbeit kam. Der Todeszeitpunkt wurde später dann auf Samstagabend, etwa 22:00 Uhr, festgelegt. Das bedeutete, dass die beiden Frauen volle sechsunddreißig Stunden lang tot in ihrem Haus gelegen hatten. Noch mehr schlechte Neuigkeiten für die Ermittlungen. Ich machte mich auf den Weg, sobald ich den Anruf bekam.

Es handelte sich um ein pinkfarbenes Backsteinhaus am Cambridge Place, einem gut situierten, sehr dicht besiedelten Teil von Georgetown. Trotzdem hatte niemand irgendwelche Schreie oder sonstige Störungen bemerkt.

»Keine Anzeichen für ein gewaltsames Eindringen«, sagte mir Errico Valente an der Haustür. »Und die Alarmanlage war auch abgeschaltet. Anscheinend wurde er freiwillig ins Haus gelassen.«

»Gibt es hier öffentliche Überwachungskameras?«

»Ja. Gehören einer privaten Sicherheitsfirma. Wir sind gerade dabei, die entsprechenden Aufnahmen rauszusuchen.«

Die meisten städtischen Überwachungskameras in Washington sind in den gewalttätigsten Stadtvierteln angebracht. Die Ironie bestand darin, dass der zweite Bezirk, also Georgetown, durch diese beiden Morde auf eine Stufe mit allen anderen denkbaren Vierteln der Stadt gehoben worden war, Leichnam für Leichnam.

Ich folgte Valente durch den Hausflur hinauf zum mutmaßlichen Tatort, einer großen Suite im mittleren der insgesamt drei Stockwerke. Die beiden Opfer waren Mutter und Tochter, Cecily und Keira Whitley, dreiundvierzig beziehungsweise neunzehn Jahre alt. Mrs. Whitley war geschieden, aber ihr Exmann lebte immer noch in Washington, wo sie auch ihre beiden Töchter großgezogen hatten. Keiras Zwillingsschwester studierte an der University of California in Santa Barbara.

Jetzt war die Familie Whitley mit einem Schlag nur noch halb so groß.

Als ich das Schlafzimmer betrat, fiel mein Blick als Erstes auf die Mutter. Sie lag auf den blass pinkfarbenen Laken eines ungemachten, großen Doppelbetts. Die Bettbezüge waren abgezogen und auf den Boden geworfen worden.

Die Tochter lag auf einer dick gepolsterten Chaiselongue in der Ecke, das Gesicht ihrer Mutter zugewandt. Die Abdrücke im Teppich verrieten, dass das Sofa erst kürzlich an diese Stelle gerückt worden war.

Beide waren groß gewachsene, attraktive Frauen gewesen, und es war auch noch zu erkennen, dass sie lange blonde Haare gehabt hatten. Um ehrlich zu sein, sie sahen einander ausgesprochen ähnlich. Noch zwei Barbies für den Barbie-Killer. Falls es diesbezüglich überhaupt noch Zweifel gegeben hatte, dann wurden sie durch die charakteristischen Messerstiche beseitigt. Beide Opfer wiesen Stichwunden in der linken Brusthälfte, am Unterleib sowie am rechten Oberschenkel in der Nähe der Hauptschlagader auf. Geronnenes Blut umkränzte die beiden.

»So ein widerliches Schwein«, sagte Valente. »Einfach nur Morden um des Mordens willen.«

Genau so schien es zu sein. Es gab keinerlei Anzeichen für einen sexuellen Übergriff oder einen Raub. Mrs. Whitleys blaue Lederhandtasche lag geschlossen auf der Kommode neben dem Fenster, genauso unangetastet wie Keiras auffällige Diamantohrringe.

Das Alter schien für diesen Kerl keine entscheidende Rolle zu spielen. Die einzigen wirklichen Konstanten waren das übereinstimmende Aussehen der Opfer, die Messerstiche sowie, natürlich, die abgeschnittenen Haare. Sie waren praktisch überall zu sehen – hafteten zusammen mit dem verklebten Blut an den Möbeln, lagen aber auch in losen Haufen und unzähligen einzelnen Strähnen im gesamten Zimmer und auf den Opfern selbst verteilt. Ich hatte schon lange nicht mehr so einen bizarren Tatort gesehen.

Aber war eines dieser Elemente womöglich bedeutsamer als die anderen? Der Täter lebte jedenfalls irgendetwas aus, so viel stand fest. Vielleicht erweckte er dadurch eine Fantasie zum Leben – immer und immer wieder.

Gut möglich, dass diese Frauen ein Ersatz für jemand anders waren, dachte ich. Jemand, den unser Killer liebend gerne ins Jenseits befördern würde. Eine tote Mutter vielleicht. Oder eine Ex. Ich wusste im Moment noch nicht genau, wie ich dieses Rätsel lösen sollte, aber irgendwo in meinem Bauch fühlte es sich so an, als ob die Frage in die richtige Richtung zeigte.

Wer war dieser Kerl … und wen versuchte er umzubringen, immer und immer wieder?

55

Als Valente und ich bereits einen Großteil des Hauses in Augenschein genommen hatten, hörten wir von dem Sergeant an der Haustür, dass ein Vertreter von Baseline Security eingetroffen sei. Errico funkte zurück, dass niemand das Haus betreten dürfe, und wir machten uns auf den Weg nach draußen.

Auf halber Strecke zwischen dem Haus der Whitleys und den Straßensperren am Ende des Häuserblocks stand ein schwarzer Range Rover. Der Mann, der dort auf uns wartete, stellte sich als John Overbey vor. Er war der Inhaber der Sicherheitsfirma. Sie war in verschiedenen Gegenden, wo die Stadt keine eigenen Überwachungssysteme angebracht hatte, von Nachbarschaftsvereinen engagiert worden, um Videokameras zu installieren und unbewohnte Häuser zu bewachen.

Anscheinend lief das Geschäft nicht schlecht. Overbeys grüne Krawatte hatte wahrscheinlich mehr gekostet als mein ganzer Anzug.

»Hier in diesem Block haben wir eine Abdeckung von einhundert Prozent«, sagte er. »Ich habe mir sofort, nachdem wir die schreckliche Nachricht bekommen haben, die Aufzeichnungen angesehen. Und ich bin mir ziemlich sicher, dass wir Ihren Mann erfasst haben.«

Während er mit uns sprach, ließ er das Haus der Whitleys nicht aus den Augen. Wenn ich an seiner Stelle gewesen wäre, hätte auch ich liebend gerne einen Blick hineingeworfen, aber Valente bedeutete ihm, sein Toughbook aufzuklappen, gleich hier auf der Motorhaube seines Wagens.

Als der Laptop-Bildschirm zum Leben erwachte, tauchten zwei Videostandbilder nebeneinander auf. Die Zeitcodierung am Bildschirmrand wirkte auf mich vollkommen unverständlich – vielleicht eine interne Verschlüsselung –, aber er konnte sie ohne Probleme entziffern.

»Das war Samstagabend, 21:46 Uhr«, sagte er und deutete auf das linke Video. »Und das andere um 22:15 Uhr. Beide stammen aus derselben Kamera, aus der da drüben.«

Er drehte sich um und deutete auf das Ende des Blocks, zur Ecke Cambridge und Thirteenth Street. Unter dem Fenster im ersten Stock des Eckhauses war ein kleiner schwarzer Kasten befestigt.

»Gehen wir chronologisch vor«, sagte Valente.

Overbey vergrößerte das erste Standbild auf volle Bildschirmgröße und ließ das Video laufen.

Im Gegensatz zu den städtischen Kameras machte diese hier glasklare, digitale Farbaufnahmen. Die einzige Einschränkung war der Tatsache zu verdanken, dass es Nacht gewesen war. Am Cambridge Place säumten nur wenige altmodische Straßenlampen die Backsteinbürgersteige, sodass die Beleuchtung eher spärlich ausfiel.

Nach ein paar Sekunden Regungslosigkeit kam ein Mann ins Bild. Er ging mit dem Rücken zur Kamera die Straße entlang.

»Das ist er«, sagte Overbey.

Viel war nicht von ihm zu sehen, außer dass er eine Baseballmütze und einen dunklen, knielangen Mantel trug. Vor dem Haus der Whitleys angekommen, betrat er die Treppe und schien dann zu klingeln.

Es war ein unheimliches Gefühl zu wissen, was gleich passieren würde, ohne das Geringste dagegen tun zu können.

Die Terrassenbeleuchtung sprang an. Es schien einen kurzen Wortwechsel zu geben, wobei der Mann mehrfach die Straße hinauf zeigte. Schließlich trat eine blonde Frau ins Freie. Die Entfernung war zu groß, sodass sich nicht sagen ließ, ob es sich um Mrs. Whitley oder ihre Tochter gehandelt hatte, aber sie legte dem Mann einen Arm um die Schulter und führte ihn nach drinnen. Dabei hinkte er deutlich wahrnehmbar. Zuvor hatte er nicht gehinkt.

»Wahrscheinlich hat er ihr erzählt, dass er ausgeraubt worden ist«, sagte Overbey und holte das nächste Video auf den Monitor. »Jetzt passen Sie auf. Das war neunundzwanzig Minuten später.«

Wir sahen denselben Bildausschnitt wie zuvor. Der Mann kam aus dem Haus und zog die Tür hinter sich ins Schloss. Er kam die Treppe herunter, wandte sich nach links und ging die Straße entlang, locker und geschmeidig, ohne jedes Hinken.

Als er wieder bei der Kamera war, sahen wir zum ersten Mal sein Gesicht. Er hob sogar den Kopf und blickte für einen Sekundenbruchteil direkt ins Objektiv, dann war er vorbei.

»Voll erfasst«, sagte ich.

»Genau.« Overbey hielt das Video an, spulte zurück und stoppte den Film.

Der Mann schien uns direkt anzuschauen. Valente beugte sich näher, dann stieß er einen unterdrückten Fluch aus.

»Kommt Ihnen der bekannt vor?«, fragte er.

Und das tat er tatsächlich. Das Gesicht war ähnlich,

wenn auch nicht vollkommen identisch mit dem des alten Mannes, den wir vor Kurzem, nachdem Darcy Vickers ermordet worden war, auf dem Überwachungsvideo aus der Tiefgarage gesehen hatten.

Er war ungefähr gleich alt, vielleicht siebzig, aber anders als der andere trug dieser Kerl einen Schnurrbart und eine Brille. Außerdem quollen unter der Baseballmütze dicke weiße Locken hervor. Der andere war dagegen beinahe glatzköpfig gewesen.

»Das ist eine Verkleidung«, sagte ich in dem Moment, als ich es begriffen hatte.

Valente nickte. »So eine Art Maske, stimmt's? Mein Gott. Das könnte eine Menge erklären.«

»Ich glaube, es ist ihm auch egal, ob wir das wissen oder nicht«, fügte ich hinzu. »Er hat offensichtlich genau gewusst, wo die Kamera hängt, so wie er da nach oben schaut. Vielleicht wollte er sogar, dass wir ihn sehen.«

Das konnte gut oder schlecht für uns sein, dachte ich. Vielleicht bedeutete es ja, dass er aus gutem Grund so selbstbewusst war und wir seine Verkleidung niemals würden durchschauen können.

Oder aber er wurde langsam überheblich – vielleicht ein bisschen *zu* überheblich –, und wir waren gerade eben einen Schritt weitergekommen.

Ich sah Overbey an. »Können Sie rauskriegen, wo er von hier aus hingegangen ist? Oder woher er gekommen ist?«

»Ich werd's versuchen«, erwiderte Overbey. »Unser Gebiet reicht allerdings nur bis zur Q Street. Sie können aber auch von der Stadt Bilder anfordern.«

»Bin schon dabei«, sagte Valente und tippte eine Nummer in sein Handy.

»Hallo? Detective Cross?«

Jetzt war noch jemand gekommen. Ich drehte mich um und sah einen Streifenpolizisten, der mir Zeichen gab.

»Was ist denn los?«, wollte ich wissen.

»Sie haben Besuch, Detective.«

»*Was?*« Das ergab beim besten Willen keinen Sinn. Das hier war ein Tatort, zu dem niemand Zutritt hatte.

Der Beamte zuckte mit den Schultern. »Er hat gesagt, Sie hätten ihn angerufen und ihn gebeten herzukommen. Er wartet da drüben.«

Ich blickte in die Richtung, in die der Mann zeigte. Dort stand, wie üblich in Kapuzenshirt und Cargohose, Ron Guidice.

»Was macht denn dieser Vollidiot hier?«, sagte Valente. »Soll ich ihn zum Teufel jagen?«

»Nein«, meinte ich. »Das erledige ich selbst. Um ehrlich zu sein, es ist mir ein Vergnügen.«

Irgendwie hatte Guidice es geschafft, in meinen Tatort einzudringen. Ich würde ihm unmissverständlich klarmachen, wo der Ausgang war.

56

Ich habe keine Hemmungen, einen Reporter am Kragen zu packen und ihn hinter die Absperrung zu schleifen, falls er unerlaubt einen Tatort betreten hat. Bis jetzt war ich noch nie gezwungen gewesen, einen festzunehmen. Aber schließlich gibt es für alles ein erstes Mal.

»He! Guidice!«, sagte ich und ging direkt auf ihn zu. »Sie müssen hier weg.«

Er machte einen Schritt vom Bürgersteig hinunter auf die Straße und stand jetzt zwischen zwei parkenden Autos.

»Detective Cross, sind Sie etwa auf Droge?«, sagte er mit lauter Stimme, sodass man ihn weithin verstehen konnte.

»Sehr witzig«, erwiderte ich. Ich hatte keinen Zweifel, dass er mich mit diesem kleinen Schmierentheater einfach nur verunsichern wollte. Guidice war klug genug, um genau zu wissen, dass er keinerlei Recht hatte, zu diesem Zeitpunkt am Tatort zu sein. Aber ich war wild entschlossen, mich von seinem dummen Gequatsche nicht aus dem Konzept bringen zu lassen.

»Sie haben fünf Sekunden Zeit, um wieder hinter die Absperrung zu verschwinden.« Ich deutete zum Ende des Häuserblocks, wo sich mittlerweile eine Menschenmenge versammelt hatte. Manche hatten sogar Protestschilder dabei – SICHERHEIT FÜR GEORGETOWN oder SPINNT IHR EIGENTLICH, MPD? Guidice war bestimmt begeistert.

Seine Augen wurden zu schmalen Schlitzen, seine Pupillen zuckten nach links und nach rechts und nahmen mich ins Visier.

»Sie haben doch nicht etwa irgendwelche Drogen genommen, oder doch?«, sagte er. »Ich wollte eigentlich nicht darüber schreiben, solange ich mir nicht sicher war, aber …«

»Ronald Guidice, ich nehme Sie hiermit fest. Sie haben einen abgesperrten Tatort betreten«, fiel ich ihm ins Wort. Die Handschellen hatte ich bereits in der Hand. »Drehen Sie sich um und legen Sie die Hände auf den Rücken.«

Er stand immer noch zwischen den parkenden Autos, und ich musste mich ebenfalls in die Lücke stellen, um ihn vorwärtsschieben zu können. In diesem Augenblick fühlte ich einen stechenden Schmerz im Oberschenkel.

Ich blickte nach unten und sah gerade noch, wie Guidice seine Hand zurückzog. Er hielt etwas zwischen den Fingern, aber ich konnte nicht genau erkennen, was es war.

Meine Reaktion erfolgte ganz automatisch. Ich schlug ihn, und zwar fest. Meine Faust ließ das Blut aus seiner Nase und über seine Lippen schießen. Wahrscheinlich hätte ich jetzt aufhören sollen, aber das Adrenalin hatte mich fest im Griff, und Guidice stand immer noch. Also ließ ich auf den linken Haken eine rechte Gerade folgen.

Dieses Mal ging er zu Boden.

Er landete auf dem Rücken und sah mich verblüfft an. Mein Knie lag nun auf seiner Brust, damit er sich nicht bewegen konnte. Mein Oberschenkel pulsierte vor Schmerz. Er hatte genau den Muskel getroffen.

»Was zum Teufel war das?«, brüllte ich ihn an. »Womit haben Sie mich gestochen?«

Ich hatte kaum angefangen, seine Taschen zu durchwühlen, da zogen mich zwei uniformierte Beamte von ihm herab. Ein dritter Streifenpolizist kniete sich neben Guidice und zog ihn in die entgegengesetzte Richtung weg, auf den Bürgersteig.

Valente war auch dort, und dann sah ich Huizenga, die von ihrem Wagen herübergerannt kam.

»Alex? Was ist denn hier los?«, wollte sie wissen.

»Er steht unter Arrest!« Ich deutete auf Guidice. »Durchsucht seine Taschen. Nehmt ihn fest!«

Guidice lag benommen auf dem Bürgersteig und beobachtete mich. »Sergeant, Ihr Detective steht ganz offensichtlich unter Drogeneinfluss. Er hat mich gerade angegriffen, völlig ohne Grund.«

Er wischte sich das Blut vom Mund und hob die Hand in Richtung der Kameras an der Straßenecke.

»Das war Alex Cross! Das hat er mir angetan!«

»Komm her!«, brüllte ich ihn an, aber Huizenga stellte sich zwischen uns und brachte mich zurück. Valente hatte mich ebenfalls am Arm gepackt.

»Reißen Sie sich zusammen, Alex!«, sagte Huizenga. »Und jetzt sagen Sie mir, dass es einen verdammt guten Grund für dieses ganze Theater gibt.«

»Er hat mich gerade eben gepikst!«, sagte ich.

»Was reden Sie denn da?«

»Ich weiß nicht …«, sagte ich. »Ich weiß nicht, was das … war.«

Es fiel mir schwer, mich zu konzentrieren, und meine Gedanken wurden immer verschwommener. Ich spürte ein Kribbeln am ganzen Körper. Ein warmes Gefühl breitete sich in mir aus, gelangte über meine Gliedmaßen in meinen Kopf.

»Ich glaube, ich …«

Ich glaube, ich kippe gleich um, wollte ich eigentlich sagen, aber so weit kam ich nicht.

Das war nicht nur ein Pikser mit einer Nadel gewesen, das wurde mir schlagartig klar. Da steckte etwas anderes dahinter. Der letzte Gedanke, an den ich mich erinnern kann, war, dass ich gerade vergiftet worden war. Dann verlor ich das Bewusstsein.

57

Ich wachte im Krankenwagen auf. Huizenga war neben mir. Wir fuhren.

Zuerst wusste ich beim besten Willen nicht, wie ich mir das erklären sollte, doch dann dämmerte mir, was passiert war.

»Liegen bleiben«, sagte Huizenga und drückte mich zurück auf die Trage, als ich versuchte, mich aufzurichten.

Links und rechts kauerte je ein Sanitäter. Einer maß meinen Blutdruck. Der andere teilte irgendjemandem per Funk meine Werte mit, wahrscheinlich dem Krankenhaus, das wir gerade ansteuerten. Das Georgetown Hospital, vielleicht.

»Er hat mich gepikst…«

»Entspannen Sie sich.«

»Er…«

Jetzt fühlte ich mich schon wieder wie Wackelpudding, abgesehen von dem Kribbeln in meinen Händen. In meinem Kopf drehte sich alles. Was zum Teufel sollte denn das? Ich *wusste* zwar ganz genau, dass irgendetwas überhaupt nicht stimmte, aber irgendwie konnte ich es nicht *fühlen*. Ich befand mich in einem unerklärlichen euphorischen Zustand, der alle Furcht und jede Angst in den Hintergrund drängte. Als würde ich mir einen Film über meine Fahrt im Krankenwagen ansehen und nicht selbst darin liegen.

Meine Augen rollten in die Höhlen zurück. Ein Sanitäter hob eines meiner Augenlider an.

»Er wird wieder bewusstlos«, sagte er.

Das war das Letzte, was ich hörte.

58

Als ich das nächste Mal aufwachte, lag ich im Krankenhaus. Eine kastenförmige Neonlampe hing über mir. Der Untersuchungsraum oder das Krankenabteil, in das sie mich gesteckt hatten, besaß keine Wände, sondern nur einen blauen Vorhang.

Huizenga war immer noch da. Und Bree auch, wie ich erst jetzt bemerkte.

»Hallo, du«, sagte sie und drückte mir die Hand. »Wie fühlst du dich?«

Ich war immer noch benommen und schwebte auf den letzten Resten irgendeiner Wolke. Ich lächelte, trotz alledem. Irgendwie sah alles ein bisschen verschwommen aus.

»Seit wann bist du denn hier?«, fragte ich sie.

»Seit ein paar Stunden. Es ist sechs Uhr.«

»Was ist passiert?«

»Man hat Opiate in Ihrem Blut festgestellt«, ergriff Huizenga das Wort. »Hauptsächlich Oxycontin.«

»Hauptsächlich?«

»Ein bisschen Morphium auch.«

»Aha.« Ich ließ mich in die Kissen sinken. »Wusste ich's doch. Die ganze Zeit hatte ich das Gefühl, als würde mir das irgendwie bekannt vorkommen.«

Ich hatte im Lauf der Jahre schon den einen oder anderen Kratzer abbekommen und daher auch ein paar Erfahrungen mit der Wirkung von Morphium gemacht. Zum letzten Mal, als ich vor etlichen Jahren einen Fall bis nach Vermont verfolgt hatte und dort angeschossen worden war.

Jetzt kam die Erinnerung Stück für Stück zurück. Der Tatort in Georgetown. Die Sicherheitsfirma. Guidice…

Ruckartig setzte ich mich auf und warf die dünne Decke beiseite.

»Wo ist Guidice?«, sagte ich. »Sitzt er in U-Haft?«

»Moment mal«, sagte Bree. »Ganz langsam, Alex. Immer mit der Ruhe.«

»Wo ist er?«, wiederholte ich.

»Ich glaube, er ist immer noch im Präsidium«, sagte Huizenga. »Aber um Ihre Frage zu beantworten: Nein, er sitzt nicht in U-Haft.«

»Was reden Sie denn da? Ich wollte ihm gerade Handschellen anlegen, als er mir die Spritze verpasst hat.«

Marti holte tief Luft und warf Bree einen Blick zu, bevor sie mir eine Antwort gab. Die beiden wussten etwas, was ich nicht wusste.

»Er hatte nichts dergleichen bei sich, Alex«, sagte sie. »Nur seinen Ausweis, Bargeld und die Kamera.«

»Dann hat er das Ding eben weggeworfen«, sagte ich. »Ich sage Ihnen…«

Sie fiel mir ins Wort. »Aber dafür haben wir bei Ihnen allerhand gefunden. Unter anderem das hier.« Huizenga zeigte mir ein braunes Medizinfläschchen. »Das lag in Ihrer Tasche, als wir hier angekommen sind. Und seine Fingerabdrücke sind nicht darauf.«

»*Was?*«

»Guidice behauptet, dass Sie unter Drogeneinfluss gestanden haben – und genau so war es ja auch, warum auch immer. Außerdem behauptet er, dass Sie ihn ohne jeden Grund angegriffen haben. Falls er Ihnen tatsächlich eine Spritze gegeben hat, Alex, dann hat es niemand gesehen.«

»Oh mein Gott.«

Ich ließ mich wieder auf das Bett sinken. So langsam sickerte diese ganze Verdrehung der Wahrheit in mein Bewusstsein. Und Huizenga war noch nicht fertig.

»Außerdem hat er Sie wegen Körperverletzung angezeigt. Und er will eine einstweilige Verfügung erwirken, dass Sie sich ihm nicht mehr nähern dürfen. Er behauptet, dass Sie ihn auf dem Kieker haben, seitdem er angefangen hat, über Sie zu schreiben.«

Ich blickte Huizenga in die Augen. »Er hat mir eine Falle gestellt, Marti. Mein Gott, glauben Sie mir überhaupt? Sie kennen die Geschichte dieses Typen, oder?«

Sie trat einen Schritt von meinem Krankenbett zurück, und ich konnte ihr ansehen, dass sie sich alles andere als wohl in ihrer Haut fühlte.

»Ich will jetzt nicht zu viele Worte machen, Alex. Nicht, solange wir nicht mehr wissen. Aber Sie müssen mir Ihre Dienstwaffe, Ihre Dienstmarke und Ihren Dienstausweis geben.« Sie holte noch einmal tief Luft. »Und ich muss Sie mit aufs Präsidium nehmen, sobald Sie hier entlassen werden.«

»Ganz bestimmt nicht!«, schaltete Bree sich ein. »Sie haben doch gehört, was er gesagt hat. Er wurde angegriffen. Wollen Sie seine Aussage ernsthaft infrage stellen? Er ist einer der besten Polizeibeamten in ganz D. C.«

»*Ich* stelle gar nichts infrage«, entgegnete Huizenga. »Aber das Police Department mauert sich ein. Die ganze Stadt redet dieser Tage über die Rechenschaftspflicht der Polizei, und Tatsache ist nun einmal, dass Alex – aus welchen Gründen auch immer – diesen Mann angegriffen hat.«

»Das ist einfach unglaublich«, stieß Bree hervor. »Sie müssen komplett den Verstand verloren haben!«

Zum ersten Mal wurde Huizenga etwas lauter.

»Bree, Sie sind nur hier, weil ich Ihnen einen Gefallen tun wollte. Ich bin immer noch Ihre Vorgesetzte, kapiert? Also reißen Sie sich auf der Stelle zusammen, oder ich muss Sie auffordern zu gehen.«

»Fordern Sie mich ruhig auf, ganz egal wozu«, erwiderte Bree. »Er kommt mit mir nach Hause.«

»Ich kann Sie auch abführen lassen, wenn es notwendig ist«, konterte Huizenga.

Ich traute meinen Ohren nicht. Ich konnte nicht glauben, dass Guidice allem Anschein nach mit seinen Machenschaften Erfolg haben würde.

»Marti, was soll das heißen, dass Sie mich mit aufs Präsidium nehmen wollen?«, erkundigte ich mich.

Es gab zwei Möglichkeiten. Entweder wollten sie im Büro mit mir reden, oder sie würde mich allen Ernstes festnehmen.

Huizenga senkte den Kopf, und ich kannte die Antwort, auch ohne dass sie ein Wort sagen musste.

»Ich gebe Ihnen zwei Minuten alleine«, sagte sie.

Mit anderen Worten: Ich würde die heutige Nacht nicht zu Hause verbringen.

59

Ich war nicht in die Beratungen der Chefetage eingeweiht, aber als ich schließlich aus dem Krankenhaus entlassen wurde, hatte es sich schon herumgesprochen. Ich würde keine Sonderbehandlung bekommen. Das konnte sich das Police Department nicht erlauben. Nicht bei der momentanen Stimmung in der Öffentlichkeit. Es war eine Art politisches Fußballspiel, und ich war der Ball.

Huizenga brachte mich direkt ins Präsidium. Sie umging die Presse, die sich draußen auf der Indiana Avenue versammelt hatte, und fuhr direkt in die Tiefgarage, ohne dass wir beide ein Wort darüber verloren. Von der Tiefgarage führt ein Lastenaufzug hinunter in den Keller. Dort liegt der zentrale Zellentrakt.

Der Gesichtsausdruck der diensthabenden Beamten lag irgendwo zwischen Verwirrung und Faszination. Ich glaube nicht, dass sie wussten, was ich hier unten zu suchen hatte, aber sie wussten mit Sicherheit genau, wer ich war. Ich hatte im Lauf der Jahre Hunderte Gefangene hierhergebracht.

Aber jetzt hatten die Vorzeichen sich umgekehrt, und zwar auf die schlimmste nur denkbare Art und Weise. Sie nahmen meine Fingerabdrücke und fotografierten mich. Sie leerten mir die Taschen, katalogisierten den Inhalt fein säuberlich und steckten alles in eine Plastiktüte. Sie gaben mir ein dünnes Sandwich und eine Decke und brachten mich dann den Gang entlang zu der Zelle, in der ich die Nacht verbringen würde.

Der Zellentrakt ist siebzig Jahre alt, und die Zellen sehen genauso aus, wie man sie sich vorstellt – Stahlgittertüren, die krachend ins Schloss fallen, Betonfußboden, stählerne Pritschen ohne Matratze und eine stählerne Kloschüssel in der Ecke. Mehr als einmal habe ich jemanden hier abgeliefert und dabei im Stillen gedacht, wie glücklich ich mich schätzen konnte, dass ich die Nacht nicht hier unten verbringen musste.

Huizenga hatte immerhin so viel Einfluss, dass ich eine Einzelzelle bekam, und außerdem bot sie mir an, mir zusätzlich etwas zu essen zu bringen. Aber ich konnte nicht einmal mehr ihren Blick ertragen, als sie auf der anderen Seite der Stahlgittertür stand.

»Wir klären diese ganze Angelegenheit auf, gleich morgen früh«, sagte sie. »Versprochen.«

Ich glaube, sie wollte nicht gehen, ohne mir wenigstens einen Funken Hoffnung dazulassen. Aber in Wirklichkeit konnte sie unmöglich wissen, wie lange das Ganze sich hinziehen würde. Als ich ihr keine Antwort gab, wünschte sie mir eine gute Nacht und ging.

Ich saß auf meiner Pritsche, den Kopf in die Hände gestützt. Das alles kam mir beinahe surreal vor – oder zumindest wie ein Albtraum. Ich konnte beim besten Willen nicht glauben, dass ich hier unten gelandet war, noch dazu wegen einer Tat, die ich gar nicht begangen hatte.

Was Bree wohl den Kindern erzählte? Wie es Ava wohl gehen mochte? Was würden Jannie und Ali davon halten? Ja, ich dachte sogar an diesen Doppelmord am Cambridge Place und fragte mich, ob Valente mit seinen Ermittlungen schon weitergekommen war.

Bei meiner Ankunft im Zellentrakt waren die Lichter

bereits gelöscht gewesen, daher blieb mir bis zum Morgen nichts weiter übrig, als gedankenverloren auf meiner Pritsche zu hocken. An Schlaf war jedenfalls nicht einmal im Traum zu denken.

Vielmehr tauchte jedes Mal, wenn ich die Augen schloss, das Gesicht von Ron Guidice vor mir auf. Ich musste immer wieder an seine blutverschmierten Handflächen denken. An die Art und Weise, wie er sie den Kameras entgegengestreckt hatte. Ein besseres Bild hätte er sich gar nicht ausdenken können. Vor allem zusammen mit den Berichten über meine Festnahme, die garantiert schon bei allen Sendern liefen.

Wenn ich mir den Tod dieses Mannes hätte wünschen können, ich hätte es vielleicht sogar getan.

60

Am nächsten Morgen um halb sechs wurde es unruhig im Gang. Alle die, die im Lauf der Nacht in den Bezirken festgenommen worden waren, wurden jetzt eingeliefert, während gleichzeitig alle, die dem Untersuchungsrichter vorgeführt werden sollten, abtransportiert wurden. Warum sie das ausgerechnet um halb sechs Uhr morgens machen, war mir schon immer schleierhaft. Andererseits … ich hatte ja ohnehin nicht geschlafen.

Ein paar Stunden später wurde ich aus meiner Zelle geholt. Um neun Uhr wollte die Interne Ermittlung mich verhören. Der Sitz der Abteilung war eigentlich in den alten Räumen der Mordkommission in der Pennsylvania Avenue, aber das Verhör sollte in einem der dafür vorgesehenen Räume hier im Daly Building stattfinden – drei Stockwerke unter meinem eigenen Schreibtisch im Bereitschaftsraum der Spezialeinheit für Kapitalverbrechen. Es war absoluter Irrsinn, so durch das Gebäude geführt zu werden.

Der zuständige Beamte brachte mich ins Zimmer. Die beiden Männer, die mich dort erwarteten, kannte ich nicht. Keiner von ihnen machte Anstalten, mir die Hand zu geben. Sie deuteten lediglich auf den leeren Stuhl auf meiner Seite des Tischs.

Es war ein kleiner, schmuckloser Raum. In der Ecke oberhalb der Tür war eine Videokamera montiert. Außerdem hatte jemand einen Rollwagen mit einem DVD-Player und einem alten Röhrenfernseher hereingeschoben.

Die beiden Anzugträger stellten sich als Officer Wieder

und Kamiskey von der Abteilung zur Bekämpfung von Korruption und polizeilichem Fehlverhalten vor. Allein das genügte, um die kalte Wut in mir aufsteigen zu lassen. Als wäre ich nicht schon angepisst genug gewesen. Polizeiliches Fehlverhalten? Unglaublich!

Aber trotzdem war das meine Chance. Ich konnte meine Sicht der Dinge darlegen. Ich setzte also meine Unterschrift unter den Wisch, auf dem ich über meine Rechte aufgeklärt wurde, und war bereit loszulegen.

»Also dann, Detective Cross«, begann Wieder. »Wenn ich richtig verstehe, dann behaupten Sie, dass Ihnen während des fraglichen Zwischenfalls am gestrigen Nachmittag vorsätzlich eine Drogendosis injiziert wurde. Ist das richtig?«

»Das ist richtig«, sagte ich und deutete auf meine Hüfte. »Und zwar mit einer Subkutanspritze. Der Bericht des Notarztes wird die Einstichstelle bestätigen.«

»Das stimmt. Aber da steht nicht, wer die Spritze gesetzt hat«, unterbrach mich Wieder sofort. »Und hat dieser angebliche Spritzenstich stattgefunden, bevor oder nachdem Sie Mr. Guidice niedergeschlagen haben?«

»Direkt davor«, sagte ich. »Das war ja der Grund dafür, dass ich mich gegen ihn zur Wehr gesetzt habe. Der *einzige* Grund.«

»Zweimal.«

»Wie bitte.«

»Sie haben ihn zweimal geschlagen. Beim ersten Mal haben Sie ihm die Nase gebrochen. Und dann haben Sie ihn k. o. geschlagen.«

Mein Herz wummerte wie verrückt. Der Ton dieses Typen passte mir genauso wenig wie die Richtung, die dieses Verhör jetzt bereits eingeschlagen hatte.

»Sehen wir's uns doch mal an, einverstanden?«, sagte Wieder.

Kamiskey nahm eine Fernbedienung und startete ein Video. Es sah aus wie ein Ausschnitt aus den Nachrichten auf Channel Five. Darin waren Guidice und ich zu sehen, wie wir zwischen den beiden parkenden Autos am Cambridge Place standen.

Es gab keinen Ton, aber wir befanden uns offensichtlich mitten in einer hitzigen Auseinandersetzung. Und dann – allem Anschein nach aus heiterem Himmel – riss ich die Fäuste nach oben und schlug Guidice nieder, sodass er aus dem Blickfeld verschwand.

»Das ist nur eine Kamera«, sagte ich. »Aber da waren mindestens noch ein Dutzend andere in der Nähe.«

»Die alle genau das Gleiche zeigen«, sagte Wieder. Er machte eine kurze Pause, lange genug, um mir einen herablassenden Blick zuzuwerfen. »Ich sage ja gar nicht, dass Ihre Behauptung erwiesenermaßen falsch ist, Detective. Und wir wissen auch, dass Sie und Mr. Guidice schon in einem anderen Fall miteinander zu tun hatten …«

»Genau genommen hatten wir da gar nichts miteinander zu tun«, fiel ich ihm ins Wort. »Das Mordopfer war seine Verlobte. Und die Kugel stammte nicht aus meiner Waffe.«

Aber Wieder hatte nicht die Absicht, mir die Kontrolle über das Gespräch zu überlassen.

»Was ich damit sagen will«, fuhr er mit erhobener Stimme fort, »ist, dass wir im Augenblick zu untersuchen haben, ob bei dem gestrigen Vorfall möglicherweise ein polizeiliches Fehlverhalten vorgelegen hat. Bis jetzt haben wir keinerlei Hinweise gefunden, die Ihre Version der Vorgänge stützen. Aber wir haben *das* hier.«

Mit diesen Worten klappte er einen Aktenordner auf. Darin lagen mehrere zusammengeheftete Blätter. Das oberste war ein Polizeiformular für eine Anzeige. Ich kannte weder die Handschrift noch die Unterschrift am unteren Ende.

»Wir haben etliche wenig schmeichelhafte Artikel aus der jüngeren Vergangenheit über Sie, allesamt verfasst von Mr. Guidice. Wir haben eine dokumentierte Auseinandersetzung zwischen Ihnen beiden oben bei Schleuse sieben, wo Sie allem Anschein nach aggressiv gegenüber Mr. Guidice aufgetreten sind und sein Aufnahmegerät weggeworfen haben. Wir haben natürlich das hier…«, er deutete auf das Standbild auf dem Fernseher, »…und schließlich noch den Befund des Drogentests, bei dem Opiate in Ihrem Körper festgestellt wurden, die zu den Tabletten passen, die Sie gestern in der Tasche hatten.«

Wieder pausierte noch einmal und sah mich mit erhobenen Augenbrauen an. Er erinnerte mich an all die anderen scheinheiligen Arschlöcher, die ich in meinem Leben schon getroffen habe… diese Typen, die nicht einmal versuchen zu verbergen, wie sehr sie ihre Macht genießen.

»Also bitte gestatten Sie mir folgende Frage«, fuhr er fort. »Sie sind ein erfahrener Detective. Welche Schlussfolgerung würden Sie ziehen, wenn Sie auf meiner Seite des Tisches säßen?«

»Wenn ich Sie wäre? Dann würde ich mich zuallererst fragen, *wieso* Ron Guidice diese Artikel verfasst. Und dann würde ich vermutlich auf den Gedanken kommen, dass diese Situation hier wie gemalt ist für jemanden wie ihn.«

Die beiden Ermittler sahen einander an.

»Bei allem gebotenen Respekt, Detective, aber das klingt

doch sehr nach Verschwörungstheorie«, erwiderte Wieder und klappte seinen Aktenordner zu.

Ich wusste, was diese Geste zu bedeuten hatte. Die beiden wollten meine Geschichte gar nicht hören. Sie hatten bereits mit ihren Zeugen gesprochen, hatten sich eine Theorie zurechtgelegt, und dieses Verhör hier war nur… was? Eine Formalität? Ein notwendiger Schritt auf dem Weg zu der Anklage, die sie offensichtlich so sehr wollten?

Und das bedeutete, dass es für mich keinen Grund mehr gab, länger hierzubleiben. Ich schob meinen Stuhl zurück, stand auf und klopfte gegen die Tür des Verhörzimmers.

»Entschuldigen Sie…«, sagte Wieder.

»Wenn Sie mich unbedingt auf die Anklagebank setzen wollen, dann machen Sie das gefälligst unter sich aus«, sagte ich. »Ich, für mein Teil, gehe jetzt wieder in meine Zelle.«

Es war Zeit, mir einen Rechtsanwalt zu suchen.

61

Als ich aus dem Verhörzimmer geführt wurde, stand Chief Perkins im Gang und wartete auf mich. Nicht unbedingt der letzte Mensch, den ich dort erwartet hätte, aber auch nicht unbedingt der erste.

»Chief?«

»Kommen Sie«, sagte er und signalisierte dem wachhabenden Beamten, dass er mich übernehmen würde.

Anstatt zurück zum Zellentrakt, gingen wir um die nächste Ecke, durch eine verriegelte Tür und hinaus zu den Fahrstühlen.

»Was machen wir denn?«, wollte ich wissen.

»Sie sind entlassen«, erwiderte er. »Die Presse hat ihren Knochen gehabt.«

»Was?« Ich kam nicht richtig mit. »Hat Bree eine Kaution gestellt?«

Der Chief blickte mit unbeweglicher Miene an mir vorbei. Das alles fiel ihm schwer.

»Ich tue, was ich kann, Alex.«

Ich wusste nicht, was ich dazu sagen sollte. Perkins hätte von Anfang an verhindern können, dass ich überhaupt im Zellentrakt landete. Aber jetzt ließ er anscheinend seine Beziehungen spielen, damit ich nicht wieder zurückmusste.

»Danke«, sagte ich. »Vermutlich.« Er kommentierte meine Reaktion nicht und sagte auch sonst kein Wort, bis wir alleine im Aufzug standen. Seltsame Schwingungen hingen in der Luft.

»Huizenga erwartet Sie im Büro. Wir haben Sie vorerst

in den Innendienst versetzt. Inklusive Kontaktsperre«, teilte er mir mit.

»Kontaktsperre?«, sagte ich.

Die Erleichterung, die ich bis eben noch empfunden hatte, war mit einem Schlag halbiert. Innendienst mit Kontaktsperre bedeutet, dass man Tag für Tag zur Arbeit kommt, an einem Schreibtisch sitzt, das Telefon bedient oder Akten ablegt oder hundert andere Dinge erledigt, die sonst niemand erledigen will.

Es bedeutete auch, dass ich von sämtlichen Ermittlungen abgezogen wurde, und das ausgerechnet zu einem Zeitpunkt, wo die Ermittlungen das am wenigsten verschmerzen konnten.

»Ich nehme an, es hat keinen Zweck, an Ihre Einsicht zu appellieren, oder?«, sagte ich. »Wir haben so viel zu tun wie noch nie.«

»Ich wünschte, es wäre möglich, das können Sie mir glauben«, erwiderte er und schüttelte den Kopf. »Aber Sie sind noch nicht auf der sicheren Seite. Die Vorwürfe gegen Sie sind noch nicht vom Tisch. Falls die Staatsanwaltschaft sich entschließt, Anklage zu erheben, kann ich nichts mehr für Sie tun.«

»Soweit ich es beurteilen kann, legt die Interne Ermittlung es genau darauf an.«

»Wenn es nach dem Willen des Bürgermeisters gegangen wäre, dann wären Sie jetzt schon zu Hause, und zwar mit einer fristlosen Kündigung in der Hand. Aber nicht etwa, weil er Sie nicht leiden kann«, erwiderte Perkins. »Verdammt noch mal, Alex, keine Sekunde lang habe ich diesen Drogen-Schwachsinn geglaubt. Aber warum zum Teufel mussten Sie diesen Typen verprügeln?«

»Er hat es verdient. Er hätte noch viel mehr verdient.«

»Kein Zweifel«, erwiderte der Chief, als die Fahrstuhltüren im zweiten Stock aufglitten. »Aber so ist das Justizsystem eben. Und die Politik.«

Ich glaube, ich hatte aus Perkins' Mund noch nie eine zynischere Äußerung gehört.

Was nicht bedeutet, dass sie nicht voll und ganz wahr gewesen wäre.

62

Als ich die Räume der Spezialeinheit für Kapitalverbrechen betrat, hatte ich keine allzu hohen Erwartungen – eine Besprechung mit Sergeant Huizenga und einen Stapel Akten, der sich im Lauf eines Jahres angesammelt hatte und darauf wartete, irgendwo verstaut zu werden. Aber stattdessen landete ich in einer Art Überraschungsparty.

»Da ist er ja!«, rief Valente, als ich durch die Tür trat. Plötzlich waren alle auf den Beinen, spähten entweder über die Trennwände ihrer Büroabteile hinweg oder kamen auf mich zu. Sie applaudierten, jubelten und klopften mir auf den Rücken. Und alle hatten sie sich das gleiche gelbe T-Shirt übergestreift.

Darauf stand FREIHEIT FÜR ALEX CROSS. Es fühlte sich an, als hätte ich seit Tagen nicht mehr gelacht.

»Hast du ein paar neue Tattoos?«, wollte Valente wissen und legte mir den Arm um die Schulter. Jarret Krause reichte mir eine Tasse Kaffee.

»Schön, Sie zu sehen, Alex. Herzlich willkommen.«

»Ich war doch noch nicht mal weg«, sagte ich.

»Aber fast«, meinte Valente.

Ich war, ehrlich gesagt, sehr gerührt von alldem. In der letzten Nacht, allein in dieser Zelle, da hatte ich keine Ahnung gehabt, wer eigentlich noch hinter mir stand und wer nicht. Jetzt erschien mir diese Frage plötzlich völlig überflüssig. Die Spezialeinheit für Kapitalverbrechen ist eines der besten Teams, für das ich jemals arbeiten durfte. Sie hatten genauso reagiert, wie ich es mir erhofft hatte, und ließen mir genau die Unterstützung zuteilwerden, die ich jedem von ihnen auch gegeben hätte.

Dann sah ich Sergeant Huizenga. Sie stand in der Tür zu ihrem Büro und beobachtete mich. Sie lächelte nicht, und sie trug auch kein gelbes T-Shirt. Aber sie sah vollkommen erledigt aus. Außerdem trug sie dieselben Sachen wie am Tag zuvor. Allem Anschein nach war Marti überhaupt nicht zu Hause gewesen.

Als ich zu ihr ins Büro trat, streckte sie mir als Erstes die Hand entgegen.

»Schwamm drüber?«, sagte sie.

Ich schlug ein, froh und dankbar. »Schwamm drüber.« Ich war ihr nicht böse. Am ehesten empfand ich einen gewissen Respekt, weil sie mich selbst hinter Schloss und Riegel gebracht und das nicht an irgendeinen Untergebenen abgegeben hatte.

»Setzen Sie sich«, sagte sie dann. »Wir müssen ein paar Formalitäten besprechen.«

Sie schob mir zwei Formulare hin, die ich unterschreiben musste, dann gab sie mir meine persönlichen Habseligkeiten zurück, mit Ausnahme der Glock. Anschließend las sie mir die Eckpunkte der einstweiligen Verfügung vor, die Guidice gegen mich erwirkt hatte. Solange sie in Kraft war, durfte ich mich ihm nur auf maximal hundertfünfzig Meter nähern. Sobald eine endgültige Entscheidung gefällt war, würde sie mir unverzüglich mitgeteilt werden.

Es war eine der seltsamsten Verdrehungen von Gut und Böse, die ich in letzter Zeit erlebt hatte. War nicht eigentlich ich es, der vor Guidice beschützt werden musste?

»Haben Sie schon die Nachrichten gesehen?«, erkundigte Marti sich anschließend. »Ich glaube, er hat gestern Abend noch ein Dutzend ›Exklusivinterviews‹ gegeben. Und dazu noch sein gottverdammter Blog.«

»Ich bedaure das alles sehr«, sagte ich. »Sie werden eine Zeit lang einen Ermittler weniger im Team haben.«

»Ich glaube kaum, dass es mir schlechter geht als Ihnen«, meinte sie dazu. »Man braucht Sie ja nur anzuschauen, dann weiß man Bescheid.«

Sie hatte recht. Ich war zwar »frei«, aber mir waren trotzdem die Hände gebunden. Polizisten-Fegefeuer.

»Vorschlag: Nehmen Sie sich doch den Rest des Tages frei und kümmern Sie sich um Ihre Familie«, sagte Huizenga.

»Im Ernst?«, sagte ich. Ehrlich gesagt, das war genau das, was ich jetzt gebrauchen konnte.

»Im Ernst«, erwiderte Marti, und endlich stahl sich doch ein Lächeln auf ihr Gesicht. »Ich denke, die Aktenablage kann auch bis morgen warten.«

63

Zu Fuß sind es keine drei Kilometer vom Präsidium bis zu unserem Haus, aber Bree bestand darauf, mich abzuholen. Mein Auto stand immer noch in Georgetown, doch darum würde ich mich später kümmern. Jetzt wollte ich erst einmal nur nach Hause, unter die Dusche und dann für den Rest des Tages voll und ganz für meine Familie da sein. Die Kinder waren bis Viertel nach drei in der Schule, also hatte ich genügend Zeit, um mich mit Nana und Bree zusammenzusetzen.

Dachte ich jedenfalls.

Als ich dann vor dem Daly Building in Brees weißen Ford Explorer stieg, rechnete ich damit, dass sie einerseits erleichtert war, mich zu sehen, und gleichzeitig immer noch ein wenig angefressen, weil ich die Nacht in der Zelle hatte verbringen müssen. Stattdessen empfing sie mich mit tränenüberströmtem Gesicht.

Sie umschlang mich mit beiden Armen, und wir küssten uns. »Geht es dir gut?«, fragte sie. Erst jetzt sah ich, wie rot ihre Augen waren und wie lange sie schon geweint hatte.

»Mit geht's prima«, erwiderte ich. »Aber wie geht es *dir*?«

Nicht gut, das war klar. »Ich wollte dich eigentlich erst mal nach Hause bringen, aber… du musst es erfahren, Alex. Sie holen Ava ab. Heute noch.«

»Was? Wer holt sie ab?«

»Das Jugendamt. Stephanie hat heute früh schon angerufen. Es ist, weil Ava in letzter Zeit Drogen genommen hat, und jetzt noch die Vorwürfe gegen dich…«

Mein ungläubiges Erstaunen verwandelte sich von einer Sekunde auf die andere in unbändige Wut. »So ein Schwachsinn«, sagte ich. »Es gibt ja noch nicht einmal eine Anklage, von einer Verurteilung ganz zu schweigen.«

Aber aus diesen Sätzen sprach nur die Empörung. Ich wusste es besser, genau wie Bree auch.

»Sie haben gar keine andere Wahl. Sie müssen auf Nummer sicher gehen«, meinte sie. »Und sie schieben es auch nicht auf die lange Bank. Stephanie kommt um fünf Uhr vorbei und holt sie ab.«

Mit anderen Worten: Schuldig bis zum Beweis des Gegenteils. Das bekam ich jetzt am eigenen Leib zu spüren. Meine *Familie* bekam es zu spüren. Und für all das war Ron Guidice verantwortlich.

»Wo bringen sie sie hin?«, wollte ich wissen.

»Vorerst? In eine Gruppenunterkunft in Northeast. Noch heute Abend.«

Es wurde schlimmer und schlimmer. In den Gruppenunterkünften wird eine wilde Mischung aus Kindern und Jugendlichen untergebracht, die sonst nichts und niemanden haben – Waisen, Streuner, Gangstertypen, die ganze Palette. Eine Gruppenunterkunft war so ungefähr das Letzte, was ich mir für Ava gewünscht hätte. Nur auf der Straße zu landen, wäre noch übler gewesen.

Bree sagte, dass wir um elf Uhr einen Termin bei unserer Familienanwältin, Juliet Freeman, hatten. Das war gut. Wir hatten mit Juliet schon gelegentlich über die Frage der Adoption gesprochen, und Bree hatte sie bereits auf den neuesten Stand der Entwicklungen gebracht. Jetzt wollte ich so schnell wie möglich nach Hause und in Aktion treten. Wir mussten etwas unternehmen.

Es herrschte immer noch dichter Berufsverkehr. Es dauerte viel zu lange, bis wir die Constitution Avenue entlanggekrochen waren und uns an der weißen Kuppel des Capitols vorbeigezwängt hatten. Als wir schließlich über den Seward Square fuhren, wo damals unsere erste Begegnung mit Ava stattgefunden hatte, waren Bree und ich in depressives Schweigen verfallen.

Nana ging es auch nicht besser. Als ich die Haustür aufmachte, wirbelte sie in der Küche herum, so schnell, wie eine neunzigjährige Frau eben wirbeln kann. Wenn sie sich aufregt, muss sie sich beschäftigen, und es machte den Eindruck, als hätte sie den ganzen Morgen über gekocht. Ich nahm den Duft nach frisch gebackenem Brot wahr.

Als sie mich sah, hielt sie inne und ließ die Schultern hängen. Ich ging zu ihr und nahm sie in die Arme.

»Wir haben gerade die ersten Erfolge gehabt«, sagte Nana. »So langsam hat ihre harte Schale die ersten Risse bekommen. Und jetzt …«

»Jetzt bekommt Alex erst mal ein kräftiges Frühstück«, schaltete Bree sich ein. »Um elf haben wir den Termin mit Juliet. Und wir geben uns nicht kampflos geschlagen.«

Sie ist Polizistin. Sie weiß, wie man Stress abschüttelt und in gewissen Situationen das Kommando übernimmt. Das bekamen auch die Eier zu spüren, die sie bereits aufgeschlagen hatte und mit dem Schneebesen bearbeitete.

»Was machst du denn da?«, sagte ich. »Das ist doch jetzt nicht wichtig.«

»Nach dieser Nacht brauchst du erst einmal etwas Anständiges zu essen«, erwiderte Bree. »Was haben sie dir heute Morgen gegeben? Einen Donut? Und den hast du bestimmt liegen lassen, stimmt's?«

»Sie hat recht.« Nana tätschelte mir die Hand. »Mach dich erst mal frisch, und wenn du runterkommst, steht das Essen auf dem Tisch.«

»Ja, genau.« Wütend schlug Bree mit geschätzten hundert Stundenkilometern auf die Eier ein. »Und dann wird gekämpft.«

64

»Immer herein, bitte sehr.«

Wer Juliet Freeman auf der Straße begegnet, der würde sie vermutlich nicht für eine Rechtsanwältin halten. Sie ist fast so klein wie Nana, ziemlich rundlich und trägt außerhalb des Gerichtssaals eher schlichte Kleidung.

Auch ihre Kanzlei in der Pennsylvania Avenue wirkt von innen eher wie ein gemütliches Zuhause. Mir gefiel, dass in der Ecke ihres Wartezimmers ein Wäschekorb voller Spielsachen für die Kinder ihrer Mandanten stand und dass ihr Bücherregal ein breites Spektrum aufwies, das von der Verfassungsgeschichte der Vereinigten Staaten bis hin zu Bilderbüchern für die Kleinsten reichte.

Juliet kennt sich nicht nur im Familienrecht aus – sie kennt sich auch mit *Familien* aus und weiß, was es bedeutet, eine Familie zusammenzuhalten. Ich halte sie wirklich für eine rundum beeindruckende Frau.

Ich kam direkt zum Thema, sobald wir uns gesetzt hatten.

»Ich habe drei Fragen«, sagte ich. »Wie können wir Ava zurückbekommen? Was sollen wir in der Zwischenzeit machen? Und wie hängt das alles mit den Vorwürfen gegen mich zusammen, die im Moment durch die Gegend schwirren?«

Juliet antwortete, während sie aus einem alten, verzierten Samowar auf ihrem Sideboard Tee einschenkte. »In gewisser Weise ist das ja eine einzige große Frage«, sagte sie. »Aber eine komplizierte. Ich gehe davon aus, dass ich ganz offen sein soll?«

»Selbstverständlich«, sagte Nana, während sie eine Tasse entgegennahm. »Ich bin eine alte Frau, Juliet. Ich habe keine Zeit mehr für falsche Hoffnungen.«

»Also gut. Die Tatsache, dass Ava Drogen genommen hat, in Kombination mit den Vorwürfen gegen Alex macht die Sache sehr schwierig. Aber selbst ohne diese Vorwürfe haben Sie nicht das Sorgerecht und auch sonst keinerlei Rechte, was Ava angeht.«

»Das stimmt, aber wir haben eine Beziehung zu ihr«, erwiderte Nana Mama. »Das muss doch etwas zählen bei einem Mädchen, das sonst niemanden auf der Welt hat. Ava ist ein Teil unserer Familie geworden.«

Juliet nickte, aber nur zum Zeichen dafür, dass sie verstanden hatte, was Nana sagte, nicht um ihr beizupflichten.

»Juristisch gesehen ist sie das nicht. Wenn das Jugendamt sie bei einer anderen Familie unterbringt und das funktioniert, dann ist die Sache erledigt. Dann kommt sie nicht wieder zurück.«

Dieser Satz ließ unsere Herzen schwer werden. Bree drückte schweigend meine Hand.

»Was schlagen Sie vor?«, wandte ich mich an Juliet.

»Sie müssen Ihre Sozialarbeiterin davon überzeugen, dass Ava die Drogen, die sie genommen hat, auf gar keinen Fall von Ihnen bekommen hat«, sagte Juliet.

»Das haben wir schon erledigt«, meinte Bree.

»Ava muss das bestätigen, ganz direkt, im Gespräch mit ihr. Wenn Sie so ein Gespräch arrangieren könnten, das wäre ein großer Schritt in die richtige Richtung.«

Ich war mir nicht so sicher. »Könnte das nicht als indirektes Eingeständnis verstanden werden, dass ich tatsächlich Drogen nehme?«, sagte ich.

»Alles zu seiner Zeit«, erwiderte Juliet. »Zuallererst kümmern wir uns um Ava, dann um die Vorwürfe gegen Sie. Wann haben Sie den Termin beim Untersuchungsrichter?«

»Heute in einer Woche.«

Sie ging zu ihrem Schreibtisch und machte sich eine Notiz. »Tun Sie, was in Ihrer Macht steht. Aber wenn ich es richtig verstanden habe, dann gibt es auch noch eine einstweilige Verfügung gegen Sie?«

»Ja, aber das war eine Falle«, erwiderte ich. »Ich kann es allerdings nicht beweisen … zumindest jetzt noch nicht. Wenn es sein muss, reiche ich Gegenklage ein. Koste es, was es wolle.«

Juliet beugte sich vor und blickte mir über den Rand ihres roten Brillengestells hinweg fest in die Augen. »Alex, hören Sie mir gut zu. Nie war es so wichtig wie jetzt, dass Sie voll und ganz auf dem Boden des Gesetzes bleiben. Was immer Sie tun, fangen Sie um Gottes willen nicht an, mit irgendwelchen Tricks oder gar illegalen Aktionen zu arbeiten, nur um diesem Kerl eins auszuwischen.« Sie kannte mich, vielleicht sogar ein bisschen zu gut. Es war ein guter Rat. Trotzdem hielt ich mir im Stillen jede Möglichkeit offen.

Dass Ron Guidice mir dieselben Drogen injiziert hatte, die auch Ava genommen hatte, war kein Zufall. So viel war klar.

Ich hatte keine Ahnung, wie er das herausgefunden hatte – vielleicht hatte er einen Labormitarbeiter bestochen, um an die Testergebnisse zu kommen, oder er hatte den Polizisten angesprochen, der Ava zu uns nach Hause gebracht hatte. Aber jedenfalls war es nicht das erste Mal, dass er vertrauliche Informationen ausgegraben hatte. Vielleicht war Guidice doch ein besserer Journalist, als ich geglaubt hatte.

Ein Journalist und ein nachtragendes Arschloch.

Jetzt musste ich es nur noch beweisen. So oder so.

65

Als die Kinder von der Schule nach Hause kamen, setzten wir uns mit ihnen zusammen an den Tisch und führten das schrecklichste Eltern-Kinder-Gespräch meines Lebens. Wir mussten Ava erklären, dass sie ihre Sachen packen musste, und wir mussten allen erklären, warum.

Ich ging in Bezug auf meine Probleme nicht allzu sehr ins Detail. Ich sagte nur, dass ein paar juristische Schwierigkeiten aufgetaucht seien, die zunächst einmal geklärt werden müssten, bevor Ava wieder bei uns einziehen konnte.

Stephanie ließ sich so lange Zeit wie irgend möglich, aber um sechs Uhr musste Ava spätestens in ihrer Gruppe sein. Als es dann um fünf Uhr klingelte, stand Avas Koffer bereits neben der Tür. Im ganzen Haus herrschte Totenstille. Wir hatten uns alle ins Wohnzimmer gesetzt, um dort auf das Unvermeidliche zu warten.

Auch Stephanie war sehr aufgewühlt. Mit Tränen in den Augen stand sie vor der Haustür. Wir hatten über die Drogenvorwürfe bereits gesprochen und sie gebeten, Ava so schnell wie möglich danach zu fragen. Stephanie hatte es versprochen. Aber trotzdem mussten wir eine Sperrfrist von achtundvierzig Stunden einhalten, bevor wir Ava in ihrem neuen Heim besuchen durften. Wir würden also zwei volle Tage lang nicht das Geringste von ihr erfahren.

»Ava, Liebes, bist du so weit?«, fragte Stephanie und versuchte, möglichst aufgeräumt zu klingen.

Ava zuckte nur mit den Schultern und schlurfte zur Tür. Ich sah, wie die harte Abgestumpftheit in ihren Blick zurückkehrte. Es war, als hätte sie von Anfang an damit gerechnet. Die einzige Konstante, die es im Leben dieses Mädchens bisher gegeben hatte, war die Unbeständigkeit. Also, warum sollte es dieses Mal anders sein?

»Einen Moment mal«, sagte Nana. Sie löste das silberne Amulett, das an einer Kette um ihren Hals lag, und folgte Ava zur Haustür. Ich wusste, was sich im Inneren des Amuletts verbarg: auf der einen Seite ein Foto der ganzen Familie und auf der anderen ein albernes Bild von mir als Baby.

»Hier.« Nana legte Ava die Kette um den Hals. »Das ist nur geliehen, also wage es ja nicht, es einzutauschen oder zu verkaufen. Ich will es zurück, sobald du wieder hier wohnst.«

Ava hob und senkte eine Schulter und starrte zu Boden. »Danke, dass ihr so nett zu mir wart«, sagte sie ohne erkennbare Gefühlsregung. »Tut mir leid, dass ich manchmal so doof war.«

Bei diesen Worten verfinsterten sich Nanas Gesichtszüge. Sie hob die Arme und packte Ava mit ihren kleinen, knochigen Händen an den Schultern. »Mädchen, es gibt nichts, wofür du dich entschuldigen müsstest«, sagte sie mit zitternder Stimme. »Hier in diesem Haus wirst du *geliebt*, Miss Ava Williams. Hast du mich verstanden? Und daran wird sich auch nie etwas ändern, ganz egal, was du tust!«

Sie nahm Ava fest in beide Arme, und wir anderen nahmen die beiden in unsere Mitte. Ich konnte Ava deutlich spüren, steif wie ein Brett. Als ob sie so wenig wie nur möglich fühlen wollte. Das Mädchen, das vor einer Woche weinend in meinem Arm gelegen hatte, wurde jetzt verpackt und abgeschoben, zusammen mit ihren Sachen. Für mich war das eine Tragödie.

»Es tut mir wirklich leid, aber wir müssen jetzt los«, sagte Stephanie. »Es ist schon spät.«

»Tschüs, Ava«, sagte Jannie. »Wir werden dich ganz doll vermissen!«

»Tschüs, Ava!«, sagte Ali und weinte in meinen Armen, während wir hinter ihr her die Eingangstreppe hinuntergingen.

Als wir am Straßenrand standen – eine zweite Frau vom Jugendamt saß am Steuer des Wagens, der in zweiter Reihe geparkt war –, schaute Ava überhaupt nicht mehr zu uns herüber. Sie setzte sich auf die Rückbank und nahm den Koffer entgegen, den Bree ihr reichte.

»Wir lieben dich«, sagte Bree. »Und übermorgen sehen wir uns wieder.«

Ava starrte stur geradeaus, die Fifth Street hinauf, ohne eine Träne im Auge. »Tschüs«, sagte sie nur.

Und dann waren sie weg.

66

Ron Guidice beobachtete im Rückspiegel, wie die Frau vom Jugendamt mit Ava zusammen die Eingangstreppe herunterkam. Er hatte nur wenig von dem mitbekommen, was im Inneren gesprochen worden war. Das Abhörmikrofon für das Erdgeschoss war in der Küche montiert. Aber trotzdem – die kleine Szene sprach für sich.

Vielleicht hatte es einmal eine Zeit gegeben, wo er an einem Tag wie diesem ein wenig Mitleid für die Familie Cross empfunden hätte. Aber jetzt fühlte es sich eher an, als hätte er ein Etappenziel erreicht. Und wenn es noch einer Erinnerung bedurft hätte, weshalb das so war, dann genügte ein Blick in den Spiegel auf den Verband über seiner gebrochenen Nase. Zudem hatte er noch ein blaues Auge, und sein Kiefer war geschwollen und hart wie Beton.

Es war klar, dass jetzt eine Grenze überschritten war. Alex war auf der Flucht, und er wusste genau, dass Guidice der Jäger war. Trotzdem hatte Guidice noch das entscheidende As im Ärmel. Sobald er das Gefühl hatte, in einer ausweglosen Situation zu stecken, brauchte er nichts anderes zu tun, als abzudrücken – sowohl buchstäblich als auch im übertragenen Sinn. Dazu war die Neun-Millimeter-Kahr unter dem Fahrersitz da. Von jetzt an würde er sie ununterbrochen mit sich führen.

Aber erst einmal ließ er seine Daumen über den Bildschirm seines Smartphones huschen, um seinem neuesten Eintrag bei *The Real Deal* den letzten Schliff zu verpassen.

Während Ava vor Alex' Haus in den Minivan stieg, notierte er die letzten Gedanken dieses Tages.

Dann, als der Wagen losfuhr und noch bevor er ebenfalls Gas gab, um ihm zu folgen, drückte er auf SENDEN.

UNGLÜCKSELIG UND UNAUSWEICHLICH
Gepostet von RG um 17:28 Uhr

Allem Anschein nach ist Detective Cross vom MPD mittlerweile von allen guten Geistern verlassen. Wer diese Geschichte bis hierher verfolgt hat, den werden die Ereignisse der vergangenen vierundzwanzig Stunden vermutlich kaum überrascht haben. Für mich jedenfalls waren sie nichts weniger als eine unglückselige Unausweichlichkeit.

Doch zuallererst möchte ich noch einmal betonen, dass ich diese Informationen uneingeschränkt der Öffentlichkeit zur Verfügung stelle. Ich habe keinerlei Absicht, die Inhalte, die ich auf dieser Seite veröffentliche, in irgendeiner Weise weiterzuverkaufen oder sonst wie davon zu profitieren.

Um es auf den Punkt zu bringen: Detective Cross hat mir gestern eine gottverdammte Tracht Prügel verpasst. Es war nicht meine erste Konfrontation mit diesem Kriminalbeamten – allesamt ohne jede Provokation meinerseits –, aber es war mit Sicherheit die brutalste – *hier* finden Sie eine Übersicht der jüngsten Fehleinschätzungen von Detective Cross.

Schon als ich ihn gestern vor dem Schauplatz des jüngsten Verbrechens des sogenannten Georgetown Rippers gesehen habe, hatte ich den Eindruck, dass Detective Cross sich ziemlich eigenartig benimmt, so, als stünde er unter dem Einfluss von Alkohol oder Drogen. Oder beidem. Als ich ihn darauf angesprochen habe, wurde er sofort wütend und aggressiv.

Als ich ihn jedoch weiter unter Druck setzte, kam es zu einer Reaktion, die sogar mich überraschte. Ich berichte mittlerweile seit sechs Jahren über Polizeipraktiken in- und außerhalb der USA, und noch nie ist mir etwas Vergleichbares zugestoßen. Zuerst wurde mir mit einem Schlag ins Gesicht die Nase gebrochen, danach bekam ich noch einen Faustschlag gegen das Kinn und, als ich schon am Boden lag, einen Tritt in die Magengegend. *Hier* geht es zu den Bildern – WARNUNG: Die Abbildungen sind eindeutig gewalttätiger Natur und nicht für Kinder geeignet! Ich werde diese Fotos als Beweismittel bei meiner Zivilgerichtsklage gegen Detective Cross verwenden. Außerdem habe ich bereits eine einstweilige Verfügung gegen ihn erwirkt. Daher ist es ihm ab sofort auf richterliche Anordnung untersagt, auch nur in meine Nähe zu kommen.

Doch das ist noch nicht das Ende der Geschichte. Unmittelbar im Anschluss an diesen Zwischenfall nämlich wurde der Detective ohnmächtig und mit einem Krankenwagen weggebracht. – Das weiß ich deshalb, weil die Beamten des MPD sich zunächst um ihn gekümmert haben, ohne mich zu beachten. – Da ich ihn aber im Verlauf dieser Auseinandersetzung nicht geschlagen, ja, ihn nicht einmal berührt habe, bin ich nunmehr der festen Überzeugung, dass Cross tatsächlich unter dem Einfluss einer illegalen Substanz gestanden hat.

Die Stadt scheint im Übrigen meiner Meinung zu sein. Heute Abend wurde jedenfalls das Pflegekind, das bei der Familie Cross untergebracht war, vom Jugendamt abgeholt. Hoffentlich bekommt dieses Kind jetzt ein sichereres und gesünderes Umfeld geboten.

Zu guter Letzt gestehe ich hiermit freimütig ein, dass ich diesen Blog in den letzten Wochen als Plattform genutzt habe, um an Detective Cross ein Exempel zu statuieren. Wer will es mir verübeln nach allem, was gestern Abend geschehen ist? Wenn aufgrund meiner Recherchen auch nur ein korrupter Polizeibeamter aus dem Dienst genommen wird, dann war es die ganze Arbeit – und, ja, auch all die Verletzungen – letztendlich wert.

Kommentare? Ergänzungen? Fragen? Dann bitte *hier* klicken.

Dritter Teil

Zum Sterben schön

67

Elijah Creem stand an einer dunklen Stelle in Palm Beach und bewunderte aus der Ferne sein Haus.

»Weißt du, die Kiste wird mir tatsächlich fehlen«, sagte er zu Bergman am anderen Ende der Telefonleitung.

»Ach, mach dir mal keine Gedanken. Es ist bloß ein Haus«, erwiderte Bergman.

»Ja, schon, aber es ist ein *schönes* Haus, verdammt noch mal, und ich hab's bezahlt. Nicht *sie*.«

Selbst bei Nacht und verriegelt und verrammelt schien das seidig glänzende, moderne Gebäude zu leuchten. Das lag an der perlmuttweißen Fassadenfarbe. Miranda hatte, nachdem sie es gekauft hatten, auf einem neuen Anstrich bestanden, für satte dreihunderttausend Dollar. Es war der reinste Hochmut gewesen, absolut lächerlich, aber letztendlich hatte sie damit absolut recht gehabt.

Sie war zwar ein Miststück, aber sie hatte einen guten Geschmack. Das ließ sich nicht bestreiten.

Außerdem hatte sie durch ihr Sprachrohr, den Rechtsanwalt, unmissverständlich klargemacht, dass sie das Haus in Palm Beach bei der Scheidung für sich reklamieren würde. Die gut gehende Privatpraxis und der entsprechende Kapitalfluss waren Vergangenheit, also hielt sie sich eben mit Immobilien schadlos. Alles andere hätte Creem auch überrascht.

»Ach, na ja«, sagte er. »Ich schätze, dann muss ich den Verlust eben anderweitig wiedergutmachen.«

»Du hast wieder eine von diesen geisteskranken Masken

auf, hab ich recht?«, sagte Bergman jetzt. »Ich kann es an deiner Stimme hören.«

Sie hatten schon volle fünf Minuten miteinander geredet, bevor Josh das leise Zischen registriert hatte, das den Konsonanten folgte, die über Creems Latexlippen huschten. Das war ein gutes Zeichen. Diese Masken waren wirklich eine außergewöhnlich gute Entscheidung gewesen.

Selbst wenn er hier unten irgendjemandem auffallen würde, was würde derjenige sehen? Einen älteren, weißen Herrn in einer Members-Only-Jacke. Das war im südlichen Florida alles andere als ein weiterführender Hinweis.

Außerdem war dies das letzte Mal, dass Creem als alter Mann unterwegs war. Die Polizei in Washington hatte das mit der Maske mittlerweile geschnallt und die Medien informiert… was kein Problem war. Er musste ja lediglich die Schablonen ändern. Dann konnte er beim nächsten Mal jemand ganz anders sein. So einfach war das.

Erst jetzt wurde ihm bewusst, dass Josh immer noch redete.

»…weiß auch nicht genau, wie ich das finden soll, dass du einfach so abhaust«, sagte er gerade. Seine Worte klangen tief und schleppend und ziemlich scotchgetränkt. »Dein kleiner Ausflug war jedenfalls nicht abgesprochen.«

»Von welcher Absprache redest du denn?«, hakte Creem nach. »Du hast es doch selbst gesagt. Es kann alles sein, was wir wollen. Verdammte Scheiße, ich habe mich schon ewig nicht mehr so frei gefühlt, schon seit…«

»Fort Lauderdale nicht mehr. Ja, ja, ich weiß. Das ist es ja gerade. Ich dachte, wir würden das gemeinsam durchziehen«, sagte Josh.

Creem holte tief Luft. Er mochte Bergman wirklich von

Herzen gern, aber manchmal klammerte er ein bisschen zu sehr.

»Machen wir doch, Josh. Bis zum Schluss, versprochen. Du darfst bloß nicht anfangen, dich so weibermäßig aufzuführen. Das Letzte, was ich jetzt gebrauchen kann, ist noch eine Frau.«

»Witzig«, lallte Bergman in den Hörer. »Ach ja, übrigens weiß ich schon, wie du das Ganze wiedergutmachen kannst. Wann kommst du zurück?«

»Bald«, erwiderte Creem. »Und dann unterhalten wir uns ausführlich. Aber jetzt habe ich zu tun.«

»Darf ich zuhören? Bitte. Bittebittebitte.«

Creem lächelte in die Dunkelheit. Es hätte ihn überrascht, wenn Josh *nicht* gefragt hätte.

»Natürlich«, sagte er. »Aber du musst die Klappe halten, bis ich fertig bin.«

68

Creem beobachtete ein nur schemenhaft erkennbares Paar, das am Strand entlangschlenderte. Nachdem die beiden Gestalten von der Dunkelheit verschluckt worden waren, überquerte er die sandige Fläche und schlug sich durch das hohe Gras auf die Rückseite seines eigenen Grundstücks durch.

»Was machst du da eigentlich?«, flüsterte Josh ihm via Bluetooth ins Ohr.

»Wir probieren mal ein bisschen was anderes«, sagte Creem. »Wart's einfach ab.«

Bergman kicherte vor Aufregung und ließ, rund eintausendfünfhundert Kilometer entfernt, ein paar Eiswürfel in sein Glas fallen.

Nachdem er den Zaun überwunden hatte, ging Creem um den Pool herum zum Seiteneingang des Hauses. Die steinernen Freischachfiguren auf der Terrasse standen noch genauso da, wie er sie vor beinahe acht Monaten hinterlassen hatte. Er hatte gegen Roger Wettig von nebenan gespielt. Und ihn geschlagen, wenn seine Erinnerung ihm keinen Streich spielte. Seither waren die Figuren nicht einmal angerührt worden. Schach war ein bisschen zu hoch für den geistigen Horizont seiner drei Grazien.

Vor der Tür, die in die Waschküche führte, blieb er stehen und drückte die Klinke. Es war abgeschlossen, natürlich. Aber der Kontakt, der die Verbindung zur Alarmanlage herstellte, war schon an Weihnachten vor zwei Jahren durchgebrannt. Creem schraubte den Schalldämpfer auf seine kleine Beretta und schoss die Klinke einfach ab. Ein lautes metallisches Klirren ertönte. Aber nicht so laut, dass es jenseits der Grundstücksgrenzen zu hören gewesen wäre.

Einen Augenblick später war er drin.

Es fühlte sich mehr als nur ein bisschen seltsam an, sich so in sein eigenes Haus zu schleichen. Er tapste im Dunkeln durch den widerhallenden hinteren Flur bis in die Küche. Als er durch die Vorratskammer kam, schnappte er sich aus einer Schublade einen weißen Müllsack und stopfte ihn in seine Tasche.

Er ging weiter und drehte eine schnelle Runde durch das Erdgeschoss, nur um sich kurz umzusehen. Mit einem Mal wurde er unglaublich sentimental. Er hatte in diesem Haus, um ehrlich zu sein, ein paar wirklich schöne Tage erlebt. Ein paar Weihnachtsfeste zum Beispiel, früher, in den Zeiten, als sie einander noch nicht spinnefeind gewesen waren.

Was Miranda wirklich zu schaffen gemacht hatte, war gar nicht der Sex gewesen. Überhaupt nicht. Sie hatte ihre Flirts gehabt und er seine.

Nein, es war der Skandal, den das Ganze in der Stadt ausgelöst hatte, und alles, was damit zusammenhing. Kein siebenstelliges Jahreseinkommen mehr, kein makelloser Ruf, kein vollkommenes unvollkommenes Leben mehr. Das hatte ihr den Vorwand geliefert, den sie gebraucht hatte, um die Reißleine zu ziehen, etwas, was sie alle beide schon längst hätten tun sollen.

Nur dass Miranda jetzt auch noch wütend war. Und gierig wurde.

Creem stieg die kunstvoll gefertigte Bambus-und-Stahltreppe hinauf in den ersten Stock. Er ließ sich Zeit und machte sämtliche Türen im Flur auf. Zuerst kam Chloes Suite, dann Justines. Sie hatten beide nicht viel zurückgelassen, aber in Chloes Kommode entdeckte er ein paar diamantene Ohrstecker und den Opalring, den er und Miranda vor ein paar Jahren gekauft und Justine geschenkt hatten.

Früher, da hatte er seine kleinen, blonden Schönheiten geliebt. Aber mittlerweile war ihm schmerzhaft bewusst geworden, was ihre Mutter aus ihnen machen wollte. Sie hatten ihn nicht einmal angerufen, schon seit über einem Monat nicht. Eine einzige SMS hatte er in der Zeit bekommen, von Chloe. Weil sie wollte, dass er das Limit ihrer Kreditkarte erhöhte.

Da gab es nichts zu beschönigen – der Apfel fällt nicht weit vom Stamm, und in diesem Fall war der Stamm eben ein verrottetes Miststück. Jetzt war es zu spät. Er konnte sie nicht mehr retten.

Creem blieb nicht stehen. Er kam am Fitnessraum und einem Gästezimmer vorbei, stieg noch eine halbe Treppe höher und landete in der größten Suite.

In Mirandas Ankleidezimmer riss er jede Schublade auf und verteilte ihre Höschen und anderen Kleinkram überall auf dem Teppich. Er nahm das bisschen, was irgendeinen Wert hatte, mit, auch die Medikamente aus dem Arzneischränkchen. Es war nicht viel, aber das spielte überhaupt keine Rolle. Hier und jetzt ging es ausschließlich um die Außenwirkung.

Schließlich drehte er sich um und machte sich auf den Weg nach draußen.

»Josh?«, sagte er, als er gerade im Flur war. »Bist du noch bei Bewusstsein?«

»Ich bin noch da«, erwiderte Bergman. »Aber so langsam wird mir ein bisschen langweilig. Was machst du denn da?«

»Bleib einfach dran«, meinte Creem. »Gleich dürfte es sehr viel interessanter werden.«

69

Von der Waschküchentür aus schlich Creem um den Garten an der Seitenwand des Hauses herum und zwängte sich dann durch die drei Meter hohe Hecke, die die Grenze zwischen seinem und Roger Wettigs Grundstück bildete.

Es war ein bisschen so wie bei Alice hinter den Spiegeln. Das Haus auf dieser Seite der Hecke war hell erleuchtet. Sanftes goldenes Licht fiel zu den riesigen Glasfenstern in beiden Stockwerken nach draußen.

Und tatsächlich waren auch Roger und Annette Wettig in gewisser Weise so etwas wie verzerrte Spiegelbilder der Creems. Roger war zwanzig Jahre älter als Elijah und Annette mindestens zehn Jahre jünger als Miranda. Sie war der Prototyp des Beuteweibchens von Palm Beach und spekulierte auf nichts anderes als ein Leben als reiche, alleinstehende Witwe, sobald Roger seinem unausweichlichen zweiten Herzinfarkt zum Opfer gefallen war.

Als er auf dem Tropenholzdeck stand, das Rogers Swimmingpool einrahmte, fiel er wieder in seine Rolle. Er zog das rechte Bein nach und hielt sich mit einer Hand den Hinterkopf. So hinkte er die letzten zwanzig Meter bis zur Hintertür der Wettigs weiter.

Durch das Fenster sah er, dass Roger sich auf einem riesigen Fernseher ein Spiel der Miami Marlins anschaute. Er saß mit dem Rücken zur Tür und hatte die gefalteten Hände auf seinen haarlosen Schädel gelegt.

Creem hämmerte gegen die Glastür, und Roger wäre beinahe vom Sessel gefallen.

»Hallo?«, brüllte Creem.

Roger starrte ihn mit zusammengekniffenen Augen an, kam aber nicht näher. »Wer sind Sie denn, verdammt noch mal?«, rief er.

Creem deutete in Richtung Strand. »Ich bin überfallen worden«, sagte er. »Können Sie mir bitte helfen?«

An Rogers forschendem Blick erkannte Creem, dass sein Nachbar keine Ahnung hatte, wer da vor ihm stand. Er hielt ihn für irgendeinen alten Knacker, der die Frechheit besessen hatte, sich ausgerechnet auf seinem Strandabschnitt eine überbraten zu lassen. Er versuchte nicht einmal, seinen Ärger zu verbergen, als er näher kam.

»Moment, Moment«, sagte er. Er gab eine Zahlenkombination in die Tastatur neben den zimmerhohen Schiebetüren ein und zog dann eine davon auf. Das Baseballspiel dröhnte in voller Lautstärke heraus.

»Reyes hat in den ersten Spielen der Saison einen guten Eindruck hinterlassen …«

»Soll ich die Polizei rufen?«, sagte Roger.

»Nein«, meinte Creem. »Das wird nicht nötig sein.«

»… aber ob er die Qualität des letzten Jahres hat halten können, das muss sich erst noch zeigen …«

»Tja … kann ich Ihnen helfen?«, fuhr Roger fort. »Sind Sie verletzt?«

»Verletzt?«, erwiderte Creem. »Nein. Nur meine Gefühle, schätze ich. Ich meine, du hättest zumindest anrufen können.«

Im Hintergrund konnte er Josh leise lachen hören. Er hatte die Hand über die Sprechmuschel gelegt.

»Was reden Sie denn da?«, herrschte Roger Creem an.

»Der erste Schlag ging schon mal daneben.«

»Ich bin's, Roger. Elijah Creem.«

Mehr Späßchen wollte Creem sich nicht genehmigen. Er zog die Pistole hinter seinem Rücken hervor und jagte eine Kugel in Rogers linke Männertitte, noch bevor der überhaupt daran denken konnte, sich umzudrehen. So viel zum Thema Herzinfarkt. Er fiel zu Boden und war tot.

»Auch der zweite Schlag geht ins Leere. Vielleicht ist es doch nicht Josés Abend…«

Creem ging weiter. Er machte einen großen Schritt über Rogers massigen Körper hinweg und drang weiter ins Innere des Hauses vor. Er war ein paarmal auf ein Glas Bier oder zu einer Dinnerparty hier gewesen und kannte sich einigermaßen aus. Das Schlafzimmer befand sich im Erdgeschoss, im rechten Flügel.

Als er das Wohnzimmer hinter sich gelassen hatte, hörte er aus dieser Richtung noch einen zweiten Fernseher. Annette sah sich also auch etwas an.

»Roger?«, rief sie, als Creem die Schlafzimmertür aufmachte und den dritten Schuss dieses Abends abgab.

Er traf sie in der Schulter, während sie versuchte, vom Bett herabzukrabbeln. Die nächste Kugel traf sie mitten ins Gesicht. Sie starb im Dallas-Cowboys-Trikot ihres Mannes, mit kleinen weißen Wattebäuschchen zwischen den Zehen und frisch bemalten roten Zehennägeln.

Ein paar Messerstiche wären mehr nach Creems Geschmack gewesen – und nach Joshs vermutlich auch –, aber heute Abend verzichtete er darauf. Er wollte der Polizei keine unnötigen Parallelen liefern.

Hastig leerte er Annettes Schubladen und sackte die beiden samtbezogenen Schachteln ein, die ihm dabei entgegenfielen. Er leerte ihre Handtasche aus und nahm das

Portemonnaie an sich, ebenso Rogers Geldbeutel aus der Kommode im Ankleidezimmer.

Das reichte. Es spielte keine Rolle, ob er vielleicht etwas übersehen hatte, und es war am besten, sich nicht länger aufzuhalten.

Aber dann, als er schon halb zur Tür hinaus war, siegte doch die Neugier. Er drehte sich um und ging noch einmal zurück zu Annette. Mit verdrehten Gliedmaßen und weit aufgerissenen Augen lag sie auf dem Bett. Er streckte seine behandschuhte Hand aus und hob den Saum ihres Nachthemds.

Tatsächlich, wie erwartet. Ihre Brüste waren eindeutig asymmetrisch, und seitlich war jeweils eine Narbe zu erkennen. Roger war zu geizig gewesen, und das ausgerechnet an dem Punkt, wo Geiz am wenigsten Sinn hatte. Was für ein Vollidiot.

Zwei Minuten später war Creem wieder am Strand und spazierte nach Norden in Richtung Parkplatz. Dort hatte er seinen Mietwagen abgestellt.

»Das war's, Josh«, sagte er. »Alles erledigt. Ich mache jetzt Feierabend.«

»Ich kapier's immer noch nicht«, erwiderte Josh. »Was war das denn gerade?«

»Na ja, zum einen habe ich möglicherweise die Immobilienpreise in dieser Gegend hier gerade erheblich gesenkt. Aber was noch wichtiger ist: Ich habe dafür gesorgt, dass Miranda und die Mädchen das Haus nie wieder betreten wollen.«

Nicht schlecht für einen einzigen Abend. Dr. Creem lächelte in seine Maske.

70

Der nächste Arbeitstag ging richtig gut los. Sergeant Huizenga gab mir meine Dienstmarke und meine Pistole zurück. Der Chief persönlich hatte die Glock abgesegnet. Es fühlte sich an wie ein Vertrauensbeweis, ein Schritt in die richtige Richtung.

Zu schade nur, dass sich an meiner Stellenbeschreibung nichts geändert hatte. Ich hing immer noch im Büro fest und hatte den ganzen Tag lang nur drei Dinge zu tun – Telefonate entgegennehmen, ungelöste Fälle im Aktenschrank verstauen und allen, mit denen ich bisher zusammengearbeitet hatte, über die Schulter schauen.

Offiziell hatte ich weder mit Elizabeth Reilly noch mit dem Georgetown Ripper noch mit dem Flussungeheuer irgendetwas zu tun. Aber man kann nicht wochenlang intensiv an der Aufklärung diverser Mordserien arbeiten und dann von einem Tag auf den anderen keinen Gedanken mehr daran verschwenden. Ich wollte wissen, was los war.

Außerdem musste ich ständig an Ava denken. Und an Ron Guidice. So führte mich mein erster Umweg an diesem Vormittag zu Jarret Krause.

»Alex. Wie geht's, wie steht's?«, sagte er und ließ sich gegen die Stuhllehne sinken, als ich sein Büroabteil betrat. Ich sah mit einem Blick, dass er sämtliche offenen Fenster an seinem Computer minimiert hatte.

»Alles bestens«, sagte ich. »Mich würde nur interessieren, ob Sie vielleicht irgendetwas Neues über Ron Guidice rausgekriegt haben.«

Krause lehnte sich noch weiter zurück, die Hände auf dem Kopf gefaltet, fast so, als wollte er sie so fern wie nur irgend möglich von seiner Tastatur halten.

»Ach, Gott, ich weiß echt nicht, was ich sagen soll«, meinte er.

»Was heißt das jetzt konkret?«, bohrte ich weiter. Ich wollte den Druck hochhalten. Ich wusste genau, was er mir sagen wollte.

»Huizenga hat sich ziemlich klar ausgedrückt. Sie haben Kontaktsperre, richtig? Und, jetzt mal ehrlich, sollten Sie diesen Guidice am besten nicht einfach vergessen?«

Ich hatte nicht die Absicht, ihm darauf eine Antwort zu geben. Ich konnte ihn ja verstehen. Er war relativ neu in der Abteilung und vermutlich eher der ehrgeizige als der mutige Typ. So etwas kann sich im Lauf der Zeit auch ändern, aber momentan wollte er seine Karriere nicht gefährden, indem er womöglich gegen irgendwelche Regeln verstieß. Und ich hatte nicht das Recht, ihn zu irgendetwas zu drängen. Also ging ich weiter.

Derjenige, bei dem ich an diesem Morgen auf die größte Offenheit stieß, war Errico Valente. Wir hatten uns bei dem Doppelmord am Cambridge Place das letzte Mal ausführlicher unterhalten, kurz vor meinem großen Streit mit Guidice. Auf die online verfügbaren Ermittlungsakten konnte ich ohnehin noch zugreifen, aber Errico ließ mich auch einen Blick in seine handschriftlichen Notizen werfen.

Dabei erfuhr ich, dass die Stichwunden von Mutter und Tochter verblüffend große Ähnlichkeit aufwiesen, sowohl was die Platzierung als auch die Tiefe anging. Der Täter musste über gewisse Kenntnisse auf diesem Gebiet verfügen. Die scheinbar ungeschickten Ausrutscher waren den

Opfern zumeist erst nachträglich zugefügt worden, als ob der Täter das Ganze absichtlich unprofessionell aussehen lassen wollte. Das Mindeste, was sich daraus schließen ließ, war, dass unser Killer immer besser wurde, je mehr Übung er bekam.

Errico hatte sich auch bei verschiedenen Maskenherstellern erkundigt. Mithilfe der Aufnahmen aus den Überwachungskameras hatte er die Auswahl auf drei mögliche Hersteller in North Carolina, Texas und Kalifornien eingegrenzt. Es war zwar ziemlich unwahrscheinlich, dass der Barbie-Killer oder der Georgetown-Ripper, oder wer immer er sein mochte, eine konkrete Lieferadresse angegeben hatte, aber entscheidend war, dass das MPD die Masken mittlerweile zu einem öffentlichen Thema auch auf den Pressekonferenzen gemacht hatte.

Das war ein kluger Schachzug, der den Täter zumindest in die Defensive drängte, ja, ihn vielleicht dazu verleitete, einen Fehler zu machen. Wenn man gegen einen Serienkiller ermittelt, dann ist jede Maßnahme, mit der man sein übliches Muster durchbrechen kann, ein Schritt in die richtige Richtung, besonders wenn man sonst nichts in der Hand hat.

Am Ende meines Arbeitstags war ich sehr viel schlauer als am Anfang. Aber trotzdem war ich frustriert. Ich wollte mich einbringen, wollte den anderen helfen, und stattdessen konnte ich nichts weiter tun, als an der Außenlinie entlangzutigern und darauf zu warten, dass ich wieder eingewechselt wurde.

Und bis jetzt sprach nichts dafür, dass das in nächster Zeit geschehen würde.

71

Ein weiterer Vorteil der sogenannten Bleistiftspitzerschicht waren die Arbeitszeiten. Ich kam um acht und ging um fünf. Irgendwann ist jede Büroarbeit eben erledigt.

Zum ersten Mal seit langer Zeit war ich vor Bree zu Hause, und, was noch besser war, ich saß mit den anderen zusammen beim Abendessen. Wenn es in meinem Leben etwas gibt, was ich bereue, dann sind es die vielen verpassten Abendessen.

Nachdem die Eiscreme verspeist und das Geschirr abgewaschen war, setzte ich mich mit Jannie an ihre Algebra-Aufgaben. Plötzlich stand Sampson auf der hinteren Terrasse.

»Klopf, klopf«, sagte er und trat ein. Wir waren alle noch sehr niedergeschlagen wegen der Sache mit Ava, aber Sampson gehört praktisch zur Familie. Er ist jederzeit willkommen.

»Wie geht es dir, Nana?«, fragte er und umarmte sie in ihrem Sessel.

»Ganz gut«, meinte sie, aber ich glaube, sie starrte jetzt schon seit einer halben Stunde auf dieselbe Seite in Madeleine Albrights neuem Buch. »Möchtest du vielleicht etwas Eiscreme, mein Lieber?«

»Um ehrlich zu sein, am liebsten würde ich Alex und Bree für ein Minütchen entführen.« Er zeigte mit dem Daumen über die Schulter. »Draußen vielleicht?« Dann beugte er sich zu Jannie nach unten und gab ihr ein Wangenküsschen. Anschließend gingen wir in den Garten und setzten uns an den kleinen Picknicktisch.

»Was gibt's denn?«, wollte ich wissen, nachdem John die Hintertür zugezogen hatte.

Sampson platzierte seinen mächtigen Körper auf einen Stuhl uns gegenüber und faltete die Hände auf dem Tisch. Er musste zunächst kurz überlegen, was er sagen wollte, oder zumindest, wie er anfangen sollte.

»Hier mal folgende Hypothese«, sagte er dann. »Nehmen wir mal an, da ist ein Typ, der eine andere Person einer Straftat beschuldigt, obwohl diese Beschuldigungen nicht der Wahrheit entsprechen. Nehmen wir weiter an, dieser Typ hat sich richtig Mühe gegeben, um die andere Person in eine Falle zu locken und ihr das Leben so schwer wie möglich zu machen. Vielleicht hat er dabei sogar gegen das Gesetz verstoßen. Aber es lässt sich nicht beweisen.«

»Okay«, sagte ich. Offensichtlich sprachen wir über Guidice – und gleichzeitig sprachen wir *nicht* über Guidice. Ich war schlau genug, den Mund zu halten und John erst einmal machen zu lassen. »Sprich weiter.«

»Ich könnte mir vorstellen, dass dieser Typ die eine oder andere Leiche im Keller liegen hat«, fuhr Sampson fort. »Alle möglichen Sachen, die aber bei einer normalen Personenüberprüfung nicht zum Vorschein kommen.«

Ich registrierte, dass Bree vollkommen regungslos dasaß, ohne ein Wort zu sagen.

»Was denn für Leichen?«, hakte ich nach.

Sampson ließ sich gegen die Lehne sinken und zuckte mit den Schultern. »Drogenprobleme? Schulden? Keine Ahnung, vielleicht geht er auch mit der Frau seines besten Freundes ins Bett. Trotzdem, nehmen wir rein theoretisch mal an, dass jemand anders ihm auf die Schliche kommt. Jemand wie ich zum Beispiel. Solche Informationen können durchaus bewirken, dass dieser Typ seine Beschuldigungen zurücknimmt. Und das wiederum könnte der anderen Person das Leben spürbar erleichtern. Genauso wie seiner Familie.«

»Mein Gott, John«, sagte ich. Wenn ich nicht so wahnsinnig angespannt gewesen wäre, hätte ich diese kleine Szene geradezu komisch finden können. »Ich könnte dich doch niemals um so etwas bitten…«

»Falls wir überhaupt über dich reden würden«, unterbrach mich John. »Was nicht der Fall ist. Aber nur der Ordnung halber, Alex, du hast mich in der Vergangenheit *durchaus* schon um so etwas gebeten. Mehr als einmal.«

»Ja, na klar, wenn ich selber mit im Boot war«, antwortete ich. »Aber das hier ist doch was ganz anderes.«

Schließlich ergriff Bree das Wort. Ihre Stimme klang leise, und mein Eindruck war, dass sie mit so etwas gerechnet hatte.

»Meine Einschätzung? Ich glaube kaum, dass John hierhergekommen wäre, wenn es ihm nicht ein Bedürfnis wäre.«

»Das stimmt«, bestätigte Sampson.

Das glaubte ich ihm sofort, aber Sampson würde ohnehin alles für uns tun. Genau wie ich alles für ihn tun würde. Was nicht immer gut ist. Und hier ging es um Johns Karriere.

»Ich weiß nicht, Sampson«, sagte ich.

»Aber ich«, schaltete Bree sich ein. »Es steht eine Menge auf dem Spiel, Alex, und du steckst mittendrin. Also überlass mir in diesem Fall die Entscheidung. Bitte.«

Als ich ihr in die Augen sah, entdeckte ich dort noch etwas anderes. Etwas, was sie mir nicht gesagt hatte – und dann wurde es mir schlagartig klar. Wenn ich mich nicht sehr irrte, dann war das Ganze hier nicht allein Johns Idee gewesen. Dann hatte Bree ihn gebeten vorbeizukommen.

Ich war zwar immer noch hin- und hergerissen, aber sie hatte recht. Es stand eine Menge auf dem Spiel, so oder so. Ich war es, der sich Guidice nicht mehr nähern durfte, und sie taten alles, was in ihrer Macht stand, um mich zu schützen – und Ava auch.

Unter anderen Umständen hätte mich die Tatsache, dass Guidice im Jahr 2007 seine Verlobte verloren hatte, vielleicht etwas milder gestimmt, aber diesen Punkt hatte ich in dem Augenblick gestrichen, als er angefangen hatte, meine Familie mit in die Sache hineinzuziehen.

Also sagte ich nichts, sondern stand einfach auf und ging wieder ins Haus.

»Ich helfe jetzt Jannie bei den Hausaufgaben«, sagte ich. »Ihr könnt ja nachkommen, wenn ihr hier fertig seid.«

72

Am Ende des nächsten Tages erhielten wir endlich die Erlaubnis, Ava zu besuchen. Sampsons Frau Billie war so nett, auf unsere Kinder aufzupassen, während Nana, Bree und ich nach Northeast in die Quarles Street fuhren.

Das Heim befand sich am Rand einer der übelsten Gegenden von ganz Washington. Es war ein umgebautes Einfamilienhaus und nannte sich das Howard House. Zwölf Mädchen wohnten hier zusammen mit einer leitenden Erzieherin und ein paar Nachtschichtkräften. Dazu kamen noch etliche Therapeuten, die aber nur gelegentlich da waren.

Ich erwarte keine Wunder von der Stadt, und ich habe großen Respekt vor der Arbeit dieser Leute und den Anforderungen, denen sie dabei ausgesetzt sind. Trotzdem musste ich mich einigermaßen zusammenreißen, als wir den rissigen Bürgersteig entlanggingen und schließlich klingelten.

Im Inneren erinnerte mich das Haus an die eine oder andere Bude aus meiner Collegezeit. Die Möbel waren alt und bunt zusammengewürfelt, und der abgewetzte Teppichboden sah aus, als hätte er seine beste Zeit in den Siebzigerjahren gehabt.

Etliche junge Frauen hingen im Wohnzimmer vor dem Fernseher herum und sahen sich eine Gerichtsshow an. Weiter hinten wurde gekocht, und irgendwo im ersten Stock wurde lautstark telefoniert.

»Ja, hab ich wohl! *Mm-hmm*. Fang nich' damit an, Lamar. Fang bloß nich' mit dieser Scheiße an!«

Tatsache ist, dass Ava sich auf der Straße genauso gut zurechtfinden konnte wie jede andere. Ich hatte keine Zweifel, dass sie sich wehren und zur Not auch kämpfen konnte, wenn es sein musste. Aber trotzdem war ich unendlich traurig darüber, dass sie jetzt hier leben musste. Und ein einziger Blick zu Nana und Bree genügte, um zu wissen, dass es ihnen ganz genauso ging.

Schließlich kam eine Frau im mittleren Alter aus der Küche. Sie trocknete sich die Hände mit einem Geschirrhandtuch ab. Auf dem T-Shirt, das sich über ihrem gewaltigen Busen spannte, war James Baldwin abgebildet, einer von Nanas Lieblingsschriftstellern. Ich beschloss, das als gutes Zeichen zu werten – das erste an diesem Tag.

»Kann ich etwas für Sie tun?«, fragte sie.

»Wir würden gerne Ava Williams besuchen«, erwiderte ich.

»Und Sie sind?« Die Frau warf sich das Handtuch über die Schulter.

»Wir sind ihre Familie«, sagte Nana. Ihre Stimme klang ein klein wenig angespannt.

»Ihre Pflegefamilie«, fügte Bree leise hinzu.

»Stephanie Gethmann vom Jugendamt hat gesagt, dass wir sie heute um fünf Uhr besuchen kommen können«, ergänzte ich noch.

Die Frau nickte und holte einmal tief Luft. Wahrscheinlich musste sie in ihrem Job oft tief Luft holen. »Wir hatten heute ein paar Schwierigkeiten mit Ava«, sagte sie schließlich. »Deswegen ist das jetzt kein guter Zeitpunkt. Vielleicht probieren Sie es morgen noch mal.«

»Ist sie hier?« Bree starrte betont zu der Treppe, auf der das laut telefonierende Mädchen gerade nach unten kam.

»*Verdammt*, Lamar, was willst du von mir?«, sagte sie. Dann blieb sie genau zwischen uns und der Frau stehen, mit der wir sprachen. »Kann ich mal zum Laden gehen?«

Die Frau hob fünf Finger – in fünf Minuten bist du wieder da –, und das Mädchen ging zur Tür hinaus und die Eingangstreppe hinunter, während sie Lamar ununterbrochen beschimpfte.

»Tut mir leid«, sagte die Frau. Sie trat aus dem Flur in das leere Esszimmer. Mehr Privatsphäre war hier vermutlich nicht zu bekommen. »Aber jedenfalls … nein. Ava ist im Moment gar nicht hier.«

»Was denn für Schwierigkeiten?«, erkundigte sich Bree. »Ist sie verletzt?«

»Es geht ihr bald wieder gut«, sagte die Frau.

»Hat sie Drogen genommen?«, wollte Bree wissen.

Die Frau hielt für einen Moment inne. Dann blickte sie nicht Bree, sondern mich an. »Ich darf wirklich nicht darüber sprechen«, sagte sie.

»Sie hat Drogen genommen«, sagte Bree. »Unglaublich. Erst zwei Tage hier, und schon fängt sie wieder damit an.«

Ich versuchte einzugreifen, bevor Bree oder Nana sich noch mehr aufregen konnten und wir womöglich zusätzlichen Ärger bekamen.

»Wenn wir ihr irgendwie helfen können, dann lassen Sie es uns bitte wissen«, sagte ich. »Wir könnten doch zum Beispiel auf sie warten.«

»Tut mir leid«, meinte sie, »aber die Besuchszeit ist um sieben zu Ende, und da ist sie garantiert noch nicht da. Es wäre wirklich besser, wenn Sie das nächste Mal vorher anrufen.«

Anscheinend hatten wir keine andere Wahl. Wir standen

noch einige Augenblicke lang unschlüssig herum. Eigentlich wollten wir nicht gehen. Das Ganze war eine einzige unglaubliche Enttäuschung.

»Tja, dann geben Sie ihr bitte das da«, stieß Nana zwischen zusammengebissenen Zähnen hervor. Sie überreichte der Frau die Blechbüchse mit selbst gebackenen Brownies und Avas Lieblingskaramellbonbons. »Ich möchte, dass Sie Ava diese Büchse geben. Und zwar vollständig. Haben Sie das verstanden?«

»Keine Angst, Madam. Ich sorge dafür, dass sie alles bekommt.«

»He, du da, was is'n das?«, meldete sich eine Stimme aus dem Wohnzimmer zu Wort. »Was Leckeres?«

»Scheeeißeee, ich krieg nie was. Was sin' das überhaupt für Typen da?«

Nana warf einen Blick über die Schulter zurück. »Pass auf, was du sagst, junge Frau«, sagte sie. Dann nahm sie die Büchse wieder an sich. »Ich hab's mir anders überlegt. Wir bringen das morgen wieder mit.«

Die Erzieherin tat ihr Möglichstes, ganz bestimmt. Ich kenne niemanden im Bereich der Jugendhilfe, der nicht überarbeitet und unterbezahlt ist und viel zu wenig Anerkennung bekommt.

Trotzdem, als wir die Eingangstreppe hinuntergingen, dachten wir bestimmt alle dasselbe. Wenn Ava überhaupt eine Chance haben sollte, dann mussten wir sie da rausholen.

73

Mein dritter Tag als Schreibtischtäter lief ziemlich ähnlich ab wie die ersten beiden. So langsam kam ich mir vor wie ein schulpflichtiger Schüler mit Unterrichtsverbot.

Dann, am späten Nachmittag, klingelte wieder einmal das Telefon.

»Mordkommission«, meldete ich mich zum hundertsten Mal an diesem Tag.

»Ja, hallo, hier spricht Detective Penner aus Palm Beach in Florida. Ich würde gerne mit einem gewissen Detective Cross sprechen.«

»Am Apparat«, sagte ich. Anrufe von Kollegen aus anderen Polizeibehörden waren für mich nichts Ungewöhnliches. Vermutlich suchte er einfach meinen Rat.

»Als Erstes möchte ich Ihnen gerne sagen, dass ich Ihr Buch wirklich großartig finde«, fing Detective Penner an. »Ich hoffe, dass Sie bald mal wieder eins schreiben.«

»Das kann ich nur in meiner spärlich bemessenen Freizeit machen«, würgte ich ihn ab. »Was kann ich für Sie tun?«

»Wir versuchen hier gerade, einen Doppelmord aufzuklären, der vorgestern Abend passiert ist. Bei den Opfern handelt es sich um ein Ehepaar, und alle äußeren Anzeichen sprechen für einen Raubüberfall. Der Grund für meinen Anruf ist, dass wir soeben vom Hauswart des Nachbarhauses gehört haben, dass dort ebenfalls eingebrochen worden ist. Nur dass da niemand zu Hause war.«

»Und Sie haben mich angerufen, weil …«

»Ich kann den Eigentümer dieses zweiten Hauses einfach

nicht auftreiben. Und jetzt habe ich festgestellt, dass Sie den Mann vor einiger Zeit festgenommen haben. Es ist ein Arzt, ein Dr. Elijah Creem. Sagt Ihnen das was?«

Und ob. Allein der Name. Aber auch Creems kleine Sexparty mit Minderjährigen und unsere Razzia würde ich nicht so schnell wieder vergessen. Zudem war er seither immer wieder einmal in den Schlagzeilen aufgetaucht. Die Boulevardblätter hatten ihn »Dr. Creep« getauft, »Dr. Scheusal«. Ich ging davon aus, dass er und sein Freund Bergman sich demnächst vor Gericht verantworten mussten. Sampson würde in diesem Prozess als Zeuge auftreten.

»Ich dachte, vielleicht könnten Sie jemanden nachsehen lassen, ob Dr. Creem überhaupt zu Hause ist oder wenigstens in der Stadt«, fuhr Penner fort. »Er hat auf keinen meiner Anrufe reagiert.«

»Gehört er denn zum Kreis der Verdächtigen?«, wollte ich wissen. Dieser Kerl war so widerwärtig, dass ich ihm wirklich alles zutraute.

»Kommt darauf an, wo er vorgestern Abend war«, erwiderte Penner. »Aber zumindest muss ich ihn über den Einbruch informieren und ihm ein paar Fragen stellen.«

Rein theoretisch durfte ich mich aufgrund meiner Kontaktsperre nicht mit Personen außerhalb meiner Behörde in Verbindung setzen. Aber alle anderen hatten keine Zeit, und, um ehrlich zu sein, ich wollte zu gerne erfahren, wie tief dieser Kerl gesunken war, seit ich ihm Handschellen angelegt hatte. Und falls ich dabei auf etwas Interessantes stieß, würde ich es an Sampson weitergeben. Er arbeitete ja im zweiten Bezirk, also da, wo Creem wohnte.

Ich wartete bis fünf Uhr, machte Feierabend und fuhr zu Creem.

74

Dr. Creem bewohnte ein imposantes Herrenhaus in einer kleinen Sackgasse in Wesley Heights. Das Grundstück grenzte an den Glover-Archbold Park und war von keiner Seite her einzusehen. Ich wusste nur wenig über Creems momentane Situation, aber ich ging davon aus, dass seine nächste Bleibe ein klein wenig bescheidener ausfallen würde, dafür aber mit Wachen und einem Mitbewohner.

Andererseits wäre es nicht das erste Mal, dass jemand mit so viel Geld sich seine Gerechtigkeit – und seine Freiheit – einfach kaufte. Ich hatte ursprünglich nicht vorgehabt, den Prozess zu verfolgen, aber jetzt, wo Creem wieder in meinem Blickfeld aufgetaucht war… wer weiß?

Ich klingelte, bekam aber keine Reaktion. Das Garagentor stand offen und gab den Blick auf einen dunkelblauen Ford Escalade frei. Ich nahm die Seitentür und steuerte den hinteren Teil des baumbestandenen Grundstücks an.

Dort entdeckte ich ihn. Er stand, eine Zigarre zwischen die Zähne geklemmt, auf einem nierenförmigen, kurz geschorenen Rasenstück und beugte sich über einen Golfschläger. Aus jeder der drei im Boden versenkten Metallhülsen ragte eine kleine gelbe Flagge.

»Herr Dr. Creem?«

Im ersten Augenblick schien er mich nicht zu erkennen. Ich bin ziemlich fest davon überzeugt, dass er glaubte, einfach nur einen schwarzen Mann im Anzug vor sich zu haben.

»Halten Sie nichts von Türklingeln?«, sagte er.

»Doch, durchaus«, erwiderte ich und zeigte ihm meine

Dienstmarke. »Ich bin Detective Cross vom MPD. Wir kennen uns schon.«

Kurz blitzte die Erkenntnis in seinem Gesicht auf. Ob er sich auch noch an seinen Bestechungsversuch erinnerte?

Aber er ließ sich nichts anmerken. Er holte einen Ball aus der Tasche seiner Jogginghose. Ließ ihn auf den Rasen fallen und legte beide Hände an den Schlägergriff. Dieser Kerl verströmte Arroganz aus jeder Pore. Ich versuchte, mich nicht allzu sehr darüber zu freuen, dass ich schlechte Neuigkeiten mitgebracht hatte.

»Was genau kann ich denn nun für Sie tun?«, fragte er dann.

»Wir haben einen Anruf aus Palm Beach bekommen«, sagte ich. »Die dortige Polizeidienststelle hat vergeblich versucht, Sie zu erreichen.«

»Ach ja? Was habe ich denn jetzt schon wieder verbrochen?« Mit diesen Worten versetzte er dem Ball einen gefühlvollen Stoß. Er verfehlte das sieben Meter entfernte Loch nur knapp.

»Anscheinend ist vor ein paar Tagen in Ihrem Haus eingebrochen worden. Bei Ihnen und bei den Nachbarn auch. Bedauerlicherweise sind die beiden Bewohner des Nachbarhauses dabei ermordet worden.«

»Was Sie nicht sagen.« Creem ließ den nächsten Ball auf das Green fallen. »Reden wir hier von den Wettigs oder den Andersons?«

»Tut mir leid, das weiß ich nicht.«

»Tja, ich hoffe bloß, dass es die Wettigs waren«, meinte er. »Ich möchte nicht respektlos erscheinen, aber der Kerl ist ein Arsch, und außerdem stellt er seinen Fernseher immer viel zu laut.«

Nicht respektlos erscheinen? Dafür war es ein bisschen zu spät. Es hatte seinen Grund, dass ich diesen Typen nicht ausstehen konnte.

Ich stellte Creem ein paar Fragen und erfuhr, dass er am Abend der Morde in Florida zu Hause gewesen sei. Ich könne gerne seinen Freund Josh Bergman fragen. Ich sagte, dass ich seine Aussagen an das Palm Beach Police Department weitergeben wollte.

»So, wenn Sie jetzt fertig sind, Detective, dann entschuldigen Sie mich bitte. Ich habe nämlich eine Verabredung.« Er hielt inne und blickte mir mit einem Grinsen, das mir sehr vertraut vorkam, direkt ins Gesicht. »Ob Sie's glauben oder nicht, aber es gibt immer noch ein paar Leute in dieser Stadt, die bereit sind, sich mit mir zu treffen.«

So wie Creem jede echte Gefühlsregung – ob es nun um ihn oder um irgendjemand anders gehen mochte – einfach verleugnete, musste ich unwillkürlich an Ava denken. Dieser Mann hatte sich gegenüber der Welt genauso abgekapselt wie sie.

Der Unterschied war der, dass ich Ava nur das Beste wünschte.

75

Creem hatte damit gerechnet, dass Palm Beach sich bei ihm meldete. Er hatte nur nicht damit gerechnet, dass dies in Gestalt von Detective Cross passierte. Er wurde davon nicht gerade in Alarmstimmung versetzt, aber ein wenig Verunsicherung spürte er doch. Ein hässlicher, kleiner Zufall, den er nachher lieber für sich behalten wollte.

Denn heute war der Abend, an dem er Josh für den kleinen Regelverstoß, den sein unangekündigter Abstecher nach Florida angeblich darstellte, entschädigen sollte. Wie immer also die große Überraschung aussah, die Josh geplant hatte – und Creem war sich einigermaßen sicher, dass er wusste, was es war –, es gab keinen Grund, die Stimmung durch paranoides Gequatsche zu verderben. Zumindest nicht vorher.

Trotzdem musste er sich absichern. Er wartete, bis sie die Hälfte des Abendessens hinter sich hatten, und sprach es dann so beiläufig wie nur möglich an.

»Ach, übrigens, falls sich irgendjemand danach erkundigen sollte: Am Freitagabend waren wir gemeinsam bei mir. Wir haben Steaks gegrillt, genau das, was wir jetzt haben, und haben uns einen Film angesehen. Wie wär's mit *Taxi Driver*? Um kurz vor zwölf bist du gegangen.«

Josh grinste. Dieser Teil des Spiels gefiel ihm sehr. Und seine gute Laune trug auch ihren Teil dazu bei. Vielleicht war er sogar ein bisschen zu aufgekratzt. Creem schenkte ihm noch einen Schluck Cabernet ein und beschäftigte sich anschließend wieder mit seinem Wagyu-Steak aus Montana.

Nirgendwo in Georgetown bekam man ein besseres Stück Fleisch als im Bourbon-Steak-Restaurant im Four Seasons. Josh hatte es ausgesucht, weil er wusste, dass Elijah diesen Laden liebte.

»Also, wie sieht die große Überraschung denn nun aus?«, erkundigte sich Creem. »Wo gehen wir anschließend hin?«

Josh legte die Gabel beiseite und beugte sich vor. »Elijah, du musst mir versprechen, dass du unvoreingenommen bleibst, okay? Es ist nichts, was wir nicht schon einmal gemacht hätten. Es ist bloß schon eine Weile her. Nämlich … fünfundzwanzig Jahre.«

Creem blickte ihm fest in die Augen und hielt sich zurück, bis das stumme Einverständnis zwischen ihnen besiegelt war.

»Ich bitte dich nicht um viel«, sagte Josh. Darüber konnte man sicherlich streiten, aber wozu? Er setzte jetzt seinen Dackelblick ein. Offensichtlich wusste er genau, was er von Creem hören wollte.

»Bitte sag nicht Nein. Sie sind schon oben. Ich habe ihnen ein Bündel Scheine in die Hand gedrückt, und sie haben das Zimmer selbst gemietet. Es ist für alles gesorgt.« Josh beugte sich noch etwas weiter über den Tisch und senkte abermals die Stimme. »Ich habe sie sogar einen Matratzenschoner aus Gummi besorgen lassen. Wahrscheinlich halten sie mich für total pervers, aber das ist ja kein Problem. Der entscheidende Punkt ist doch der, Elijah: Ich habe für alles gesorgt. Bis in die kleinste Einzelheit.«

Creem ließ ihn noch ein paar Sekunden lang zappeln, dann zuckte er lässig mit den Schultern. »Was bleibt mir schon anderes übrig?«, meinte er.

Josh strahlte über das ganze Gesicht und ließ sich mit

dem Glas in der Hand gegen die Stuhllehne sinken. »Du wirst es nicht bereuen«, sagte er.

»Aber natürlich muss ich dich trotzdem fragen …«

»Musst du nicht. Du kennst mich doch, oder etwa nicht? Sie ist absolut perfekt«, sagte Josh. »Und er auch, falls es dich interessiert.«

Creem nickte und schnupperte an seinem Wein. Ein herrlicher Tropfen, der einen allein durch das Bouquet schon fast betrunken machen konnte. Er würde es langsam angehen lassen. Er wollte, dass seine Sinne scharf blieben. Und nicht nur die.

»Wann?«

»Um zehn.«

Es war schon 21:30 Uhr. »Dann müssen wir das Dessert wohl ausfallen lassen.«

Bergman winkte dem Kellner am anderen Ende des Speisesaals zu. Spielerisch rührte er mit dem Zeigefinger in seinem Weinglas, leckte ihn sauber und leerte es dann in einem Zug, bevor er die weiße Serviette auf seinen halb vollen Teller warf.

»Wohl kaum«, sagte er dann.

76

Oben in der Suite angekommen, stellte Josh Elijah dem jungen, attraktiven Pärchen vor, das dort auf sie gewartet hatte.

»Das ist Richie. Und das…«, meinte er, während er sich das Lachen kaum verkneifen konnte, »… ist Miranda.«

Creem blickte das Mädchen zweimal an. »Ist das dein richtiger Name?«, fragte er sie, doch sie warf Josh lediglich einen unsicheren Blick zu. »Ist nicht so wichtig«, wiegelte Creem ab. Sie war zwar eher eine Chloe als eine Miranda, aber er wusste die makabre kleine Geste trotzdem zu schätzen. Josh wollte ihm ein ganz besonderes Ereignis bescheren, und sie war ja wirklich groß, rank und schlank, blond und, ja, zugegeben, perfekt.

Es sah ganz so aus, als hätten Richie und »Miranda« schon ohne sie angefangen. Auf dem Nachttisch stand eine offene Tequilaflasche, und obwohl nirgendwo einzelne Tabletten herumlagen, wusste Creem nach einem Blick in ihre Geht's-endlich-los-Gesichter, dass sie die eine oder andere XTC bereits intus hatten und startklar waren.

Er schenkte sich einen kleinen Schluck Tequila ein und setzte sich auf einen bequemen Stuhl neben dem Bett. In der Brusttasche seines Blazers steckte ein Steakmesser, das er unten im Restaurant hatte mitgehen lassen. Einigermaßen erstaunt stellte er fest, dass die Sache anfing, ihm Spaß zu machen. Vielleicht kannte Josh ihn besser, als ihm selbst klar war.

»Also dann, Miranda«, sagte Creem, »erzählt uns doch mal, was dich anmacht.«

Das bezahlte Pärchen hatte ordentlich vorgeglüht, und so brauchte es nicht mehr als einige wenige, gezielte Aufforderungen, um sie in Schwung zu bringen. Sie saßen auf der Kante des Doppelbetts, während Creem und Bergman ihnen Anweisungen gaben und zuschauten.

Schon bald schob der junge Mann die Hand unter den Rock des Mädchens, während sie ihre gepflegten Finger auf den Hosenschlitz ihres Partners legte.

»Nicht zu schnell«, dirigierte Josh. »Mach ihm nur die Hose auf und lass ihn so eine Weile sitzen.«

Es gab keinen Grund, sich gegenseitig ins Wort zu fallen. Sie hatten das alles schon einmal erlebt. Josh sagte dem Mädchen, was sie mit dem Jungen machen sollte, und Creem sagte dem Jungen, was er mit dem Mädchen machen sollte.

»Steck ihr den Finger rein. Genau so. Sehr schön.«

Nach einer Weile bedauerte Creem, dass er keine Kamera mitgebracht hatte. Die kleine Schönheit schien unterhalb des Kinns kein einziges Haar am Körper zu haben. Also saugte er alles mit den Blicken auf, von der Bettseite aus, während Bergman auf der gepolsterten Sitzbank am Fußende saß.

Etliche Minuten später waren die beiden nackt, und dann legten sie endlich los. Das Mädchen hob die Arme, stemmte die Hände an das Kopfbrett und drückte den Rücken durch, während der Junge machte, was Jungs in solchen Situationen eben machen.

Als Creem genug gesehen hatte, nickte er Josh zu, zum Zeichen, dass er so weit war.

Josh hielt den Zeigefinger in die Höhe. Er wollte noch sehen, wie der Junge fertig wurde. Aber er holte eine Pistole aus seinem Aktenkoffer und legte sie flach auf seinen gewölbten Schoß. Die beiden Karnickel auf der Matratze bemerkten es nicht einmal.

Es war im Prinzip nicht der schlechteste Abschied.

Langsam stand Josh auf. Die Hochspannung auf seinem Gesicht war ein unmissverständliches Signal. Das war seine Killermiene. Creem hatte diesen Gesichtsausdruck erst einmal zuvor gesehen – vor fünfundzwanzig Jahren, in Fort Lauderdale. Damals hatten sie zuletzt gemeinsam gemordet.

»Genau so, Kinder«, sagte Josh. »Ganz genau so. Nicht aufhören, bitte, ganz egal, was ihr macht, aber macht weiter.«

Der Junge hätte vermutlich gar nicht aufhören können, selbst wenn er gewollt hätte. Er stieß noch ein paarmal zu, dann bohrte er sich mit aller Macht in das Mädchen, während sie kreischend unter ihm lag. Er kniff die Augen zusammen und warf den Kopf in den Nacken.

Das war Joshs Startsignal.

Begleitet von einem gedämpften Ploppen jagte er eine Kugel direkt in den Scheitel des Jungen. Er brach auf dem Mädchen zusammen wie eine nackte Stoffpuppe. Sie schien nicht einmal zu registrieren, was da gerade passiert war.

Und als sie es dann doch begriff, hatte Creem bereits das Messer gezogen, und es war viel zu spät, als dass sie noch irgendetwas hätte unternehmen können.

77

Es ging schon auf drei Uhr morgens zu, als Creem und Bergman beschlossen, den Abend zu beenden. Sie saßen im Auto auf dem verlassenen Parkplatz beim Fletcher's Cove und blickten auf den Fluss hinaus.

Richie und »Miranda« schwammen bereits flussabwärts. Die Tequilaflasche auf dem Sitz war so gut wie leer. Josh hatte sogar eine Zigarre mit Elijah geraucht, obwohl er eindeutig nur so getan hatte, als würde sie ihm schmecken. Er war eben immer noch der gleiche Angeber, auch nach so vielen Jahren.

»Ich muss dir noch etwas sagen«, wandte Creem sich jetzt an ihn. »Ich wollte vorhin nicht damit anfangen, und es ist auch wirklich gar nicht so schlimm, wie es sich im ersten Moment vielleicht anhört. Aber ich hatte heute Besuch von einem Detective.«

Josh blieb ganz ruhig, was Creem ein wenig erstaunte. »Ein Detective?«

»Cross. Einer von den Typen, die uns damals festgenommen haben. Er hat mir ausgerichtet, dass mein Haus in Palm Beach ausgeraubt worden ist. Und die Nachbarn sind auch tot. Stell dir vor.«

»Wieso der?«

»Ich habe keine Ahnung. Aber er hat über nichts anderes geredet, bloß den Einbruch. Ich lasse mir deswegen keine grauen Haare wachsen.«

»Wie du meinst, Elijah.«

Creem war erleichtert, dass Josh so reagiert hatte. Aber

natürlich war er auch ziemlich betrunken und ritt immer noch auf der Euphoriewelle der vergangenen Stunden. Er ließ den Kopf an die Kopfstütze sinken und machte die Augen zu, während die Stille sich im Wagen ausbreitete.

»Was würdest du machen, wenn die Polizei tatsächlich hinter uns her wäre?«, fragte Creem schließlich. »Wenn du wüsstest, dass sie dich im Visier haben?«

Bergman zuckte mit den Schultern. »Was immer nötig wäre.«

»Würdest du fliehen?«

»Wenn ich könnte, klar. Vietnam soll sehr schön sein. Hübsche Burschen, gutes Essen. Oder Argentinien.«

»Und wenn du nicht weggehen könntest? Was dann?«, hakte Creem nach. »Wir müssen ja auch an den Prozess denken.«

»Oh, daran habe ich oft gedacht, das kannst du mir glauben«, meinte Bergman. »Und um es mit den Worten meiner alkoholkranken Mutter zu sagen…« Er hielt inne und fuhr dann mit zitteriger Katharine-Hepburn-Stimme fort: »Du solltest die Party immer verlassen, bevor sie zu Ende ist, mein Junge.« Dann hob er den Kopf und blickte Creem mit schlagartig ernster Miene an. »Dass ich nicht ins Gefängnis gehen werde, das war mein voller Ernst, Elijah. Tut mir leid, aber ich muss wirklich nicht unbedingt fünfzig werden. Niemand muss das.«

Bergmans schnelle Antworten halfen Creem, ein paar Dinge zu begreifen. Vielleicht war das der Vorteil von Joshs Verfolgungswahn: immer einen Notfallplan in der Tasche zu haben, so oder so.

»Du hast kürzlich mal etwas gesagt«, erinnerte ihn Creem. »Dass wir diese ganze Sache gemeinsam zu Ende bringen würden, wenn der Zeitpunkt gekommen ist. Hast du das damit gemeint?«

Bergman griff nach der Flasche, die zwischen ihnen auf dem Sitz stand, und nahm einen Schluck. »Hast du mal *Thelma und Louise* gesehen?«

»Nein.«

»Na ja, was soll's«, meinte Bergman. »Aber um deine Frage zu beantworten – ja. Genau das habe ich gemeint. Ich liebe dich, Elijah. Du kannst dich darüber lustig machen, so viel du willst, aber es stimmt. Ohne dich … ohne all das … gibt es für mich keinen Grund mehr, hier noch länger mein Dasein zu fristen. Nicht mehr.«

Jetzt standen Tränen in seinen Augen. Das Gespräch hatte sich in eine Richtung entwickelt, die Creem nicht vorhergesehen hatte. Er gestattete Josh sogar, ihn zu umarmen, was ziemlich außergewöhnlich war.

»Ich empfinde das genauso, Josh«, sagte er. »In jeder Hinsicht. Die letzten Wochen würde ich für nichts in der Welt eintauschen.«

»Ich auch nicht, Louise.«

»Ich habe keine Ahnung, was das heißen soll«, meinte Creem.

»Ist auch egal.«

78

Am Abend des nächsten Tages konnten wir endlich zu Ava. Ich hätte ihr zu gerne jede Menge Fragen gestellt, aber ich wusste, dass wir sie bei diesem ersten Besuch nicht zu sehr unter Druck setzen durften. Sie hatte viel durchgemacht, seit wir uns das letzte Mal gesehen hatten.

Als wir im Howard House eintrafen, war es still. Ava machte uns die Tür auf. Ob sie sich über unseren Besuch freute oder nicht, war nicht eindeutig zu erkennen, jedenfalls ertrug sie unsere Umarmungen kühl, mit angelegten Armen und ohne das kleinste Lächeln. Ich ertappte mich dabei, wie ich die Haut an ihren Armen und sogar hinter ihren Ohren nach Einstichstellen absuchte. Dass ich es überhaupt für möglich hielt, dass Ava an der Nadel hing, machte mich sehr traurig, aber ich habe schon jüngere Junkies gesehen als sie.

Danach setzten wir uns auf ein paar alte Liegestühle auf der Eingangsterrasse, tranken Cola und ließen uns Nanas einen Tag alte Brownies aus der Blechdose schmecken. Zuerst bestritt Nana den größten Teil der Unterhaltung und erzählte Ava von der KIPP-Schule, an der sie sich bereits für sie erkundigt hatte.

Bree und ich schenkten ihr eine selbst gemachte »Du fehlst uns«-Karte von Jannie und Ali. Damit entlockten wir ihr das erste und einzige Lächeln des Tages. Es war steif und gekünstelt, aber immer noch besser als diese kühle Distanziertheit. Ich war einfach nur froh, sie zu sehen.

Aber nachdem wir Avas Nicken und ihre einsilbigen Antworten eine Viertelstunde lang ertragen hatten, beschloss ich, nicht länger um die riesige Schüssel mit dem heißen Brei herumzureden, die da vor uns stand. Wir wussten von Stephanie, dass Ava jetzt regelmäßig zur Drogenberatung gehen musste, aber nicht viel mehr.

»Ava, wir müssen dich etwas fragen«, sagte ich.

Sie saß vollkommen regungslos da. Nur die Spitzen ihrer Turnschuhe berührten den Betonfußboden. Sie erinnerte mich an eine Sprinterin im Startblock, jederzeit bereit aufzuschnellen.

»Wir haben gehört, was in den letzten Tagen alles passiert ist, und wir möchten dir sagen, dass wir uns große Sorgen um dich machen«, sagte ich. »Nicht um das, was du getan hast, sondern um *dich*.«

Nana sah mich an, als wäre ich zu schnell vorgeprescht, aber Bree nahm den Faden auf.

»Süße, hör mir bitte gut zu. Es ist wirklich wichtig, dass du uns sagst, von wem du diese Drogen bekommen hast. An welcher Kreuzung, von welchem Dealer oder Bekannten …«

»Ich muss euch gar nix sagen«, erwiderte Ava. »Ihr seid bei den Bullen.«

Obwohl sie etliche Monate bei uns gelebt hatte, sah sie uns immer noch als Bedrohung. Dieses Misstrauen gegenüber jeder Behörde lag ihr im Blut.

»Wir sind nicht hier, um irgendjemanden in den Knast zu stecken«, sagte ich. »Aber das Problem ist, dass du nie weißt, was alles drin ist in diesen Tabletten. Kein Tag vergeht, ohne dass irgendwelche Kids an einer Überdosis zugrunde gehen, vor allem bei dem Zeug, das du genommen hast.«

»Ich hab aber keine Drogen genomm'!«, sagte sie plötzlich.

Ich kannte sie gut genug, um die Lüge zu erkennen. Das machte sie immer, wenn sie sich in die Enge getrieben fühlte. Dann ging es nicht mehr um Glaubwürdigkeit, sondern einzig und allein darum, das zu sagen, was ihr in dem Augenblick eben am nützlichsten erschien.

Bevor wir etwas erwidern konnten, ging die Haustür auf, und ein zweites Mädchen kam heraus. Es war die, die am vergangenen Abend so laut telefoniert hatte. Sie war ungefähr in Avas Alter, machte aber mit der tief geschnittenen Jeans und der engen Jeansjacke eher auf dreißig.

»A's klar, Ava?«, sagte sie. »Gehör'n die zu dir?«

»Ich heiße Alex«, sagte ich. »Und das sind Bree und Nana. Wir sind Avas Pflegefamilie.«

Der Blick des Mädchens fiel auf die Brownies, und Nana streckte ihr die Dose entgegen.

»Vielen Dank, Madam«, sagte sie und nahm sich zwei, begleitet von einem leisen Grinsen. »Hat Ava schon erzählt, was sie in letzter Zeit so gemacht hat?«

»Halt die Klappe, Nessa!«, schrie Ava sie an. »Kümmer dich um deinen eigenen Scheiß.«

»Von mir aus«, sagte das Mädchen. Vermutlich hatte sie auf die Sache mit der Drogenberatung angespielt, aber sie schien Ava so oder so nicht besonders ernst zu nehmen. Jetzt hob sie sogar ihr Smartphone und machte ein Gruppenfoto von uns, als wäre überhaupt nichts gewesen. »Los, sagt mal alle Cheese.«

»Cheese«, sagten wir – alle außer Ava natürlich. Ich gab dem Mädchen meine Nummer, und sie schickte mir das Foto sofort, bevor sie sich noch einen Brownie nahm und wieder nach drinnen verschwand.

»Macht doch einen ganz netten Eindruck«, sagte Nana. »Ist das eine Freundin von dir?«

»Ich wohne bei ihr im Zimmer«, erwiderte Ava. »Sie's okay.«

Wir boten ihr an, sie und ihre Mitbewohnerin zum Essen einzuladen, aber Ava meinte, dass sie heute Abend Tacos machen wollten und dass sie lieber hierbleiben würde. Wir nickten und taten so, als hätten wir vollstes Verständnis dafür, aber als der Besuch zu Ende war, spürten wir alle, wie enttäuscht wir waren.

Avas Verhalten hatte nichts mit Undankbarkeit oder Aufsässigkeit zu tun. Sie war vielmehr ein seelisch gebrochener Mensch und unfähig, sich mit ihren Gefühlen auseinanderzusetzen. Viele Jugendliche empfinden dieselbe Leere und versuchen, sie mit Drogen zu füllen. Wenn dazu noch, wie im Fall von Ava, lebenslange Ablehnung sowie Erwartungen und Druck vonseiten des Jugendamts und der Pflegeeltern kommen, ist es diesen Jugendlichen oftmals nahezu unmöglich, so etwas wie einen grundlegenden Wandel zu vollziehen.

Es kann immer nur um winzige Schritte gehen, im besten Fall. Und das auch nur an guten Tagen.

Der heutige gehörte nicht dazu.

79

Und immer noch folgte ein Nackenschlag auf den anderen.

Als ich mich am nächsten Morgen bei der Arbeit in die Fallakten einloggen wollte, schrie mein Bildschirm mir eine ausgesprochen unliebsame Botschaft entgegen.

Log-in-Passwort unbekannt.

Ich probierte es noch ein paarmal, aber jedes Mal mit demselben Ergebnis. Es war eindeutig: Sie hatten mich im Verlauf der letzten zwölf Stunden aus dem System gekickt. Meine Kontaktsperre hatte jetzt eine allumfassende Dimension bekommen.

Aber ich brauchte mich nicht zu wundern. Schließlich genügte ein Blick in die Akten über das Flussungeheuer, den Georgetown-Ripper oder Elizabeth Reilly, um dort meine virtuellen Fingerabdrücke zu entdecken. Da ich von allen aktuellen Fällen abgezogen worden war, durfte ich das System streng genommen sowieso nicht benutzen.

Was mich keineswegs daran hinderte, mich bei Sergeant Huizenga zu beschweren.

»Fangen Sie gar nicht erst an, Alex«, sagte sie, als sie mich in ihrer Tür stehen sah. Sie wusste, weshalb ich hier war. »Ich bin nicht in Stimmung.«

»Hier geht es doch nicht um mich«, erwiderte ich. »Aber wir haben im Augenblick drei potenzielle Mordserien am Hals und …«

»Das ist nicht der Punkt«, unterbrach sie mich. »Als Commander D'Auria gestern Abend gemerkt hat, dass Sie immer noch online sind, hat ihn lediglich eines interessiert:

nämlich, dass ich das schon längst hätte ändern müssen. Er hat mir ganz schön die Hölle heißgemacht deswegen. Und zwar um zehn Uhr abends, schönen Dank auch.«

»Ich will doch gar nicht gleich wieder in den aktiven Dienst versetzt werden«, sagte ich. »Aber ich muss wenigstens die Akten lesen können, damit ich, wenn es so weit ist, wieder voll einsteigen kann.«

»Ist das Wort *Kontaktsperre* denn wirklich so schwer zu begreifen?«, blaffte sie mich an. »Glauben Sie etwa, ich *will*, dass Sie auf der Ersatzbank herumsitzen? Mein Gott! Warum führen wir dieses Gespräch überhaupt?«

Es war der achtzehnte Tag der Krise, und wir machten viel, viel weniger Fortschritte, als nötig gewesen wären. Je länger die Ermittlungen andauerten, desto mehr würde Huizenga den heißen Atem der Chefetage im Nacken spüren, die sich einmischte und Resultate forderte. Und dann dauert es in der Regel nicht mehr lange, bis irgendjemand anfängt herumzubrüllen.

Aber es sollte noch schlimmer werden.

In diesem Augenblick schob sich Detective Jacobs an mir vorbei in Huizengas Büro. Was immer sie loswerden wollte, es war wichtig. Das erkannte ich an der Art ihres Gangs.

»Schlechte Neuigkeiten, Sergeant«, sagte sie.

»Moment.« Huizenga hob die Hand und durchbohrte mich erneut mit ihrem Blick. »Das wäre dann alles, Alex.«

Ich konnte mich überhaupt nicht erinnern, wann ich zum letzten Mal aus einer dienstlichen Besprechung ausgeschlossen worden war. Ich kochte vor Wut, aber letztendlich hatte ich keine große Wahl.

Besonders weit weg ging ich aber nicht. Anstatt mich an meinen Schreibtisch zu verkrümeln, blieb ich direkt hinter

Huizengas Tür stehen und lauschte. Ich bin wirklich nicht besonders stolz darauf, aber wie gesagt, hier ging es nicht um mich. Es ging um die Opfer und ihre Angehörigen, und am meisten ging es vielleicht um die möglichen zukünftigen Opfer. All diesen Menschen waren wir es schuldig, jede Möglichkeit für eine Aufklärung dieser Mordserien zu nutzen, aber – auch wenn sich das jetzt nach Selbstbeweihräucherung anhört – im Moment taten wir das nicht.

»Was ist denn los, Jessica?«, wollte Huizenga wissen.

»Gerade hat die Wasserschutzpolizei zwei Leichen im Potomac gemeldet. Sie wurden vor einer Stunde auf Roosevelt Island angespült. Ein junger Mann, weiß, mit einer Schusswunde im Gesicht und zahlreichen Stichverletzungen in der Lendengegend. Und eine junge Frau, ebenfalls weiß …«

»Hören Sie auf. Blond. Drei sorgfältig platzierte Schnittwunden. Schreckliche Frisur.«

»Leider ja«, erwiderte Jacobs.

»Und man hat sie beide gleichzeitig entdeckt?«

»Das ist das besonders Gruselige daran. Die beiden Opfer waren mit Handschellen aneinandergefesselt. Was immer das zu bedeuten hat.«

Ich holte tief Luft. Es bedeutete, dass unsere beiden Georgetown-Killer wieder gemeinsam im Geschäft waren. Mehr als je zuvor, nach allem, was ich gehört hatte.

Ich hörte Huizengas Stuhl über den Fußboden scharren und Schlüssel klirren. »Weiß Valente schon Bescheid?«, erkundigte sie sich.

»Noch nicht.«

»Rufen Sie ihn an. Ich verständige den Chief. Und sagen Sie allen vor Ort, dass sie gefälligst nichts anrühren sollen.«

Als Jacobs zur Tür herauskam, starrte sie mich zwar empört an, sagte aber nichts und ging an mir vorbei. Zehn Minuten später waren sämtliche Mitarbeiter meiner Abteilung zum Dienst beordert worden. Das Büro war leer. Bis auf mich natürlich. Ich war dazu verdammt, Anrufe entgegenzunehmen und Däumchen zu drehen wie eine Art Lakai im Käfig. Schon wieder.

Ich wusste wirklich nicht, wie lange ich das noch ertragen konnte.

80

Sobald ich das Büro für mich hatte, rief ich Bree an.

Ich wusste, dass sie wegen einer Bandenschießerei drüben in Garfield Terrace, einer Sozialbausiedlung, zu tun hatte. Sie hatte heute in aller Frühe einen Anruf bekommen und sofort das Haus verlassen. Hoffentlich war sie dort bald fertig, dann konnte sie vielleicht noch einen Blick auf die Leichen auf Roosevelt Island werfen – oder ihnen zumindest ein bisschen näher kommen, als ich es mit meinem radioaktiven Arsch je schaffen würde.

»Ich habe hier vielleicht noch eine Stunde zu tun«, sagte sie. »Aber danach kann ich dort vorbeischauen, wenn dir das eine Hilfe ist.«

»Alles ist mir eine Hilfe«, sagte ich. Ich war wild entschlossen, diesen Fall weiterzuverfolgen, so oder so. »Vielleicht triffst du ja Errico Valente. Von ihm erfährst du am ehesten, was los ist.«

Bei unserer Heirat hatten Bree und ich uns vorgenommen, niemals einen Fall – geschweige denn mehrere – gemeinsam zu bearbeiten. Das hätte das Familienleben, die Versorgung der Kinder, die ganzen Abläufe nur verkompliziert. Aber inzwischen, bedingt durch die Sache mit Ava, mit Ron Guidice und jetzt noch mit meinen persönlichen Schwierigkeiten bei der Arbeit, hatten sich die Regeln ein wenig verändert.

Und in jedem Fall sind wir ein gutes Team. Ich arbeite gerne mit ihr zusammen.

Die nächsten Stunden verbrachte ich allein am Schreibtisch, nahm Anrufe entgegen und ging die diversen Fälle, die ich momentan am Hals hatte, noch einmal Punkt für Punkt durch.

Irgendetwas mussten unsere Killer sich von diesen Doppelmorden versprechen, und allem Anschein nach schien es prächtig zu funktionieren. Zwei mit Handschellen gefesselte Opfer im Potomac, das war eine eindeutige Weiterentwicklung im Vergleich zu einer im Rock Creek Park abgelegten Leiche. Es war eine Präsentation. So langsam fanden sie Geschmack an der Sache.

Der Begriff *Präsentation* brachte das Ganze ziemlich gut auf den Punkt. Es kam mir vor, als würden sie eine Art Show abziehen. Für uns? Füreinander? Für die Welt?

Wer weiß? All diese Fragen schwebten im luftleeren Raum um mich herum, während ich hier am Schreibtisch saß und Anruf um Anruf entgegennahm.

Dann, endlich, gegen Mitte des Nachmittags, hatte ich Bree wieder am Apparat.

»Ich bin gerade angekommen«, sagte sie, »und jetzt schon wieder draußen. D'Auria hat mich weggeschickt, bevor ich die Leichen überhaupt gesehen habe.«

»Hast du ihm gesagt, dass eine Verbindung zu einem deiner früheren Fälle besteht?«

»Er wollte nichts davon wissen. Sie haben den Fundort komplett abgeriegelt.«

»Was ist mit Valente?«, erkundigte ich mich.

»Er ist unten am Ufer. Ich bleibe jetzt erst noch ein bisschen hier, mal sehen, ob er noch raufkommt, aber vor fünf muss ich schon wieder in der Gerichtsmedizin sein und dann …« Bree verstummte. »Also, das kann doch wohl nicht wahr sein«, sagte sie dann. »Das gibt's doch nicht …«

»Was denn?« Ich hasste es, so außen vor zu sein.

»Ron Guidice. Er steht da drüben bei den anderen Journalisten. Der Drecksack hat mich gerade fotografiert.«

Mir wurde kochend heiß nur bei dem Gedanken daran. Natürlich war er da. Er war zurzeit ja überall.

»Ignorier ihn am besten. Lass dich nicht provozieren. Das will er ja bloß.«

»Am liebsten würde ich ihn mit seinem Kameragurt erwürgen.«

»Ich weiß genau, wie du dich fühlst, glaub mir«, sagte ich. »Aber lass es trotzdem sein, Bree. Unternimm gar nichts.«

Ich hörte, wie sie einmal tief Luft holte, und tat es ihr nach.

»Na gut, okay«, meinte sie dann. »Ich lasse ihn leben. Jetzt muss ich sowieso los. Ich ruf dich an, sobald ich aus Valente etwas rausgekriegt habe. Hab dich lieb.«

»Ich dich auch«, sagte ich, und dann war sie weg.

Normalerweise weiß ich ziemlich genau, was in Bree vorgeht. Aber dieses Mal nicht. Nachdem sie aufgelegt hatte, saß ich da und überlegte, ob sie nur gesagt hatte, was ich hören wollte, oder ob sie sich wirklich von Guidice fernhalten würde. Sie hasste diesen Typen genauso sehr wie ich.

Gut möglich, dass sie ihm schon das Licht ausgeknipst hatte, bevor mein Telefon das nächste Mal klingelte.

81

John Sampson saß in seinem Auto, als die SMS von Bree eintraf.

Ich sehe Guidice. Hast du Zeit?

Das war genau die Gelegenheit, auf die sie gewartet hatten. Anstatt also weiter die Mass Avenue entlangzufahren, um zu seiner Fortbildungsveranstaltung zu kommen, bog er scharf rechts ab auf die K Street und fuhr dann in Richtung Virginia Avenue.

Eine Datenbanksuche hatte ergeben, dass Ron Guidice seit drei Jahren ein Haus in Reston gemietet hatte. Es gehörte einem Bauträger aus Atlanta. Die Verwaltung hatte ihren Sitz in Washington, aber dort hatte er nichts Interessantes über den Mieter in Erfahrung bringen können. Guidice war unauffällig, hatte seine Miete immer pünktlich bezahlt und machte auf dem Papier einen ganz normalen Eindruck.

Das Haus selbst sah, in Ermangelung eines besseren Begriffs, erstaunlich vorstädtisch aus. Das einfache, kleine Holzhäuschen war in einem hässlichen Hellblau gestrichen und stand in einer sehr dicht bebauten Gegend, wie Sampson beim Näherkommen feststellte. Es war alles andere als die heruntergekommene Bruchbude, in der man Abschaum wie Guidice eigentlich vermutet hätte.

Als er vor der Haustür stand, drückte er zur Sicherheit auf die Klingel. Keine Reaktion. Sampson ging von der niedrigen Eingangsterrasse zur Rückseite des Hauses. Kein

Auto in der Einfahrt, und eine Garage gab es auch nicht. Nur ein umzäuntes Gartenstück ohne nennenswerten Pflanzenwuchs.

Falls es hier überhaupt einen Grund gab, stutzig zu werden, dann waren es die fehlenden Sicherheitsmaßnahmen an Guidices Haustüren. Nicht einmal Vorhänge gab es. Dem ersten Eindruck nach hatte dieser Kerl nicht das Geringste zu verbergen. Und es gab nur eine Möglichkeit herauszufinden, ob dieser Eindruck der Wahrheit entsprach oder nicht.

Sampson zog seinen Führerschein aus der Brieftasche und überlistete damit mühelos das billige Schloss an der Hintertür.

Die Erkundung des Erdgeschosses war schnell abgeschlossen. Leer war wohl der passende Begriff dafür. Nichts Nennenswertes im Kühlschrank und im Wohnzimmer lediglich ein Liegesessel und ein zusammenklappbarer Fernsehtisch. Die Zeitungen, die sich vor der Haustür stapelten – *Post, New York Times* und *Al-Sabah*, warum auch immer –, stammten aus den letzten drei Wochen.

Sampson setzte seine Suche im ersten Stock fort. Dort gab es drei kleine Zimmer. Eines davon war vollkommen leer. Im zweiten lag ein Futon auf dem Fußboden. An der Wand lehnten ein paar Kleiderstapel.

Das dritte Zimmer schien Guidices improvisiertes Arbeitszimmer zu sein: ein Klapptisch voller Hängeaktenordner, dazu ein billiger Lexmark-Drucker auf dem Fußboden. Die Aktenordner enthielten alle möglichen Zeitungsausschnitte zu den unterschiedlichsten Themen, angefangen bei brutalen Polizeiübergriffen über Finanzplanung und Autoreparaturen bis hin zum Gemüsegarten des Weißen Hauses, ohne dass so etwas wie ein roter Faden erkennbar gewesen wäre.

Das alles wirkte im Grunde genommen ziemlich deprimierend. Sampson konnte sich gut vorstellen, wie Guidice hier seine erbärmlichen Abende verbrachte, sich seine Verschwörungstheorien aus den Fingern saugte und seinen beschissenen kleinen Blog tippte.

Aber trotzdem hatte er gehofft, hier irgendetwas Handfestes zu finden, etwas, was ihn weiterbringen würde. Er suchte noch zwanzig Minuten lang weiter, in den Schränken, unter den Dielen und in den Belüftungsschächten, nur um nichts auszulassen. Aber er fand nichts.

Als er schon halb wieder bei seinem Auto war, sah er einen Nachbarn, einen älteren Mann mit Golfhose, der gerade die Mülltonne an den Straßenrand schob. Einen Versuch war es wert. Sampson griff sich einen leeren Hauspostumschlag vom Rücksitz seines Wagens und ging dann auf den Mann zu.

»Bitte entschuldigen Sie«, sagte er. »Ich suche einen gewissen Ron Guidice. Können Sie mir sagen, ob er hier wohnt?«

Der alte Mann sah zu dem kleinen hellblauen Holzhäuschen hinüber und schüttelte den Kopf.

»Tut mir leid. Da wohnt so ein großer Kerl mit Bart, aber ich weiß nicht, wie er heißt.«

»Die Beschreibung passt«, meinte Sampson. Dann zeigte er dem Mann den Umschlag. »Er muss mir den Empfang quittieren. Wissen Sie vielleicht, wann er normalerweise nach Hause kommt?«

»Schwer zu sagen.« Der Mann lehnte sich an seine Mülltonne. Er sah aus wie der Prototyp des einsamen Junggesellen – also jemand, der einem Schwätzchen nicht abgeneigt ist. »Seit die alte Dame mit dem kleinen Mädchen ausgezogen ist, ist er nur noch sehr unregelmäßig da. Und nicht besonders oft.«

Sampson nickte und behielt seine Pokermiene bei. Alte Dame? Kleines Mädchen? Warum hatte er bei seinen Recherchen kein Wort darüber gelesen? Und warum wohnten sie nicht mehr hier?

»Seine Familie, hmm?«, sagte er nur.

Der Mann zuckte mit den Schultern. »Ich glaube, sie war die Oma. Ziemlich dick jedenfalls. Aber das kleine Mädchen war eine ganz Süße, wirklich. Ungefähr so alt wie meine Enkelin, würde ich sagen. Fünf, vielleicht sechs Jahre.«

Sampson ließ sich das alles durch den Kopf gehen, während der Nachbar immer weiter redete. Das erklärte natürlich ein, zwei Dinge … zum Beispiel, wieso Guidice sich für ein Häuschen wie dieses entschieden hatte.

»Sie können mir wahrscheinlich nicht sagen, wo ich die beiden finde, oder?«, sagte er. Der Mann trat einen Schritt zurück.

»Junger Mann, ich weiß ja nicht einmal, wie sie heißen. Woher soll ich denn wissen, wo sie hingezogen sind?«

»Kein Problem«, erwiderte Sampson. »Ich komme später noch mal wieder.«

»Wenn ich ihn sehe, sage ich ihm, dass Sie ihn suchen. Wie heißen Sie?«, rief der Mann ihm hinterher, als Sampson schon zu seinem Auto ging.

»Joe Smith«, lautete seine Antwort. »Aber keine Sorge. Wenn ich jemanden suche, dann finde ich ihn in der Regel auch.«

82

Am Nachmittag bekam ich einen zweiten Anruf von Detective Penner aus Palm Beach.

Ich hatte ihm Elijah Creems Aussagen bereits weitergeleitet, und soweit ich wusste, hatte Creem ein Alibi für die Tatnacht. Was wollte er also von mir?

»Was kann ich für Sie tun?«, fragte ich.

»Vielleicht kann ich ja etwas für *Sie* tun«, meinte er. »Wir haben jedenfalls mitbekommen, dass Sie zurzeit eine Mordserie in Georgetown haben, und ein paar Bilder haben wir auch gesehen. Ziemlich wahnsinnige Geschichte.«

»Das kann man wohl sagen«, erwiderte ich.

»Es geht um die Masken, die der Täter da benutzt hat. Was wissen Sie darüber?«

Penner konnte nicht wissen, dass ich mit den Ermittlungen eigentlich gar nichts zu tun haben durfte, und ich beschloss, ihm diese Tatsache nicht auf die Nase zu binden. Ich wollte wissen, was er wusste. Und dafür musste ich ihm zuerst etwas geben.

»Allem Anschein nach sind sie aus Latex«, sagte ich. »Auf jeden Fall hervorragende Arbeit und so überzeugend, dass bei einer flüchtigen Begegnung niemand Verdacht schöpft. Nur wenn man sich die Filme aus den Überwachungskameras genau anschaut, fällt hier und da eine gewisse Unbeweglichkeit auf, aber das ist auch schon alles.«

»Ja, genau das habe ich mir gedacht«, erwiderte er. »Wir haben hier nämlich auch ein paar Videoaufnahmen gemacht. Von einem Kerl, der ungefähr vierhundert Meter nördlich vom Tatort und ungefähr eine halbe Stunde nach dem Tod der beiden Mordopfer in eine dunkle Limousine steigt. Und irgendwas an dem Kerl hat uns stutzig gemacht…«

Penner war noch gar nicht fertig, aber ich wusste, was jetzt kommen würde.

»Ein älterer Weißer? Gut eins achtzig groß, zwischen achtzig und neunzig Kilo?«

»Dann wissen Sie also, was ich meine?«, sagte er.

»Zumindest bis hierhin.«

»Vielleicht können wir ja die Bilder austauschen, um zu sehen, ob wir es mit demselben Kerl zu tun haben«, meinte Penner.

»Und damit meinen Sie Elijah Creem.«

»Also, zumindest ist er hochgradig verdächtig. Er hat ein Haus in Georgetown und eins in Palm Beach, und das sind zufälligerweise genau die Orte, wo auch diese Masken aufgetaucht sind.«

Ich war schon aufgesprungen. Das Blut rauschte in meinen Ohren. Angesichts des im krassen Gegensatz zu jeder gesellschaftlichen Norm stehenden Verhaltens, das Creem bei unseren beiden Begegnungen an den Tag gelegt hatte, hielt ich das für absolut möglich. Außerdem war er Chirurg, konnte also sehr gut mit Klingen umgehen, und zwar sicherlich nicht nur mit dem Skalpell, sondern auch mit dem gezackten Messer, das unser Killer bevorzugt verwendete.

Indizien können bei einer Morduntersuchung zu einer gefährlichen Falle werden. Ich bin schon lange genug im Geschäft, um wegen solcher *Hinweise* auf einen bestimmten Tathergang nicht mehr in Euphorie zu verfallen. Aber trotzdem. Nachdem ich das Gespräch mit Penner beendet hatte, fühlte sich das keineswegs nur nach einer Theorie an.

Sondern ganz eindeutig nach Lösung.

83

Es dauerte nicht lange, dann war Detective Penners Verdacht bestätigt. Von einigen wenigen oberflächlichen Details abgesehen stimmte die Maske des alten Mannes aus Florida mit den Bildern aus Georgetown überein. Es war Zeit, Dr. Creem einen Besuch abzustatten.

Als Erstes rief ich Errico Valente an, der immer noch am Fundort der beiden Leichen auf Roosevelt Island war, und sagte ihm Bescheid. Anschließend druckte ich alles aus, was ich hatte, steckte es in einen unbeschrifteten Umschlag und legte ihn auf Valentes Schreibtisch. Für heute hatte ich schon genug Scherereien bekommen. Da musste ich nicht auch noch elektronische Spuren hinterlassen. Außerdem wusste ich, dass ich Errico vertrauen konnte. Er war diskret. Und wenn er hinterher die Anerkennung dafür erntete, bitte sehr.

Danach blieb mir nichts anderes mehr übrig, als Feierabend zu machen, nach Hause zu gehen und abzuwarten, was meine Kollegen zustande brachten.

Natürlich ließen Bree, Sampson und ich uns durch die neuesten Entwicklungen nicht davon abhalten, am späten Abend in meinem Arbeitszimmer die Köpfe zusammenzustecken. Es gab schließlich immer noch eine Menge zu besprechen.

So langsam kam ich mir vor, als hätten wir unsere eigene kleine Privatdetektei. Irgendwie war die ganze Geheimniskrämerei ja lächerlich, aber gleichzeitig auch ziemlich aufregend. Nachdem ich drei Tage lang nur am Schreibtisch gesessen hatte, hatte ich jetzt endlich mal wieder das Gefühl, etwas zu schaffen.

Ich erzählte Bree und John alles, was ich heute erfahren hatte, und wir tauschten ein paar Theorien aus. Ich ging davon aus, dass Elijah Creem am Morgen zum Verhör einbestellt oder vielleicht sogar gleich festgenommen wurde. Und damit geriet auch sein Freund Josh Bergman ins Visier der Ermittlungen. Eine ganze Menge sprach jetzt dafür, dass er unser Flussungeheuer war. Valente würde sich jedenfalls garantiert bei ihm melden.

Danach widmeten wir uns Elizabeth Reilly und ihrem Phantom-Freund, dem Mann, den wir nur unter dem Namen Russell kannten. Bree hatte immer wieder in der NCIC-Datenbank nachgesehen, ob in letzter Zeit irgendwelche Russells, egal ob Vor- oder Nachname, festgenommen worden waren. Aber bis jetzt hatte keiner der Treffer auch nur im Entferntesten auf eine Verbindung schließen lassen.

Dasselbe galt für Rebecca Reilly, Elizabeths entführte Tochter. Ich hatte bei Ned Mahoney beim FBI nachgefragt, aber auch an dieser Front gab es keinerlei Bewegung. Die ungeschminkte Wahrheit sah folgendermaßen aus: Unsere größte Chance, dieses Baby wiederzufinden, lag darin, dass Russell sich aus der Deckung wagte und erneut ein schwangeres Mädchen ins Visier nahm. Allein der Gedanke daran bereitete mir Brechreiz.

Womit nur noch das Thema Ron Guidice blieb.

»Wie steht es denn mit unserem anderen Freund?«, erkundigte ich mich. »Der, über den wir nicht sprechen?«

Bree und Sampson wechselten einen Blick. Was immer sie ausgeheckt haben mochten, sie hatten es bis jetzt für sich behalten.

»Da gibt es nicht viel zu erzählen«, sagte John.

»Nicht viel?«, hakte ich nach. »Oder gar nichts?« Meine Neugier war so groß, dass ich das Thema nicht einfach stillschweigend übergehen konnte. Aber vielleicht hatte ich auch einfach die Schnauze voll davon, immer nur außen vor zu sein.

Sampson zuckte mit den Schultern und trank den letzten Rest seines Biers. »Angeblich hat er bis vor Kurzem mit einer alten Frau und einem kleinen Mädchen in einem Häuschen draußen in Reston gewohnt. Der Nachbar nimmt an, dass das Guidices Mutter und seine Tochter waren, aber sicher ist er sich nicht. Jedenfalls sind sie jetzt nicht mehr da. Das Haus sieht aus wie ein Geisterhaus.«

»Ich dachte, wir wollten nicht darüber sprechen«, sagte Bree.

»Tun wir ja gar nicht«, erwiderte Sampson und streckte sich auf meinem alten Ledersofa aus.

Ich zeigte John die beiden nach oben gereckten Daumen, zum Zeichen meiner Dankbarkeit. Ich wäre liebend gerne dabei gewesen, aber solange die einstweilige Verfügung in Kraft war, würde ich mich schön brav von Guidice fernhalten. Und wenn das bedeutete, dass er noch die eine oder andere Schlacht gewinnen würde, dann war es eben so.

Aber ich war wild entschlossen, den Krieg für mich zu entscheiden.

84

Ron Guidice riss sich die Kopfhörer herunter.

Hurensohn! Er hätte die ganze Operation am liebsten um neunzig Grad gedreht und sich mit aller Macht auf John Sampson gestürzt. Aber eins war ganz sicher: Unter gar keinen Umständen würde er zulassen, dass dieser jämmerliche Polizistendarsteller seiner Familie noch näher kommen konnte als jetzt. Dafür würde er sorgen.

Jedenfalls war die Lage jetzt klar. Die Anzeichen waren eindeutig. Es war Zeit für den entscheidenden Schritt. Die einzige Frage lautete: Was zuerst?

Das Telefon in seiner Tasche summte, und Guidice biss auf die Zähne. Er brauchte gar nicht erst auf das Display zu schauen. Seine Mutter war die einzige Person, die diese Nummer hatte, und es war bereits das vierte Mal innerhalb einer Stunde, dass sie versuchte, ihn zu erreichen. So langsam wurde es lächerlich.

»*Was denn*, Mom?«, meldete er sich schließlich doch. »Ich muss arbeiten.«

»Daddy?«

Nicht Lydia, sondern Emma Lee war am Apparat. Sofort bereute er seinen barschen Tonfall.

»Hey, Süße«, erwiderte er sanft. »Warum bist du denn um diese Zeit noch auf?«

»Wann kommst du nach Hause?«, fragte seine Tochter. Ihr leichter Virginia-Akzent rührte ihn und brach ihm fast das Herz. Er hatte ein wahnsinnig schlechtes Gewissen, aber das ließ sich im Moment einfach nicht ändern.

»Nur noch ein paar Tage«, sagte er. »Nicht mehr lange.«

»Das Baby weint ganz viel. Ich glaube, du fehlst ihm.«

»So ist das nun mal mit kleinen Babys, meine Süße. Mach dir keine Gedanken. Und jetzt gib mir doch mal Grandma, okay?«

»Ich hab dich lieb, Daddy.«

»Ich dich auch. Bis zum Mond und zurück.«

Nach einer kurzen Pause meldete sich Lydia: »Ronald?«

Guidice spürte, wie seine Eingeweide sich beim Klang ihrer Stimme verkrampften. »Warum zum Teufel ist sie um diese Zeit noch auf?«, sagte er. »Du sollst dich doch um sie kümmern.«

»Brüll mich nicht so an«, erwiderte seine Mutter. »Deine Tochter vermisst ihren Daddy. Ist das so schlimm? Erst zwingst du uns, ganz hier raus zu ziehen, und dann bleibst du tagelang einfach weg. Wir haben keine Milch mehr. Und ich kann mit meinen kaputten Knöcheln nicht ständig zum Laden laufen.«

Guidice zählte innerlich bis zehn. Er musste das jetzt durchstehen, er hatte keine andere Wahl. Im Moment brauchte er Lydia nötiger als je zuvor.

»Mom, das haben wir doch alles schon besprochen«, erwiderte er gedehnt. »Solange ich dieses Verfahren am Hals habe, sollte ich mich möglichst von dir und den Mädchen fernhalten. Es ist schließlich kein Geheimnis, dass die Polizei hinter mir her ist.«

»Aber du bist das Opfer! Du bist doch derjenige, dem sie die Nase gebrochen haben!«

»Genau das meine ich ja. Wir wollen schließlich nicht, dass diese Bullen zu uns ins Haus kommen und irgendwelche Fragen stellen, oder? Dann dauert es ja meist nicht mehr lange, bis auch die Presse auftaucht und dich und die Mädchen fotografieren will. Wenn es sein muss sogar durchs Fenster.«

»Hör auf«, sagte sie. »Du machst mir Angst.«

»Das war keine Absicht, Mom. Ich sage dir nur, wie es ist.«

Ehrlich gesagt, es war *durchaus* Absicht gewesen. Ein bisschen zumindest. Wenn es etwas gab, was Lydia Guidice verabscheute, dann waren es Bilder von sich. Entweder führten sie ihr vor Augen, wie dick sie war, oder sie führten ihr vor Augen, wie dünn sie einmal gewesen war. Irgendwo gab es noch einen Karton mit Familienfotos – darunter auch ein halbes Dutzend, auf denen Guidices Alter zu sehen war, den Arm um niemanden mehr gelegt. Sie hatte sich einfach aus allen Aufnahmen herausgerissen.

Zu schade, dass der alte Herr den Löffel abgegeben hatte und nicht sie. Er hätte das, was Guidice vorhatte, vielleicht sogar zu würdigen gewusst.

»Du darfst niemandem trauen, Mom«, sagte er. »Du kennst deine Rechte, oder?«

»Ja, Ronald. Das hast du mir schon tausendmal gesagt.«

»Falls irgendjemand auftaucht und dir Fragen stellen will, dann sagst du, dass du nicht verpflichtet bist, deinen Namen zu nennen, und dass du zuerst mit deinem Anwalt sprechen möchtest.«

»Ach, du meine Güte. Ich weiß doch, ich weiß.«

Das war eine der besten Methoden, um Lydia zügig abzuwürgen. Sie hasste dieses Thema.

»Ich versuche, so schnell wie möglich zu euch rauszukommen«, sagte er dann. »Ihr müsst es nur noch eine kleine Weile ohne mich aushalten, okay?«

»Haben wir denn eine Wahl?« Jetzt schlug sie wieder diesen weinerlichen Tonfall an, bei dem Guidice jedes Mal dachte, dass der Alte womöglich doch Glück gehabt hatte, dass er so früh gestorben war.

»Nein, Mom«, meinte er, bevor er auflegte. »Habt ihr wohl nicht.«

85

Am nächsten Morgen informierte Valente das gesamte Team über die neuesten Erkenntnisse zu Elijah Creem. Zumindest ging ich davon aus. Ich selbst durfte an den Sitzungen ja nicht teilnehmen, ja, ich durfte nicht einmal das Joint Operations Command Center betreten, wo sie stattfanden.

Aber als die anderen wieder ins Büro kamen, spürte ich die Aufregung sofort. Valente winkte mir quer durch den Raum kurz zu, bevor er sich wieder auf den Weg machte, dicht gefolgt von Huizenga und Jacobs. Ich hatte ohnehin nicht damit gerechnet, dass er mir vor aller Augen einen detaillierten Bericht liefern würde, aber klar war, dass jetzt richtig Bewegung in den Fall kam.

Noch bevor ich anfangen konnte, irgendwelche Akten zu sortieren, bekam ich einen Anruf aus dem Büro von Chief Perkins. Damit hatte ich nicht gerechnet. Perkins' Sekretärin, Tracy, richtete mir aus, dass ich nach oben kommen sollte, und zwar sofort. Mehr nicht.

Das konnte zweierlei bedeuten – entweder etwas Gutes oder etwas Schlechtes. Bis jetzt hatte Perkins mich manchmal geschont und manchmal nicht. Er hatte mich eine Nacht lang im Gefängnis schmoren lassen, hatte mich aber auch bald wieder aus dem Zellentrakt herausgeholt. Er hatte mich aus dem Spiel genommen, hatte aber auch dafür gesorgt, dass ich meine Dienstwaffe und meine Dienstmarke wiederbekam, wozu er nicht verpflichtet gewesen wäre.

Und was kam jetzt?

»Gehen Sie ruhig rein«, sagte Tracy und winkte mich weiter. »Er erwartet Sie.«

Perkins' Tür stand offen. Er saß an seinem riesigen Ahornschreibtisch – wir nannten ihn »Old Ironsides« – und war damit beschäftigt, einen ganzen Stapel Papiere zu unterzeichnen. Ich trat ein.

»Setzen Sie sich, wenn Sie wollen«, sagte er.

Ich blieb stehen, während er noch ein paar Formulare unterschrieb. Als er schließlich den Kopf hob, zog er ein einzelnes Blatt Papier aus seinem Eingangskorb und hielt es mir hin.

»Was ist das?«, erkundigte ich mich.

»Ein Schreiben der Staatsanwaltschaft«, erwiderte er. »Sieht ganz so aus, als wäre heute Ihr Glückstag. Das Verfahren wurde eingestellt, aus Mangel an Beweisen.«

Eine Riesenlast fiel von mir ab. Wenn die Staatsanwaltschaft das Verfahren einstellte, würde es auch nicht zu einer Anklage kommen.

»Ein bisschen wundert mich das schon, ehrlich gestanden«, sagte ich. »Die Interne Ermittlung hat mich eigentlich von Anfang an ziemlich heftig in die Mangel genommen.«

»Sagen wir einfach, Sie schulden mir einen Gefallen. Oder zwei oder drei«, erwiderte Perkins mit todernster Miene.

Was immer er gemacht hatte, er hatte dafür gesorgt, dass sich die Waage zu meinen Gunsten geneigt hatte – wofür ich ihm sehr dankbar war –, was aber sicherlich auch nicht furchtbar schwierig gewesen sein konnte. Schließlich war ich in jeder Hinsicht unschuldig.

»Und Sie müssen in den kommenden Monaten regelmäßig Urinproben abgeben«, fügte er hinzu.

»Damit kann ich leben«, meinte ich.

Außerdem musste ich unter Umständen mit einer verwaltungsrechtlichen Klage rechnen, und Guidice würde zweifellos zivilrechtlich gegen mich vorgehen. Aber all das konnte mich nicht daran hindern, endlich wieder an die Arbeit zu gehen. Ich war vier Tage lang von den aktuellen Entwicklungen abgeschnitten gewesen. Das ist eine lange Zeit, besonders weil wir bei der Mordkommission in Hundejahren rechnen. Ich hatte also einiges nachzuholen.

»Noch etwas?«, wollte ich wissen.

»Ja. Nicht alle werden mit dieser Entscheidung glücklich sein. Wir werden einiges einstecken müssen«, antwortete Perkins. »Ich will, dass Sie zu der ganzen Angelegenheit schweigen. Keine Rechtfertigungen gegenüber der Presse und auch über Ron Guidice kein Wort. Verhalten Sie sich unauffällig und machen Sie sich an die Arbeit.«

»Mehr will ich ja gar nicht, Lou«, sagte ich.

»Gut. Weil ich nämlich glaube, dass Sie unten gebraucht werden. Wir haben Elijah Creem zum Verhör einbestellt.«

86

Als ich die Räume im dritten Stock betrat, saß Dr. Creem schon zusammen mit Detective Valente in einem Verhörzimmer.

Am Ende des L-förmigen Flurs entdeckte ich Huizenga, D'Auria und Jacobs. Sie hockten vor einem Laptop, beobachteten und hörten zu. Chief Perkins musste Huizenga schon bei der morgendlichen Sitzung Bescheid gegeben haben, jedenfalls nickte sie mir nur zu und machte mir Platz.

»Schön, dass Sie wieder dabei sind«, sagte sie.

»Pssst«, machte D'Auria und tippte auf den Monitor.

Die Anspannung war deutlich zu spüren. Ich wusste nicht, wie lange Creem schon da drin saß, aber irgendwie war mir sofort klar, dass es nicht gut lief.

Creem saß auf einem Aluminiumstuhl, der im Boden des Verhörzimmers festgeschraubt war. Seine Körpersprache signalisierte Offenheit – die Hände zu beiden Seiten herabhängend, die Beine gespreizt. Aber die Pose sah sehr einstudiert aus. Oder sogar arrogant, als würde er das alles genießen. Zumindest, als wollte er diesen Eindruck erwecken.

Valente hatte sich einen Klappstuhl mitgebracht und sich mit dem Rücken zur Tür gesetzt. Der keilförmige Tisch in der Ecke war leer. Der einzige Farbklecks im gesamten Raum war die Alarmtaste an der Wand.

»Herr Dr. Creem, erkennen Sie diese Unterschrift?«, wandte Valente sich an sein Gegenüber. Er zog ein einzelnes Blatt Papier aus einem Ziehharmonikaordner auf dem Fußboden und zeigte es Creem.

»Das müsste eines meiner Aufnahmeformulare sein«, meinte er.

»Das ist richtig. Für Darcy Vickers«, sagte Valente.

»Das sehe ich.«

Valente verstaute das Formular wieder im Ordner. Er wollte, dass Creem ihn ansah und nicht das Papier.

»Zuletzt haben Sie ein Halslifting bei ihr durchgeführt«, sagte er dann. »Das war elf Monate vor ihrer Ermordung.«

»Eine Platysmaplastik, genau«, erwiderte Creem. »Sehr schade, wirklich. Sie war eine meiner besten Arbeiten.«

Was genau er damit bezweckte, wusste ich auch nicht, aber mit mir hatte er dasselbe Spielchen gespielt, als ich ihn in seinem Garten beim Golfen unterbrochen hatte. Elijah Creem wollte uns um jeden Preis glauben machen, dass er an nichts anderem interessiert war als ausschließlich an sich selbst. Und er gab sich wirklich alle erdenkliche Mühe.

Valente ließ sich gegen die Stuhllehne sinken und verschränkte die Arme vor der Brust. Ich sah ihm an, dass seine Geduld langsam zu Ende ging.

»Das sind aber eine ganze Menge Zufälle, finden Sie nicht?«, sagte er dann. »Ihre ehemalige Patientin. Ihre Nachbarn in Palm Beach …«

»Na bitte, Sie haben es doch selbst gesagt?« Creem wirkte mit einem Mal ein wenig lebendiger. »Warum stellen Sie mir diese Frage überhaupt? Doch nur, weil Sie keine Ahnung haben. Ich bin kein Detective, Detective, aber sogar ich weiß, dass man aufgrund von Zufällen nicht vor Gericht gestellt werden kann.«

Für mich hörte sich das verdächtig an nach: *Ja, ich war's, aber Sie können es mir nicht beweisen*. Einer der wichtigsten Aspekte eines Verhörs ist immer das, was *nicht* gesagt wird. Und Creem schien eine ganze Menge nicht zu sagen. Er *wollte*, dass wir wussten, was er getan hatte, nicht wahr? Solange er auf der richtigen Seite dieses irrsinnig dünnen Seils blieb, auf dem er entlangbalancierte. Das alles war für ihn nichts weiter als ein aufregendes Spiel – die Morde selbst sowieso, aber auch das hier.

»Okay«, meinte Valente. Er stand auf, klappte seinen Stuhl zusammen und lehnte ihn an die Wand. »Dann stelle ich Ihnen jetzt mal eine ganz andere Frage: Haben Sie Darcy Vickers ermordet?«

»Sagen wir mal, ich wünschte, ich hätte sie vorher erwischt«, lautete Creems Antwort. »Das ist ja nicht verboten, oder etwa doch?«

»Haben Sie Roger und Annette Wettig in Florida ermordet?«, fuhr Valente fort.

Creem schien kurz zu überlegen. »Noch einmal dieselbe Antwort.«

»Im Klartext heißt das also, dass Sie sie tatsächlich getötet haben.« Valente ließ nicht locker. »So verstehe ich zumindest Ihre Antworten.«

Plötzlich sprang Creem auf. Die beiden Männer standen mit einem Mal nur wenige Zentimeter voneinander entfernt. Ich sprang ebenfalls auf, aber D'Auria hielt mich zurück.

»Was soll das denn werden?«, sagte Valente.

»Sehen Sie das?« Creem streckte ihm seine Hände entgegen. »Keine Handschellen. Nicht wie beim ersten Mal, als ihr mich abgeholt habt. Das bedeutet, dass ich nicht festgenommen bin, und *das* bedeutet, dass ich gar nicht hier sein muss.«

»Hinsetzen!«, blaffte Valente ihn an.

»Nein, ich glaube nicht«, erwiderte Creem. »Ich glaube, ich möchte jetzt mit meinem Anwalt sprechen. Sie können mir also entweder Ihr Handy geben, oder aber Sie lassen mich sofort raus aus dieser lächerlichen, kleinen Kammer. Unser Gespräch ist jedenfalls zu Ende, so oder so.«

Tatsache war, dass Creem die Spielregeln genau kannte. Wir waren ihm zwar auf den Fersen, aber alles, was wir hatten, waren Indizien. Uns blieb zum jetzigen Zeitpunkt nichts anderes übrig, als weiterzugraben und Schicht um Schicht abzutragen, so lange, bis wir noch ein bisschen mehr Blut an den Händen des Herrn Doktor fanden.

In der Zwischenzeit würde er hier hinausspazieren, ohne dass wir das Geringste dagegen tun konnten.

87

Um sechs Uhr abends war Elijah Creem bereits wieder zu Hause und machte sich zum Ausgehen fertig. Während er zum ersten Mal seit Monaten versuchte, eine gottverdammte Fliege zu binden, klingelte es an seiner Haustür.

Er schaute zum Schlafzimmerfenster hinaus und sah Josh draußen stehen. Er sah völlig zugedröhnt aus, wie ein Junkie. Die Versuchung war groß, das Klingeln einfach zu überhören, aber vermutlich wäre das nicht besonders klug gewesen.

Nachdem Creem die Haustür geöffnet hatte, steuerte Bergman wie immer auf direktem Weg die Bar an. Die Achselhöhlen seines zerknitterten Leinenblazers waren schweißnass.

»Josh?«, sagte Creem und folgte ihm nach drinnen.

Mit zitterigen Fingern ließ Bergman ein paar Eiswürfel ins Glas fallen. Ein paar landeten auch auf dem handgeknüpften Orientteppich. Er schien es nicht einmal zu bemerken.

»Sie waren bei mir zu Hause, Elijah! Und haben mir alle möglichen Fragen gestellt.«

»Wer denn?«

»Die Polizei! Was hast du denn gedacht?«

»Was hast du ihnen erzählt?«, wollte Creem wissen.

»Gar nichts! Ich habe bloß gesagt, dass ich meinen gottverdammten Rechtsanwalt sprechen will.«

Bergman kippte das erste Glas hinunter und schenkte sich ein zweites ein. Vermutlich hatte er auch ein, zwei

Clonazepam eingeworfen. Auch wenn es nichts zu nützen schien.

»Als Erstes solltest du dich mal beruhigen«, sagte Creem.

»Beruhigen?« Bergman blitzte ihn wütend an. »Ich kann ja schon froh sein, dass ich überhaupt bis zu dir gekommen bin. Wenn ich gewusst hätte, dass die kommen … na ja, es ist alles viel zu schnell gegangen, und meine Pistole war noch im Safe …«

»Moment, Moment, Moment«, sagte Creem. Er ging zu Bergman und legte ihm beide Hände auf die zitternden Schultern. »Ich weiß genau, wie du dich fühlst, glaub mir. Ich war den ganzen Tag bei der Polizei.«

»Was? Warum hast du mich nicht gewarnt?«

»Weil es bei mir genauso abgelaufen ist wie bei dir. Ich habe nicht damit gerechnet, und, ehrlich gesagt, ich hatte auch ein bisschen Angst, dich anzurufen. Ich weiß, dass sie mich beschatten.«

Bergman blickte ihn forschend an, dann wandte er sich ab und nahm noch einen kräftigen Zug.

»Kannst du uns außer Landes bringen?«, wollte er dann wissen.

»Nein«, gestand Creem ein. »Nicht mehr. Dafür ist es jetzt zu spät.«

Daraufhin fing sein bester Freund an zu lachen, ein kleines bisschen manisch und ohne jede Spur von Fröhlichkeit. »Tja, das war's dann wohl«, sagte er. »Aus die Maus. Ich schätze, wir haben gewusst, dass es so enden würde.«

Josh zog die kleine schwarz-silberne Pistole hinten aus seinem Hosenbund. Creem riss die Augen weit auf. Bergmans Hand zitterte, aber als Creem nach der Waffe greifen wollte, zog er sie außer Reichweite.

»Versuch ja nicht, mir die Sache auszureden«, sagte er. »Nicht jetzt!«

»Will ich doch gar nicht«, entgegnete Creem. »Ich habe sogar selber eine Kanone oben. Und ich habe keine Angst, Josh!«

»Und? Worauf wartest du dann?« Bergman ließ den Blick ins Foyer wandern, von wo die Treppe in den ersten Stock führte. Jetzt fing er auch noch an zu weinen. Die Tränen rannen ihm aus den Augenwinkeln und über die Wangenknochen.

»Ich brauche noch einen Abend«, sagte Creem. »Und ... du musst mir einen Gefallen tun.«

Um das zu verkraften, waren offensichtlich noch ein paar Fingerbreit Scotch vonnöten. Josh stand jetzt wieder an der Bar und legte die Pistole beiseite, um nach einem Kristalldekanter zu greifen.

»Du bist wirklich unglaublich«, sagte er. »Einen Gefallen? Was denn für einen Gefallen?«

»Was hast du denn gedacht?«, erwiderte Creem. »Du kannst es machen, wie du willst. Erschieß sie, schlitz sie auf, ist mir vollkommen egal. Ich will bloß, dass du es machst. Danach sind wir quitt.«

»Und warum kannst du das nicht selber erledigen?«

Creem deutete auf das große Fenster, das auf den Rasen hinauszeigte. »Hast du das Auto da vorn gesehen? Sie lassen mich nicht mehr aus den Augen, Josh. Wenn sie dich auch beschatten würden, du wüsstest es. Bitte. Einen letzten Gefallen. Mehr verlange ich nicht.«

Bergman erreichte einmal mehr den Boden seines Glases, bevor er schließlich antwortete. »Also gut, einverstanden«, sagte er. »Aber dann musst du auch etwas für mich tun.«

»Was denn?«

Bergman blickte ihm direkt in die Augen. »Ich will, dass du mich küsst, Elijah.«

Creem lachte, bevor ihm bewusst wurde, wie ernst es Josh damit war. Natürlich war es ihm ernst. Es war so etwas wie der längste Insider-Witz, den sie hatten – ein Witz, wie er nur um einen wahren Kern herum entstehen kann. Josh wollte ihn schon seit dem College.

Und das hier war eindeutig die letzte Chance.

»Ich werde dich nicht küssen, Josh«, sagte Creem.

»Dann eben nicht.«

In einer einzigen schnellen Bewegung ließ Josh sein Glas auf den Teppich fallen und steckte sich die Mündung der Pistole in den geöffneten Mund.

»Nein!«

Creem machte einen Satz und schlug Joshs Hand beiseite. Josh stolperte, immer noch weinend, und landete hinter einem mit Schutzfolie überzogenen Esszimmerstuhl auf dem Boden. An einem seiner Schneidezähne fehlte jetzt eine Ecke, und seine Lippe blutete, aber er schien es gar nicht zu bemerken.

»Du kannst mich nicht daran hindern, Elijah«, sagte er.

»Du bist einfach unglaublich, weißt du das?«, erwiderte Creem. »Großer Gott!«

Es gab offensichtlich nur einen Ausweg aus diesem Dilemma. Also packte er Bergman an den Schultern und half ihm auf die Füße. Dann zog er ihn dicht an sich. Ließ das Ganze sogar eine ganze Zeit lang dauern. Es war ein bisschen eklig, ein bisschen seltsam und roch ziemlich intensiv nach Schnaps.

Als sie wieder auseinandergingen, waren Bergmans Augen

rot und geschwollen, aber er hatte aufgehört zu weinen. Sein Mund war blutverschmiert.

»Ich weiß, dass du nichts dabei empfunden hast«, sagte er. »Aber das macht nichts. Ich weiß, dass du mich auch liebst.«

»Das tue ich auch, Josh. Aber jetzt lass uns um Gottes willen aufhören mit diesem ganzen Theater. Lass uns diese Sache mit Würde und Anstand zu Ende bringen. Wie Männer.«

Bergman grinste. Er sah jetzt vor allem müde aus. Erschöpft.

»Alles, was du willst, Elijah. Du brauchst es nur zu sagen.«

88

Jetzt hatten wir einen Hauptverdächtigen, und Elijah Creem wurde schnell zur Zielperson der Beschatter des MPD. Commander D'Auria machte die Dienstpläne und teilte mich für den heutigen Abend zur Beobachtung von Creems Haus ein, egal ob er da war oder nicht.

Als ich um acht Uhr abends dort eintraf, um die erste Schicht abzulösen, teilte die Einsatzleitung mit, dass Creem gegen halb acht im Smoking das Haus verlassen hatte. Ein Limousinenservice hatte ihn zu einem Privathaus im 3000er-Block der Q Street gebracht, einer der exklusivsten Wohngegenden von Georgetown. Nachforschungen hatten ergeben, dass es sich um eine Spendengala für den Kampf gegen Diabetes bei Jugendlichen handelte.

Das passte durchaus ins Bild. Ich konnte mir nicht vorstellen, dass »Dr. Creep« in der Gesellschaft der Reichen und Schönen willkommen war, es sei denn, er erkaufte sich den Eintritt.

Der Kollege, mit dem ich diese Nachtschicht gemeinsam verbringen würde, war ein Detective aus dem zweiten Bezirk, Jerry Doyle. Von Sampson hatte ich gehört, dass er den Spitznamen »die Quasselstrippe« trug, und es dauerte nicht lange, bis ich wusste, warum. Wir kannten uns noch keine fünf Minuten, da hatte er schon mit seiner Litanei begonnen.

»Was machen wir hier eigentlich? Creem ist unterwegs, schmeichelt sich bei den Reichen ein und mampft Kaviar oder was weiß ich, während wir hier rumhocken und uns

Nierensteine holen. Oh ja, das klingt wirklich absolut sinnvoll.«

»Tja…«, fing ich an, aber weiter kam ich nicht.

»Ganz zu schweigen davon, dass man, wenn man etwas macht, es gefälligst auch richtig machen sollte«, machte Doyle weiter. »Da werden jetzt alle möglichen zusätzlichen Kräfte eingesetzt, und wir machen Überstunden en masse, aber wenn Sie mich fragen, dann ist das längst nicht ausreichend. Ich meine, wenn ich dieser Typ wäre und ich uns entwischen wollte, ich bin mir ziemlich sicher, dass ich das auch schaffen würde.«

»Das sehe ich ganz genauso«, sagte ich. »Ich glaube nicht, dass wir jemals schon so dünn besetzt gewesen sind wie zurzeit.«

»Ach, apropos, ich dachte, Sie wären suspendiert«, machte Doyle weiter. »Ich meine, nichts für ungut. Ich wundere mich bloß ein bisschen, dass Sie überhaupt hier sind.«

Ich war nicht besonders erpicht darauf, meine Situation mit der »Quasselstrippe« zu diskutieren, darum hörte ich überwiegend zu. Stundenlang. Doyle schien sich nicht daran zu stören.

Schließlich erhielten wir gegen Mitternacht einen Funkspruch, dass Creem unterwegs sei. Er hatte die Party verlassen und sich allem Anschein nach mit einer unbekannten weiblichen Person auf den Nachhauseweg gemacht.

»Das ist doch wohl nicht wahr, oder?«, sagte Doyle. »Ich meine, er weiß doch, dass wir ihn keine Sekunde aus den Augen lassen, oder? Und jetzt schleppt er auch noch eine Braut ab?«

Ich nickte. »Ich glaube, das gehört alles zu seiner Show.«

Alles, was Creem machte, hatte einen bestimmten Grund.

Er wollte uns seine Freiheit gründlich unter die Nase reiben, nicht wahr? Dabei würde er allein aufgrund der Pornografievorwürfe für einige Zeit hinter Gittern landen. Aber bis dahin hatte er offensichtlich vor, die Situation bis zur Neige auszukosten.

Zehn Minuten später glitt eine schwarze Limousine die Straße entlang und kam in Creems Einfahrt zum Stehen. Ein livrierter Fahrer stieg aus, aber Creem kam ihm zuvor. Er huschte um den Wagen herum und half seiner Begleiterin selbst aus dem Wagen. Eine imitierte Gaslaterne auf der Eingangsterrasse warf gerade ausreichend Licht auf die Straße, um erkennen zu können, dass sie groß, blond und nach allem, was ich wusste, genau Dr. Creems Typ war.

Das war mehr, als ich ertragen konnte.

»Was machen Sie denn da?«, sagte Doyle, als ich die Hand an den Türgriff legte.

»Was in meiner Macht steht«, erwiderte ich und stieg aus. Ich ging quer über den Rasen, um den beiden, die über den Backsteinpfad zum Haus gingen, den Weg abzuschneiden.

»Entschuldigen Sie«, rief ich.

Die Frau erschrak und hielt sich an Creems Arm fest.

»Alles in Ordnung«, sagte er zu ihr. »Das ist einer der Polizisten, von denen ich dir erzählt habe. Sheila Bishop, darf ich vorstellen: Detective Cross. Er soll sicherstellen, dass ich dich nicht in kleine Stücke schneide.«

Die Frau verdrehte ein wenig die Augen, ohne seinen Arm loszulassen. Ein paar hochhackige Sandalen baumelten an einem ihrer Finger, und ihr langes, glänzendes Kleid umspielte ihre nackten Füße.

»Tut mir leid, wenn ich Sie erschreckt habe, Ms. Bishop«, sagte ich, »aber mir ist nicht wohl bei der Vorstellung, dass

Sie dieses Haus betreten. Ich würde Ihnen gerne ein Taxi rufen, wenn Sie damit einverstanden sind.«

»Und ich hätte gerne, dass Sie sich um Ihren eigenen Kram kümmern, verdammt noch mal«, keifte sie zurück.

Creem lächelte nur, als wollte er sich aus dieser Angelegenheit heraushalten.

»Sie sollten wissen, weshalb wir hier sind«, machte ich weiter. »Herr Dr. Creem steht im Verdacht, für eine Mordserie in Georgetown verantwortlich zu sein. Sie haben vermutlich davon gehört. Ich möchte Ihnen dringend raten …«

Aber Ms. Bishop fiel mir ins Wort: »Gleich hinter der Haustür befindet sich ein alter Kleiderständer aus Mahagoni«, sagte sie und deutete auf den Eingang.

»Wie bitte?«

»Im ersten Stock, gleich links, liegt das Schlafzimmer. Dort steht auch die Rockwood-Keramik-Sammlung, die Elijah und Miranda gemeinsam zusammengestellt haben. Und über dem Bett hängt ein fantastischer Lucien Freud. Soll ich weitermachen?«

Ich hatte gedacht, dass meine Anwesenheit Ms. Bishop vielleicht in Verlegenheit bringen würde, aber da hatte ich mich getäuscht. Soweit ich es beurteilen konnte, war Dr. Creems Geliebte lediglich sauer auf mich und wollte so schnell wie möglich ins Haus kommen.

Er hatte mir den Köder hingestreckt, und ich hatte zugebissen, genau wie er es gewollt hatte. Unfassbar.

»Machen Sie sich keine Gedanken, Detective«, meinte Creem liebenswürdig. »So ein Fehler ist vollkommen verständlich. Aber wenn Sie mich fragen, ich glaube, dass Sheila überhaupt nicht sicherer sein könnte, jetzt, wo Sie und Ihr Partner hier draußen sitzen. Stimmt's?«

Er wartete meine Antwort gar nicht erst ab, sondern schloss die Tür auf und ließ Ms. Bishop eintreten. Dann drehte er sich noch einmal zu mir um.

»Ich kann ja die Vorhänge offen lassen, wenn Sie sich dann besser fühlen«, sagte er mit leiser Stimme und lächelte.

Dann ging er ins Haus, machte die Tür zu und schaltete das Licht aus.

89

Die nächsten Stunden waren die reinste Folter. Ich war mehr als nur ein bisschen angefressen. Die Art und Weise, wie Creem mit dieser Situation spielte, war absolut unerträglich.

Und um das Ganze noch schlimmer zu machen, monologisierte Doyle praktisch die ganze Zeit munter vor sich hin. Er kannte sich mit Überwachungstechniken wirklich ziemlich gut aus und hatte auch die eine oder andere sinnvolle Idee, wie man solche Beschattungsmaßnahmen besser organisieren und strukturieren konnte, aber dazwischen ließ er eine unendliche Folge ziel- und sinnloser Geschichten vom Stapel.

Gegen drei Uhr morgens hielt ein Taxi vor Creems Haus. Eine Minute später sprang die Terrassenleuchte an, und Creem brachte Ms. Bishop nach draußen. Sie hatte jetzt eine Einkaufstüte in der Hand und trug normale Straßenkleidung, die, soweit ich das beurteilen konnte, bis eben noch in Mrs. Creems Kleiderschrank gehangen hatte.

Die beiden würdigten uns keines Blickes, bis Creem sie ins Taxi gesetzt und ihr nachgesehen hatte. Dann drehte er sich zu uns um, winkte uns freundlich zu und verschwand wieder im Haus.

»So ein Vollpfosten«, sagte Doyle. »Ich versteh das nicht. Was finden scharfe Frauen bloß immer an reichen Arschlöchern? Obwohl, vergessen Sie's. Ich habe mir die Antwort ja schon selbst gegeben. Aber trotzdem …«

Kurz gesagt: Nach einer Niederlage rede ich nicht gerne.

Die Vorstellung, dass das jetzt noch fünf Stunden lang so weitergehen sollte, war unerträglich.

»Doyle, nehmen Sie's mir nicht übel«, sagte ich, »aber könnten wir die Konversation von jetzt an ein bisschen einschränken?«

Er war eingeschnappt und zeigte mir fortan die kalte Schulter, aber wenn das der Preis der Stille war, dann war ich gerne bereit, ihn zu bezahlen. Mit etwas Glück war das hier unsere erste und letzte gemeinsame Schicht.

Von jetzt an war es ziemlich ruhig, innerhalb und außerhalb des Wagens. Bei Creem brannte noch Licht, und wir sahen ihn immer wieder irgendetwas werkeln, ohne genau zu erkennen, was. Um fünf holte er die Zeitung von der Terrasse und ging wieder hinein, vermutlich nach oben. Von da an bekam ich ihn nicht mehr zu sehen.

Dann, kurz nach Sonnenaufgang, klingelte mein Handy.

Das war nicht weiter ungewöhnlich. Ich werde immer wieder zu den unmöglichsten Uhrzeiten angerufen. Ich rechnete mit einer Nummer aus dem Präsidium oder vielleicht auch mit Bree. Aber es war Stephanie Gethmann, Avas Sozialarbeiterin. Da wusste ich, dass etwas nicht stimmte.

»Stephanie?«, meldete ich mich.

»Es tut mir leid, dass ich um diese Uhrzeit anrufe«, sagte sie. »Ich wollte mich eigentlich schon gestern Abend melden, aber… tja, es ist nicht so einfach.«

»Es ist etwas mit Ava«, sagte ich. Es war keine Frage. Mein Herz klopfte laut, und ich ging die verschiedenen Möglichkeiten bereits in Gedanken durch. Überdosis? Weggelaufen? Unfall?

»Sie wird vermisst, Alex.«

»Vermisst? Was heißt das?«

»Sie ist gestern nicht von der Schule nach Hause gekommen. Niemand weiß, wo sie steckt. Ich hoffe, Sie halten mich nicht für unverschämt, aber Sie und Bree sind ja bei der Polizei, und da dachte ich, dass Sie vielleicht …«

Warum hatte sie denn nicht früher angerufen?

»Selbstverständlich«, erwiderte ich. »Wir fangen sofort an. Sagen Sie mir alles, was Sie wissen.«

Vierter Teil

Totaler Zusammenbruch

90

Bree und ich verbrachten den Vormittag in unseren Autos, waren per Telefon ständig in Kontakt und versuchten mit allen uns zur Verfügung stehenden Mitteln, Ava aufzuspüren.

Ich fing bei meinen Bekannten in den Abteilungen für Jugendkriminalität im ersten, dritten und sechsten Bezirk an. Dort lagen Avas Heimunterkunft, ihre Schule, unser Haus und der Seward Square, wo sie früher oft herumgelungert hatte. Wir haben zwar auch eine zentrale Datenbank für vermisste Kinder und Jugendliche, aber das direkte Gespräch mit den Leuten, die Tag für Tag draußen auf der Straße unterwegs sind, ist durch nichts zu ersetzen. Und dazu muss man eben Bezirk um Bezirk abklappern.

Jetzt erwies sich das Foto, das Nessa, Avas Mitbewohnerin, in der Heimunterkunft von uns gemacht hatte, als wertvoller, als ich zuerst gedacht hatte. Es war kein besonders tolles Foto, aber ich konnte es überall herumzeigen. Und ich verschickte es an alle, die ich kannte.

Bree ging zuerst ins Howard House und befragte ein paar der Mädchen, die dort wohnten, sowie Sunita, die Erzieherin mit dem Zopf, die wir kürzlich dort kennengelernt hatten. Allem Anschein nach war Ava seit dem Frühstück gestern Morgen niemandem mehr begegnet. Sie hatte nicht viel geredet, aber das war nichts Neues. Und in ihrem Zimmer schien auch nichts zu fehlen. Das hieß, dass sie nicht bewusst weggelaufen war.

Anschließend ging Bree zum Seward Square, durchkämmte das ganze Viertel und suchte nach Avas alten

Freunden. Am Telefon erzählte sie mir, dass sie zwei von ihnen getroffen hatte – Patrice und K-Fly. Angeblich hatten sie Ava schon seit Wochen nicht mehr gesehen, aber klar ist auch, dass man alles, was Straßenkinder einem erzählen, mit einer gewissen Vorsicht genießen muss. Bree hatte den beiden eine Visitenkarte gegeben und hundert Dollar Belohnung für denjenigen in Aussicht gestellt, der uns half, sie zu finden.

Koste es, was es wolle.

Ich rief die Krankenhäuser in der Umgebung an und zu guter Letzt auch im größten Rauschgiftdezernat des MPD in der Third Street in Northeast. Es war der Griff nach dem berühmten Strohhalm, zugegeben, aber ich dachte, dass unsere Chancen vielleicht größer waren, wenn ich wusste, welche Dealer in den Gegenden, in denen Ava sich häufiger aufgehalten hatte, Oxy oder gefälschtes Oxy in Umlauf brachten.

Je länger das Ganze sich hinzog, desto schlechter ging es mir. Besonders wenn Drogen mit im Spiel waren, wovon ich sicher ausging.

Opiate sind im Moment wohl die Rauschmittel, die am wenigsten kontrolliert werden. Der hochwertige, pharmazeutisch hergestellte Stoff wird sehr stark nachgefragt, und die Dealer nützen das gnadenlos aus. Da wird irgendwelcher Müll als echtes Oxycontin verscherbelt, und niemand kann die Dosierung oder die genauen Inhaltsstoffe dieser Straßendrogen kontrollieren. Wir hatten Ava ja kürzlich gewarnt, dass es regelmäßig vorkommt, dass Jugendliche an einer Überdosis zugrunde gehen, und das war nicht einfach so dahingesagt. Unser Land wird derzeit von einer Opiatepidemie überschwemmt, die zum größten Teil unter den unter Fünfundzwanzigjährigen wütet.

Am Nachmittag standen wir nach wie vor mit leeren Händen da. Es fiel mir immer schwerer, die Worst-Case-Szenarien aus meinen Gedanken zu verdrängen, und es machte mich schier wahnsinnig zu wissen, dass Ava hier *irgendwo* sein musste, während uns die Ideen ausgingen, wo wir noch nach ihr suchen sollten.

Mir war klar, dass ich weiterhin positiv denken musste, wenn nicht um meinetwillen, so doch zumindest um Nanas und der Kinder willen. Aber ehrlich gesagt hatte ich ein ganz schreckliches Gefühl.

91

»Alex, wo zum Teufel stecken Sie eigentlich?«

Sergeant Huizenga war am Telefon, und ich war gerade auf dem Weg von der Wache im sechsten Bezirk in mein eigenes Büro in Southeast.

»Tut mir leid, Sergeant. Aber ich hatte einen Notfall zu Hause.«

»Ja, na gut, aber wir brauchen Sie. Und zwar jetzt.«

»Was gibt's denn?«

»Sheila Bishop. Dr. Creems Begleitung von gestern Abend. Man hat sie tot in ihrer Wohnung gefunden.«

Das war ein harter Schlag, aber ich war mittlerweile sowieso so gut wie betäubt. Trotzdem hatten wir uns wieder einmal eine schallende Ohrfeige eingehandelt.

»Und haben Sie Creem schon festgenommen?«, wollte ich wissen.

»Nein.« Huizengas Stimme klang sehr angespannt. »Das ist ja die Riesenscheiße. Der Schweinepriester ist spurlos verschwunden.«

Das war zu viel. Ich trat mitten auf der D Street auf die Bremse und lenkte den Wagen an den Straßenrand. »Verschwunden? Wie ist das denn überhaupt möglich? Wir haben ihn doch seit gestern ständig unter Beobachtung.«

»Hat sich durch den Hinterausgang verkrümelt, so wie es aussieht. Rein in den Park und von da aus Gott weiß wohin.«

Als Erstes musste ich an Jerry Doyle denken. Er hatte ununterbrochen davon geredet, wie löcherig Creems Überwachung sei – und er hatte recht behalten.

Mir fiel ein, dass das Grundstück an den Glover-Archbold-Park angrenzte, einen Streifen unbebauter Landschaft, die sich von Cathedral Heights bis hinunter zum Potomac zieht.

Wir hatten die Vorderseite des Hauses bewacht, aber das ganze Gelände hinter dem Haus im Blick zu behalten, das war schlicht und einfach nicht möglich gewesen. Und somit hatte unser Netz ein ideales Schlupfloch gehabt. Das war klar … jetzt.

»Wir haben eine Großfahndung eingeleitet, aber Sie müssen jetzt sofort in Sheila Bishops Wohnung kommen.«

Sie nannte mir eine Adresse am Logan Circle und ließ mir keine andere Wahl. Wenn ich meinen Job behalten wollte, dann musste ich mich dort blicken lassen.

Trotzdem fuhr ich erst einmal nach Hause, nachdem Huizenga aufgelegt hatte. Scheiß auf die Vorschriften. Ich musste mich auch um meine Familie kümmern.

Bree ermutigte mich dann zu gehen. Sie und Nana saßen vor dem Telefon und warteten auf eine Nachricht von Stephanie, während Bree über das Handy Kontakt mit den Bezirken, dem Krankenhaus und Howard House hielt. Die Kinder waren bei Tante Tia und konnten, wenn nötig, auch dort schlafen.

»Geh«, sagte sie. »Ich kann dich ja jederzeit anrufen, falls etwas Wichtiges ist. Sampson und Billie fahren durch die Gegend und halten die Augen offen. Du kannst später noch mit ihnen reden.«

»Und dir geht es so weit gut?«, wollte ich wissen.

»Nein«, erwiderte Bree. »Aber was soll's? Geh jetzt.«

Ich warf Nana einen Blick zu. Sie saß still da und hatte die Hände unter dem Kinn gefaltet. Ich wusste nicht, ob sie betete oder einfach nur nachdachte, aber auch sie sah nicht gut aus.

Ich gab den beiden einen Abschiedskuss und ging zur Hintertür hinaus.

92

Sheila Bishop bewohnte die eine Hälfte einer mit Türmchen geschmückten Stadtvilla an der Nordseite des Logan Circle. Bis auf eine Handvoll Menschen, die ihren Hunden dabei zusahen, wie sie das Denkmal von John Logan umrundeten, und den für diese Tageszeit üblichen Verkehr war es ruhig, als ich dort ankam. Keine Presse jedenfalls. Allein das war ein Segen.

Die Mehrzahl meiner Kollegen aus der Abteilung waren schon vor Ort, dazu eine kriminaltechnische Einheit. An der Haustür, auf der Treppe und überall im Schlafzimmer, wo eine Haushälterin vor wenigen Stunden die tote Ms. Bishop entdeckt hatte, traf ich auf Kriminaltechniker.

Valente war auch da. Er kniete neben der Leiche und ließ den Blick von der Toten zu jeder Tür und jedem Fenster im Raum schweifen, als ich eintrat.

Sie hatte eine Kugel in die Brust bekommen und war anschließend wohl vor der geöffneten Doppeltür ihres begehbaren Kleiderschranks zusammengebrochen. Ich war mir nicht ganz sicher, aber es sah so aus, als ob sie dieselben Kleider trug wie in der Nacht, als sie aus Dr. Creems Haus gekommen war.

Auf dem Bett lag eine Einkaufstüte von Barneys. Darin befanden sich ihr Abendkleid und ihre Schuhe. Und nach Valentes Worten war die Badewanne im angrenzenden Badezimmer knapp halb voll.

»Sieht ganz so aus, als wäre sie nach Hause gekommen, hätte die Tasche auf das Bett gelegt und den Wasserhahn aufgedreht«, sagte er. »Dann ist sie wieder rausgegangen, um sich auszuziehen – und *peng*. Er hat im Schrank auf sie gewartet. Keinerlei Anzeichen für ein gewaltsames Eindringen. Creem könnte doch einen Schlüssel gehabt haben.«

Das meiste klang ziemlich einleuchtend … abgesehen von dem Satz über Creem.

»Ich habe gesehen, wie er sie um drei Uhr morgens in ein Taxi gesetzt hat«, entgegnete ich. »Und danach war er definitiv zu Hause. Zumindest bis fünf. Er kann unmöglich vor ihr hier gewesen sein.«

»Dann stellt sich natürlich die Frage nach dem Zeitpunkt ihres Todes«, sagte Valente.

»Das ist eine der Fragen«, meinte ich.

»Meine Herren?«

Errico und ich drehten uns um. Manny Lapore, einer der Kriminaltechniker, stand in der Badezimmertür. Er streckte uns ein transparentes Stück Spezialklebeband entgegen. Darauf war ein Handabdruck deutlich zu erkennen. Und schon auf den ersten Blick war klar, dass diese Hand zu groß war, als dass sie von Ms. Bishop stammen konnte.

»Den habe ich auf einer Fliese über der Badewanne entdeckt«, sagte Lapore. »Und auf den Wasserhähnen gibt es noch ein paar dazu passende Teilabdrücke. Könnte eine Spur sein.«

Mein erster Gedanke war, dass der Killer das Wasser abgedreht hatte, um zu verhindern, dass die Wanne überlief und dadurch die Nachbarn aufmerksam wurden. Mein zweiter Gedanke war, dass das eine ziemlich große Nachlässigkeit gewesen wäre. Es sein denn, es war ihm egal. Oder er war durcheinander und konnte nicht mehr klar denken.

Wir folgten Lapore nach unten. Wir wollten wissen, ob die Abdrücke jemandem zugeordnet werden konnten. Seit wir die mobilen Fingerabdruckscanner benutzen, dauert eine Analyse nicht mehr mehrere Stunden – von der Fahrt ins Labor ganz zu schweigen –, sondern nur noch ein paar Minuten und kann überall durchgeführt werden. Ich hatte nicht einmal Zeit, um Bree anzurufen, da war Lapore schon fündig geworden. Er druckte das Ergebnis aus.

»Da hätten wir den Burschen«, sagte er und reichte mir den Bericht. »Sagt Ihnen der Name Joshua Bergman etwas?«

93

Während ich zusammen mit Valente vom Logan Circle hinüber in die M Street zur Wohnung von Josh Bergman fuhr, telefonierte ich mit Bree. Von Ava gab es nichts Neues. An dieser Front herrschte beängstigende Stille.

Also musste ich mich, so gut ich konnte, auf das hier konzentrieren.

Bis man ein komplettes Sondereinsatzkommando zusammengetrommelt hat, kann über eine Stunde vergehen, aber so viel Zeit hatten wir nicht. Stattdessen stellten wir schnell ein Team aus all denen zusammen, die gerade im Haus waren. Dreißig Minuten später standen fünf kampftaktisch ausgebildete Beamte und ein Sergeant einsatzbereit auf einem Parkplatz in der Water Street, eine Querstraße von Bergmans Wohnung entfernt.

Er bewohnte ein kostspieliges Loft im obersten Stockwerk einer ehemaligen Getreidemühle aus dem 19. Jahrhundert, als es in Georgetown noch Industriebetriebe gegeben hatte. Unser Beobachtungsposten auf dem Nachbardach hatte gemeldet, dass Bergman zu Hause war, allem Anschein nach alleine.

Nach einer kurzen Einsatzbesprechung mit Commander D'Auria drängten wir uns in zwei unbeschriftete weiße Lieferwagen und fuhren bis zum nächsten Block. Die Lieferwagen hielten vor Bergmans Haustür an, die Türen glitten auf, und wir gingen ohne Umschweife auf den Eingang zu.

Das Einsatzteam bestand, abgesehen von dem halben

Dutzend Spezialkräften, aus mir, Valente und zwei weiteren Detectives aus der Spezialeinheit für Kapitalverbrechen. Wir stiegen alle zusammen die drei Stockwerke hinauf, bis wir oben angelangt waren. Der ganze Block wurde von Polizeibeamten abgeriegelt, wir hatten Sanitäter in Bereitschaft, und D'Auria befand sich mit einem kleinen Team in einer mobilen Einsatzzentrale in der Water Street.

Die Spezialkräfte waren mit AR15-Gewehren und SIG-SAUER-P226-Pistolen ausgerüstet. Elektroschocker und Pfefferspray gehörten ebenfalls zur Standardausrüstung.

Zum ersten Mal seit der Aufhebung meiner Suspendierung hatte ich wieder die Glock in der Hand. Jeder von uns trug eine Kevlarweste. Wir waren mehr als genug Leute, um Bergman zu überwältigen, aber er war höchstwahrscheinlich bewaffnet und gefährlich. Und außerdem vielleicht ein klein wenig verzweifelt. Gut möglich, dass er sich nicht kampflos ergeben wollte.

Auf der obersten Etage angekommen, deutete der Sergeant, der den Trupp anführte, auf die beiden Beamten, die den zwanzig Kilogramm schweren Rammbock mit nach oben gebracht hatten. Wir trugen zwar alle Headsets mit Funkempfängern, aber die Vorschriften verlangten Funkstille, sobald wir das Gebäude betreten hatten.

Ich hörte Bergman hinter der Wohnungstür sprechen. Es klang wie die eine Hälfte eines Telefonats.

»Wo zum Teufel steckst du denn? Du wolltest doch schon vor einer Stunde hier sein«, sagte er gerade. Es klang aufgeregt, und er schien auf und ab zu gehen. Als er erneut sprach, wurde seine Stimme leiser, als würde er in den hinteren Teil der Wohnung gehen. »Ist mir doch egal«, sagte er. »Komm … nein, *du* hörst *mir* zu. Komm einfach her! Sofort!«

Es war so weit. Ich konnte spüren, wie der Pulsschlag der ganzen Gruppe sich kollektiv beschleunigte, als der Sergeant mit den Fingern den Countdown bis zum Startsignal anzeigte – drei, zwei, eins. Die beiden Beamten an der Spitze zogen den Rammbock zurück und ließen ihn dann mit voller Wucht auf Bergmans Stahltür krachen. Das Dröhnen hallte durch das ganze Treppenhaus. Jetzt wusste jeder, dass wir kamen.

»Einheiten C und D, bereithalten«, funkte der Sergeant. »Kann sein, dass er fliehen will.«

Es brauchte noch zwei kräftige Stöße, bis die Tür schließlich aus dem Rahmen brach und aufging. Ich schaute nicht nach links und nicht nach rechts, nur geradeaus, während der Sergeant sein Team mit angewinkeltem Arm in die Wohnung scheuchte.

»Los, los, los, los, los!«

94

Valente und ich warteten nicht auf die Freigabe, sondern blieben dem Sturmtrupp dicht auf den Fersen. Normalerweise soll das Ermittlungspersonal die Position halten, bis die allgemeine Freigabe erfolgt, aber dazu waren wir im Moment viel zu ungeduldig.

Wir betraten ein großzügiges Loft, das vollkommen sauber und aufgeräumt wirkte, an der Grenze zur Sterilität. Bergman schien überhaupt keine *Sachen* zu haben. Auf einem riesigen grauen Teppich, der wie eine Insel mitten im Raum lag, standen ein paar Systemmöbel sowie ein einzelner Gummibaum, der bis hoch an die freigelegten Stahlträger unter der Decke reichte. Die seitlich befindliche Edelstahlküche sah aus, als sei sie noch nie benutzt worden.

Bergman war nirgendwo zu sehen. Der Sturmtrupp durchquerte mit schnellen Schritten den offenen Raum. Die Männer gaben sich immer abwechselnd Deckung, bis sie schließlich den langen Flur am hinteren Ende erreicht hatten.

»MPD! Joshua Bergman?«, rief ich. »Bleiben Sie, wo Sie sind! Keine Bewegung!«

Ganz am Ende des Flurs war eine offene Tür zu sehen. Dort fiel Licht durch mehrere große Fenster, die vom Boden bis zur Decke reichten. Als der erste Beamte dort ankam, brüllte Bergman los.

»Lasst mich in Ruhe! Haut ab!«

»Sir, nehmen Sie die Waffe runter!«, rief einer der Beamten. »Ich will Ihre Hände sehen. Legen Sie sich auf den Fußboden!«

»Fahr zur Hölle!«

Als ich das Zimmer betrat, saß Bergman im Schneidersitz auf einem riesigen Bett, das etwas erhöht auf einem Podest stand. Er lehnte mit dem Rücken an der gestrichenen Betonwand, in der einen Hand ein weißes iPhone und in der anderen einen kleinen Smith-&-Wesson-Revolver. Gut möglich, dass das die Zweiunddreißiger war, mit der er all die jungen Männer und Sheila Bishop umgebracht hatte.

»Bergman, legen Sie die Waffe weg!«, sagte ich. »Das kann doch unmöglich Ihr Ernst sein.«

»Ach, nein? Kann es nicht?« Er wirkte nervös, aber gleichzeitig auch hoch konzentriert. Bei seinen Worten blickte er mir direkt in die Augen.

»Bitte beruhigen Sie sich«, sagte ich. »Machen wir einen Schritt nach dem anderen.«

Ich ließ meine eigene Waffe sinken und ging einen Schritt auf ihn zu, aber als er sich die Smith & Wesson an das Kinn drückte, blieb ich stehen.

»Glauben Sie eigentlich, dass ich Witze mache?«, sagte er.

»Josh, bitte … nicht«, sagte ich.

»Zu spät.« Er hielt sich das Handy ans Ohr und sagte nur: »Leb wohl.«

Dann drückte er ab.

Was immer Bergman anderen Menschen an Grausamkeiten angetan haben mochte, es war grässlich, ihn so gehen zu sehen. Ein Akt reinster, irrationaler Verzweiflung. Vielleicht sogar des Wahnsinns.

Ganz zu schwiegen von der unglaublichen Schweinerei.

Jetzt setzten sich alle gleichzeitig in Bewegung. An seinem Tod konnte kein Zweifel bestehen, aber trotzdem musste er offiziell festgestellt werden. Der Sergeant suchte am Handgelenk nach dem Puls, während Valente die Funkzentrale anrief.

»Der Verdächtige hat sich selbst eine Schussverletzung zugefügt. Liegt am Boden.« Als der Sergeant den Kopf schüttelte, fügte Valente hinzu: »Vitalfunktionen negativ.«

Bergmans Waffe war auf die blutbeschmierte Bettdecke gerutscht, sein Handy lag auf dem Boden. Ihm galt jetzt mein Interesse. Ich hatte eine ziemlich konkrete Vorstellung davon, mit wem er zuletzt telefoniert hatte, aber ich brauchte, wenn irgend möglich, einen Beweis.

Also schnappte ich mir das Telefon und drückte die Wiederwahltaste. Schon beim ersten Klingeln sprang die Mailbox an.

»Hallo«, hörte ich eine wohlbekannte Stimme sagen. »Sie haben den Anschluss von Dr. Elijah Creem gewählt. Ich kann im Moment nicht ans Telefon gehen, also hinterlassen Sie mir bitte eine Nachricht. Vielen Dank und einen schönen Tag noch.«

95

Das war noch nicht das Ende. Keineswegs. Wir steckten immer noch mittendrin. In allem.

Bis jetzt hatten wir nichts weiter als Indizien in der Hand gehabt, sodass uns gar nichts anderes übrig geblieben war, als Creem einfach nur zu beschatten. Juristisch gesehen ist es ein großer Unterschied, ob man jemanden von der Straße aus beobachtet oder ob man in seine Privatsphäre eindringt. Die Gerichte reagieren sehr empfindlich auf solche Details.

Insofern lag durchaus eine gewisse Ironie in der Tatsache, dass der entscheidende Anstoß nicht von Creem, sondern von Bergman kam, unserem mutmaßlichen Flussungeheuer. Die Tatsache, dass er in den Stunden vor seinem Selbstmord vielfach Creems Handy- und Festnetznummer gewählt hatte, gab schließlich den Ausschlag. Eine Stunde nach Bergmans Tod hatten wir einen Durchsuchungsbeschluss für Creems Haus erwirkt und einen Haftbefehl für ihn selbst an alle Dienststellen an der Ostküste weitergeleitet. Als zusätzliche Bemerkung war darauf vermerkt, dass Creem unter Umständen verkleidet unterwegs war. Daher war auf dem Haftbefehl nicht nur sein Führerscheinfoto abgebildet, sondern auch das beste Foto, das wir von der Maske des alten Mannes hatten. Aber wir schlossen keine Möglichkeit aus. Gut möglich – besser gesagt: sehr wahrscheinlich –, dass er sein Aussehen in der Zwischenzeit vollkommen verändert hatte.

Vermutlich hatte Creem seinen Abgang von langer Hand genauso geplant. Das würde erklären, wieso er gegenüber der Polizei den unverschämten Angeber herausgekehrt hatte. Dazu noch Sheila Bishop und Josh Bergman, beide tot. Hatte er das alles nur als Tarnmantel benutzt, um sich dahinter unsichtbar zu machen?

Wenn ja, dann hatte es funktioniert. Er hatte schon jetzt zwischen fünf und neun Stunden Vorsprung, je nachdem, wann genau er uns entwischt war.

Zur Durchsuchung des Hauses in Wesley Heights brachten Valente und ich noch drei andere Detectives mit, dazu vier Kriminaltechniker. So eine Durchsuchung ist ein mühsamer, systematischer Prozess – und wenn der Verdächtige schon auf der Flucht ist, sehr nervenaufreibend. Wir verteilten uns gleich nach der Ankunft auf die drei Stockwerke, um so viel Raum wie möglich abzudecken.

Ich fing im Erdgeschoss an, wo es ein Praxisbüro, ein Sprechzimmer und ein Wartezimmer mit separatem Eingang gab, dazu ein Fernsehzimmer und eine Garage – also genügend Räume, die ich durchsuchen konnte.

Ich merkte schnell, dass es etliche Dinge gab, die Creem nicht einmal zu verstecken versucht hatte. Schon nach wenigen Minuten hatte ich in der obersten Schreibtischschublade ein Schminkset gefunden – Farbpigmente, ein Dutzend verschiedene kleine Pinsel, eine Flasche Mastix und verschiedene Dinge, die ich noch nie gesehen hatte. Vielleicht hatte er gestern Nacht noch hier an diesem Platz gesessen und an seiner neuesten Maske gearbeitet, während ich da draußen im Auto gehockt und sein Haus bewacht hatte.

Während ich mit der Durchsuchung beschäftigt war, wählte ich immer wieder Creems Nummer. Ich rechnete nicht ernsthaft damit, dass er sich melden würde, wollte es aber trotzdem immer wieder versuchen. Er war durchaus der Typ, der seinen Spaß daran gehabt hätte, den Bullen noch einen kleinen Abschiedsgruß zuzurufen.

Im Lauf der ersten Stunde wurde ich jedes Mal direkt an die Mailbox weitergeleitet. Wahrscheinlich hatte er das Handy ausgeschaltet, damit wir ihn nicht orten konnten.

Aber das bedeutete nicht, dass meine Einschätzung seiner Persönlichkeit falsch war. Irgendwie musste er meine Anrufe registriert haben, denn als mein Handy das nächste Mal klingelte, war er am Apparat. Er rief mich zurück.

Zu seinen Bedingungen natürlich.

96

Das Display zeigte eine unbekannte Nummer an, und ich ging ran. Meldete mich mit: »Detective Cross.«

»Ich bin's«, erwiderte Creem. »Der meistgesuchte Mann der Stadt.«

Ich sprang auf und stieß mir dabei das Knie an seinem Schreibtisch. Valente kam gerade herein, und ich schnipste mit den Fingern, um seine Aufmerksamkeit zu bekommen.

»Herr Dr. Creem«, sagte ich sehr betont. »Ich muss zugeben, ich bin ein wenig überrascht, von Ihnen zu hören.«

Valente riss sein Handy aus der Tasche und rief jemanden an. Vermutlich wollte er Creems Handy zurückverfolgen lassen.

»Ich wollte mich nach Josh erkundigen«, sagte Creem.

»Was wollen Sie denn wissen?«

»Ist er tot?«

Valente bedeutete mir, das Ganze möglichst in die Länge zu ziehen.

»Das verrate ich Ihnen ganz bestimmt nicht am Telefon«, erwiderte ich. »Sagen Sie mir, wo Sie sind. Dann können wir uns irgendwo treffen, ganz egal wo. Ich komme allein. Versprochen.«

Creem schwieg für einen Moment. Vielleicht lächelte er sogar still vor sich hin. Er genoss die Situation, keine Frage.

»Wegen meines Handys brauchen Sie sich übrigens keine Mühe zu geben. Ich habe es vor einer Stunde gekauft, und nach diesem Gespräch werfe ich es weg.«

Wahrscheinlich hatte er sich an irgendeinem Kiosk ein

billiges Prepaidhandy besorgt, ohne Formalitäten. Aus der Perspektive des Ermittlers sind das die schlimmsten, weil sie praktisch nicht zu orten sind.

Ich überlegte mir, dass ich Creem am besten dann bei der Stange halten konnte, wenn ich seinem übergroßen Ego Zucker gab. Das war anscheinend die einzige Sprache, die er verstand.

»Also, ich muss schon sagen, Sie haben uns ganz schön an der Nase herumgeführt. Wir haben Sie zur Großfahndung ausgeschrieben«, sagte ich.

»Und, hat es schon was gebracht?«

»Wenn das so wäre …«

»Natürlich. Dann würden wir dieses Gespräch jetzt gar nicht führen«, setzte Creem meinen Satz fort.

Mir war auch klar, dass ich auf keinen Fall zu entgegenkommend sein durfte. Denn ganz egal, was man von Creem halten mochte, dumm war er nicht. Wenn er jetzt auflegte, dann, das sagte mir mein Gefühl, würden wir nie wieder etwas von ihm hören.

»Ich wüsste zu gerne, wie Sie das alles hinbekommen haben«, sagte ich. »Es ist wirklich ein faszinierender Fall. Sie, Bergman, das ganze Paket. Sie haben von Anfang an gemeinsame Sache gemacht, stimmt's?«

Jetzt stieß Creem einen beinahe nostalgischen Seufzer aus. »Ehrlich gesagt, es hat schon im College angefangen. Damals sind wir gewissermaßen auf den Geschmack gekommen. Wir waren so was wie der gute alte Jack Sprat und seine Frau.«

»Wie bitte?«

»Aus diesem Kinderreim. Jack Sprat verträgt kein Fett, und seine Frau verträgt das Magere nicht, und darum teilen sie sich schiedlich-friedlich jede Mahlzeit. Josh stand auf die Jungs, ich auf die Mädchen, und so haben auch wir uns schiedlich-friedlich jede Mahlzeit geteilt.«

Sein ruhiger, beherrschter Stolz jagte mir eine Gänsehaut über den Rücken. Wo immer er jetzt war und welches Ziel er ansteuerte, ich war hundertprozentig überzeugt, dass er immer weiter morden würde.

»Und was nun?«, fragte ich. »Sie verschwinden spurlos, und wir hören nie wieder von Ihnen?«

»Das habe ich vor.«

»Wollen Sie das Land verlassen?«, bohrte ich weiter, aber Creem ging nicht mehr darauf ein.

»Ich habe angerufen, weil ich mich nach Josh erkundigen wollte«, sagte er. »Wenn Sie mir zu dem Thema nichts zu sagen haben, dann lege ich jetzt auf.«

Ich schaute zu Valente hinüber. Er schüttelte nur den Kopf und fuhr sich mit den Fingern durch die Haare. Es lief nicht gut.

»Was wollen Sie wissen?«

»Ist er tot oder nicht?«

»Ja«, sagte ich. Die Medien würden sowieso über kurz oder lang darüber berichten.

»Wie hat er es gemacht?«

»In seinem Loft in der M Street«, erwiderte ich. Ich wollte Zeit gewinnen.

»Nein, ich meine, vorhin hat es sich so angehört, als hätte er sich erschossen. Hat er sich den Lauf in den Mund gesteckt?«

»Unter das Kinn«, sagte ich.

»Großer Gott. Muss eine fürchterliche Schweinerei gewesen sein.«

»Das war es«, sagte ich. »Trifft Sie das? Ich meine, immerhin war er Ihr Freund.«

Creem machte erneut eine Pause. Ich lauschte krampfhaft nach irgendwelchen verräterischen Hintergrundgeräuschen, konnte aber beim besten Willen nichts hören.

»Sind Sie Arzt, Alex?«, sagte er dann.

»Ja. Psychologe.«

»Aha. Ein Mann der Bücher also.«

»Also, ich habe Ihnen gesagt, was Sie wissen wollten. Jetzt revanchieren Sie sich«, sagte ich. »Gibt es andere Opfer, von denen wir noch nichts wissen? Wie viele Menschen haben Sie im Lauf der Jahre getötet?«

»Tut mir leid«, erwiderte Creem, »aber für heute ist unsere Zeit abgelaufen. Ist das nicht der Standardspruch bei euch Psychoheinis?«

»Moment noch, eine letzte Frage.«

»Es war eine schöne Zeit, Detective, aber die ist jetzt vorbei. Ich denke, wir wissen beide, dass ich längst außerhalb Ihrer Reichweite bin. Ich würde mich an Ihrer Stelle nicht allzu sehr ins Zeug legen.«

»Creem, warten Sie!«, sagte ich noch, aber es war zu spät. Er hatte bereits aufgelegt.

Ich ließ mein Telefon sinken und schaute Valente an. Das genügte, um zu wissen, dass er nichts erreicht hatte. Und dass er mittlerweile stinkwütend war. Creem hatte uns gerade eben noch einmal eine schöne Gelegenheit geboten und war uns erneut durch die Finger geglitten.

Zum letzten Mal vielleicht.

97

Ich versuchte, Creem zurückzurufen, erreichte aber nur die Automatenstimme der Mailbox. Wahrscheinlich hatte er das Handy gleich nach seinem Anruf vernichtet.

Also wandte ich mich wieder seinem Arbeitszimmer zu. Vielleicht fanden wir ja hier irgendeinen Hinweis auf das Ziel seiner Flucht.

Allem Anschein nach war Creem ein extrem ordentlicher Mensch. Vielleicht sogar ein bisschen zwanghaft. Hier im Haus war jedenfalls alles sehr sorgfältig geordnet, bis hin zu den Ablagekästen, dem Stiftbecher und dem Locher, die nicht nur farblich aufeinander abgestimmt, sondern auch genau im rechten Winkel ausgerichtet waren. In alledem war unschwer ein Mann zu erkennen, der jeden Aspekt seiner Welt unter Kontrolle haben musste – angefangen bei den banalen Dingen des Alltags bis hin zu der wieder und wieder durchexerzierten, überexakten Art und Weise, wie er seine Opfer aufgeschlitzt hatte.

Bergmans Morde hatten ebenfalls seine Persönlichkeit widergespiegelt, allerdings mit einem entscheidenden Unterschied. Bergman hatte mit jedem Mord ein Stück seiner Selbstkontrolle verloren. Jeder Stricher hatte ein paar Stiche mehr abbekommen, war ein wenig heftiger misshandelt worden als sein Vorgänger. Im Rückblick war Bergman eine tickende Zeitbombe gewesen, bei der es nur eine Frage der Zeit war, bis sie explodierte. Creem hingegen war, um bei dem Bild zu bleiben, eine Schweizer Uhr.

Ich arbeitete mich von seinem Schreibtisch aus einmal

quer durch das ganze Büro, zog Schubladen auf, blätterte Akten durch und hob sogar die Möbel an, um einen Blick darunter zu werfen. Aber erst bei dem schwarz lackierten Medienregal neben der Tür stieß ich zum ersten Mal auf so etwas wie Unordnung.

Im hinteren Teil des Regals, hinter einem Schuber mit diversen Ausgaben der Mitgliederzeitschrift der American Medical Association, alle nach Erscheinungsdatum sortiert, entdeckte ich drei zusammengehörende Bilderrahmen. Es sah so aus, als wären sie einfach dort hineingeworfen worden.

Ich zog sie heraus und stellte fest, dass das Glas fast ganz herausgebrochen war. Ein paar Splitter lagen auf dem Boden des Regals. Es waren Familienfotos. Auf dem ersten Bild war die ganze Familie vor einem gewaltigen Weihnachtsbaum zu sehen. Auf dem zweiten Miranda Creem an irgendeinem Strand, und das dritte war ein Klapprahmen mit zwei offiziellen Schulfotos der beiden Töchter.

Alle drei – Miranda, Chloe und Justine Creem – waren attraktiv, groß und blond. Wenn überhaupt, dann besaßen die beiden Mädchen sogar noch mehr Ähnlichkeit mit Creems Opferschema als ihre Mutter.

Und dann war da noch das Tüpfelchen auf dem i. Jedes Foto war mit einem scharfen Gegenstand durchstochen worden, als hätte jemand eine Schere hindurchgetrieben. Und zwar dreimal. Immer wieder die Drei.

Sie waren sein eigentliches Ziel, nicht wahr? Creem hatte systematisch – und symbolisch – die drei Frauen ausgelöscht, die ihn nach seinem Skandal verlassen hatten. Hätte er sie gleich umgebracht, wäre der Verdacht sofort auf ihn gefallen. Also hatte er sich etwas anderes überlegt. Er hatte sich über einen im Prinzip endlosen Vorrat an Ersatzfrauen hergemacht, vielleicht um sich daran zu hindern, seine eigene Familie umbringen zu müssen.

Oder aber um sich darauf vorzubereiten.

Ich rannte nach oben zu Valente. Er war gerade im Schlafzimmer im ersten Stock und durchsuchte Mrs. Creems Schreibtisch.

»Was gibt's?«, sagte er.

»Wo ist eigentlich Creems Familie im Augenblick?«

»In Rhode Island. Soviel ich weiß, sind sie bei Mrs. Creems Eltern in Newport. Wieso?«

Ich zeigte ihm eines der durchstochenen Bilder.

»Weil ich glaube, dass er noch nicht fertig ist«, sagte ich.

98

»Eine Durchsage für die Passagiere der Buslinie 53 nach New York, Bridgeport, Providence und Boston: Bitte kommen Sie in zehn Minuten mit einem gültigen Ticket zum Bussteig.«

Elijah Creem stand in der Toilette eines Busbahnhofs in Philadelphia vor dem Spiegel, betrachtete sich kritisch und stellte fest, dass er die nächste Etappe in Angriff nehmen konnte.

Er betastete seinen Nacken, wo das Latex dank Mastix unsichtbar mit seiner Haut verbunden war. Er befühlte die schwarze Perücke und rückte seine Unterwäsche zurecht. Es war eine vollkommen neue Erfahrung. Erst jetzt konnte er wirklich beurteilen, was Frauen alles durchmachen mussten. Das Make-up war kein Problem, aber allein das Korsett war eine ständige Qual.

Aber eben auch unglaublich effektiv. Die Person, die ihm da aus dem verschmierten, schmutzigen Spiegel entgegenstarrte, das war nicht er. Das war eine ziemlich bedauernswerte Frau unbestimmten Alters, mit Leberflecken und einem kleinen, aber deutlich wahrnehmbaren Doppelkinn. Sogar die gelben Raucherzähne waren individuell gestaltet worden. Wenn Creem je ein Meisterwerk geschaffen hatte, dann war es das hier.

Bis jetzt hatte ihn niemand auch nur eines Blickes gewürdigt. Weder der alte Fettsack, der ihm an der Union Station das Busticket verkauft hatte, noch der dämliche Teenager, der während der ganzen Fahrt von Washington bis hierher neben ihm gesessen hatte. Die Maskerade hatte es jedenfalls möglich gemacht, dass er unerkannt die Stadt verlassen konnte, sogar mit einem beschissenen Greyhoundbus. Es war nicht die letzte Erniedrigung, die er auf seiner kleinen Tour in Kauf nehmen musste, aber er hoffte, dass es sich letztendlich auszahlen würde.

Rhode Island. Florida. Südamerika. Das war der Plan. Er hatte sich bereits eine Überfahrt auf einem trinidadischen Frachter ab Miami organisiert. Danach war es nur noch ein kleiner Hüpfer zurück aufs Festland. Und wenn er dann in Buenos Aires angekommen war, konnte er vorsichtig die Fühler ausstrecken und sich erkundigen, welchen seiner Kollegen er risikolos mit ein paar größeren Arbeiten betrauen konnte.

Bis dahin würde er sich unauffällig verhalten, was kein großes Problem darstellte. Er hatte elf Millionen in Gold auf einem Nummernkonto der Banco Macro geparkt. Mehr als genug zum Leben, wenn er vorsichtig war. Und angesichts der momentan gängigen Auslieferungspraxis war er dort mehr als sicher. Jetzt hatten alle nur noch den Drogenkrieg im Kopf. Für Leute wie ihn interessierte sich kein Schwein, wenn man weit genug weg war.

Und solange er noch im Inland war, wusste Elijah Creem sehr gut, wie er sich unsichtbar machen konnte – sogar in einer Damentoilette.

Als die Tür aufging, nahm Creem die Hand aus dem Gesicht. Er holte einen pflaumenfarbenen Lippenstift aus seiner Handtasche – einer von Mirandas abgelegten Dingern – und machte sich damit vor dem Spiegel zu schaffen.

Er hielt den Blick geradeaus gerichtet und beobachtete die junge Frau, die hinter ihm vorbei eine der Kabinen betrat. Sie war blond und hübsch, auf eine etwas prollige Art.

Eben genau die Sorte junger Frau, die alleine mit dem Greyhound reiste.

War sie perfekt? Bei Weitem nicht, aber trotzdem spürte Creem ein leises Zucken in den Fingerspitzen. Er legte den Lippenstift in die Handtasche zurück und ließ die Finger über den Griff des Achtzehner-Skalpells gleiten, das in einer der Seitentaschen steckte.

Als das gelbe Höschen bis auf die Sandalen gerutscht war, drehte er sich langsam um und betrachtete die Kabinen. Warf einen Blick zur Eingangstür.

Die Versuchung war groß. Sehr groß. Es war schon viel zu lange her, dass er ein richtiges Instrument benutzt hatte.

Aber der Busbahnhof war voller Menschen. Er musste weiter. Und außerdem würde er bald genug Gelegenheit bekommen, sein Skalpell zu benutzen.

»*He!*« Die Stimme der jungen Frau bohrte sich in seine Gedanken. »Hier ist besetzt!«

Creem blickte nach unten und stellte fest, dass er bereits die Hand an die Kabinentür gelegt hatte. Seine Segeltuch-Espadrilles, Größe 47, lugten garantiert unter der Tür hindurch in die Kabine.

»Oh!«, sagte er. »Tschuldigung.«

Seine affektierte Stimme klang nicht gerade damenhaft, war aber halbwegs glaubwürdig. Er konnte sie jetzt durch den Türspalt hindurch sehen, wie sie nach vorn gebeugt auf dem Sitz kauerte und die Kabinentür festhielt.

»Entspannen Sie sich, Schätzchen«, fügte er hinzu. »Niemand will Ihnen etwas tun.«

Sie gab keine Antwort, aber wozu auch? Sie konnte ja nicht ahnen, dass sie heute, an diesem besonderen Tag, die glücklichste kleine Prollschlampe in ganz Philadelphia war.

Bei der Ausgangstür angekommen, drehte Creem sich noch einmal um.

»Ach, übrigens, Sie sollten sich mal was wegen Ihrer Tränensäcke überlegen. Sonst sind sie irgendwann so groß, dass man gar nichts mehr machen kann.«

»Was?«, rief die junge Frau.

Aber Creem war schon draußen.

99

Mehrere Stunden später stieg Dr. Creem vor dem Haus in Newport aus dem Taxi. Der Fahrer holte seinen Koffer aus dem Kofferraum, nannte ihn Madam und wünschte ihm noch einen schönen Abend. Dann fuhr er weg.

So weit, so gut.

Das Haus war dunkel, aber er hatte in Washington einen von Mirandas Schlüsseln eingesteckt. Er betrat das Gebäude durch die Seitentür neben der Einfahrt und stand dann in dem riesigen Flur, der sich durch die Mitte des alten Kastens zog. Es war eines dieser Anwesen mit acht Schlafzimmern und zwölf Badezimmern, welche die weiße Oberschicht hierzulande gerne »Hütte« nannte. Tiefstapelei. Typisch.

Eigentlich war es absolut lächerlich. Miranda war schon lange, bevor sie und Creem sich kennengelernt hatten, reich wie Krösus gewesen. Ihre Eltern – die sich um diese Jahreszeit immer in der Provence aufhielten – saßen auf einem unermesslichen Vermögen, das irgendwie mit zweitausend Quadratkilometern Zuckerrohr auf Hawaii und in Australien zusammenhing. Mirandas Aktienpaket war allein hundert Millionen wert. Sie hatte Creem zwar nicht wegen des Geldes geheiratet, aber bei der Scheidung ging es ihr um nichts anderes mehr. In den letzten sechs Monaten hatte sie sich in ein rachsüchtiges, gieriges kleines Miststück verwandelt. Sich und ihre beiden Klone. Diese Beziehungen waren tot. Jeder Versuch, sie am Leben zu erhalten, war sinnlos.

Genau das Gegenteil war nötig.

Creem wischte sämtliche nostalgischen Anwandlungen beiseite und steuerte direkt das sogenannte blaue Zimmer im zweiten Stock an. Es war Mirandas Lieblingszimmer. Er hatte selbst schon etliche Male dort gewohnt. Ja, genau dort, in dem breiten Holzbett aus dem 19. Jahrhundert, war Chloe gezeugt worden. Dort zog er sich um.

Vorsichtig nahm er die Maske vom Gesicht, entledigte sich des Kleids und der gottverdammten Unterwäsche und legte sie, sorgfältig zusammengefaltet, auf das Bett. In seinem Koffer befanden sich zwei weitere identische Masken für die zweitägige Busfahrt nach Miami.

Er holte ein paar seiner eigenen Sachen hervor und schlüpfte schnell hinein, dazu drei Paar Handschellen, eine Rolle schwarzes Paketband und eine kleine Flasche mit Chloralhydrat.

Anschließend nahm er einen der Stühle von dem kleinen Spieltisch in der Ecke und stellte ihn unter das Fenster neben dem Bett. Er hatte alles genau geplant. Miranda würde als Letzte sterben, und vorher würde sie die Show ihres Lebens zu sehen bekommen.

Jetzt brauchte er nur noch das Skalpell. Er schob es, während er zum Fenster ging und nach draußen schaute, vorsichtig in seine Gesäßtasche.

Von hier aus konnte er die weiße Schottereinfahrt sehen, die im Bogen um das Haus herum zu einem kleinen Parkplatz führte. Noch war weder von Miranda noch von den Mädchen etwas zu sehen, aber im Flur hatte eine Zeitung aus Newport gelegen. Die Seite mit den Kinofilmen war aufgeschlagen gewesen. Es konnte also nicht mehr allzu lange dauern.

Während er so am Fenster stand und die Rückseite des Hauses beobachtete, fiel ihm etwas auf. Ein Flackern oder eine Art Spiegelung in der Fensterscheibe.

Er drehte sich blitzschnell um und sah eine große männliche Gestalt in der Schlafzimmertür stehen, nur ein Schemen vor dem schwachen Lichtschimmer, der aus dem Flur ins Zimmer fiel.

»Elijah Creem?«, sagte der Mann. »Ich muss Sie bitten mitzukommen. Sie sind hiermit festgenommen.«

Creem konnte immer noch kein Gesicht erkennen, aber die tiefe Stimme des Mannes, die kannte er genau.

Es war sein neuer bester Freund. Alex Cross.

100

Ich vermute, dass Creem keinen Flug riskieren wollte. Deshalb hatte er für die Fahrt nach Newport fast einen ganzen Tag gebraucht.

Im Gegensatz zu mir. Mit einem Hubschrauber, den ich dem FBI – und ganz besonders Ned Mahoney, dessen Name jetzt ebenfalls auf der Liste der Leute stand, denen ich einen Riesengefallen schuldig war – zu verdanken hatte, waren Valente und ich schon in zweieinhalb Stunden in Rhode Island gewesen. Außerdem hatten wir das Büro des Sheriffs von Newport County verständigt. Das Haus, in dem Miranda Creem und ihre Töchter zurzeit wohnten, war lange vor Dr. Creems Ankunft geräumt worden.

Wir waren übereingekommen, dass ich Creem zunächst alleine gegenübertreten sollte, da ich schon mehrfach mit ihm Kontakt gehabt hatte und außerdem Psychologe war. Eine Katastrophe wie Josh Bergmans Selbstmord sollte uns kein zweites Mal passieren. Ich klemmte mir ein Funkgerät an den Gürtel und bekam ein zusätzliches Mikro am Handgelenk befestigt. Draußen waren zahlreiche uniformierte Polizisten und Kriminalbeamte in Stellung gegangen. Wenn ich Hilfe brauchte, brauchte ich nur ein Wort zu sagen.

Ich knipste das Schlafzimmerlicht an. Im ersten Moment sah es so aus, als hätte Creem zahlreiche Schürfwunden im Gesicht, bis mir klar wurde, dass das die Überreste der Maske sein mussten, die es ihm überhaupt ermöglicht hatte, bis hierher zu kommen.

»Ich bin ganz ehrlich«, sagte Creem. »Es überrascht mich, Sie hier zu sehen.«

»Knien Sie sich auf den Boden und verschränken Sie die Hände hinter dem Kopf«, erwiderte ich und machte dazu eine auffordernde Geste mit meiner Glock.

Creem rührte sich nicht. Ich sah ihm an, dass er versuchte, sich auf die neue Situation einzustellen. Er ließ den Blick durch das Zimmer schweifen. Sogar jetzt suchte er noch nach einem Ausweg.

»Ich habe jedes Recht der Welt, hier zu sein«, sagte er. Jetzt hatte er seine übliche demonstrative Arroganz wiedergefunden. »Ich bin mit einem Schlüssel ins Haus gekommen. Sie sind der Einbrecher. Ich möchte nur meine Frau besuchen.«

»Natürlich«, erwiderte ich. »Hatten Sie eigentlich auch vor, Ihre Töchter zu ermorden, Creem?«

Er grinste. Dieses Grinsen hatte ich schon öfter bei ihm gesehen. Das war Elijah Creem in Reinform, ein Seiltänzer auf dem schmalen Grat zwischen Selbstbewusstsein und Persönlichkeitsstörung.

»Es ist so was wie ein kleines Déjà-vu, nicht wahr?«, sagte er. »Als wir uns kennengelernt haben, an diesem Abend in Georgetown, da habe ich Ihnen zwanzigtausend oder vielleicht auch dreißigtausend angeboten, nur damit Sie mir einen kleinen Vorsprung lassen.«

»Und soviel ich weiß, hat es Ihnen nicht das Geringste gebracht«, erwiderte ich.

»Nein, das stimmt. Da haben Sie recht.« Er nickte mehrfach, als würde die einzig mögliche logische Schlussfolgerung langsam in sein Bewusstsein einsickern.

Doch dann nahm Creem sein Schicksal in die eigene

Hand. Er packte einen Holzstuhl an der Lehne und schleuderte ihn mit voller Wucht in das Panoramafenster. Noch während die Splitter auf ihn herabregneten, kletterte er auf das Fensterbrett und wollte hinausspringen.

Ich war hinter ihm, und er wäre mir um ein Haar entwischt… aber eben nur um ein Haar. Er war bereits im Sprung, da gelang es mir, das Rückenteil seines Hemds zu packen. Es bekam Löcher und mehrere Risse, aber es hielt. Sein Fall wurde ruckartig gebremst, und er prallte unsanft gegen die Hauswand. Ich verlor für einen Augenblick die Balance und wäre beinahe auch noch zum Fenster hinausgestürzt. Zum Glück ragten keine Glassplitter mehr aus dem Fensterrahmen, sonst hätten sie sich in meinen Bauch gebohrt.

»Geben Sie mir Ihre Hand!«, rief ich ihm zu, während er zappelte und versuchte, sich irgendwie loszumachen. Ein ganzer Pulk Polizisten kam jetzt um die Ecke gebogen, und ich hörte, wie mehrere andere hinter mir das Zimmer betraten.

»Lass mich los!«, sagte Creem. Er versuchte, das Hemd abzustreifen, darum beugte ich mich noch weiter hinaus, packte ihn am Arm und fing an, ihn hochzuziehen.

In diesem Augenblick zog er das Skalpell heraus, von dem ich nicht einmal etwas geahnt hatte. Mit einer plötzlichen Bewegung trieb er mir die scharfe Klinge in den Handrücken.

Der Schmerz, der mir in den Arm fuhr, raubte mir die Luft zum Atmen. Ich schrie auf und ließ sofort los, ohne nachzudenken. Es war ein Reflex. Das Blut aus meiner Hand tropfte hinter Creem her zwei Stockwerke nach unten.

Creem fiel und wirbelte dabei die Arme im Kreis wie Windmühlenflügel. Sein Körper drehte sich in der Luft, und er schaffte es nicht mehr, den Sturz zu kontrollieren. Normalerweise hätte er sich beim Aufprall die Beine gebrochen, aber stattdessen landete er mit dem Rücken voraus auf der Veranda. Der dumpfe Aufprall ging mir durch Mark und Bein.

Mehrere Polizeibeamte, darunter auch Valente, kreisten ihn mit gezogener Waffe ein.

»Keine Bewegung!«, schrie einer. »Bleiben Sie, wo Sie sind!«

Das wäre nicht nötig gewesen. Zuerst dachte ich, er sei tot. Dann hörte ich ein leises Stöhnen. Er drehte den Kopf ein paar Zentimeter zur Seite und stöhnte noch einmal, aber das war's.

Dr. Creems Karriere war beendet.

Endlich.

101

Nachdem die Sanitäter mir die Hand verbunden hatten, ließ ich Valente in Rhode Island zurück und flog heim nach Washington. Es war mitten in der Nacht.

Unterwegs blieb mein Telefon stumm, aber als ich in Quantico aus dem Hubschrauber stieg, rief Valente an. Elijah Creem hatte sich bei dem Sturz zwei Wirbel gebrochen. Außerdem hatte er, noch bevor sie ihn in Newport ins Krankenhaus gebracht hatten, ein umfassendes Geständnis abgelegt. Nach Valentes Worten hatte der Sturz aus dem Fenster ihn in mehr als einer Hinsicht gebrochen. Er würde den Rest seines Lebens nicht nur hinter Gittern, sondern auch im Rollstuhl verbringen. Ich kann nicht behaupten, dass mir das besonders leidtat.

Ich würde Creem beim Prozess wiedersehen, aber im Moment hatte ich andere Dinge im Kopf.

Eigentlich nur eines: Ava.

Ich fuhr direkt ins Büro. Wenn ich den Bericht jetzt gleich fertig machte, bevor es im Büro lebhafter wurde, konnte ich am schnellsten wieder zurück zu meiner Familie.

Die Menge an Verwaltungskram, die bei so einer Sache anfällt, ist nicht zu fassen. Die Hauptlast würde Valente tragen müssen, und Jacobs, da sie die Ermittlungen im Fall des Flussungeheuers geleitet hatte. Jede Akte wurde dann nicht weniger als siebenmal geprüft, bevor sie endgültig genehmigt wurde. Zum Teil kann dieser Prozess bis zu sechs Monate dauern. Das ist einer der Hauptgründe, warum ich nicht besonders scharf darauf bin, Karriere zu machen. Ab einer gewissen Stufe verbringt man die gesamte Zeit mit Papierkram und Politik und hat überhaupt nichts mehr mit der eigentlichen Polizeiarbeit zu tun.

Gegen sieben Uhr morgens hatte ich einen vollständigen Bericht der letzten vierundzwanzig Stunden verfasst und übergab ihn Sergeant Huizenga, als sie ihren Dienst antrat. Sie hatte bereits einen Anruf von Valente erhalten. Ihre Laune war so gut wie seit Wochen nicht.

Gut so. Schließlich wollte ich ihr meinen Bericht überreichen und sie gleichzeitig um ein paar freie Tage bitten.

»Ich weiß, dass ich noch nicht lange wieder im Dienst bin«, sagte ich, »aber Ava ist jetzt seit drei Tagen spurlos verschwunden und …«

Huizenga hatte glücklicherweise nichts dagegen. Sie winkte mich mit der Akte, die ich ihr gerade in die Hand gedrückt hatte, nach draußen.

»Gehen Sie, bevor ich's mir anders überlege«, sagte sie. »Suchen Sie das Mädchen, und dann kommen Sie so schnell wie möglich wieder hierher. Und lassen Sie Ihr Handy an!«

Ich würde im Lauf dieses Tages ein Dutzend oder noch mehr Anrufe mit einer halben Million Fragen zu Creem und Bergman bekommen, aber so hatte ich wenigstens die Chance, meine Prioritäten wieder auf die Reihe zu bekommen.

Erster Stopp: zu Hause.

102

Ich kam gerade noch rechtzeitig, um die Kinder zu sehen, bevor sie zur Schule mussten. Erschöpfung war nicht ganz das richtige Wort. Ab einem gewissen Punkt hat man sie überwunden und schwebt auf einer Adrenalinwelle durchs Leben. Die Sache mit dem Schlaf würde ich regeln, sobald ich Gelegenheit dazu hatte.

»Wer sind Sie gleich noch mal?«, sagte Jannie und grinste mich über ihre Spiegeleier hinweg an, als ich nach einer schnellen Dusche wieder nach unten kam.

»Ich bin der unsichtbare Mann«, erwiderte ich. »Du darfst mich Ralph E. nennen.«

»Hallo Ralphie«, meinte Ali, der Ralph Ellisons Roman sicher bei uns im Bücherregal gesehen hatte. »Schön, Sie kennenzulernen.«

»Das ist nicht witzig«, sagte Nana. »Du machst dich noch kaputt, bis du völlig ausgebrannt bist. Und falls du es noch nicht bemerkt haben solltest, wir stecken immer noch mitten in einer schweren Familienkrise.«

»Genau deshalb bin ich ja hier, Nana«, erwiderte ich. Ich legte ihr den Arm um die Schultern und drückte sie kurz an mich, während ich ein Stück ihres verblüffend zarten, gebratenen Specks von dem Papiertuch nahm, auf das sie es zum Abtropfen gelegt hatte. »Ich bringe die Kinder in die Schule, und dann mache ich mich wieder auf die Suche nach Ava. Den ganzen Tag lang, wenn es sein muss.«

Kein Wort über Elijah Creem oder Josh Bergman. Bree wusste schon Bescheid, und die anderen Familienmitglieder brauchten davon nichts zu erfahren. Wir sorgten dafür, dass der Fernseher an diesem Morgen aus blieb.

»Ich finde, du solltest einen Termin bei Dr. Finaly machen«, sagte Nana, als die Kinder draußen im Flur in ihre Jacken schlüpften. »Du musst schließlich auch mal vor deiner eigenen Haustür kehren, Mister.«

»Seltsam«, entgegnete ich. »Genau der Gedanke ist mir auch gekommen.«

Adele Finaly ist die Psychotherapeutin, die ich gelegentlich aufsuche – mal mehr, mal weniger regelmäßig. Sie ist immer für mich da, wenn ich eine kluge, objektive Meinung über mein Leben, meine Arbeit, meine Familie brauche – und vor allem dann, wenn diese drei Dinge, wie so oft, miteinander kollidieren. Sobald sich die Gelegenheit bot, würde ich mich, bildlich gesprochen, auf ihre Couch legen. Aber heute nicht.

Nachdem ich Ali und Jannie bei der Schule abgesetzt hatte, sprach ich mit allen Streifenpolizisten und Detectives vom Sittendezernat, mit denen ich seit Avas Verschwinden Kontakt aufgenommen hatte.

Es war hauptsächlich eine Übung in Frustrationstoleranz. Niemand wusste etwas Neues zu berichten. Die Chancen wurden immer schlechter, das war mir auch klar. Ich sagte überall dasselbe Sprüchlein auf. Wenn irgendwo ein Mädchen entdeckt wurde, das Ähnlichkeit mit Ava hatte, dann sollten sie es festhalten und mich unverzüglich anrufen. Ich würde dann kommen und die Sache übernehmen.

Am schwersten fielen mir die Telefonate mit den Kollegen, die direkten Kontakt zur Prostitutionsszene hatten. Ob es mir nun passte oder nicht, aber es gab da eine Möglichkeit, die besonders unangenehm war, die sich aber angesichts ihrer Familiengeschichte nicht von der Hand weisen ließ. Wenn Ava sich Drogen besorgen wollte und Geld brauchte, dann hatte sie womöglich angefangen, auf den Strich zu gehen – entweder gegen Geld oder direkt im Tausch gegen Drogen, je nachdem wie verzweifelt sie war.

Jedes Mal, wenn ich daran dachte, krampften sich meine Eingeweide zusammen. Das Mädchen war doch erst vierzehn Jahre alt! Aber war es deshalb ausgeschlossen? Keineswegs! Niemand weiß besser als ich, dass das Leben auf den Straßen von Washington, D. C., verdammt trostlos sein kann.

Aber es ging doch um Ava. *Unsere* Ava. Trotzdem schien nichts, was ich unternahm, mich ihr auch nur einen Schritt näher zu bringen.

So langsam fragte ich mich, ob es mir jemals gelingen würde.

103

Es dauerte noch einmal zwei ganze Tage, bis wir endlich etwas hörten.

Es war Mittwoch, und ich war für ein paar Stunden nach Hause gefahren. Ich wollte ein bisschen Zeit mit meiner Familie verbringen, bevor ich wieder losmusste. Bis dahin hatte ich abwechselnd tagsüber und nachts die vielen Straßen durchstreift, auf denen ich Ava unter Umständen hätte begegnen können.

Als es klingelte, saß ich gerade mit den Kindern zusammen auf dem Sofa. Ich stand auf und ging zur Haustür. Zurzeit löste jedes Klingeln sehr gemischte Gefühle bei uns aus, einerseits Hoffnung und andererseits Angst. Würden wir jetzt so etwas wie eine Antwort bekommen?

Ja, tatsächlich.

Sampson stand vor der Tür. Ich wusste ziemlich schnell, was los war. Erstens war er nicht, wie sonst üblich, zur Hintertür gekommen, und zweitens hatte er Tränen in den Augen.

Ich hatte das Gefühl, als würde sich ein Krater in meiner Brust auftun. Ich biss die Zähne aufeinander, während ein Teil meines Gehirns krampfhaft versuchte, zu einer anderen Schlussfolgerung zu kommen. Vielleicht interpretiere ich Sampson ja falsch, dachte ich… obwohl ich wusste, dass das nicht stimmte.

Er musste kein Wort sagen. Ich trat nach draußen und zog die Tür hinter mir ins Schloss.

»Mein Gott, John«, presste ich mit erstickter Stimme hervor.

Er zog mich an sich und legte mir die Hand auf den Hinterkopf.

»Es tut mir so leid, Alex. So verdammt leid.«

Es war nicht das erste Mal, dass ich den Verlust eines geliebten Menschen zu verkraften hatte, und ich hatte auch schon öfter die Pflicht gehabt, anderen diese schlimmste nur denkbare Nachricht zu überbringen. Es gibt nichts, absolut gar nichts, was diese Last jemals leichter machen könnte.

Ava war tot. Das wusste ich jetzt. Und trotzdem fühlte es sich so unwirklich an.

Ich trat einen Schritt zurück und fragte ihn: »Wo?«

»In einem leer stehenden Wohnblock am Potomac, auf der anderen Flussseite. Ein bekannter Junkie-Unterschlupf. Es war… mein Gott, Alex, es war grässlich. Sie haben Gewebeproben genommen, aber…«

Jetzt liefen mir die Tränen über das Gesicht, und das, obwohl meine Wut immer größer wurde, sich immer stärker bemerkbar machte. Auch Sampson konnte nur mühsam wenigstens halbwegs die Fassung wahren.

»Sag mir alles, was du weißt«, forderte ich ihn auf. »Was noch?«

John holte langsam und tief Luft. »Der Leichnam war verbrannt. Bis zur Unkenntlichkeit. Ich weiß nicht, wieso. Vielleicht hat sie sich Stoff besorgt, und jemand anders wollte ihn haben. Vielleicht ist es nur aus Versehen passiert, und der Täter hat versucht, es zu vertuschen.«

»Aber war sie es denn überhaupt? Wie kannst du dir da sicher sein?«

»Es war eine junge Frau. Afroamerikanerin. Avas Größe und Statur. Und, Alex? Das hier hat man bei ihr gefunden.«

Er machte einen Briefumschlag auf und kippte Nanas geschwärztes Medaillon mitsamt der Kette in meine geöffnete Handfläche. Die beiden Hälften waren abgerissen, und die Fotos waren entweder verbrannt oder herausgefallen. Aber es war ganz eindeutig die Halskette, die Nana Mama Ava beim Abschied mitgegeben hatte. Auf der Rückseite war noch die Gravur erkennbar: *R. C.* – Regina Cross.

Plötzlich ging die Haustür auf, und Nana und Bree standen auf der Schwelle.

»Was ist denn hier los?«, fragte Nana. Als ich mich zu ihr umdrehte und sie anblickte, erstarrte sie, genau wie ich erstarrt war, als ich die Wahrheit in Johns Gesicht gelesen hatte.

Als ihr Blick auf das zerbrochene Medaillon in meiner Hand fiel, zog ich sie an mich.

»Nein«, sagte sie, verkrampfte sich zunächst, nur um dann plötzlich in sich zusammenzufallen. »Nein, nein, nein. Nicht unsere Ava. Oh, Herr im Himmel. Bitte, nicht!«

»Sie ist tot, Nana«, sagte ich. »Es tut mir furchtbar leid.«

Bree weinte jetzt auch. Hinter ihr standen die Kinder und beobachteten die Szenerie mit weit aufgerissenen Augen. Die Tatsache, dass ich wusste, was ich ihnen zu sagen hatte, brach mir schon wieder das Herz.

Ein bisschen kam es mir so vor, als würde ich uns allen von außen zusehen. Ohne ein Wort zu sagen, gingen wir wieder ins Haus. Sampson kam nicht mit. Wir verabschiedeten uns auch nicht. Er ließ uns mit unserer Trauer allein, während wir versuchten, Jannie und Ali zu erklären, wie so etwas überhaupt geschehen konnte.

Wie das alles wahr sein konnte.

104

Ich glaube nicht an einen Gott der Rache, aber ich muss zugeben, dass ich in diesen ersten Stunden vollkommen durcheinander war. Wie konnte so etwas denn bloß geschehen? Und warum? Das war die Frage, die mich mehr als alles andere beschäftigte. *Warum?*

Was hatte ich verbrochen, dass ich so etwas Furchtbares verdient hatte? Dass meine Familie so etwas verdient hatte?

Oder Ava?

Ich stelle mir solche Fragen nicht allzu oft und auch nicht leichtfertig. Aber ich musste mich mit der Tatsache abfinden, dass mich die Summe aller großen und kleinen Entscheidungen, die ich zeit meines Lebens getroffen habe, an diesen Punkt geführt hatte. Ich würde nie erfahren, ob ich irgendetwas hätte tun können, um das Geschehene zu verhindern.

Jannie und Ali nahmen die Nachricht sehr unterschiedlich auf. Nachdem wir alles besprochen und gemeinsam geweint hatten, zog Jannie sich zurück. Sie wollte allein sein, um über alles nachzudenken, und wir ließen sie in ihr Zimmer gehen.

Ali blieb bei uns. Ich glaube, er war gerade alt genug, um zu verstehen, was geschehen war, aber noch zu jung, als dass er jemals etwas Vergleichbares gefühlt hätte. Ich las ihm an diesem Abend lange vor und hielt seine Hand fest, nachdem ich das Licht ausgemacht hatte. Darum hatte er mich gebeten.

»Bis zum Einschlafen«, sagte er. »Okay, Dad?«

»Geht klar, Kumpel«, sagte ich und blieb bei ihm, während er langsam eindämmerte.

Ich hätte nicht sagen können, welches meiner Kinder mir mehr leidtat. Wahrscheinlich alle gleich. Und Ava auch.

Als wir mit Damon telefonierten, sagte er, dass er gleich morgen früh mit dem ersten Bus nach Hause kommen wollte. Ich meinte, das sei nicht nötig, wenn er nicht wollte, aber dann war ich doch froh, dass er sich nicht davon abbringen ließ. Es fühlte sich irgendwie richtig an, dass wir jetzt alle beisammen waren.

Nana ging schon früh zu Bett, aber Bree und ich saßen noch stundenlang in der Dachkammer und redeten. In gewisser Weise ist es mir fast peinlich, dass ich mit meinen Gedanken schon bei den Ermittlungen war, die jetzt folgen würden, aber so war es eben. Bree ging es nicht anders. Wir waren so sehr mit der Suche nach Ava beschäftigt gewesen, dass wir das Gefühl hatten, schon zu wissen, wo wir mit den Untersuchungen anfangen mussten.

»Wer immer ihr das Zeug verkauft hat oder wer immer ihr das angetan hat … wir kriegen sie«, sagte Bree. »Und sie werden dafür bezahlen, Alex. Das garantiere ich dir.«

Bree war an diesem Abend die Stärkste von uns allen. Sie war zu einem unverzichtbaren Dreh- und Angelpunkt in unserer Familie geworden, dessen Fehlen uns erst aufgefallen war, nachdem sie zu uns gekommen war. Jedes Mal, wenn ich daran denke, liebe ich sie noch ein bisschen mehr.

»Danke«, sagte ich. »Danke, dass du meine Frau bist. Und dass du genau zum richtigen Zeitpunkt in mein Leben getreten bist, als ich dich am nötigsten hatte. Ich weiß wirklich nicht, ob ich es …«

»Aber natürlich hättest du das geschafft«, fiel sie mir ins

Wort. »Hast du doch schon jahrelang. Aber ich bin auch sehr froh, dass ich jetzt hier bin. Ich liebe dich, Alex. Und ich liebe diese Familie. Das wird sich niemals ändern.«

Als wir schließlich ins Bett gingen, liebten wir uns, und dann lagen wir uns in den Armen und weinten noch ein bisschen, bevor wir endlich entschlummerten, eng umschlungen.

Bis zum Einschlafen, genau wie Ali.

105

Am nächsten Tag wechselten Bree und ich uns ab. Ich blieb zunächst bei Nana und den Kindern, während sie Avas Schule besuchte und dort mit so vielen Menschen wie irgend möglich sprach.

Danach kam sie zurück, und wir aßen zusammen zu Mittag, auch wenn wir keinen großen Hunger hatten. Dann machte ich mich auf den Weg. Formal gesehen war ich wegen des Trauerfalls vom Dienst befreit. Also ließ ich meine Pistole zu Hause und steckte nur die Dienstmarke ein.

So fuhr ich ins Howard House. Ich hatte mich bei Sunita, der Erzieherin, angemeldet, und sie hatte sich bereit erklärt, eine Hausversammlung einzuberufen, sobald die Schule zu Ende war. Bei meiner Ankunft saßen alle elf Mädchen und die Mitarbeiter bereits im Wohnzimmer.

Sie wussten, dass Ava tot war, und ich sah, dass die eine oder andere auch geweint hatte. Aber das war alles vergessen, als ich vor ihnen stand. Sie alle versuchten, so wenig Gefühle wie nur möglich zu zeigen, und das erinnerte mich stark an Ava.

»Ich weiß, dass ihr manche meiner Fragen schon einmal beantwortet habt«, sagte ich. »Aber ich möchte euch bitten, noch einmal sehr gründlich nachzudenken. Ruft euch den Tag, als Ava verschwunden ist, noch einmal ins Gedächtnis. Kann sich vielleicht jemand an irgendeine Kleinigkeit erinnern, irgendetwas, was euch entfallen war, was euch erst jetzt wieder einfällt?«

Dafür erntete ich einen Raum voller Schweigen. Das hing

zum Teil natürlich damit zusammen, dass wir das schon einmal durchexerziert hatten, aber nicht nur. Auf der Straße, da, wo viele dieser Mädchen herkamen, gilt ein ungeschriebenes Gesetz. Wenn es überhaupt eine Grenze zwischen helfen und verpetzen gibt, dann ist sie nicht eindeutig zu erkennen. Und darum ist es am sichersten, den Mund zu halten, besonders wenn man es mit jemandem von außerhalb zu tun hat. Auch wenn es wie Teilnahmslosigkeit aussah, wusste ich, dass das Ganze etwas komplizierter war.

Ich stellte noch ein paar eher offene Fragen, ohne wirklich etwas zu erreichen. Dann ging ich dazu über, die Mädchen einzeln zu befragen. Sunita stellte mir ihr Büro zur Verfügung und begleitete die Mädchen herein, eine nach der anderen.

Avas Mitbewohnerin Nessa war die fünfte. Ich sah ihr an, dass sie gerade wieder geweint hatte, obwohl sie versuchte, sich nichts anmerken zu lassen.

Und außerdem war mir von der ersten Sekunde an klar, dass sie etwas wusste.

Wir saßen beide auf derselben Seite des Schreibtischs, auf zwei Klappstühlen. Nessa streckte die Beine in meine Richtung und sah öfter auf ihr Smartphone als zu mir, während sie ununterbrochen mit dem Ding herumspielte.

»Bist du nervös?«, fragte ich sie.

Sie hielt den Kopf gesenkt und fing an zu reden: »Bloß, damit Sie Bescheid wissen, ich wollte nix geheim halten oder so, ja? Ich hab Sie ja sogar irgendwie gefragt, als Sie beim ersten Mal da gewesen sind.«

Ich kramte in meinen Erinnerungen herum. Wir hatten draußen auf der Terrasse gesessen. Sie hatte ein Foto von uns gemacht.

»Wie meinst du das? Was hast du mich gefragt?«

»Na ja, vielleicht nich' direkt gefragt«, erwiderte Nessa.

»Na komm schon, Nessa. Spuck's aus. Worum geht's?«

»Avas Freund, okay? Sie hat immer gesagt, dass er ihr eigentlich total egal ist, aber wenn Sie mich fragen, ich glaub, es war ihr einfach peinlich. Der Typ war *steinalt.*«

»Wie heißt er? Und wie hat sie ihn kennengelernt?«

Nessa zuckte mit den Schultern und spitzte die Lippen. »Sie hat bloß gesagt, er heißt Russell. Der hat ihr den Stoff besorgt.«

Russell. Der Name traf mich wie ein Stromschlag. Womöglich *der* Russell? Das Phantom, das, nach allem was wir wussten, Elizabeth Reilly ermordet hatte? Der Entführer von Rebecca Reilly?

Oder war das alles nur ein schrecklicher Zufall?

Ich versuchte, ruhig zu bleiben, aber das war nicht einfach. Meine Gedanken überschlugen sich.

»Nessa, was kannst du mir über den Kerl sagen?«, bohrte ich nach. »Weißt du, wie er aussieht? Oder was er für ein Auto fährt?«

»Einen Jeep«, sagte sie wie aus der Pistole geschossen. »Und der Typ war ein Weißer. Aber Ava war das egal. Ich glaub, der Jeep hat ihr gefallen… und alles, was sie von dem Typ gekriegt hat, auch, wenn Sie verstehen. Das ist nich' respektlos gemeint.«

Mir wurde schlecht. Ich wusste natürlich noch nicht, ob es sich wirklich um denselben Mann handelte, aber die Parallelen waren unverkennbar – sowohl zu Elizabeth Reilly als auch zu Amanda Simms. Auch diese jungen Frauen waren ohne familiäre Bindung gewesen.

Jung. Verletzlich. Allein.

Bei der Vorstellung, dass dieses Monster Ava mit Drogen, Versprechungen, Sex – was immer es gewesen sein mochte – die Sinne vernebelt hatte, wurde mir speiübel. Am liebsten wäre ich auf die Toilette geflüchtet, um mir die Seele aus dem Leib zu kotzen.

»Du hast gesagt, dass es ein Weißer war. Was noch?«, fuhr ich fort.

Sie richtete sich ein wenig auf und fing an, auf ihrem Handy herumzutippen. »Ich hab ein Foto gemacht«, sagte sie. Ich glaube, sie war einfach erleichtert, dass ich ihr nicht die Hölle heißmachte, weil sie erst jetzt damit herausgerückt war.

Sie wischte etliche Dutzend Fotos beiseite, bis sie das gesuchte gefunden hatte. Dann hielt sie es mir hin.

»Da«, sagte sie. »Ich hab sie manchmal gesehen, drüben auf der Eastern, wenn sie mit dem Typ in seinem Jeep geredet hat. Sehen Sie, da? Ava hat nich' mal mitgekriegt, dass ich sie fotografiert hab, aber einmal hab ich ihr das Foto gezeigt, und ab da hat sie auch nich' mehr behauptet, dass sie gar kein' Freund hat.«

Das Foto war aus einiger Entfernung gemacht worden. Ava hatte der Kamera den Rücken zugewandt, aber ihre lange, schmale Statur war leicht zu erkennen, genau wie die Wildlederstiefel, die Bree ihr geschenkt und die sie seitdem praktisch ununterbrochen getragen hatte.

Aber das war noch nicht alles. Ich erkannte auch den graugrünen Jeep, genau wie den groß gewachsenen, bärtigen Mann, der am Steuer saß.

Der Mann war Ron Guidice.

106

Was als Nächstes mit mir passiert ist? Ich glaube nicht, dass ich das erklären kann. Ich kann es ja nicht einmal wirklich verstehen.

Als ich Howard House verließ, bestand ich praktisch nur noch aus reinstem, glühend heißem Hass sowie dem Foto auf Nessas Smartphone, das sich mir ins Gehirn eingebrannt hatte.

Ich weiß kaum noch, wie ich nach Hause gekommen bin. Als ich die Küche betrat, saß Bree dort zusammen mit Sampson und Billie am Tisch. Ich muss furchtbar ausgesehen haben, weil sie ihr Gespräch sofort unterbrachen und mich anstarrten.

»Alex?«, sagte Bree. »Was ist denn los?«

Ich stand vor ihnen und stützte mich mit beiden Händen auf die Lehne eines Küchenstuhls.

»Wo sind die Kinder?«, sagte ich nur.

»Mit Nana zum Laden gegangen. Billie braucht ein bisschen Maisstärke. Wieso? Was ist denn los?«

»Guidice war's«, sagte ich. Ich war schon wieder auf dem Weg in den Flur und stürmte Richtung Treppe.

»Warte doch! Was?«, rief Bree und lief mir hinterher. »*Was* war Guidice?«

Ich nahm immer zwei Stufen auf einmal und versuchte gleichzeitig, Bree zu erklären, was Nessa mir gezeigt hatte. Die Worte blieben mir praktisch im Hals stecken. Es war schwierig, mich auf irgendetwas anderes zu konzentrieren als auf den Grund meines Kommens.

»Hast du es gemeldet?«, wollte Bree wissen, als wir im Schlafzimmer waren.

»Nein. Ich gehe ihn auf eigene Faust suchen.«

Ich machte die Schranktür auf und stellte die Safe-Kombination ein, ganz altmodisch, ohne elektronische Tastatur – dreiundzwanzig nach rechts, neununddreißig nach links, neun nach rechts.

Ich nahm meine Glock heraus, rammte ein Magazin in den Schacht und steckte die Pistole in meine Jackentasche. Halfter brauchte ich keines.

»Warte«, sagte Bree und schnappte sich ihre eigene Waffe, bevor ich die Tür des Safes wieder zuklappte. »Wenn du ihn festnehmen willst, komme ich mit.«

»Ich will ihn nicht festnehmen«, erwiderte ich.

Sie packte mich am Arm und blickte mir tief in die Augen. Wenn ich auch nur halbwegs bei Sinnen gewesen wäre, hätte ich vielleicht erkannt, dass ich nicht weitermachen durfte, und hätte zum Telefon gegriffen. Oder Sampson an meiner Stelle losgeschickt. Aber ich war nicht bei Sinnen.

Das Einzige, was ich in diesem Augenblick sicher wusste, war, dass noch nie ein Mensch den Tod so sehr verdient gehabt hatte wie Ron Guidice.

Noch bevor Bree mich aufhalten konnte, war ich schon zur Tür hinaus und die Treppe hinuntergestürmt, auf dem Weg zur Hintertür.

Vielleicht war ich ja, wenn ich Guidice gefunden hatte, wieder bei Verstand. Oder es gab sonst einen Grund, weswegen ich beschloss, mein Vorhaben nicht in die Tat umzusetzen. Vielleicht auch nicht.

Ich wusste es wirklich nicht.

107

Ron Guidice riss sich die Kopfhörer herunter, holte die Neun-Millimeter-Kahr unter dem Fahrersitz hervor und stieg aus dem Jeep.

Es war, als wäre der Startschuss gefallen. Seine Muskeln reagierten ganz automatisch, so, wie er es im Training immer wieder geübt hatte, unter Umgehung der lästigen Bremswirkung des Gehirns. Sobald Alex seinen Namen ausgesprochen hatte, wusste Guidice Bescheid. Die Operation stand jetzt unmittelbar vor dem Abschluss.

Von seinem Parkplatz aus konnte er die Eingangstür des Hauses sehen, in dem Alex Cross wohnte. Noch ließ er sich nicht blicken, aber er würde nicht mehr lange auf sich warten lassen. Sein Wagen stand direkt davor. Er war erst vor wenigen Augenblicken angekommen und hatte die Tür weit offen stehen lassen.

Guidice hielt die Pistole im Jackenärmel versteckt, damit sie nicht zu sehen war. Auf der Straße waren mehrere Passanten unterwegs. Ein Mann, der seine Hecke schnitt. Eine Frau mit zwei kleinen Kindern auf Dreirädern. Es wäre dumm gewesen, jetzt schon die Aufmerksamkeit auf sich zu ziehen. Dann wäre er enttarnt gewesen, und das wollte er nicht. Er brauchte ein gewisses Überraschungselement.

Es war weder die Zeit noch der Ort noch die Methode, die Guidice freiwillig gewählt hätte, aber das spielte jetzt keine Rolle mehr. Er war gierig geworden. Er hatte Alex' Leiden einen Tag zu lange genossen, und jetzt hatte der die letzten Steine des Puzzles zusammengefügt.

Aber vielleicht war es ja gut so. Vielleicht war es sogar perfekt, dachte Guidice jetzt, während er dastand und die Tür beobachtete. Alex würde eine Kugel in den Kopf bekommen, gleich hier, auf offener Straße, wo er sich so sehr – und so vergeblich – bemüht hatte, seine kleine Familie zu beschützen.

Und wenn es so weit war, dann würde Detective Alex Cross, der Musterknabe des Metropolitan Police Department, vor aller Welt den Beweis antreten, was für ein unfähiger Trottel er war, und zwar auf die endgültigste Art und Weise.

Dann ist es eben so, dachte Guidice. Alex wollte ihn finden? Also gut. Er war ganz in der Nähe.

108

»Nicht, Alex!«

Bree lief mir hinterher, bis auf die hintere Terrasse. Erst jetzt fiel mir wieder ein, dass ich ja von vorn ins Haus gekommen war. Normalerweise fahre ich nach hinten und stelle den Wagen in die Garage, aber heute war nichts mehr normal.

Ich drehte mich um, und sie stand direkt vor mir.

»Gib mir nur dreißig Sekunden«, sagte sie. »Ich sage Sampson, er soll eine Meldung machen. Und dann komme ich mit. Bitte, tu mir zumindest den Gefallen.«

Ich glaube, es war so etwas wie der Griff nach dem letzten Strohhalm. Vielleicht glaubte sie ja, sie könnte mich im Auto umstimmen.

»Na gut, von mir aus«, sagte ich. »Ich warte vorn auf dich.«

»Gut.« Sie warf mir einen letzten, sichernden Blick zu, dann rannte sie ins Haus zurück. »Ich bin sofort da.«

Ehrlich gesagt hatte ich nicht die Absicht, auf Bree zu warten. Wie immer die Begegnung mit Guidice ablaufen würde, sie würde nur zwischen ihm und mir stattfinden. Es hatte keinen Sinn, auch noch Bree mit hineinzuziehen. Oder sonst irgendjemanden.

Ich ging den schmalen Pfad zwischen unserem und dem Nachbarhaus entlang und gelangte durch das kleine Gartentor hinaus auf die Fifth Street, wo ich das Auto abgestellt hatte. Ich drehte mich nicht einmal um, sondern setzte mich nur in den Wagen, ließ den Motor an und fuhr los. Wenn ich nicht einen schnellen Blick in den Rückspiegel geworfen hätte, um zu sehen, ob die Straße frei war, dann hätte ich Guidice überhaupt nicht bemerkt. Er stand mitten auf der Straße und hob den Arm in meine Richtung. Die Pistole konnte ich zwar nicht erkennen, aber seine Körperhaltung sagte alles.

Ich riss den Wagen scharf nach links. Im selben Augenblick explodierte meine Heckscheibe. Als ich das nächste Mal in den Spiegel schaute, rannte Guidice bereits auf mich zu, die Waffe im Anschlag.

Mit hämmerndem Herzen rollte ich mich auf den Beifahrersitz, machte die Beifahrertür auf und ließ mich auf die Straße fallen. Ich hatte die Glock in der Hand und blickte über die Tür hinweg in seine Richtung. Er kam schnell näher. Ich konnte deutlich sehen, dass er genau wusste, was er tat. Er ballerte nicht wahllos drauflos, sondern wartete auf eine eindeutige Gelegenheit.

Genau wie ich. Überall liefen Menschen schreiend durcheinander und suchten nach Deckung. Auf diese Entfernung konnte ich keinen Schuss riskieren. Die Gefahr, Guidice zu verfehlen und einen Unbeteiligten zu treffen, war einfach zu groß.

Aber das Problem hatte Guidice nicht. Kaum hatte er mich hinter der Beifahrertür entdeckt, gab er schnell hintereinander zwei Schüsse ab. Ich duckte mich und hörte, wie die Kugeln mit dumpfem Aufprall in die Karosserie einschlugen.

Immer noch hasteten Menschen in meinem Rücken über den Bürgersteig. Ich musste etwas unternehmen, damit das Ganze nicht noch schlimmer wurde.

Im Grunde genommen folgte ich nur noch meinen Instinkten. Tief geduckt schlich ich um die Motorhaube meines

Wagens herum. Vielleicht – aber wirklich nur vielleicht – ertappte ich Guidice in einem unaufmerksamen Moment, und zwar so dicht in meiner Nähe, dass ich nicht danebenschießen konnte.

An der vorderen Ecke angekommen, warf ich einen schnellen Blick nach hinten. Er war keine zehn Meter mehr entfernt und kam im Laufschritt näher. Jetzt war es so weit. Für einen von uns hatte die letzte Stunde geschlagen.

Ich schnellte auf die Füße, die Glock fest in beiden Händen, bereit zum Schuss… aber so weit kam ich gar nicht. In dem Moment, als ich Guidice ins Visier nahm, krachte von irgendwo anders her ein Schuss.

Guidice strauchelte und landete mit dem Gesicht voraus auf der Straße, die Arme zu beiden Seiten ausgestreckt. Er hatte nicht einmal versucht, sich abzufangen.

»Alex!«

Ich drehte mich um und sah Bree die Eingangstreppe unseres Hauses herunterkommen. Sie hatte ihre Glock 19 immer noch auf den am Boden liegenden Guidice gerichtet.

»Alles in Ordnung?«, rief sie mir zu.

»Alles gut«, erwiderte ich.

Jetzt sah ich, dass sie ihn am Hals getroffen hatte. Wahrscheinlich war auch die Halsschlagader verletzt, so wie das Blut aus der Wunde pulsierte. Auf dem Bürgersteig hatte sich bereits eine große Lache gebildet.

Sampson war dicht hinter Bree ebenfalls nach draußen gerannt. »Der Krankenwagen ist schon unterwegs«, sagte er. Bei Guidices Anblick blieb er ruckartig stehen.

Ich riss mir das Hemd vom Leib und drückte es auf die Wunde an seinem Hals, aber die Blutung ließ sich beim besten Willen nicht stoppen. Nicht mit einem Hemd. Ich glaube, Guidice wusste es. Er drehte sich mühsam auf den Rücken und sah mich an, während ich neben ihm kniete.

»Gratuliere«, stieß er mit schwerer Zunge hervor. »Hätte nicht gedacht, dass Sie das draufhaben …«

»Tja, falsch gedacht«, erwiderte Bree. Auch ihre Stimme zitterte.

»Hören Sie zu«, sagte ich. »Wo ist Rebecca Reilly? Haben Sie sie verschleppt, Guidice? Waren Sie das? Sind Sie Russell?«

Ich war immer noch dabei, die Puzzleteilchen zu einem Bild zusammenzusetzen, aber wenn ich recht hatte, dann blieb nicht mehr viel Zeit. Er hatte nicht mehr lange zu leben.

Guidice packte mich am Arm und zog sich ein kleines Stückchen nach oben. Er versuchte zu schlucken, um die Kehle frei zu bekommen, dann sackte sein Kiefer nach unten.

»Sag meinen Mädchen … sag ihnen …«

»Geben Sie mir zuerst eine Antwort!«, unterbrach ich ihn. Ich musste mich immer noch beherrschen. Am liebsten hätte ich ihn einfach verbluten lassen.

Da krampfte Guidice sich zusammen, spuckte einen dicken Schwall Blut aus, erschauderte noch ein letztes Mal und blieb dann regungslos liegen. Sein Kopf schlug kraftlos auf den Asphalt, und er starrte mich aus weit geöffneten Augen an. Zumindest kam es mir so vor.

Von irgendwo hörte ich eine Sirene langsam näher kommen.

»Das war's«, sagte Sampson. »Er ist tot.«

»Von mir aus kann er in der Hölle schmoren«, meinte Bree.

Ich sah sie an, und auf ihrem Gesicht lag ein Ausdruck, den ich noch nie gesehen hatte. Sie ist die liebevollste Person, die ich kenne. Aber jetzt sah es so aus, als wären alle meine Gefühle auf sie übergegangen.

Dann weinte sie wieder. Bestimmt dachte sie an die arme Ava. Was immer Guidice sonst noch alles getan haben mochte, er hatte sie als Schachfigur benutzt, nur um sich an mir zu rächen.

Immerhin konnten wir jetzt sicher sein, dass Ron Guidice niemanden mehr töten würde. Und in einem anderen Fall hätte diese Gewissheit uns vielleicht sogar ein gutes Gefühl gegeben.

Aber in diesem Fall nicht. Rebecca Reilly war immer noch verschollen. Und Ava war tot. Wie sollten wir da ein gutes Gefühl bekommen. Dazu war viel zu viel Schreckliches geschehen. Irgendwann vielleicht, ja, aber erst wenn genügend Zeit verstrichen war, wenn wir innerlich dazu bereit waren.

Aber eines Tages würde es so weit sein, das wusste ich.

Epilog

Der Kreislauf des Lebens

109

Es dauerte nicht lange, bis Ron Guidices Lebensumstände ans Licht kamen. Kaum hatten die ersten Nachrichtensendungen über ihn berichtet, meldete sich seine Mutter bei den Behörden.

Noch einmal fünf Tage später, nach zwei unabhängigen DNA-Tests, war klar, dass es sich bei dem Baby in Lydia Guidices Obhut tatsächlich um Rebecca Reilly handelte. Und dass ihre Schwester, Emma Lee Guidice, die biologische Tochter von Ron Guidice und Amanda Simms war, dem ersten schwangeren Mordopfer.

Das gab Anlass zu wilden Spekulationen darüber, was Guidice mit Ava womöglich alles vorgehabt hatte. Aber wir hatten sie bereits bestattet und eine kleine Gedenkfeier im kleinsten Kreis abgehalten. Das alles lag hinter uns. Und da es keine zahnärztlichen Unterlagen von ihr gegeben hatte, war sie eben, so gut es ging, auf andere Art und Weise identifiziert worden.

Aber das war alles. Niemand von uns wollte sich mit der Möglichkeit befassen, dass sie noch kurz vor ihrem Tod schwanger geworden war. Diese Frage würde für immer unbeantwortet bleiben, und das war wahrscheinlich das Beste.

Aber natürlich würde sie mich immer wieder beschäftigen. Es gab viele Dinge an diesem Fall, die mich immer wieder beschäftigen würden.

Als das Jugendamt das Sorgerecht für Ron Guidices kleine Töchter übernahm, setzten Bree und ich uns dafür ein, dass

Mrs. Guidice die beiden ab und zu besuchen konnte. Sie mochte vielleicht nicht in der Lage sein, die beiden großzuziehen, aber sie hatte ja kein Verbrechen begangen. In erster Linie tat sie mir leid.

Stephanie erklärte sich bereit, sich um die beiden zu kümmern, und versprach außerdem, ihnen ein gemeinsames Zuhause zu suchen. Bis dahin wurden sie in einer kleinen, gut geführten Notpflegeeinrichtung in Foggy Bottom untergebracht.

Wir selbst konnten uns beim besten Willen nicht vorstellen, Rebecca und Emma Lee bei uns aufzunehmen, schon allein, weil wir gerade erst Ava verloren hatten. Aber in den ersten Monaten besuchten Bree und ich sie mehrfach in ihrer Einrichtung.

»Nun sieh mal einer an«, sagte ich, als Bree und Rebecca Bekanntschaft geschlossen hatten. Sie hatte es sich auf einem Schaukelstuhl bequem gemacht und hielt das Baby liebevoll im Arm. Als hätte sie so etwas schon tausendmal gemacht. »Du machst das gut.«

Bree zuckte lediglich mit den Schultern und hielt den Blick ununterbrochen auf Rebecca gerichtet, so wie – jawohl, ich spreche es aus – nur eine Frau ein Baby anblicken kann.

Die Frage, ob wir eigene Kinder bekommen sollten, war im Grunde genommen vom Tisch. Wir hatten vor unserer Hochzeit darüber gesprochen und das geklärt. Aber manchmal verläuft das Leben in Kreisen, nicht wahr? Das, was man eigentlich hinter sich geglaubt hat, taucht plötzlich wieder auf, und dann geht alles wieder von vorn los.

Ich will nicht behaupten, dass Bree und ich an diesem Tag unsere Pläne geändert hätten, ja, nicht einmal, dass es jemals überhaupt neue Pläne geben würde. Aber wenn ich hätte raten müssen, ich hätte geschätzt, dass wir, während sie dasaß und Rebecca in den Schlaf wiegte, ziemlich ähnlich empfanden.

Nach einer Weile hob Bree den Blick und sah, dass ich sie anstarrte.

»Was ist denn?«, sagte sie.

»Nichts.«

Sie lächelte, als könnte sie meine Gedanken lesen. »Nichts, hmm?«

Jetzt war ich an der Reihe, mit den Schultern zu zucken. »Du siehst gerade einfach wunderschön aus«, meinte ich. »Das ist alles.«

»Das liegt an der Kleinen hier«, sagte sie. »Sie steht mir.«

Dagegen gab es nichts zu sagen.

110

»Alex, kommen Sie rein. Setzen Sie sich. Schön, Sie zu sehen.«

Ich hege so etwas wie eine stille Bewunderung für Adele Finaly. Sie ist eine der besten Psychotherapeutinnen, die ich kenne.

Darum macht es mir wahrscheinlich auch nichts aus, dass ich während der Sitzungen die Schuhe ausziehen muss. Ich dachte nicht einmal mehr darüber nach. Ich stellte meine Turnschuhe einfach auf die Fußmatte vor ihrem mit Pflanzen vollgestellten Praxisraum und setzte mich auf meinen üblichen Platz auf der Couch.

»Es ist schon eine ganze Weile her«, sagte sie und ließ sich auf ihrem Sessel mit dem Blumenmuster nieder. »Gibt es einen bestimmten Grund für Ihren Besuch?«

Sie erinnert mich immer an Audrey Hepburn oder Lena Horne. Sie ist ein unglaublich kluger und gleichzeitig sehr offener Mensch.

»Es geht um die älteste Frage der Menschheit«, sagte ich. »Oder zumindest um *meine* älteste Frage.«

»Aha.« Sie lächelte mitfühlend. »Das.«

Der Großteil der Sitzung verging damit, dass ich ihr erzählte, was im Lauf des vergangenen Monats alles geschehen war. Sie wusste, wer Ava war, aber nicht, wie schlimm das alles sich entwickelt hatte.

Ich erzählte ihr auch von Ron Guidice. Nicht nur was er getan hatte, sondern auch was mit mir an diesem letzten Tag losgewesen war – und was alles hätte passieren können, wenn die Dinge sich anders entwickelt hätten. Noch nie zuvor hatte der Hass auf einen anderen Menschen mich so sehr in Besitz genommen wie dieses Mal, und das machte mir Angst.

»Ich versuche, mir immer wieder zu sagen, dass dieser Fall irgendwie anders war«, sagte ich. »Dass es etwas *Persönliches* gewesen ist. Sobald Ava mit im Spiel war, hat sich alles verändert, und ich wurde selbst in die Sache hineingezogen. Und dann waren da ja noch meine beiden anderen Fälle.«

»Nun ja, ja«, meinte Adele. »Es war tatsächlich etwas anderes. Sie haben dieses Mädchen aufgenommen und wollten es adoptieren. Dann wäre sie Ihre Tochter gewesen.«

Ich nickte und war mir nicht sicher, ob ich darüber wirklich sprechen konnte, ohne zusammenzubrechen.

»Aber, Alex«, fuhr Adele fort, beugte sich vor und legte mir die Hand auf den Unterarm. »Bei Ihnen ist es *jedes Mal* etwas anderes. Sie finden immer einen Grund, sich so sehr unter Druck zu setzen, dass Sie irgendwann wieder vor dem gleichen Abgrund stehen.«

Sie hatte recht. Ich wusste nicht einmal, was ich darauf erwidern sollte. Also redete Adele weiter. Und auf eines kann ich mich bei ihr verlassen: dass sie mir *beide* Seiten der Medaille deutlich macht.

»Aber wissen Sie was? Es gibt sehr böse Menschen in der Welt da draußen. Irgendjemand muss Ihre Arbeit machen, und wir können uns alle sehr glücklich schätzen, dass Sie so ein ausgezeichneter Polizist sind. Was nicht ausschließt, dass Sie sich manchmal emotional zu sehr engagieren, Alex. Ich glaube, genau das passiert Ihnen von Zeit zu Zeit. Und das macht mir Sorgen. Ich habe Angst, dass Sie damit Ihrer … nun ja, Ihrer Seele Schaden zufügen.«

»Sie machen sich Sorgen um mich?« Ich grinste. »Adele. Ich bin gerührt.«

Sie wusste, dass ich nur versuchte, ihr auszuweichen, und schluckte den Köder nicht. Stattdessen machte sie weiter.

»Vielleicht sollten wir uns nicht länger mit der Frage beschäftigen, warum Sie so sind, sondern eher damit, ob Sie etwas dagegen tun wollen, und wenn ja, was?«

Ich blickte sie ein wenig kleinlaut an. »Ich würde gerne so lange zu Ihnen kommen, bis ich mich absolut nicht mehr reden hören kann, bis ich endlich in der Lage bin, etwas Grundlegendes zu verändern.«

Adele ließ sich gegen ihre Sessellehne sinken und schaute mich an, als hätte ich gerade einen Buchstabierwettbewerb gewonnen.

»Das war eine ziemlich gute Antwort. Für den Anfang.«

»Und was ist mit Ihnen?«, fragte ich sie. »Wenn Sie wetten könnten, würden Sie darauf setzen, dass ich für den Rest meines Lebens hier bei Ihnen auf der Couch sitze? Und Ihnen immer wieder dieselben Fragen stelle?«

»Mein Gott, ich hoffe nicht. Sie sind schließlich zwanzig Jahre jünger als ich.«

Adele ist immer für einen Lacher an der richtigen Stelle gut. Und das gefällt mir.

»Sie wissen, wie ich das gemeint habe«, sagte ich. »Wann kommen wir endlich einen Schritt weiter?«

»Wenn Sie auch weiterhin zu mir kommen?«, erwiderte sie. »Dann … irgendwann.«

»Irgendwann? Das ist Ihre Antwort?«

»Und ich stehe dazu«, meinte sie.

Wenn ich ehrlich bin, dann hatte sie wahrscheinlich

recht. Wir würden tatsächlich irgendwann so weit sein. Wir würden es schon schaffen.

Oder eben nicht. Niemand weiß besser als ich, dass *irgendwann* keine Selbstverständlichkeit ist, sondern eine Wunschvorstellung. Niemand kann garantieren, dass ich *irgendwann* ein bestimmtes Ziel erreiche, nicht einmal das Frühstück morgen früh. Aber gleichzeitig darf ich es natürlich auch niemals ausschließen.

Denn wenn ich das mache, dann habe ich gar nichts mehr. Und so bin ich nicht.

384 Seiten. ISBN 978-3-7341-0062-8